Donker woud

Van Nicole Krauss verscheen eveneens
bij Ambo|Anthos *uitgevers*

Man komt kamer binnen
De geschiedenis van de liefde
Het grote huis
Clair-obscur

Nicole Krauss

Donker woud

Vertaald uit het Engels door
Rob van der Veer

Ambo|Anthos
Amsterdam

Op blz. 301 is een verklarende woordenlijst opgenomen.

MIX
Papier van verantwoorde herkomst
FSC® C004472

De vertaler ontving voor deze vertaling een projectsubsidie van het Nederlands Letterenfonds.

Nederlands letterenfonds
dutch foundation for literature

Eerste druk augustus 2017
Tweede druk september 2017

ISBN 978 90 263 3343 9

De vertaler bedankt Liesbeth van Nes voor haar hulp bij het vertalen van enige Kafka-citaten en Ruben Verhasselt voor zijn hulp bij de transliteratie van de Hebreeuwse woorden in de tekst. Het citaat uit *Het proces* is vertaald door Ruth Wolf.
Oorspronkelijke titel *Forest Dark*
Oorspronkelijke uitgever HARPER, *An Imprint of* HarperCollins*Publishers*
Omslagontwerp Roald Triebels, Amsterdam
Omslagillustratie © Greg Heinimann
Illustraties schutbladen © Galit Julia Aloni
Foto auteur © Goni Riskin

Verspreiding voor België:
Veen Bosch & Keuning uitgevers nv, Antwerpen

Voor mijn vader
ולגב״א

De verdrijving uit het paradijs is in wezen eeuwig; het is weliswaar de definitieve verdrijving uit het paradijs, onontkoombaar voor het leven op aarde, maar de eeuwigheid van het proces maakt het desondanks mogelijk dat wij niet alleen voortdurend in het paradijs zouden kunnen blijven, maar daar ook inderdaad voortdurend zijn, om het even of we dat hier weten of niet.

Kafka

Inhoud

I

Ajeka

Op het moment dat hij verdween woonde Epstein al drie maanden in Tel Aviv. Niemand had ooit zijn appartement gezien. Zijn dochter Lucie was wel met haar kinderen bij hem op bezoek geweest, maar Epstein had ze ondergebracht in het Hilton. Daar kwam hij ze opzoeken aan het overvloedige ontbijt en dan nam hij alleen maar een paar slokjes thee. Toen Lucie vroeg of ze bij hem langs mocht komen, had hij dat afgewimpeld met de verklaring dat het huis maar klein en bescheiden was, niet geschikt om mensen in te ontvangen. Nog maar nauwelijks bekomen van de recente scheiding van haar ouders had ze hem met licht vernauwde ogen aangekeken – er was voorheen nooit iets aan Epstein geweest dat klein of bescheiden was – maar ondanks haar argwaan had ze deze afwijzing toch moeten accepteren, net als alle andere veranderingen die haar vader had ondergaan. Uiteindelijk waren het rechercheurs die Lucie, Jonah en Maya naar binnen lieten in hun vaders appartement, dat zich in een vervallen gebouw bleek te bevinden, vlak bij de oude haven van Jaffa. De verf bladderde af en de douche hing recht boven de wc. Over de stenen vloer paradeerde een kakkerlak. Pas nadat een van de rechercheurs er met zijn schoen op had getrapt bedacht Maya, Epsteins jongste en intelligentste kind, dat haar vader misschien wel voor het laatst was gezien door een kakkerlak. Als Epstein er tenminste ooit echt had gewoond – de enige spullen die erop wezen dat hij het huis had bewoond waren een paar boeken, kromgetrokken door de vochtige lucht die door een open raam kwam, en een potje met bloedverdunners die hij slikte sinds er vijf jaar geleden een hartritmestoornis bij hem was geconstateerd. Het kon er niet smerig genoemd worden en toch had de woning meer gemeen met de sloppen van Calcutta dan met de kamers aan de Amalfikust of Cap d'Antibes waar de kinderen met hun vader hadden gelogeerd. Hoewel deze kamer, net als die andere, ook uitzicht had op zee.

In die laatste maanden was Epstein steeds moeilijker bereikbaar geweest. Zijn antwoorden kwamen niet meer meteen teruggezoefd, ongeacht hoe laat het was. Als hij vroeger altijd het laatste woord had gehad, was dat omdat hij nooit níét had gereageerd. Maar langzamerhand waren zijn berichtjes steeds schaarser geworden. De tijd die ertussen lag dijde steeds meer uit omdat ook in hem de tijd was uitgedijd: de vierentwintig uur die hij ooit had gevuld met alles wat maar denkbaar was werd nu vervangen door een schaal van duizenden jaren. Zijn familie en vrienden raakten gewend aan zijn onregelmatige stiltes; vandaar dat er niet meteen grote ongerustheid ontstond toen hij in de eerste week van februari nergens meer op reageerde. Uiteindelijk was het Maya die 's nachts wakker werd van een trilling op de onzichtbare lijn die haar nog steeds met haar vader verbond, waarna ze aan zijn neef Moti vroeg een kijkje bij hem te gaan nemen. Moti, die vele duizenden dollars van Epstein had mogen ontvangen, streelde de kont van de slapende minnares die naast hem in bed lag, stak een sigaret op en schoof zijn schoenen aan zijn blote voeten, want al had het middernachtelijke uur al geslagen, hij was blij dat hij nu een reden had om Epstein over een nieuwe investering aan te spreken. Maar toen Moti was aangekomen bij het adres in Jaffa dat hij op zijn handpalm had neergekrabbeld, belde hij Maya terug: er was vast sprake van een vergissing, zei hij tegen haar, het was ondenkbaar dat haar vader in zo'n gribus zou wonen. Maya belde Epsteins advocaat, Schloss, de enige die nog iets wist, maar hij bevestigde dat het adres klopte. Toen Moti ten slotte de jonge huurster op de tweede verdieping had gewekt door met een stompe vinger de bel ingedrukt te houden, bevestigde zij dat Epstein inderdaad al een paar maanden boven haar woonde, maar dat ze hem al vele dagen niet meer had gezien, of gehoord, want ze was inmiddels gewend geraakt aan zijn nachtelijke heen en weer geloop boven haar plafond. Hoewel ze dat niet kon weten toen ze daar slaperig in de voordeur stond te praten met de kalende neef van haar bovenbuurman, zou de jonge vrouw ook gewend raken aan het heen en weer geloop van een groot aantal mensen die probeerden de gangen na te gaan van een man die zij amper kende en bij wie ze zich desondanks vreemd vertrouwd was gaan voelen.

De politie had de zaak slechts een halve dag onder zich voordat die werd overgenomen door de Sjien Beet. Sjimon Peres belde persoonlijk met de familie om te zeggen dat men hemel en aarde zou bewegen. De taxichauffeur die Epstein zes dagen daarvoor had opgehaald, werd opgespoord en naar het bureau gebracht voor verhoor. Hoewel hij hem kneep als een ouwe dief, zat hij de hele tijd te lachen, waardoor er een gouden tand zichtbaar werd. Later bracht hij de rechercheurs van de Sjien Beet naar de weg langs de Dode Zee en slaagde erin, na enige verwarring vanwege de zenuwen, het plekje te vinden waar Epstein was uitgestapt, op een kruising in de omgeving van de kale heuvels halverwege de grotten van Qumran en En Geidi. De opsporingsteams waaierden uit over de woestijn, maar het enige wat ze vonden was Epsteins lege, van een monogram voorziene aktetas, waardoor de mogelijkheid van zijn transsubstantiatie, zoals Maya het stelde, alleen maar reëler leek te worden.

Tijdens die dagen en nachten werden zijn kinderen, die gezamenlijk in de kamers van de suite in het Hilton verbleven, heen en weer geslingerd tussen hoop en verdriet. Er ging altijd wel een telefoon over – Schloss had er in zijn eentje drie in beheer – en elke keer dat dat gebeurde klampten ze zich vast aan de nieuwe informatie die werd doorgegeven. Jonah, Lucie en Maya hoorden dingen over hun vader die ze nooit eerder hadden geweten. Maar uiteindelijk werden ze geen steek wijzer over wat hij er allemaal mee had beoogd of wat er van hem was geworden. Met het verstrijken van de dagen waren er steeds minder telefoontjes gekomen, die ook nog eens niet een wonder inhielden. Langzaam hadden ze zich aangepast aan een nieuwe realiteit waarin hun vader, die bij leven zo standvastig en besluitvaardig was geweest, hen had verlaten met een laatste, volkomen dubbelzinnige daad.

Er werd een rabbijn bij gehaald, die hun met een zwaar accent in het Engels uitlegde dat de Joodse wet absolute zekerheid over een overlijden vereiste voordat de rouwrituelen in acht genomen konden worden. In gevallen waarin er geen stoffelijk overschot was, werd een getuige van het overlijden voldoende geacht. En zelfs zonder stoffelijk overschot of getuige volstond een melding dat de bewuste persoon door dieven was vermoord, was verdronken of door een wild dier gegrepen. Maar in dit geval was er geen stoffelijk overschot, geen getuige en geen melding. Geen dieven, geen wilde dieren, voor zover iemand wist. Alleen een ondoorgrondelijke afwezigheid waar ooit hun vader was geweest.

Niemand had het zich kunnen voorstellen, en toch leek het na verloop van tijd een passend einde. De dood was te klein voor Epstein. Achteraf gezien niet eens een echte mogelijkheid. Tijdens zijn leven had hij de hele kamer in beslag genomen. Hij was geen fors iemand, hij was alleen maar nooit binnen de perken te houden. Er was te veel van hem, hij had voortdurend een eigen surplus. Het kwam allemaal naar buiten stromen: de passie, de woede, het enthousiasme, de mensenhaat en liefde voor de hele mensheid. Onenigheid was het medium waarin hij was opgegroeid, en om te weten dat hij leefde had hij onenigheid nodig. Hij kreeg ruzie met iedereen met wie hij bevriend was geraakt; degenen die bleven konden geen kwaad doen en stonden voor eeuwig bij Epstein in een goed blaadje. Hem kennen was door hem vermorzeld worden of buiten alle proportie opgehemeld worden. Mensen kenden zich amper terug in de beschrijving die hij van hen gaf. Hij had een lange stoet protegés. Epstein blies hun leven in met zijn eigen adem, ze werden almaar groter en groter, net als iedereen van wie hij besloot te houden. Ten slotte zweefden ze door de lucht alsof ze aan een ballonnenwedstrijd meededen. Maar op een dag kwamen ze vast te zitten in de hoge takken van Epsteins normen en waarden en knalden ze uit elkaar. Vanaf dat moment was hun naam als een vloek. In zijn inflatoire gewoonten was Epstein hevig Amerikaans, maar in zijn gebrek aan eerbied voor grenzen en in zijn tribalisme juist weer niet. Hij was iets anders, en dat andere leidde telkens weer tot misverstanden.

En toch had hij mensen naar zich toe weten te trekken, naar zijn kant te halen, onder de kolossale paraplu van zijn principes te brengen. Hij werd vanbinnen helder verlicht, en dat licht kwam bij hem naar buiten stromen zoals bij iemand die niet op de kleintjes hoefde te letten. Bij hem hoefde je je nooit te vervelen. Zijn daadkracht zwol en slonk en zwol opnieuw, zijn drift deed zich gelden, hij was onverzoenlijk, maar nooit was hij minder dan volslagen fascinerend. Hij was eindeloos nieuwsgierig en wanneer hij in iets of iemand geïnteresseerd raakte, ging hij bij zijn naspeuringen niet over één nacht ijs. Hij twijfelde er niet aan dat iedereen net zo diepgaand geïnteresseerd was in deze onderwerpen als hij. Er waren maar weinig mensen die hem konden bijbenen. Uiteindelijk waren het altijd zijn tafelgenoten die als eersten opstapten en dan nog liep Epstein achter hen aan het restaurant uit, met priemende vinger, erop gebrand zijn gelijk te onderstrepen.

Hij had altijd in alles aan de top gestaan. Waar het hem ontbrak aan natuurlijke aanleg zette hij zich met pure wilskracht over zijn beperkingen heen. Zo was hij als jonge man geen getalenteerd spreker geweest; wat hem tegenzat was dat hij sliste. Evenmin was hij een geboren atleet. Maar na verloop van tijd werd hij juist op deze gebieden een uitblinker. Het slissen werd overwonnen – alleen als je met een heel fijn oor luisterde bespeurde je een gemompel waar hij de noodzakelijke ingreep had toegepast – en door zijn vele uren in de sportschool, plus het aanscherpen van een berekenend, niets ontziend instinct, veranderde hij in een eersteklas lichtgewichtworstelaar. Wanneer hij op een muur stuitte, wierp hij zich daar telkens weer tegenaan, herpakte hij zich tot hij er op een dag finaal doorheen brak. Deze enorme druk en inspanning waren waarneembaar in alles wat hij deed, en toch, wat bij een ander misschien als streberig was overgekomen leek bij hem een vorm van genade. Zelfs als jongen had Epstein gargantueske ambities gehad. Hij was opgegroeid in Long Beach, in de staat New York. In de straat waar hij woonde had hij bij tien buren een maandelijkse factuur ingediend: de tegenprestatie was dat hij zich vierentwintig uur per dag beschikbaar hield, met een limiet van tien uur per maand, voor het leveren van diensten die werden beschreven in een zich steeds uitbreidend menu dat hij met de rekening meestuurde (gras maaien, hond uitlaten, zelfs de wc ontstoppen, want hij beschikte niet over een schakelaar waarmee je anderen kon uitzetten). Hij zou in de toekomst eindeloos veel geld hebben, want dat was zijn lot; lang voordat hij iemand met geld trouwde wist hij precies wat hij ermee moest aanvangen. Op zijn dertiende kocht hij van zijn spaargeld een blauwe zijden sjaal die hij met dezelfde achteloosheid omsloeg als zijn vrienden hun sneakers aantrokken. Hoeveel mensen zijn er die weten wat ze met geld moeten aanvangen? Zijn vrouw, Lianne, was allergisch geweest voor het fortuin van haar familie; het maakte haar star en stilletjes. Ze had in haar jonge jaren voortdurend geprobeerd haar voetstappen in het strak aangelegde park te wissen. Maar Epstein leerde haar wat ze met geld moest doen. Hij kocht een Rubens, een Sargent, een Mortlake-wandtapijt. Hij hing een kleine Matisse in zijn garderobe. Zonder broek aan zat hij onder een ballerina van Degas. Het was geen kwestie van onbehouwenheid of ergens niet thuishoren. Nee, Epstein was heel beschaafd. Hij was niet verfijnd – hij vond het niet nodig om afstand te doen van zijn ongerechtigheden – maar er was een hoogglans over hem komen te liggen. Wanneer het om genieten ging schaamde hij zich nergens voor; zijn genot was groot en ongeveinsd en daarom voelde hij zich zelfs tussen de meest exquise spullen volkomen op zijn gemak. Elke zomer huurde hij in Granada hetzelfde 'shabby' kasteel waar hij de krant kon neerleggen en een dutje doen. Hij koos een plekje op de gestuukte muur om met potlood de groei van zijn kinderen bij te houden. In latere jaren kreeg hij tranen in zijn ogen wanneer de naam van dat kasteel viel – hij had zoveel fout gedaan, hij had overal een puinhoop van gemaakt, en toch had hij daar, waar zijn kinderen in alle vrijheid onder de sinaasappelbomen hadden gespeeld, iets goed gedaan.

Maar op het eind was het een soort laat-maar-waaien geweest. Later, toen zijn kinderen terugblikten en probeerden greep te krijgen op wat er was gebeurd, konden ze precies aangeven waar het omslagpunt lag naar verlies van interesse in genot. Er ontstond een kloof tussen Epstein en zijn grote honger – die trok zich terug achter de horizon die een man in zich heeft. Daarna leefde hij gescheiden van zijn aangekochte exquise schoonheid. Het ontbrak hem aan de inhoud om er één harmonieus geheel van te maken, of misschien had hij daar geen zin meer in. Een tijdje hingen de schilderijen nog aan de wanden, maar ze deden hem weinig meer. Dromend in hun lijst bleven ze hun eigen leven leiden. Er was iets in hem veranderd. De storm die het Epstein-zijn was waaide niet meer naar buiten. Er daalde een grote, onnatuurlijke verstilling op alles neer, zoals dat gebeurt vóór extreme meteorologische omstandigheden. Toen draaide de wind, om voortaan naar binnen te waaien.

Daarna begon Epstein dingen weg te geven. Het eerste was een kleine maquette van Henry Moore, overhandigd aan zijn arts, dokter Silverblatt, die er tijdens een visite zijn bewondering over had uitgesproken. Vanuit zijn bed, waarin hij met griep lag, wees hij aan in welke kast Silverblatt de noppenfolie kon vinden. Een paar dagen later schoof hij de zegelring van zijn pink en legde hem in de hand van zijn verbaasde portier, Haroen, in plaats van een fooi; terwijl hij zijn naakte vuist in het herfstzonnetje balde en ontspande, veroorloofde hij zich een lachje. Algauw gaf hij ook zijn Patek Philippe weg. 'Wat hebt u daar een mooi horloge, oom Jules,' had zijn neefje gezegd, en Epstein gespte het krokodillenleren bandje los en overhandigde hem het horloge. 'Uw Mercedes vind ik ook erg mooi,' zei het neefje, waarop Epstein de jongen alleen maar glimlachend een tikje op zijn wang had gegeven. Maar binnen de kortste keren ging het tweemaal zo hard. Met dezelfde mateloosheid waarmee hij had aangeschaft, begon hij uitdeling te houden, steeds verder van huis en sneller dan ooit. De schilderijen gingen een voor een naar musea; hij had het nummer van de transportdienst in zijn keuzemenu en wist wie van de sjouwers graag een kalkoensandwich at en wie liever worst had, en hij had geregeld dat de bezorger van de broodjeszaak klaarstond wanneer ze arriveerden. Toen zijn zoon Jonah, die zijn best deed niet de indruk te wekken dat hij uit eigenbelang handelde, probeerde hem verdere filantropie uit zijn hoofd te praten, zei Epstein dat hij bezig was ruimte vrij te maken zodat hij kon nadenken. Als Jonah erop had gewezen dat zijn vader al zijn hele leven lang een straffe denker was, zou Epstein misschien hebben verklaard dat het nu totaal andere gedachten waren: gedachten die niet bij voorbaat hun eigen zin kenden. Maar Jonah – die zoveel rancuneuze gevoelens meetorste dat Epstein na het bijwonen van een uitvoering van *Omzien in wrok* het perfecte epitheton voor zijn eerstgeborene had gevonden – had slechts gereageerd door gekrenkt te zwijgen. Zoals alles wat Epstein deed vatte Jonah het opzettelijke afvoeren van bezittingen als een belediging op, de zoveelste reden om zich tekortgedaan te voelen.

Verder deed Epstein geen enkele moeite om zich nader te verklaren, op één keer na, aan Maya. Omdat ze dertien jaar na Jonah was gearriveerd, en tien na Lucie, in een minder turbulente en zenuwslopende periode in Epsteins leven, zag Maya haar vader in een ander licht. Ze gingen op een natuurlijke, ontspannen manier met elkaar om. Tijdens een wandeling door Central Park, waar ijspegels aan de grote rotsblokken hingen, zei hij tegen zijn jongste dochter dat hij tegenwoordig het gevoel had dat alle spullen die hij om zich heen had hem verstikten. Dat hij een onweerstaanbaar verlangen naar lichtheid voelde – het was een karaktertrek, besefte hij nu pas, die hem zijn hele leven vreemd was geweest. Ze bleven staan bij het meer aan de noordzijde van het park, waar een dun laagje groenig ijs overheen lag. Toen er een sneeuwvlok op Maya's wimpers landde, veegde Epstein hem zachtjes weg met zijn duim, en voor haar geestesoog zag Maya haar vader al een leeg winkelwagentje voor zich uit duwen over Upper Broadway, met handschoenen waaraan de vingers ontbraken.

Hij stelde kinderen van vrienden in de gelegenheid te gaan studeren, liet koelkasten bezorgen, betaalde voor een stel nieuwe heupen van de vrouw van iemand die al jarenlang conciërge was van het gebouw waarin zijn advocatenkantoor was gevestigd. Hij deed zelfs een aanbetaling op een huis voor de dochter van een oude vriend; niet zomaar een huis, maar een woning in Griekse stijl, met zuilen, oude bomen en een gazon dat groter was dan de verraste nieuwe eigenares aankon. Zijn advocaat, Schloss – zijn notaris en sinds jaar en dag zijn vertrouwensman – mocht zich er niet mee bemoeien. Schloss had ooit een andere cliënt gehad die de ziekte der radicale vrijgevigheid had opgelopen, een miljardair die zijn huizen een voor een weggaf, gevolgd door alle vaste grond onder zijn voeten. Het was een soort verslaving, zei hij tegen Epstein, en later zou hij er misschien spijt van krijgen. Per slot van rekening was hij nog geen zeventig; hij kon nog wel dertig jaar leven. Maar het had haast geleken of Epstein niet luisterde, net zoals hij niet had geluisterd toen zijn advocaat onvermoeibaar was blijven betogen dat Epsteins vrouw er niet met zijn hele fortuin vandoor mocht gaan, en net zoals hij een paar maanden later niet luisterde toen Schloss hem nogmaals iets uit het hoofd had willen praten, dit keer zijn uittreding uit de firma waarvan hij al vijfentwintig jaar compagnon was. Epstein had alleen maar glimlachend tegenover hem aan tafel gezeten en was gaan praten over wat hij tegenwoordig las. Sinds kort was dat literatuur met een mystieke inslag.

Het was begonnen met een boek dat hij voor zijn verjaardag van Maya had gekregen, vertelde hij Schloss. Ze gaf hem voortdurend vreemde boeken. Sommige ervan las hij, maar vele ook weer niet, een gang van zaken waaraan ze zich nooit leek te storen – ze was van nature vrij van geest, het tegenovergestelde van haar broer, Jonah, en nam slechts zelden ergens aanstoot aan. Epstein had het boek op een avond opengeslagen zonder dat hij de bedoeling had het te lezen, maar met een bijna magnetische kracht was hij naar binnen gezogen. Het was van een in Polen geboren Israëlische dichter, die op zijn zesenzestigste was overleden, twee jaar jonger dan de leeftijd die Epstein kort geleden had bereikt. Maar het kleine autobiografische boekje, het testament van een man alleen tegenover God, was geschreven toen de dichter pas zevenentwintig was. Hij was erdoor overweldigd, zei Epstein tegen Schloss. Op zijn zevenentwintigste was hij zelf verblind door zijn ambitie en honger – naar succes, naar geld, naar seks, naar schoonheid, naar het grootse, maar ook naar des Pudels kern, naar alles wat zichtbaar, reukbaar, tastbaar was. Hoe zou zijn leven wel niet geweest zijn als hij zich met dezelfde intensiteit op het spirituele had toegelegd? Waarom had hij zich daar zo volledig voor afgesloten?

Terwijl hij sprak had Schloss hem eens goed opgenomen: zijn snel heen en weer schietende ogen, het zilvergrijze haar dat over Epsteins kraag groeide, opmerkelijk, gezien het feit dat hij altijd zo op zijn uiterlijk lette. 'Wat hebt u over deze steak te melden, steekt-ie zijn concurrenten naar de kroon?' hoorde je hem weleens aan de ober vragen. Maar nu bleef het bord met zeetong meunière onaangeraakt, een verloochening van zijn gebruikelijke eetlust. Pas toen de ober kwam informeren of er iets niet goed was, keek Epstein naar beneden en herinnerde hij zich zijn eten, maar het enige wat hij deed was er met zijn vork in prikken. Wat er met Epstein was gebeurd – de scheiding, het terugtreden, alles wat uiteenviel, wegviel – was niet begonnen met een boek, maar eerder met de dood van zijn ouders, was Schloss' idee. Maar na afloop, toen Schloss Epstein op de achterbank van de sedan had geïnstalleerd die voor het restaurant stond te wachten, was hij nog een ogenblik met zijn hand op het dak van de auto blijven staan en had hij naar binnen gekeken, naar de vreemd-vage Epstein in het donkere interieur, en had hij zich heel even afgevraagd of er iets ernstigers aan de hand was met de cliënt die hij al zoveel jaar had – een soort neurologische onrust wellicht, die op iets extreems zou kunnen uitlopen voordat ze werd gediagnosticeerd als van medische aard. Destijds had Schloss die gedachte van zich afgezet, maar later meende hij juist dat dit een vooruitziende blik was geweest.

En ten slotte, na zich bijna een jaar lang geleidelijk te hebben ontdaan van wat hij gedurende een heel leven had vergaard, kwam Epstein inderdaad bij de onderste laag aan. Daar stuitte hij op de herinnering aan zijn ouders, die na de oorlog in Palestina waren terechtgekomen en hem hadden verwekt onder een doorgebrand peertje dat ze niet konden vervangen omdat ze er geen geld voor hadden. Op achtenzestigjarige leeftijd, nadat hij ruimte had vrijgemaakt om te kunnen nadenken, bleek hij nu door die duisternis te worden verteerd, er diep door te worden ontroerd. Zijn ouders hadden hem, hun enige zoon, naar Amerika gebracht en waren, zodra ze eenmaal Engels hadden geleerd, verdergegaan met de schreeuwpartij waarmee ze in andere talen waren begonnen. Later kwam zijn zusje Joanie erbij, maar zij, een dromerig, niet snel reagerend kind, weigerde te happen, en dus bleef het een driezijdige strijd. Zijn ouders schreeuwden tegen elkaar, en zij schreeuwden tegen hem, en hij schreeuwde naar hen, samen en afzonderlijk. Zijn vrouw, Lianne, was nooit gewend geraakt aan een dergelijke gewelddadige liefde, hoewel ze aanvankelijk, afkomstig uit een gezin waarin zelfs een niesbui werd onderdrukt, aangetrokken werd door de hitte die ervan uitging. Toen ze pas verkering hadden, had Epstein tegen haar gezegd dat hij door de bruutheid en tederheid van zijn vader had geleerd dat een mens niet klein te krijgen is, een les die hem zijn hele leven als richtsnoer had gediend, en heel lang was dat – Epsteins eigen complexiteit, zijn verzet tegen al te gemakkelijke categorisering – voor Lianne iets om van te houden. Maar uiteindelijk raakte ze erdoor uitgeput, net zoals vele anderen erdoor waren uitgeput, alhoewel nooit zijn ouders, die zijn onvermoeibare sparringpartners bleven en die zich, zoals Epstein weleens dacht, alleen maar zo hardnekkig aan het leven waren blijven vastklampen om hem te kunnen kwellen. Hij had tot aan hun laatste levensjaren voor hen gezorgd, jaren die ze hadden doorgebracht in een penthouse dat hij in Miami voor ze had gekocht, met hoogpolig tapijt waarin ze tot hun enkels wegzakten. Maar hij had nooit rust bij hen gevonden, en pas na hun dood – binnen drie maanden ging zijn moeder zijn vader achterna – en nadat hij vrijwel alles had weggegeven, voelde Epstein toch een felle steek van verdriet door zich heen gaan. Wanneer hij de slaap probeerde te vatten, ging het kale peertje sputterend aan en uit achter zijn ontstoken oogleden.

Hij kon niet slapen. Had hij waarachtig zijn slaap weggegeven, tegelijk met al het andere?

Hij wilde iets doen uit naam van zijn ouders. Maar wat? Toen zijn moeder nog leefde, had ze als gedenkteken een bank voorgesteld in het parkje waar ze vroeger altijd zat, terwijl zijn vader op de bovenverdieping intussen afstand deed van zijn geest, in aanwezigheid van Conchita, de inwonende verpleegster. Zijn moeder, die veel las, nam altijd een boek mee naar het park. In haar laatste levensjaren was ze met Shakespeare begonnen. Epstein had haar een keer tegen Conchita horen zeggen dat ze *Koning Lear* moest lezen. 'Ze hebben het vast wel in het Spaans,' had ze tegen de verpleegster gezegd. Elke middag, als de zon niet meer zo hoog stond, nam zijn moeder de lift naar beneden, met een groteletteruitgave van de toneelstukken van de Engelse bard in haar handtas, een namaak-Prada die ze – ondanks Epsteins hevige protest dat hij een echte voor haar zou kopen – had gekocht van een Afrikaan die ermee op het strand liep te leuren. (Wat moest ze met echt?) Het park werd verwaarloosd en de speeltoestellen zaten onder de zeemeeuwenstront, maar in deze wijk was er toch niemand onder de vijfenzestig die erop zou klimmen. Had zijn moeder dat van die bank gemeend of was het zoals gebruikelijk sarcasme geweest? Epstein had geen idee, en daarom werd er voor de zekerheid een bank besteld van groenhart, hout dat tegen de tropische weersomstandigheden bestand was en waarop een koperen plaquette was geschroefd met de tekst TER HERINNERING AAN EDITH 'EDIE' EPSTEIN. 'MIJN ANTWOORD ZAL U NIET BEVALLEN.' – WILLIAM SHAKESPEARE. Voor de Colombiaanse portier van het gebouw waarin zijn ouders woonden liet hij tweehonderd dollar achter om de plaquette twee keer per maand te poetsen wanneer hij ook het koper in de hal ging poetsen. Maar toen de portier hem met zijn smartphone een foto van het brandschone bankje stuurde, kreeg Epstein het gevoel dat dit allemaal erger was dan wanneer hij niets had gedaan. Hij herinnerde zich hoe zijn moeder hem vroeger belde wanneer het te lang geleden was dat hij had gebeld en dan met de schorre stem van iemand die al zestig jaar rookte God citeerde, die de gevallen Adam toeriep: 'Ajeka?' Waar ben je? Maar God wist best waar Adam zich fysiek bevond.

Vlak voor de eerste sterfdag van zijn ouders besloot Epstein twee dingen: een doorlopend krediet nemen van maximaal twee miljoen dollar, met zijn appartement aan 5th Avenue als onderpand, en een reis naar Israël maken. De lening was iets nieuws, maar naar Israël was hij door de jaren heen al vaak teruggekeerd, aangetrokken door een hele kluwen van relaties en banden. Nadat hij zich ritueel had geïnstalleerd in een exclusieve ontvangstruimte op de zestiende verdieping van het Hilton, ontving hij daar dan een hele rits vrienden, verwanten en zakenrelaties en bemoeide hij zich met van alles en nog wat, deelde geld uit, hielp oude ruzies de wereld uit en deed nieuwe ruzies oplaaien. Maar deze keer kreeg zijn assistente Sharon de opdracht om zijn programma niet op de normale manier in te vullen. In plaats daarvan vroeg hij haar om afspraken te maken met de projectafdelingen van Hadassa, het Weizmann Instituut en de Ben Goerion-universiteit, zodat hij kon onderzoeken wat voor mogelijkheden er waren om uit naam van zijn ouders een schenking te doen. De resterende tijd diende vrijgehouden te worden, zei Epstein; misschien zou hij eindelijk eens een auto huren om door de delen van het land te toeren waar hij al jaren niet meer was geweest, iets wat hij al vaak had geopperd maar nog nooit had gedaan, omdat hij het te druk had gehad met zijn gelijk halen, zich opwinden en maar nooit van ophouden weten. Hij wilde de Kinneret weer zien, de Negev, de rotsige heuvels van Judea. Het mineraalblauw van de Dode Zee.

Terwijl hij sprak keek Sharon op, en in het vertrouwde gezicht van haar werkgever zag ze iets wat ze niet herkende. Als ze daar al een beetje bezorgd van werd, was dat alleen maar omdat ze precies aanvoelde wat Epstein wilde en hoe, en daarom was ze zo goed in haar werk, en ook omdat ze het belangrijk vond om daar goed in te zijn. Na al zijn uitbarstingen te hebben overleefd was ze zich bewust geworden van de vrijgevigheid die naast Epsteins opvliegendheid bestond, en door de jaren heen had hij haar loyaliteit verworven met de zijne.

Op de dag voordat hij naar Israël vertrok woonde Epstein een klein galadiner met Machmoed Abbas bij, georganiseerd door het Center for Middle East Peace en gehouden in het Plaza Hotel. Zo'n vijftig vooraanstaande Joodse Amerikanen waren uitgenodigd voor een etentje met de president van de Palestijnse Nationale Autoriteit, die in de stad was om de Veiligheidsraad van de Verenigde Naties toe te spreken en die had toegezegd om tijdens een driegangendiner de Joodse angsten te beteugelen. Vroeger zou Epstein de uitnodiging met beide handen hebben aangenomen. Zou hij naar binnen zijn gestormd en zich niet onbetuigd hebben gelaten. Maar wat zou hij er nu mee opschieten? Wat kon de bonkige man uit Safed hem vertellen wat hij niet al wist? Hij was het allemaal zat – was zat van het gezwets en de lippendienst, van hemzelf en van anderen. Ook hij wilde vrede. Maar op het allerlaatste moment bedacht Epstein zich en vuurde een sms'je op Sharon af, die in allerijl zijn plaats moest zien terug te pikken van een later toegevoegde afgevaardigde van Buitenlandse Zaken. Hij had veel opgegeven, maar zijn nieuwsgierigheid was hij nog niet kwijt. En trouwens, hij was kort daarvoor toch in de buurt, want in het kantoor van de advocaten van de bank zou hij – ondanks de smeekbeden van Schloss – documenten ondertekenen waarin de lening met zijn appartement als onderpand werd geregeld.

En toch, zodra Epstein aan de lange tafel zat, schouder aan schouder met de vaandeldragers van zijn volk die driftig bieslookboter op hun broodjes zaten te smeren terwijl de Palestijn het met zachte stem over beëindiging van conflicten en beëindiging van aanspraken had, betreurde hij zijn besluit om alsnog op te draven. Het was een klein zaaltje; er was geen uitweg. Vroeger zou hij het wel gedaan hebben. Nog vorig jaar was hij tijdens een staatsbanket ter ere van Sjimon Peres in het Witte Huis opgestaan om te gaan pissen, halverwege Itzhak Perlmans weergave van *Tempo di Minuetto* – hoeveel uur had hij in zijn hele leven naar Perlman geluisterd? Een dikke week? De geheime politie was krampachtig op hem toegeschoten; nadat de president had plaatsgenomen mocht niemand het vertrek verlaten. Maar wanneer de aandrang te groot is zijn alle mensen gelijk. Met een 'Het is een noodgeval, heren' had hij zich langs de mannen in het zwart gewrongen. Er werd gezwicht, zoals er altijd voor Epstein werd gezwicht; hij werd langs de militaire wachtposten met de koperen knopen op hun uniform naar de toiletruimte gebracht. Maar Epstein vond het niet meer nodig om zich te doen gelden.

De caesarsalade werd geserveerd, er konden vragen worden gesteld en de sonore stem van de fameuze rechtsgeleerde Alan Dershowitz – 'Mijn oude vriend Abu Mazen' – klonk. Rechts van Epstein zat de ambassadeur van Saoedi-Arabië met de snoerloze microfoon te hannesen, niet wetend hoe het ding werkte. Aan de overkant van de tafel zat Madeleine Albright met de geloken ogen van een zonnebadende hagedis een naar binnen gerichte intelligentie uit te stralen; ook zij was niet echt meer aanwezig en hield zich tegenwoordig bezig met vraagstukken van metafysische aard, althans zo kwam het op Epstein over. Hij werd overvallen door de wens om haar terzijde te nemen en deze diepgaande vraagstukken met haar te bespreken. Hij beklopte zijn binnenzak, op zoek naar het kleine, met versleten groene stof beklede boekje dat Maya hem voor zijn verjaardag had gegeven en dat hij de afgelopen maand steeds bij zich had gehad. Maar het zat er niet: hij moest het in zijn jas hebben laten zitten.

Op dat moment, toen hij zijn hand uit zijn zak haalde, kreeg Epstein vanuit zijn ooghoeken voor het eerst de lange, bebaarde man in de gaten. Hij had een donker pak aan en droeg een keppeltje en stond aan de rand van het gezelschap omdat hij niet aanzienlijk genoeg was om te worden bedeeld met een stoel aan tafel. Het lachje dat om zijn lippen speelde accentueerde de rimpeltjes om zijn ogen, en zijn armen waren voor zijn borst gevouwen alsof hij een rusteloze energie in toom probeerde te houden. Maar Epstein had wel door dat hier geen sprake was van zelfbeheersing in dienst van nederigheid, maar van iets anders.

De leidende figuren uit de Amerikaans-Joodse gemeenschap bleven hun vraagloze vragen opdissen; de saladeschotels werden weggehaald door de Indiase obers en vervangen door gepocheerde zalm. Ten slotte was Epstein aan de beurt om te spreken. Hij boog zich naar voren en drukte op de schakelaar van de microfoon. Er klonk een harde elektrische knal waarvan de Saoedische ambassadeur zich lam schrok. In de daaropvolgende stilte keek Epstein om zich heen, naar de gezichten die vol verwachting naar hem toe waren gedraaid. Hij had er niet over nagedacht wat hij wilde zeggen en nu bleven zijn hersenen, die vroeger altijd als een werkbij regelrecht op hun doel afstevenden, ontspannen in het rond zweven. Hij keek langzaam om zich heen. De gezichten van de anderen, die niet wisten hoe ze op zijn zwijgen moesten reageren, kregen opeens iets fascinerends. Hun onbehagen kreeg iets fascinerends. Was hij voorheen immuun geweest voor andermans onbehagen? Nee, immuun was een te sterk woord. Maar hij had er niet veel aandacht aan besteed. Nu zag hij hoe ze naar hun bord keken en ongemakkelijk heen en weer schoven op hun stoel, totdat de moderator ingreep.

'Als Jules – de heer Epstein – niets toe te voegen heeft, gaan we door naar –' maar op dat moment zag ze zich gedwongen een halve slag op haar stoel te draaien, in de rede gevallen door een stem achter haar.

'Als hij zijn beurt voorbij wil laten gaan, neem ik hem wel.'

Rondspeurend naar waar deze storing vandaan was gekomen

keek Epstein in de pientere ogen van de grote man met het zwarte gehaakte keppeltje.

Hij wilde net antwoord geven toen de man er weer tussen kwam.

'President Abbas, dank u voor uw komst van vandaag. Neem me niet kwalijk: net als mijn collega's heb ik geen vraag voor u; alleen maar een mededeling.'

Er trok kabbelend, opgelucht gelach door het vertrek. Zijn stem drong moeiteloos door tot in alle hoeken, waardoor het gebruik van de microfoon overdreven leek.

'Ik ben rabbijn Menachem Klausner. Ik woon al vijfentwintig jaar in Israël. Ik ben de oprichter van Gilgoel, een project dat Amerikanen in de gelegenheid stelt om in Safed de joodse mystiek te bestuderen. U mag ons allemaal gerust komen opzoeken, een tijdje uw intrek in een van onze retraite-oorden nemen – we zitten inmiddels op vijftien gasten per jaar, en dat worden er alleen maar meer. President Abbas, het zou een eer zijn u er te verwelkomen, al kent u de steile hoogten van Safed natuurlijk beter dan de meesten onder ons.'

De rabbijn zweeg even en streek over zijn glanzende baard.

'Nu ik hier naar mijn vrienden sta te luisteren moet ik terugdenken aan een bepaald verhaal. Een les, eerder gezegd, die de rabbijn ons ooit op school heeft bijgebracht. Een echte *tsadiek*, een van de beste docenten die ik heb gehad – als hij er niet was geweest, zou mijn leven anders zijn gelopen. Hij las ons altijd uit de Thora voor. Die dag was het Genesis, en toen hij aankwam bij de zin "Op de zevende dag voltooide God zijn werk", hield hij op en keek ons aan. Was ons iets vreemds opgevallen, wilde hij weten. Wij krabden ons op het hoofd. Iedereen weet dat de zevende dag de sabbat is, dus wat was er zo vreemd?

"Aha!" zei de rabbijn terwijl hij opsprong uit zijn stoel, zoals wel vaker wanneer hij opgewonden was. "Maar er staat niet dat God rústte op de zevende dag! Er staat dat hij zijn werk voltóóide.

Hoeveel dagen had het gekost om de hemel en de aarde te scheppen, vroeg hij ons. Zes, zeiden we. Dus waarom staat er dan niet dat God tóén rustte? Op de zésde voltooide en op de zévende rustte?'

Epstein wierp een blik om zich heen en vroeg zich af waar dit allemaal heen ging.

'Nou, daarna vertelde de rabbijn dat de wijze oude mannen bij elkaar kwamen om dit probleem uit te knobbelen en dat ze tot de conclusie kwamen dat er ook op de zevende dag een scheppingsdaad moest zijn verricht. Maar welke? De zee en het land bestonden al. De zon en de maan. Planten en bomen, dieren en vogels. Zelfs de Mens. Ten slotte opende een grijsharige geleerde die altijd in zijn eentje in de hoek zat zijn mond. "*Menoecha*," zei hij. "Wat?" vroegen de anderen. "Praat eens wat harder, we verstaan je niet." "Met de sabbat schiep God menóécha," zei de oude geleerde, "en toen was de wereld voltooid."'

Madeleine Albright schoof haar stoel naar achteren en liep het vertrek uit. De stof van haar broekpak maakte een zacht schurend geluid. De spreker leek daardoor niet uit het veld te worden geslagen. Heel even dacht Epstein zelfs dat hij zich haar lege stoel zou toe-eigenen, net zoals hij zich de beurt die Epstein voorbij had laten gaan had toegeëigend. Maar hij bleef staan, zodat hij het gezelschap beter in zijn greep kon houden. De mensen in zijn buurt waren een eindje naar achteren geschoven, zodat er een open ruimte rond hem was ontstaan.

'"Wat is dus de betekenis van menoecha?" vroeg de rabbijn ons. Een stelletje rusteloze jochies die uit het raam zaten te staren, die maar in één ding geïnteresseerd waren en dat was honkbal. Niemand zei iets. De rabbijn wachtte en toen duidelijk werd dat hij ons het antwoord niet zou geven, deed iemand zijn mond open, een joch achter in het lokaal, de enige met gepoetste schoenen, die altijd meteen naar huis ging, naar zijn moeder, de verre, vele generaties later geboren nazaat van de grijze geleerde die beschikte over de aloude wijsheid van in een hoek zitten. "Uitrusten," zei hij. "Uitrusten!" riep de rabbijn uit, terwijl het speeksel uit zijn mond vloog, zoals wel vaker wanneer hij opgewonden was. "Maar niet alleen maar! Omdat menoecha niet zomaar een pauze in het werk betekent. Een onderbreking van alle inspanningen. Het is niet het tegenovergestelde van zwoegen en sloven. Als er een speciale scheppingsdaad voor nodig was om dat tot stand te brengen, moest het haast wel iets bijzonders zijn. Niet het negatief van iets wat al bestond, maar een uniek positief, waarzonder het heelal onvoltooid zou zijn. Nee, niet zomaar uitrusten," zei de rabbijn. "Stilte! Kalmte! Ontspanning! Vréde. Een toestand waarin geen onlusten zijn, geen vechtpartijen. Geen angst en wantrouwen. Menoecha. De toestand waarin de mens stil ligt."

Abu Mazen, als u me toestaat' – Klausner sprak nu wat zachter en zette de *kipa*, die naar zijn nek was geschoven, weer goed – 'in dat lokaaltje vol twaalfjarigen begreep niet één van ons wat de rabbijn bedoelde. Maar ik vraag u: begrijpt een van ons in dit vertrek het dan beter? Begrijpt een van ons de scheppingsdaad die uniek is, vergeleken met de andere, de enige die niet iets eeuwigs in het leven heeft geroepen? Op de zevende dag schiep God menoecha. Maar hij maakte er iets broos van. Niet in staat om te blijven duren. Waarom? Waarom, wanneer de tijd juist geen vat heeft op al het overige dat hij maakte?'

Klausner zweeg even en liet zijn blik door het zaaltje gaan. Zijn enorme voorhoofd glom van het zweet, hoewel dat het enige blijk van inspanning was. Epstein boog zich afwachtend naar voren.

'Zodat het aan de Mens is om telkens weer opnieuw menoecha te scheppen,' zei Klausner ten slotte. 'Om opnieuw weer menoecha te scheppen, zodat hij beseft dat hij geen toeschouwer in het heelal is, maar een deelnemer. Dat zonder zijn handelingen het heelal dat God voor ons bestemd heeft onvoltooid zal blijven.'

Uit een verre uithoek van het zaaltje klonk een eenzaam, lui geklap op. Toen dat geen bijval kreeg en verstomde, begon de leider van de Palestijnen te spreken. Telkens even op zijn tolk wachtend kwam hij met een boodschap over zijn acht kleinkinderen die allemaal naar het Seeds of Peace Camp in Maine waren geweest, waar het ging om naast elkaar leven, een dialoog bevorderen, een onderlinge verstandhouding kweken. Zijn opmerkingen werden gevolgd door die van een paar laatste sprekers en daarmee was het evenement afgelopen. Iedereen kwam overeind en Abbas schudde een rij uitgestoken handen terwijl hij langs de tafel het zaaltje uit liep, met zijn gevolg achter zich aan.

Epstein, die er nu ook graag vandoor wilde, liep naar de garderobe. Maar terwijl hij in de rij wachtte werd hij op zijn schouder getikt. Hij draaide zich om en stond oog in oog met de rabbijn die een preek had afgestoken over gestolen tijd. Anderhalve kop langer dan Epstein straalde hij de taaie, zongeblakerde kracht uit van iemand die al een hele tijd in de Levant woont. Van zo nabij scheen het opgeslagen zonlicht uit zijn blauwe ogen. 'Menachem Klausner,' herhaalde hij, voor het geval zijn naam Epstein was ontgaan. 'Ik hoop dat u zich niet op uw tenen getrapt voelt?'

'Nee,' zei Epstein en smeet het garderobenummer voor zijn jas op de tafel neer. 'U hebt heel goed gesproken. Ik had het zelf niet beter kunnen zeggen.' Hij meende het, maar had geen zin er nu verder op door te gaan. De vrouw die de garderobe bediende trok met haar been, en Epstein zag haar weglopen om het gevraagde te halen.

'Bedankt, maar mij komt niet alle eer toe. Het meeste was van Abraham Heschel afkomstig.'

'Ik dacht dat u zei dat het uw oude rabbijn was.'

'Dat levert een boeiender verhaal op,' zei Klausner terwijl hij zijn wenkbrauwen optrok. Op zijn voorhoofd veranderde het patroon van diepe lijnen bij elke zwaar aangezette uitdrukking.

Epstein had Abraham Heschel nooit gelezen. Het was trouwens erg warm in het zaaltje en wat hij nu het liefst wilde was buiten een frisse neus halen in de kou. Maar toen de garderobejuffrouw terugkwam van het draairek lag de jas van iemand anders over haar arm.

'Die is niet van mij,' zei Epstein en schoof de jas terug over de tafel.

De vrouw keek hem laatdunkend aan. Maar toen hij haar norse blik beantwoordde met een nog norsere blik van hemzelf, capituleerde ze en hinkte terug naar het rek. Haar ene been was korter dan het andere, maar je zou een heilige moeten zijn om dat niet tegen haar te gebruiken.

'We hebben elkaar zelfs al eens eerder ontmoet,' zei Menachem Klausner achter hem.

'O ja?' vroeg Epstein, zonder zich ook maar om te draaien.

'In Jeruzalem, bij het huwelijk van de dochter van de Schulmans.'

Epstein knikte, maar kon zich de ontmoeting niet herinneren.

'Ik vergeet nooit een Epstein.'

'En waarom dan wel niet?'

'Geen Epstein, of geen Abravanel, of geen Dayan, of iemand met een stamboom die terugvoert naar de dynastie van David.'

'Epstein? Met Epstein zit u helemaal verkeerd, tenzij u het vorstenhuis van de een of andere achterlijke sjtetl bedoelt.'

'O, u bent er absoluut eentje van ons.'

Nu moest Epstein lachen.

'Ons?'

'Uiteraard; Klausner is een belangrijke naam in de Davidische genealogie. Niet met hetzelfde prestige als Epstein, dat nou weer niet. De verwekkingslijn die bij u is uitgekomen leidt rechtstreeks naar de Koning van Israël, tenzij een van uw voorvaderen die naam zomaar uit de lucht heeft geplukt, wat niet waarschijnlijk is.'

Epstein zou het liefst een briefje van vijftig uit zijn portefeuille hebben getrokken om van Klausner af te komen, een drang die wedijverde met de drang om hem nader aan de tand te voelen. De rabbijn had iets onweerstaanbaars, of misschien zou hij dat wel op een ander tijdstip kunnen hebben.

De garderobejuffrouw bleef lamlendig het rek ronddraaien en liet het af en toe stilstaan om de nummers op de haakjes te bekijken. Ze haalde er een kaki trenchcoat af. 'Is hem niet,' riep Epstein voordat ze kon proberen hem met de jas op te zadelen. Ze wierp hem een misprijzende blik toe en liet het rek nog eens rondgaan.

Epstein hield het niet langer uit en wrong zich achter de tafel. De garderobejuffrouw deinsde achteruit, overdreven verbaasd, alsof ze verwachtte dat hij haar met een knuppel op het hoofd zou slaan. Maar de uitdrukking op haar gezicht kreeg iets zelfvoldaans toen Epstein zonder enig succes op eigen houtje tussen de jassen begon te zoeken. Toen ze weghinkte om Menachem Klausners nummer van hem aan te pakken, liet de prekenafsteker met de drieduizend jaar tellende stamboom een protest horen: 'Nee, nee. Ik vind het niet erg om te wachten. Hoe ziet die jas eruit, Jules?'

'Hij is donkerblauw,' mompelde Epstein, terwijl hij tegen de langszwaaiende mouwen van tweed en wol sloeg. Maar de jas, waarvan hij het niet over zijn lippen kreeg dat hij veel weghad van de jas op de tafel, maar dan alleen veel zachter en duurder, was nergens te vinden. 'Dit is belachelijk,' sputterde hij. 'Hij is vast door iemand anders meegenomen.'

Epstein zou gezworen hebben dat hij de garderobejuffrouw hoorde lachen, maar toen hij zich met een ruk omdraaide zag hij dat ze hem haar gebogen, vierkante rug had toegekeerd en al bezig was degene die achter Klausner in de rij stond te helpen. Epstein voelde zijn gezicht warm worden, zijn keel dichtgesnoerd worden. Vrijwillig afstand doen van miljoenen was tot daaraan toe, maar van je jas beroofd worden – nee, dat kon niet. Hij wilde alleen maar hier wegwezen, in zijn eentje door het park lopen met zijn eigen jas aan.

Er klonk een ping toen de lift er was en de deuren openschoven. Zonder nog één woord te zeggen griste Epstein de jas die op tafel lag weg en liep er haastig mee naar de lift. Klausner riep hem na, maar de deuren gingen net op tijd dicht en de lift bracht Epstein in zijn eentje langs alle verdiepingen naar beneden.

Bij de zijingang van het hotel persten de mannen van Abu Mazen zich in een limousine. De achterste had zijn jas aan, zag Epstein. 'Hé!' schreeuwde hij, zwaaiend met het grove kledingstuk dat over zijn arm hing. 'HÉ! U hebt mijn jas aan!' Maar de man hoorde het niet of deed net alsof en terwijl hij het portier achter zich dichtsloeg, trok de limousine op van de stoeprand en gleed weg over 58th Street.

Epstein keek de wagen ongelovig na. De portier van het hotel gluurde hem zenuwachtig aan, bezorgd misschien dat hij een scène zou trappen. Epstein zuchtte diep, met een chagrijnige blik naar de jas in zijn handen, en stak eerst zijn ene en daarna zijn andere hand in de mouwen en trok hem met een schouderbeweging aan. De manchetten hingen tot over zijn knokkels. Terwijl hij door Central Park South liep trok er een koude windvlaag door de dunne stof, en instinctief zocht Epstein in zijn zakken naar zijn leren handschoenen. Maar het enige wat hij vond was een blikje pepermuntjes, bedrukt met Arabisch schrift. Hij stak er een in zijn mond en begon te zuigen; het pepermuntje was zo sterk dat zijn ogen begonnen te tranen. Dus daar kwam al dat haar op hun borst vandaan. Hij daalde de trap af en ging het park in. Hij liep een eindje over het pad langs de vijver, die vol met riet stond.

De lucht was nu stoffig roze, verschietend oranje in het westen. Nog even en de verlichting zou aangaan. De wind wakkerde aan en boven zijn hoofd waaide een witte plastic zak voorbij die traag van vorm veranderde.

De ziel is een zee waarin wij zwemmen. Ze heeft geen kust aan deze kant, en slechts ver weg, aan de overkant, daar ligt een kust, en dat is God.

Het was een regel uit het dunne groene boekje dat hij bijna twee maanden geleden van Maya voor zijn verjaardag had gekregen, waarvan hij bepaalde stukken zo vaak had gelezen dat hij ze vanbuiten kende. Hij liep voorbij een bankje, maar bedacht zich en ging zitten terwijl hij zijn hand in de binnenzak van de jas stak. Toen hij zich herinnerde dat de zak leeg was, sprong hij geschrokken overeind. Het boekje! Hij had het in zijn jas laten zitten! Zijn jas, die zich op dit moment in oostelijke richting van hem verwijderde aan het lijf van een van Abbas' trawanten. Hij zocht naar zijn telefoon om zijn assistente Sharon een sms'je te sturen. Maar de telefoon was ook nergens te vinden. 'Verdomme!' schreeuwde Epstein. Een moeder die een dubbele wandelwagen voortduwde over het pad keek hem argwanend aan en ging wat harder lopen.

'Hé!' schreeuwde Epstein. 'Mevrouw, alstublieft.' De vrouw keek even achterom, zonder haar snelle pas te vertragen. Epstein rende haar achterna. 'Moet u horen,' zei hij terwijl hij buiten adem naast haar ging lopen, 'ik besef net dat ik mijn telefoon kwijt ben. Mag ik die van u heel even lenen?'

De vrouw keek naar haar kinderen – een tweeling, leek het wel, ingepakt in met bont gevoerde slaapzakken, hun neusjes nat en hun donkere oogjes waakzaam. Met opeengeklemde kaken stak ze haar hand in haar zak en haalde haar telefoon tevoorschijn. Epstein trok hem uit haar hand, ging met zijn rug naar haar toe staan en toetste zijn eigen nummer in. De beltoon klonk een paar keer totdat de voicemail werd ingeschakeld. Had hij zijn toestel eerder op de dag uitgezet, tijdens het afronden van de onderhandelingen over de lening, of had de man van Abbas dat gedaan? De gedachte dat zijn telefoontjes bij de Palestijn terechtkwamen maakte hem onrustig. Hij draaide Sharons nummer en ook daar werd niet opgenomen.

'Alleen een snel sms'je,' verklaarde Epstein, en met verstijfde vingers tikte hij het bericht in: *Neem zsm contact op met Veiligheidsraad VN. Verwisseling jas in Plaza. Een van Abbas' boeven heeft de mijne gejat: Loro Piana, donkerblauwe kasjmier.* Hij drukte op send en tikte daarna nog een zinnetje in: *Telefoon en andere kostbaarheden in jaszak.* Maar net toen hij dat ook wilde versturen bedacht hij zich en wiste het, om te voorkomen dat hij Abbas' man attent maakte op wat hij zonder het zelf te weten in zijn bezit had. Maar nee, dat was te bespottelijk voor woorden. Wat zou hij in hemelsnaam moeten beginnen met de telefoon van een wildvreemde en met een obscuur boekje van een dode Israëlische dichter?

De tweeling begon te niezen en te snuffen, terwijl de moeder ongeduldig van de ene voet op de andere stond te wiebelen. Epstein, die weinig ervaring had met het ontvangen van naastenliefde, typte het bericht nog eens in, verstuurde het en bleef de telefoon vasthouden, wachtend tot de reactie van zijn assistente het toestel weer met een gezoem tot leven zou wekken. Maar het bleef inert in zijn handen liggen. Waar zat dat mens, verdorie? *Niet mijn telefoon, uiteraard,* tikte hij. *Probeer je snel opnieuw te bereiken.* Hij keerde zich om naar de vrouw, die met een geërgerd gebrom de telefoon teruggriste en wegbeende zonder ook maar gedag te zeggen.

Hij had eigenlijk met Maura afgesproken en moest over drie kwartier in de Avery Fisher Hall zijn. Ze kenden elkaar al sinds hun jeugd, en na zijn echtscheiding vergezelde Maura hem vaak naar concerten. Epstein sloeg af in noordwestelijke richting en nam de kortste weg over het gras, terwijl hij in zijn hoofd verwoed nieuwe sms'jes opstelde. Toen hij langs een struik kwam, vloog daar een zwerm bruine mussen omhoog die in de schemerachtige lucht uiteen waaierde. Epstein voelde een golf van troost over zich heen stromen. Het was maar een oud boekje, toch? Hij kon vast wel een ander exemplaar opsnorren. Hij zou Sharon wel inzetten. Of nog beter, waarom zou hij het boekje niet even vlot laten gaan als het was gekomen? Had hij er al niet alles uit gehaald wat hij nodig had?

In gedachten verzonken ging hij een tunnel onder een voetgangersbrug in, waar de vochtige lucht hem deed huiveren. Opeens stond er in het donker een dakloze voor hem. Het haar van de man was lang en zat vol klitten en er hing een stank van urine en etter om hem heen. Epstein haalde een briefje van twintig uit zijn portefeuille en propte het in de eeltige hand van de man. Als bij nadere overweging diepte hij ook het doosje pepermunt op. Maar dat was de verkeerde beslissing, want nu haalde de man met een heftige beweging naar hem uit en in het donker zag Epstein een mes opflitsen.

'Hier met die portemonnee,' gromde de man.

Epstein was verbaasd – dat zou toch niet waar zijn?

Kon deze middag hem nog meer kosten? Had hij, stinkend naar liefdadigheid, zoveel gegeven dat de wereld zich inmiddels vrij voelde om hem spullen te ontnemen? Of juist het tegenovergestelde, werd hem duidelijk gemaakt dat hij nog niet genoeg had gegeven, dat het pas genoeg zou zijn als er niets meer overbleef? En bestonden er nog echt overvallers in Central Park?

Verbaasd, ja, maar niet bang. Hij had al massa's krankzinnigen meegemaakt. Je zou zelfs kunnen zeggen dat hij als advocaat er slag van had om met ze om te gaan. Hij evalueerde de situatie: het was geen groot mes. Je kon er kwaad mee aanrichten, maar niet mee doden.

'Goed dan,' begon hij rustig. 'Als ik je nou eens het geld geef. Er moet hier minstens driehonderd dollar in zitten, misschien wel meer. Als jij dat nou allemaal neemt, hou ik alleen de pasjes. Daar heb je toch niets aan – ze worden binnen twee minuten geblokkeerd, en waarschijnlijk gooi je ze toch alleen maar in een afvalbak. Op die manier gaan we hier allebei tevreden weg.' Al pratend hield hij de portefeuille voor zich, een eindje van zich af, en haalde er langzaam het bundeltje bankbiljetten uit. De man griste het weg. Maar hij was kennelijk nog niet met Epstein klaar, want nu stond hij iets anders te schreeuwen. Epstein begreep het niet.

'Wat?'

Met een zwiepende beweging trok de man het mes over Epsteins borst. 'Wat zit daarin?'

Epstein deed een stap achteruit, met zijn hand tegen zijn hart gedrukt. 'Waar?' vroeg hij met stokkende adem.

'Daarbinnen!'

'Niets,' zei hij kalm.

'Laat zien,' zei de dakloze, tenminste, dat dacht Epstein; zijn gebrabbel was vrijwel niet te verstaan. Terwijl de man zwaar bleef staan ademen, met opgeheven wapen, schoot bij Epstein de gedachte aan zijn vader door het hoofd; diens spraakvermogen was na een beroerte blijvend aangetast.

Langzaam knoopte Epstein de jas los die niet de zijne was, en daarna het grijze flanellen jasje dat wel van hem was. Hij hield de met zijde gevoerde zak open, want normaal gesproken zat daar het kleine groene boekje in. Hij boog zich op zijn tenen naar voren om de man te laten zien dat de zak leeg was. Het was allemaal zo mal dat hij erom had kunnen lachen als er niet een mes zo dicht bij zijn keel had gezweefd. Misschien kon het mes toch doden. Epstein keek even naar beneden en zag zich al in een plas bloed op de grond liggen, niet bij machte om hulp te roepen. In zijn gedachten vormde zich een vraag die daar al een paar weken vaag omlijnd aanwezig was, en nu probeerde hij haar uit, alsof hij haar op haar gepastheid wilde toetsen: had Gods hand hem vanuit de hemel aangewezen? Maar waarom hem? Toen hij weer opkeek was het mes weg en had de man zich omgedraaid en ging hij er haastig vandoor. Epstein bleef heel even staan, als verstard, totdat de man was verdwenen in de lichtkring aan het andere uiteinde en hij alleen in de tunnel achterbleef. Pas toen hij met zijn hand aan zijn keel wilde voelen, besefte hij dat zijn vingers trilden.

Tien minuten later leende Epstein alweer een telefoon, nadat hij veilig was aangekomen in de hal van het Dakotagebouw. 'Ik ben bevriend met de Rosenblatts,' had hij tegen de portier gezegd.

'Ik ben net beroofd. Ook van mijn telefoon.' De portier stak al zijn hand uit om met de huistelefoon naar 14B te bellen. 'Laat maar,' zei Epstein snel. 'Ik pleeg gewoon één telefoontje en dan ben ik weer weg.' Hij reikte over de balie en draaide zijn eigen nummer nog een keer. Weer kreeg hij zijn eigen stem te horen, lang geleden opgenomen, maar nog steeds opnieuw zijn bestemming bereikend. Hij verbrak de verbinding en belde Sharon.

Ze nam op, een en al verontschuldiging omdat ze zijn vorige telefoontje had gemist. Ze had al meermalen naar de VN gebeld. Abbas zou over een kwartier gaan spreken en op dit moment was er niemand uit zijn gezelschap bereikbaar, maar ze zou meteen een taxi nemen om ze te onderscheppen voordat ze het gebouw verlieten. Epstein droeg haar op Maura te bellen om te laten weten dat ze maar zonder hem naar het concert moest gaan.

'Vertel maar dat ik ben overvallen,' zei hij.

'Oké, je bent overvallen,' zei Sharon.

'Dat ben ik echt,' zei Epstein, zachter dan hij bedoeld had, want opnieuw zag hij zichzelf languit op de grond liggen, in een plas van traag wegsijpelend bloed. Hij keek op en zag aan de blik van de portier dat hij hem ook niet geloofde.

'Echt waar?' vroeg zijn assistente.

Epstein kapte haar af: 'Ik ben over een halfuur thuis. Bel me dan.'

'Hoor eens,' zei hij tegen de portier, 'ik zit in de knoei. Kun je me een twintigje lenen? Ik zal met Kerstmis aan je denken. Intussen zullen de Rosenblatts het wel vergoeden.'

Nadat hij hem twee bankbiljetten had overhandigd, hield de portier een taxi aan, die over Central Park West in zuidelijke richting reed. Omdat hij niets meer had dat als fooi kon dienen, kleingeld noch ringen, knikte Epstein alleen maar nederig en gaf het adres van zijn flat op, aan de andere kant van het park en vijftien kruisingen naar het noorden. De taxichauffeur schudde geërgerd zijn hoofd, draaide zijn raampje naar beneden en spuwde een dikke klodder op straat. Het was altijd hetzelfde liedje: als je ze van hun vaste route afhield en vroeg rechtsomkeert te maken, viel dat altijd verkeerd. Dat was een vrijwel universeel trekje in de psyche van de New Yorkse taxichauffeurs, had Epstein dikwijls omstandig uitgelegd aan iedereen die bij hem op de achterbank zat. Zodra ze in beweging waren, na eerst door files en stoplichten te zijn gedwarsboomd, verlangde alles in hen om die beweging voort te zetten. Het geld dat verdiend kon worden met omkeren en in de tegenovergestelde richting rijden speelde amper een rol op het moment dat het verzoek werd gedaan: ze voelden het als een nederlaag en waren er verontwaardigd over.

De sfeer in de taxi werd er niet beter op toen het verkeer op Madison Avenue in noordwaartse richting stil bleek te staan en de straten in westelijke richting waren afgezet. Epstein draaide het raampje naar beneden en riep een politieagent aan, dik en gespierd als een honkballer, gestationeerd bij een barricade.

'Wat is hier aan de hand?'

'Ze zijn een film aan het opnemen,' meldde de agent kortaf, terwijl hij de lucht afspeurde naar hoge ballen.

'Je neemt me zeker in de maling, hè? Dat is al de tweede keer deze maand! Wie heeft er tegen Bloomberg gezegd dat hij de stad aan Hollywood kon verkopen? Er wonen hier toevallig nog mensen!'

Bevrijd uit de stinkende taxi liep Epstein met grote stappen door 85th Street, waar het vol stond met zoemende trailers die door een reusachtige dreunende generator van stroom werden voorzien. Toen hij langs de cateringtafel kwam, greep hij zonder zijn pas in te houden een donut en beet erin, zodat de jam eruit spoot.

Op de hoek van 5th Avenue hield hij halt, want daar bleek het te hebben gesneeuwd. De bomen, belicht door enorme lampen, waren in wit gehuld, en op het trottoir glinsterden de grote sneeuwhopen als mica. Alles was stil en rustig; zelfs het koppel zwarte paarden, voor een lijkkoets ingespannen, bleef roerloos en met gebogen hoofd staan terwijl de sneeuw rond hen neerdwarrelde. Door de glazen ramen van het rijtuig zag Epstein de lange schaduw van een ebbenhouten kist. Er stroomde een vloed van diepe eerbied door hem heen – niet alleen het automatische ontzag dat je voelt bij leven dat is verstreken, maar ook iets anders: het besef van waartoe de wereld, met haar onpeilbare enclaves, in staat is. Maar dat was kortstondig. Even later kwam er een camerakraan door de straat aanrijden en was de betovering verbroken.

Toen hij eindelijk de warm verlichte hal van zijn flat in zicht kreeg, ging er een golf van uitputting door Epstein heen. Het enige wat hij nu wilde was thuis zijn, waar hij zich in de reusachtige badkuip kon laten zakken en de dag kon laten weglopen. Hij liep het laatste eindje naar de ingang, maar opnieuw ondervond hij tegenwerking, dit keer van een vrouw in een dik donsjack, die met een klembord zwaaide.

'Ze zijn aan het opnemen!' siste ze. 'U moet op de hoek wachten.'

'Ik woon hier,' snauwde Epstein terug.

'Dat doen er wel meer en die staan allemaal te wachten. Heb maar een beetje geduld.'

Maar Epsteins geduld was helemaal op en toen de vrouw even achteromkeek naar de krakende lijkwagen, die nu achter de paarden in beweging kwam, glipte hij langs haar heen en begon met een laatste krachtsinspanning naar het gebouw te sprinten. Hij zag Haroen, de portier, door het raam naar de activiteit op straat gluren. Hij stond daar altijd, met zijn gezicht tegen het glas. Als er niets opwindends te beleven viel, speurde hij graag de hemel af naar de roodstaartbuizerd die zijn nest ergens op een richel had, een eindje verderop in de straat. Op het laatste moment kreeg Haroen in de gaten dat Epstein op hem af stoof, en met een verraste blik trok hij de deur open, vlak voordat de huurder van Penthouse B ertegenaan zou smakken. Epstein zeilde soepel naar binnen en de portier deed de deur weer op slot, draaide zich om en ging er met zijn rug tegenaan staan.

'Het is een film, Haroen, geen revolutie,' zei Epstein, nahijgend.

De portier, die continu versteld stond van de nieuwe gebruiken in zijn tweede vaderland, knikte en fatsoeneerde de zware groene mantel met de goudkleurige knopen, zijn uniform in de koude maanden. Zelfs als hij binnen moest blijven vertikte hij het hem uit te trekken.

'Weet je wat er met deze stad mis is?' zei Epstein.

'Wat dan, meneer?' vroeg Haroen.

Bij het zien van de ernstige blik in de ogen van de portier, na vijf jaar nog steeds vol verwondering over wat hij allemaal op 5th Avenue zag gebeuren, liet Epstein het onderwerp toch maar varen. De handen van de portier waren onbedekt, en opeens wilde Epstein hem vragen wat hij met de zegelring had gedaan. Maar ook over dit punt slikte hij zijn woorden in.

Toen de deur van de met houten panelen beklede lift openging en Epstein het vertrouwde gekleurde tapijt uit Isfahan in zijn hal zag liggen, slaakte hij een zucht van verlichting. Zodra hij binnen was knipte hij de lamp aan, hing de verkeerde jas in de kast en trok zijn pantoffels aan. Hij woonde hier al tien maanden, sinds Lianne en hij waren gescheiden, en er waren nog steeds nachten waarop hij het lichaam van zijn vrouw naast zich miste in bed. Hij had zesendertig jaar naast haar geslapen, en het matras voelde anders aan zonder haar gewicht, hoe licht dan ook, en zonder het ritme van haar adem was het donker onmeetbaar. Af en toe werd hij verkild wakker door het gemis van de warmte die tussen haar dijen en achter haar knieën vandaan kwam. Hij had haar zelfs kunnen bellen als hij maar heel even kon vergeten dat hij alles wat hij zou kunnen zeggen al wist. De waarheid was: als hij al iets van een verlangen voelde, dan was het niet naar iets wat hij ooit had gehad en had opgegeven.

Het appartement was niet groot, maar vanuit de ramen in de woonvertrekken had je uitzicht op Central Park en het Metropolitan Museum, waar de Tempel van Dendur was gehuisvest onder glas. Deze nabijheid tot de oude wereld betekende iets voor hem; hoewel deze Romeinse kopie van een Egyptische tempel zelf nooit indruk op hem had gemaakt, voelde hij zijn borst soms opzwellen wanneer hij haar 's nachts zag staan, alsof zijn lichaam zich herinnerde wat het over de uitgestrektheid van de tijd had vergeten. Wat het noodzakelijkerwijs had moeten vergeten om te kunnen geloven in de weidsheid en de uniciteit van de dingen die er met je gebeurden, die hun stempel op het leven konden drukken, zoals een nieuwe combinatie van letters kon worden ingedrukt op een typemachinelint. Maar hij was niet jong meer. Hij was gemaakt van een materie die ouder was dan welke tempel ook en sinds kort kwam daar weer iets van naar hem terug. Nam het weer zijn intrek in hem, zoals het water terugkeert naar een droge rivierbedding die er lang geleden door is gevormd.

Nu de wanden van het appartement ontdaan waren van schilderijen en hij het dure meubilair had weggegeven hoefde hij alleen nog maar midden in de lege woonkamer te staan en naar de duister bewegende boomtoppen te kijken om te voelen hoe hij kippenvel op zijn armen kreeg. Waarom? Louter om het feit dat hij er nog was. Dat hij lang genoeg leefde om op een punt te belanden waar de cirkel zich begon te sluiten, dat het bijna te laat was geweest, dat hij het bijna had gemist, maar zich er op het laatste nippertje van bewust was geworden. Waarvan? Van de tijd die als een lichtbundel bewoog over de vloer, met aan het eind van zijn lange staart het licht dat over het parket viel in het huis waar hij kind was geweest, in Long Beach. Of de hemel boven zijn hoofd, die dezelfde hemel was waaronder hij sinds zijn jongensjaren liep. Nee, het was meer dan dat. Hij had slechts zelden zijn hoofd boven de krachtige stromen van zijn leven uitgestoken, omdat hij te druk bezig was erdoorheen te duiken. Maar er waren tegenwoordig momenten waarop hij een onbelemmerd uitzicht had, helemaal tot aan de horizon. En dat vervulde hem met evenveel vreugde als verlangen.

Nog steeds hier. Ontdaan van meubilair, van geld, van telefoon, van zijn bloedeigen jas, maar welbeschouwd nog niet etherisch. Epstein kreeg een hol gevoel in zijn maag. Hij had amper gegeten in het Plaza, en de donut had zijn eetlust gewekt. Rondneuzend in de koelkast ontdekte hij een kippenpoot, daar achtergelaten door de kok die drie keer per week voor hem kookte, en hij at hem staande voor het raam op. Een verre, verre, verre, verre, verre achterneef van David. De herdersjongen die een steen naar Goliats hoofd had geslingerd, over wie de vrouwen altijd zeiden 'Saul heeft zijn duizenden geslagen, maar David zijn tienduizenden,' maar die ze later, om hem geen kille en berekenende bruut te laten blijven en om hem Joodse zachtheid, Joodse intelligentie, Joodse diepte mee te geven, de auteur maakten van de mooiste poëzie die ooit was geschreven. Epstein glimlachte. Wat viel er verder nog over hemzelf te leren? De kip was lekker, maar voordat hij bij het bot was gooide hij de poot in de vuilnisemmer. Hij wilde al een glas uit de kast halen, maar bedacht zich en stak zijn hoofd onder de kraan om een paar gulzige slokken te nemen. In de woonkamer raakte Epstein een schakelaar aan, en de lampen, aangesloten op een automatische dimmer, kwamen tot leven. Ze verlichtten het gebruineerde goud van twee aureolen op een klein paneel dat eenzaam aan de zijwand hing. Hoewel hij het al talloze keren eerder had zien gebeuren, kon hij dit effect niet zien zonder dat hij zijn hoofdhuid voelde tintelen. Het was het enige meesterwerk dat hij had bewaard, een paneel van een bijna zeshonderd jaar geleden in Florence geschilderd altaarstuk. Hij had het niet over zijn hart kunnen verkrijgen om het weg te geven. Hij wilde het graag nog een tijdje bij zich houden.

Epstein liep op ze af: Maria, gebogen en bijna lichaamloos in de vaalroze plooien die van haar gewaad neervielen, en de engel

Gabriël, die zonder zijn gekleurde vleugels zelf misschien voor een vrouw aangezien kon worden. Uit het kleine houten bankje dat onder Maria was geschoven kon je opmaken dat ze knielde of zou gaan knielen, als er tenminste onder het gewaad nog iets lichamelijks van haar over was – als wat Maria was niet reeds was uitgewist, zodat ze kon worden opgevuld met de zoon van God. In haar gebogen gestalte werden de witte bogen boven haar exact weerspiegeld: nu al was ze iets wat niet meer haarzelf was. Haar handen met de lange vingers waren over haar platte borst gevouwen en op haar gezicht lag de ernstige uitdrukking van een volwassen kind dat tegenover haar moeilijke, verheven noodlot staat. Op korte afstand blikte de engel Gabriël liefdevol op haar neer, met zijn hand op zijn hart, alsof ook hij de pijn van haar noodzakelijke toekomst voelde. De verf zat vol craquelures, maar dat vergrootte alleen maar het gevoel van ademloosheid, van een grote en gewelddadige kracht die onder het roerloze oppervlak zijn werk deed. Alleen de platte gouden schijven rond hun hoofd waren vreemd statisch. Waarom moesten ze steeds weer dat soort aureolen schilderen? Waarom moesten ze, terwijl toch al was ontdekt hoe je de illusie van diepte moest scheppen, steeds weer terugvallen op een hardnekkige platheid, louter in dit opzicht alleen? En niet zomaar een opzicht, maar juist het symbool van wat, dicht naar God toe getrokken, doordrongen wordt van het oneindige?

Epstein haalde de lijst van de muur en liep ermee onder zijn arm naar zijn slaapkamer. De vorige maand was er een naakt van Bonnard op haar rug naar buiten gedragen en sindsdien was de wand tegenover zijn bed leeg. Nu leek het hem opeens fijn om de kleine annunciatie daar op te hangen, zodat hij er 's morgens bij het wakker worden naar kon kijken en zodat ze het laatste was wat hij zag wanneer hij langzaam in slaap viel. Maar voordat het hem lukte de draad over het haakje te krijgen werd de stilte verbroken door de rinkelende telefoon. Epstein beende naar het bed, zette de lijst tegen de kussens en nam de hoorn van de haak.

'Jules? Met Sharon. Het spijt me, maar die man met jouw jas voelde zich niet lekker en is naar zijn hotel teruggegaan.'

Buiten, over het uitgestrekte donker, glinsterden de lichtjes van de West Side. Epstein liet zich op bed zakken, naast de Maagd. Hij stelde zich de Palestijn voor in zijn jas, gebogen over een wc.

'Ik heb iets ingesproken, maar nog geen contact met hem gehad,' ging Sharon verder. 'Is het goed als ik tot morgen wacht voordat ik erheen ga? Je vlucht vertrekt pas morgenavond om negen uur, dus dat geeft mij volop de tijd om er morgenochtend meteen op af te gaan. Mijn zus viert vanavond haar verjaardag met een feestje.'

'Ga maar.' Epstein zuchtte. 'Zit er maar niet over in. Het kan wel wachten.'

'Weet je het zeker? Ik blijf het in elk geval telefonisch proberen.'

Maar Epstein wist het niet zeker: zijn zelfkennis had zich de afgelopen maanden heel traag ontvouwen, maar pas nu, toen zijn assistente de vraag stelde, voelde hij de wiekslag van helder inzicht langs zich heen strijken. Hij wilde het niet zeker weten. Had er zijn vertrouwen in verloren.

Als wonderslag bij heldere hemel

Het idee dat je op twee plaatsen tegelijk kunt zijn leeft bij mij al heel lang. Eigenlijk al zolang ik me kan herinneren, moet ik zeggen, want een van mijn vroegste herinneringen is dat ik naar een kinderprogramma op tv zit te kijken en mezelf opeens tussen het groepje studiogasten zie zitten. Zelfs nu kan ik me nog voor de geest halen hoe het bruine tapijt in de slaapkamer van mijn ouders onder mijn benen aanvoelde en hoe ik met mijn hoofd achterover omhoog moest kijken om de tv te kunnen zien, die heel hoog boven me aan de muur leek te hangen, met daarna het gevoel van misselijkheid dat door mijn buik trok terwijl de opwinding waarmee ik mezelf daar in die andere wereld zag, plaatsmaakte voor het zekere weten dat ik daar nooit was geweest. Je zou kunnen zeggen dat het besef van het eigen ik bij jonge kinderen nog steeds poreus is. Dat het oceanische gevoel een tijd blijft aanhouden, net zo lang tot we eindelijk overgaan tot het afbreken van de steigers langs de muren die we in opdracht van een aangeboren instinct moeizaam om ons heen bouwen, ondanks de treurig makende wetenschap dat we de rest van ons leven naar een vluchtweg zullen zoeken. En toch twijfel ik zelfs nu geen moment aan wat ik toen zag. Het kleine meisje op tv had precies mijn gezicht en ze droeg mijn rode gympen en streepjesbloes, maar zelfs dat kon een kwestie van toeval zijn. Wat geen toeval was is dat ik in haar ogen, de paar seconden dat de camera zich erop richtte, het gevoel herkende van wat het was om mij te zijn.

Het is misschien wel een van de eerste dingen die mijn hersenen hebben bewaard, maar ik heb er door de jaren heen nooit veel aan gedacht. Er was geen reden toe; ik kwam mezelf nooit meer ergens tegen. En toch moet de verrassing van wat ik had gezien als een laagje in me zijn neergedaald om zich vervolgens, terwijl mijn besef van de wereld er gaandeweg bovenop werd gebouwd, om te zetten in geloof: ik bestond weliswaar niet in tweevoud, iets wat tot een ware nachtmerrie kan leiden, maar ik zou, uniek als ik was, best twee verschillende bestaansvlakken kunnen bewonen. Of misschien zou het juister zijn om er vanuit de tegenovergestelde hoek naar te kijken en om wat zich vervolgens in mij uitkristalliseerde te benoemen als een gevoel van twijfel – een vorm van scepsis tegenover de werkelijkheid die aan me is opgedrongen zoals ze aan alle kinderen is opgedrongen en die langzaam de andere, plooibaarder werkelijkheden vervangt waarmee kinderen langs natuurlijke weg worden geconfronteerd. In beide gevallen werd de mogelijkheid van zowel híér als dáár zijn ergens opgeslagen in een onderlaag bij alle andere opvattingen die ik als kind heb gehad, totdat ik op een herfstmiddag naar binnen ging door de voordeur van het huis waar ik met mijn man en onze twee kinderen woonde en bespeurde dat ik daar al aanwezig was.

Domweg dat: daar al aanwezig was. Lopend door de slaapkamers op de bovenverdiepingen of slapend in bed; het was niet echt van belang waar ik was of wat ik deed, van belang was de zekerheid waarmee ik wist dat ik al in huis was. Ik was mezelf, ik voelde me volkomen normaal in mijn eigen huid, en toch besefte ik tegelijkertijd opeens dat ik niet langer beperkt was tot mijn lichaam, niet tot de handen, armen en benen waar ik al mijn hele leven naar keek, en dat deze ledematen, die altijd bewogen of stillagen binnen mijn gezichtsveld en die ik al negenendertig jaar van minuut tot minuut gadesloeg, in feite uiteindelijk niet mijn ledematen waren, niet de uiterste grenzen van mezelf waren, maar dat ik erbuiten en er los van bestond. En evenmin in abstracte zin. Niet als ziel of als golflengte. Maar als compleet lichaam, precies zoals ik daar op de drempel van de keuken stond, maar op de een of andere manier – ergens anders, boven – opníéuw.

Buiten, achter het raam, leken de wolken door de lucht te stuiven, maar verder leek er niets vreemd of ongewoon. Juist het tegendeel: alles in huis, tot en met elke mok, tafel, stoel en vaas, leek op de juiste plaats te staan. Of zelfs op precíés de juiste plaats, zoals ze dat maar zelden doen omdat het leven zich nog weleens in levenloze voorwerpen wil laten gelden door ze voortdurend een eindje naar links of rechts te schuiven. Na verloop van tijd groeien deze verschuivingen uit tot iets waarneembaars – de lijst aan de muur hangt opeens scheef, de boeken zijn uitgeweken naar de achterkant van de plank – en daarom wordt een groot deel van onze tijd nutteloos besteed, vaak onbewust, aan het terugzetten van spullen waar ze thuishoren. Ook wij willen ons laten gelden in levenloze voorwerpen, waarvan wij graag geloven dat wij hun heer en meester zijn. Maar eigenlijk is het de onstuitbare kracht en vaart van het leven die we willen beheersen en waarmee we in een niet te winnen gevecht zijn verwikkeld over wie de sterkste wil heeft.

Maar die dag was het alsof er een magneet onder het huis langs was gehaald, waardoor ieder voorwerp met een sprongetje op zijn vaste plek was teruggekeerd. Alles had iets roerloos over zich, terwijl alleen de wolken zich voorbij haastten, alsof de wereld iets sneller was gaan draaien. En terwijl ik stokstijf bleef staan in de deuropening van de keuken, was dat mijn eerste gedachte: dat de tijd zich had versneld en dat ik op de terugweg naar huis op een of andere manier achter was geraakt.

Er trok een tinteling over mijn rug en ik stond als aan de grond genageld, bang om me te bewegen. Er had zich een soort fout voorgedaan, neurologisch of metafysisch, en terwijl die wellicht even onschadelijk was als een déjà vu, was ze dat misschien ook wel niet. Er was iets uit het lood geraakt, en ik had het gevoel dat ik met elke beweging de kans zou verknoeien dat het zich vanzelf zou herstellen.

Er verstreken een paar seconden en toen ging de wandtelefoon. Instinctief draaide ik me om en keek ernaar. Op een of andere manier verbrak dat de betovering, want toen ik weer door het raam keek trokken de wolken niet meer zo snel voorbij en was het gevoel dat ik tegelijk hier en daar was – boven – voorbij. Het huis was weer leeg, afgezien van mij die daar in de keuken stond, teruggekeerd naar de vertrouwde grenzen van mezelf.

Ik sliep al weken heel slecht. Met mijn werk ging het niet best en daardoor was ik constant bezorgd. Maar als mijn schrijven een soort zinkend schip was, dan was het bredere landschap – de zee waarop elke boot waarin ik probeerde te varen was gedoemd om te zinken – mijn mislukkende huwelijk. Er was een grote verwijdering ontstaan tussen mij en mijn man. We waren zo verknocht aan onze kinderen dat de groeiende onderlinge afstand aanvankelijk te excuseren en vervolgens te maskeren was met alle liefde en aandacht die er in ons huis heersten. Maar op een bepaald moment had de steun van onze gezamenlijke liefde voor de kinderen een soort hoogtepunt bereikt en daarna was ze afgenomen tot onze relatie er totaal niet meer mee gebaat was, omdat nu extra werd belicht hoe alleen ieder van ons was en, vergeleken met onze kinderen, hoe onbemind. De liefde die we ooit voor elkaar hadden gevoeld en aan elkaar hadden getoond, was opgedroogd of werd achtergehouden – het was te verwarrend om te weten wat – en toch waren we allebei elke dag ontroerd getuige van het spectaculaire vermogen tot liefde van de ander, opgeroepen door de kinderen. Het was niet de aard van mijn man om over lastige gevoelens te praten. Hij had lang geleden geleerd ze te verbergen, niet alleen voor mij maar ook voor zichzelf, en na jarenlang vruchteloos te hebben geprobeerd hem erover aan de praat te krijgen, had ik het langzaam opgegeven. Onderlinge conflicten waren niet toegestaan, woede al helemaal niet; alles moest onuitgesproken blijven, terwijl het oppervlak passief bleef. Daarmee werd ik teruggestuurd naar een oneindige eenzaamheid die weliswaar ellendig maar tenminste niet vreemd voor me was. 'Ik ben in wezen een opgewekt iemand,' zei mijn man een keer tegen me, 'terwijl jij iemand bent die overal over piekert.' Maar na verloop van tijd waren zowel de uiterlijke als de innerlijke omstandigheden te veel gebleken voor zijn opgewektheid, en zonk ook hij weg in zijn eigen afzonderlijke zee. Op onze eigen manier waren we gaan inzien dat we het vertrouwen in ons huwelijk waren kwijtgeraakt. En toch wisten we niet hoe we naar dit inzicht moesten handelen, zoals je bijvoorbeeld ook niet weet hoe je moet handelen naar het inzicht dat het hiernamaals niet bestaat.

Zo stonden de zaken in mijn leven ervoor. En nu kon ik ook niet schrijven en kreeg ik steeds meer moeite met slapen. Het was misschien makkelijk geweest om de vreemde gewaarwording die ik die middag had ondergaan af te doen als de uitglijder van een gestreste en verwarde geest. Maar het tegendeel was waar, ik kon me niet herinneren dat mijn verstand ooit zo helder had aangevoeld als tijdens die momenten dat ik in de keuken had gestaan, ervan overtuigd dat ik ook ergens anders was, dichtbij. Alsof mijn geest niet alleen maar helder was, maar ook in optima forma verkeerde en alsof al mijn gedachten en inzichten geëtst in glas bij me waren aangekomen. En toch was het niet het gebruikelijke soort helderheid dat voortkomt uit begrip. Het was alsof voorgrond en achtergrond waren verschoven, en alsof datgene wat ik had kunnen zien bestond uit alles wat de geest normaal gesproken blokkeert: het eindeloze vlak van niet-begrijpen waardoor het kleine eiland van wat we kunnen bevatten wordt omringd.

Tien minuten later ging de deurbel. Het was UPS, en ik tekende voor het pakje. De bezorger nam zijn kleine elektronische apparaat terug en overhandigde me de grote doos. Ik zag de druppels zweet op zijn voorhoofd, ongewoon gezien de kilte in de lucht, en inhaleerde de geur van vochtig karton. Vanaf de straat werd ik begroet door mijn buurman, een al wat oudere acteur. Een hond tilde zijn poot op en ontlastte zich tegen een autoband. Maar dat hielp allemaal niets om de hevigheid en vreemdheid van de gewaarwording die ik net had ondergaan af te zwakken. De indruk vervaagde niet, zoals een droom na het ontwaken. Hij bleef ongelofelijk levendig terwijl ik de keukenkastjes opende en er de ingrediënten voor het avondeten uit haalde. De gewaarwording was nog steeds zo sterk dat ik moest gaan zitten om haar te verwerken. Een halfuur later, toen de oppas thuiskwam met de kinderen, zat ik nog steeds aan het werkblad. Mijn zonen dansten om me heen, vol nieuwtjes over wat ze die dag hadden beleefd. Toen rukten ze zich los uit de baan waarin ze om me heen cirkelden en begonnen door het huis te rennen. Algauw daarna arriveerde mijn man. Toen hij de keuken binnenkwam, droeg hij nog steeds het reflecterende hesje waarin hij naar huis was gefietst. Heel even ging er een glans van hem uit. Ik gaf toe aan de drang om hem te beschrijven wat er gebeurd was, maar toen ik was uitgesproken keek hij me met een geforceerd lachje aan, wierp een blik op de onverwerkte ingrediënten voor het eten, haalde de map met afhaalmenu's tevoorschijn en vroeg of ik zin had in Indiaas eten. Daarna ging hij naar boven om de kinderen te zoeken. Ik had er meteen spijt van dat ik iets gezegd had. Het incident accentueerde de breuklijn die tussen ons liep. Mijn man had meer waardering voor feiten dan voor het ongrijpbare en hij had er al een hele verzameling van aangelegd, waarachter hij zich verschanste. 's Avonds bleef hij op om naar documentaires te kijken, en wanneer iemand in een gezelschap verrast vroeg hoe hij wist hoeveel procent van de Amerikaanse bankbiljetten bestond uit briefjes van honderd dollar of dat Scarlett Johansson half-Joods was, beroemde hij zich erop dat hij er een punt van maakte alles te willen weten.

De dagen verstreken en de gewaarwording deed zich niet meer voor. Ik was net genezen van een griep waardoor ik genoodzaakt was geweest rillend en zwetend het bed te houden. Ik had naar buiten liggen kijken met het licht veranderde bewustzijn dat ik altijd krijg als ik ziek ben, en ik begon me al af te vragen of dát er soms iets mee te maken had. Als ik ziek ben, is het net alsof de muren tussen mij en de buitenwereld doordringbaarder worden – dat zijn ze namelijk ook, want wat me ziek heeft gemaakt is erin geslaagd de vaste, door het lichaam ingezette beschermingsmechanismen te omzeilen, en als om een voorbeeld aan mijn lichaam te nemen richt ook mijn geest zich wat meer op absorberen, en de dingen die ik normaal gesproken op een afstand houd, omdat ze te lastig of te heftig zijn om over na te denken, beginnen naar binnen te stromen. Deze toestand van openheid, van extreme gevoeligheid, waarin ik ontvankelijk word voor alles om me heen, wordt versterkt door de eenzaamheid van het in bed liggen terwijl alle anderen hun gewone gang gaan. Vandaar dat het geen moeite kostte om de ongewone ervaring die ik had ondergaan toe te schrijven aan mijn ziekte, ook al was ik inmiddels aan de beterende hand.

Een maand later stond ik tijdens het afwassen naar de radio te luisteren. Er werd een programma uitgezonden over het multiversum – de mogelijkheid dat het universum eigenlijk een groot aantal universums bevat, misschien wel een oneindig aantal. Dat het vroegste universum ten gevolge van de zwaartekrachtgolven die optraden in de eerste fractie van een seconde na de oerknal – of een reeks oerknalrepulsies, zoals bewijsmateriaal nu aantoont – een expansie onderging die had geleid tot exponentiële uitbreiding van de afmetingen van de ruimte, tot vele malen de omvang van onze eigen kosmos, waardoor er compleet verschillende universums ontstonden, met onbekende fysische krachten, misschien wel zonder sterren, atomen of licht, en dat deze universums bij elkaar genomen de totaliteit van ruimte, tijd, materie en energie omvatten.

Ik had niet meer dan een lekenbegrip van de huidige theorieën in de kosmologie, maar telkens als ik stuitte op een artikel over snaartheorie, branen of het onderzoek in de Large Hadron Collider, de deeltjesversneller in Genève, werd mijn interesse gewekt en inmiddels wist ik er dus wel iets van. De geïnterviewde fysicus had een biologerende stem, geduldig en vertrouwelijk tegelijk, een en al diepe, verholen intelligentie, en op een bepaald moment, na het onvermijdelijke aandringen van de programmamaker, ging hij in op de theologische implicaties van de multiversumtheorieën, of in elk geval de manier waarop ze de rol van het toeval bij de schepping van leven bevestigden, want als er niet één wereld, maar een oneindig aantal of vrijwel oneindig aantal werelden bestaat, elk met haar eigen fysische wetten, dan is geen enkele staat van zijn nog te beschouwen als het gevolg van uitzonderlijke mathematische onwaarschijnlijkheden.

Toen het programma was afgelopen, zette ik de radio uit en hoorde ik het lage, aanzwellende geronk van naderende auto's nadat het verkeerslicht op groen was gesprongen, een paar kruisingen verderop, en het heldere, vrolijke geluid van kinderstemmen in de peuterklas die in het souterrain van het naastgelegen appartementengebouw is gevestigd, en daarna de diepe, treurige scheepshoorn in de haven, zo'n vijf kilometer verderop, als een vinger die niet van het harmonium af wordt gehaald. Ik had mezelf nooit toegestaan in God te geloven, maar ik begreep best hoe een bepaald soort mensen volledig in de ban van theorieën over een multiversum konden raken: beweren dat alles wel érgens waar zou kunnen zijn riekte niet alleen sowieso naar de boel omzeilen, maar maakte ook elke vorm van zoeken zinloos, aangezien alle bevindingen evenveel waard worden. Vloeit niet een deel van het ontzag waarvan we vervuld worden wanneer we tegenover het onbekende komen te staan voort uit het inzicht dat het onbekende ons zou kunnen veranderen, als het ooit in ons zou stromen en bekend werd? In onze kijk op de sterren vinden we een maatstaf voor onze eigen onvolledigheid, onze voorlopige onvoltooidheid, dat wil zeggen, ons potentieel tot verandering, transformatie zelfs. Dat onze soort zich van andere soorten onderscheidt door onze honger naar en ons vermogen tot verandering, heeft alles te maken met ons vermogen om de grenzen van ons begrip te herkennen en over het ondoorgrondelijke na te denken. Maar in een multiversum worden de begrippen bekend en onbekend nutteloos. Als er oneindig veel werelden en oneindig veel wetstelsels bestaan, dan is niets essentieel en hoeven we niet meer ons best te doen om voorbij de grenzen van onze onmiddellijke werkelijkheid en ons directe bevattingsvermogen te reiken, want niet alleen is alles wat daarachter ligt niet op ons van toepassing, maar ook hoeven we niet te verwachten dat we er meer dan een oneindig miniem begrip van krijgen. In dat opzicht stimuleert de theorie over het multiversum ons alleen maar om het onkenbare de rug toe te keren, iets wat we maar al te graag doen, omdat we beneveld zijn door onze vermogens tot weten – nadat we ons weten tot iets héiligs hebben verheven en ons dag en nacht zijn gaan bezighouden met het najagen ervan. Net zoals religie zich heeft ontwikkeld tot een manier om over het onkenbare na te denken en ermee te léven, zo hebben we ons nu bekeerd tot de tegenovergestelde praktijk, waaraan we niet minder zijn toegewijd: de praktijk van alles weten, en geloven dat kennis concreet is en altijd bereikt wordt via de vermogens van het intellect. Sinds Descartes wordt aan kennis een vrijwel onvoorstelbaar gewicht toegekend. Maar uiteindelijk heeft kennis niet geleid tot het beheersen en het bezit van de natuur die hij zich had voorgesteld, maar alleen tot de illusie van beheersing en bezit. Uiteindelijk hebben we ons ziek gemaakt met kennis. Eerlijk gezegd heb ik de pest aan Descartes, en ik heb nooit begrepen waarom we ons moeten verlaten op zijn axioma als onwankelbare basis van wat dan ook. Hoe meer hij het heeft over het volgen van een rechte lijn om uit een bos te komen, hoe fijner het me lijkt om te verdwalen in dat bos, waar we ooit vol verwondering hebben geleefd en hebben begrepen dat het een noodzakelijke voorwaarde was voor een authentiek bewustzijn van het zijn en van de wereld. Tegenwoordig hebben we niet veel meer keuze dan te leven op de dorre velden van de rede, en wat betreft het onbekende, dat ooit lag te glinsteren aan de uiterste rand van ons blikveld en daar onze angst, maar ook onze hoop en ons verlangen in vaste banen leidde – we kunnen er alleen maar met afkeer naar kijken.

Tegen deze achtergrond ervoer ik het idee dat bij me opkwam nadat ik de radio had uitgezet als een zekere opluchting. Stel, dacht ik, dat elk van ons eigenlijk wordt geboren in een lichtgevende leegte, in plaats van dat we in een universele ruimte bestaan, en dat wij die leegte in stukjes knippen, op onze eigen manier trappen en tuinen en treinstations construeren, tot we onze ruimte tot een wereld hebben gefatsoeneerd. Met andere woorden, stel dat de menselijke waarneming en creativiteit verantwoordelijk zijn voor het scheppen van het multiversum. Of misschien –

Stel dat het leven, dat zich lijkt af te spelen in talloze lange gangen, in wachtkamers en buitenlandse steden, op terrassen, in ziekenhuizen en tuinen, huurkamers en volle treinen, zich in werkelijkheid op maar één plaats voordoet, één enkele locatie vanwaar je over die andere plaatsen droomt.

Was dat werkelijk zo vergezocht? Zou niet de ruimte afhankelijk van ons kunnen zijn, net zoals planten alleen maar kunnen gedijen en zich kunnen vermenigvuldigen doordat wij door hun bloemen worden aangetrokken? We denken dat we de ruimte hebben veroverd met onze huizen, wegen en steden, maar stel dat wij juist, zonder het zelf te weten, ondergeschikt aan de ruimte zijn gemaakt, aan haar elegante constructie om zich oneindig voort te planten door middel van de dromen van eindige wezens. Stel dat niet *wíj* door de ruimte bewegen, maar dat de ruimte door ons beweegt, gesponnen aan het weefgetouw van onze geest. En als dat allemaal zo is, waar is dan de plaats vanwaaruit wij liggen te dromen? Een kuip in de niet-ruimte? Een dimensie waarvan we ons niet bewust zijn? Of is het ergens in die ene eindige wereld waaruit miljarden werelden zijn en zullen worden geboren? Een enkele locatie, verschillend voor ieder van ons, even banaal als elke andere?

Op dat moment was er voor mij geen enkele twijfel mogelijk: als ik mijn leven ergens vandaan droomde, dan was dat vanuit het Hiltonhotel in Tel Aviv.

Om te beginnen ben ik er verwekt. In de nasleep van de Jom Kipoeroorlog hadden mijn ouders, drie jaar nadat ze op het winderige terras van het Hilton waren getrouwd, een kamer betrokken op de zestiende verdieping van het hotel toen de unieke, voor mijn bestaan vereiste voorwaarden zich opeens aandienden. Met slechts een flauw benul van de gevolgen maakten mijn moeder en vader daar gebruik van, instinctief. Ik werd geboren in het Beth Israelziekenhuis in New York. Maar minder dan een jaar later gingen mijn ouders terug naar de bron en namen me mee naar het Hiltonhotel in Tel Aviv, en sindsdien ben ik vrijwel elk jaar naar dat hotel teruggekeerd, hooggelegen tussen de Hajarkonstraat en de Middellandse Zee. (Elk jaar, dat wil zeggen, als je de opvatting aanhangt dat ik er eigenlijk ooit ben weggegaan.) Maar als het hotel een mystiek aura voor me heeft, is dat niet alleen omdat daar voor mij het leven is begonnen of omdat ik er later zoveel vakanties heb doorgebracht. Het is ook de unheimische aard van iets wat me daar een keer is overkomen, een ervaring die alleen maar mijn besef van een opening heeft vergroot – een scheurtje in de stof van de werkelijkheid.

Het gebeurde in het zwembad van het hotel, op mijn zevende. In dat zwembad, gebouwd op een groot terras met uitzicht op zee en gevuld met zout zeewater, was ik heel vaak te vinden. Het jaar daarvoor logeerde Itzhak Perlman er in dezelfde tijd als wij, en op een ochtend gingen we na het ontbijt naar buiten en zagen dat hij geparkeerd stond bij het diepe, waar hij een bal opgooide voor zijn kinderen, die om de beurt in het zwembad sprongen en probeerden hem op te vangen. De aanblik van de grote violist in zijn glinsterende rolstoel, in combinatie met het duistere besef dat de polio waardoor hij verlamd was geraakt iets met zwembaden te maken had, joeg me de stuipen op het lijf. De volgende dag vertikte ik het naar het zwembad te gaan, en de dag daarna vertrokken we uit Israël en vlogen terug naar New York. Het jaar daarop keerde ik met een angstig voorgevoel naar het hotel terug, maar Perlman liet zich niet meer zien. Bovendien ontdekten mijn broer en ik op de eerste dag dat we terug waren dat het zwembad vol geld lag – sjekels overal, een stil geflonker op de bodem van het bad, alsof de afvoer was aangesloten op de Hapoalimbank. Wat er nog aan zwemangst bij me was blijven hangen verdween als sneeuw voor de zon bij de gestage geldstroom die we konden ophalen. Zoals in elke goed geleide campagne verdeelden we de taken en specialiseerden ons: mijn twee jaar oudere broer fungeerde als duiker en ik, met minder longinhoud maar scherpere ogen, lokaliseerde het geld. Op mijn aanwijzingen dook hij naar beneden en graaide rond over de troebele bodem. Als ik het goed had aangegeven, wat in zo'n vijfenzestig procent van de gevallen zo bleek te zijn, schoot hij opgewonden naar boven met het muntstuk in zijn vuist.

Op een middag begon ik wanhopig te worden, na een hele reeks valse meldingen. Het was al wat later op de dag, en onze tijd in het zwembad zat er bijna op. Mijn broer waadde met een sip gezicht langs de zijkant van het ondiepe. Ik kon mezelf niet inhouden en vanuit het midden van het zwembad schreeuwde ik: 'Daar!' Ik jokte – ik had niets gezien – maar de verleiding om mijn broer weer blij te maken was te groot. Met veel gespetter kwam hij op me af. 'Daarzo!' gilde ik.

Hij dook naar beneden. Ik wist dat er niets op de bodem lag en watertrappend wachtte ik lamlendig tot mijn broer daar ook achter zou komen. Zelfs meer dan dertig jaar later is het verpletterende schuldgevoel dat er door me heen ging nog springlevend. Tegen mijn ouders jokken was tot daaraan toe, maar mijn broer zo schaamteloos voor de gek houden, dat kon eigenlijk niet.

Voor wat daarna gebeurde heb ik geen verklaring. Tenminste, niet een die voorbijgaat aan de mogelijkheid dat de wetten waaraan we ons vasthouden om er zeker van te zijn dat alles is zoals het lijkt, de weg afsluiten naar een complexere kijk op het universum, een die afstand doet van de opluchting waarmee we de wereld met enig duwen en trekken pasklaar maken voor het beperkte bereik van ons bevattingsvermogen. Hoe moet je anders verklaren dat mijn broer, toen hij weer bovenkwam en zijn vuist openhield, een oorbel met drie diamanten in zijn hand had? Onder de diamanten hing een gouden lusje met een hartje van robijn.

In druipende badkleding liepen we achter mijn moeder door de steenkoude, luchtgekoelde gangen van het hotel naar de H. Stern in de lobby. Ze legde de situatie uit aan de kalende juwelier, die ons bedenkelijk aankeek terwijl hij een met blauw fluweel bekleed bakje over de glazen toonbank schoof. Mijn moeder legde de oorbel erin en de juwelier hield de loep voor zijn ogen. Hij bestudeerde onze schat. Toen hij eindelijk opkeek zwenkte zijn reusachtige, vergrote oog over ons heen. 'Echt,' verklaarde hij. 'Het goud is achttien karaats.'

Écht. Het woord blijft in je keel steken en laat zich niet wegslikken. Het kwam destijds absoluut niet bij me op dat de oorbel namaak zou kunnen zijn, zoals mijn moeder had vermoed. En toch wist alleen ik hoe ónecht hij eigenlijk was, hoe ondenkbaar het was dat mijn broer hem had ontdekt. Hoe de oorbel boven water was gekomen als antwoord op een behoefte. Geen enkel jong kind gelooft van nature dat de werkelijkheid vast is. Voor haar zit er meer rek in; de werkelijkheid staat open voor de speciale smeekbede die ze ertoe richt. Maar langzaam wordt haar aangeleerd in het tegendeel te geloven, en inmiddels was ik zeven jaar, oud genoeg om grotendeels te zijn bijgedraaid en te accepteren dat de werkelijkheid iets vasts was en volslagen onverschillig stond tegenover mijn verlangens. Nu, op het allerlaatste moment, werd er een voet tussen de deur gezet.

Terug in New York liet mijn moeder de oorbel vermaken tot een hangertje, dat ze aan een ketting deed zodat ik het om mijn nek kon dragen. Ik heb het jarenlang gedragen en hoewel mijn moeder dat niet kon weten, diende de halsketting om me te herinneren aan een onbekende wil, aan de accordeonplooien die weggestopt liggen onder het oppervlak van alles wat plat lijkt te zijn. Pas vorig jaar kwamen mijn broer en ik erachter dat mijn vader al die muntstukken in het zwembad had gegooid, mijn vader, die destijds naar ons kon uithalen met liefde of met angstaanjagende woede – op geen van beide waren we ooit voorbereid. Ik had gedacht dat de halsketting zoekgeraakt was, maar hij dook weer op toen mijn ouders een kluis leeghaalden waarin ze een deel van mijn moeders juwelen hadden opgeborgen. Hij werd me terugbezorgd in een klein zakje, waaraan een van mijn vaders eeuwige labeltjes hing, lang geleden op zijn trouwe Brotherlabelprinter gemaakt: *Nicoles halsketting, gevonden in zwembad Hilton.* De ketting was aanleiding tot het ophalen van oude herinneringen, een moment waarop mijn vader zich achteloos liet ontvallen dat híj het zwembad had volgegooid met muntstukken. Het verbaasde hem dat we daar nooit aan hadden gedacht. Maar nee, met de oorbel met het robijnen hartje had hij niets te maken gehad.

Toen het idee bij me opkwam om mijn leven vanuit het Hilton te dromen, zat ik in een moeilijke periode in mijn leven en mijn werk, zoals ik heb gezegd. In de dingen waarin ik van mezelf mocht geloven – de onaantastbaarheid van liefde, de kracht van het verhaal, zaken die mensen door hun gezamenlijk leven kunnen helpen zonder dat ze van elkaar verwijderd raken, de essentiële gezondheid van het huiselijk bestaan – geloofde ik niet meer. Ik was de weg kwijtgeraakt. En dus was de theorie over altijd ergens ononderbroken te zijn geweest, waar je alleen maar droomde over verdwaald zijn, bij uitstek aanlokkelijk. Ik was nog niet aan een nieuw boek begonnen en wist dat het me jaren kon kosten om op gang te komen. Tijdens die uitputtende en onsamenhangende perioden denk ik weleens dat ik voel hoe mijn eigen geest desintegreert. Mijn gedachten worden geagiteerd en rusteloos, en mijn verbeelding vliegt alle kanten op, pikt dingen op die daarna weer als onbruikbaar worden afgedankt.

Maar nu begon er iets anders te gebeuren. Het Hilton kwam vast te zitten in mijn geest, als een soort verstopping, en maandenlang diende zich niet veel anders aan wanneer ik ging zitten schrijven. Dag in dag uit meldde ik me plichtsgetrouw bij mijn bureau – meldde ik me bij wijze van spreken bij het Hilton in Tel Aviv. Aanvankelijk was het interessant: zat er misschien iets in? En toen dat niet het geval leek te zijn, werd het uitputtend. Uiteindelijk was het alleen maar om gek van te worden. Het hotel wilde niet van wijken weten, maar ik kon er verder niets mee doen. En niet zomaar een hotel: een massieve betonnen rechthoek op stelten die de kust van Tel Aviv domineert, gebouwd in brutalistische stijl. Aan de lange zijkanten van de rechthoek heb je balkons, verticaal veertien en horizontaal drieëntwintig. Aan de zuidkant loopt het rasterwerk door, maar aan de noordzijde wordt het op twee derde horizontaal onderbroken door een reusachtige betonnen zuil die de indruk wekt er bij nader inzien in gepropt te zijn om zelfs de meest extreme brutalisten geen reden te geven kritiek op het gebouw te leveren. Het bovenstuk van deze zuil steekt boven het dak uit en is aan de zuidkant getooid met het Hilton-logo. Daarbovenuit priemt een lange antenne waarvan de punt 's nachts rood opgloeit om te voorkomen dat privévliegtuigen op weg naar de luchthaven Sde Dov ertegenaan vliegen. Hoe langer je deze monstruositeit aanschouwt, een over het strand uitgeschoven balk, hoe meer je het gevoel krijgt dat er een hoger doel mee wordt gediend waar je alleen maar naar kunt raden, geologisch of mystiek – iets wat niet voor ons bestemd is maar voor grotere entiteiten. Gezien vanuit het zuiden is het hotel het enige dat tegen de blauwe lucht afsteekt, en in de meedogenloze vlakverdeling lijkt een geheime boodschap vervat te zijn die bijna even mysterieus is als de boodschap die we bij Stonehenge nog moeten decoderen.

En in deze monoliet zat ik een halfjaar geestelijk opgesloten. Wat begon als een maf idee om het hele leven vanuit een vast punt te dromen, werd nu het verontrustende gevoel dat ik aan dat punt zat vastgeklonken, erin gevangen was gezet, zonder toegang tot mijn droom over andere plaatsen. Dag in dag uit, de ene maand na de andere, kraste de naald van mijn verbeelding een diepere groef uit. Ik kon mijn preoccupatie nauwelijks aan mezelf uitleggen, laat staan aan iemand anders. Langzaam ging het hotel deel van iets onwerkelijks uitmaken. Hoe meer ik eraan vast bleef zitten, verwikkeld in een onbeduidende worsteling om er iets uit los te wrikken, hoe minder écht het hotel leek te worden en hoe meer het iets kreeg van een metafoor waarvan ik de sleutel niet kon vinden. Hoe meer het mijn geest zelf leek te zijn. Hunkerend naar verlossing stelde ik me een stormvloed voor waarin het Hilton zich van het strand zou losmaken.

Toen, op een ochtend begin maart, belde Effie, de neef van mijn vader, uit Israël. Hij had bij Buitenlandse Zaken gewerkt en was nu gepensioneerd, maar had nog steeds de gewoonte

dagelijks drie of vier kranten te lezen. Af en toe kwam hij mijn naam tegen en belde me dan op. We spraken nu over de dikkedarmontsteking van zijn vrouw Naama, de recente verkiezingsuitslagen en de vraag of hij wel of niet een kijkoperatie aan zijn knie zou ondergaan. Toen het gesprek op mij kwam en Effie vroeg hoe het met mijn werk ging, vertelde ik hem over mijn worsteling met het Hilton en de manier waarop het hotel bij me was gaan spoken. Ik praat niet vaak over mijn werk wanneer ik ermiddenin zit, maar in de loop van vier decennia, sinds het hotel in 1965 openging en mijn grootouders er gingen logeren, had Effie vaker met mijn familie in de lobby, bij het zwembad en in het Koning Salomo-restaurant gezeten dan iemand zich kon herinneren, en volgens mij zou hij bij uitstek het beste kunnen begrijpen wat een vreemde greep het Hilton op me had. Maar hij werd afgeleid doordat zijn kleindochter hem op zijn mobieltje belde en nadat hij haar kort te woord had gestaan en weer met mij verderging, kregen we het over haar ontluikende carrière als chansonnière.

Ons gesprek liep op zijn eind. Effie vroeg me de groeten aan mijn ouders te doen. We wilden net ophangen toen hij vroeg, even achteloos alsof hem een familienieuwtje te binnen schoot dat hij bijna was vergeten te vermelden: 'Heb je gehoord dat daar vorige week een man te pletter is gevallen?'

'Waar?'

'Je had het toch over het Hilton?'

Ik nam aan dat het om zelfmoord ging, al begon ik me in de dagen daarna, zonder ook maar iets over de man te weten, zelfs zijn naam niet, af te vragen of het niet een ongeluk was geweest. Hoewel de lange zijkanten van het rechthoekige gebouw uitkijken op het noorden en het zuiden, steken de ramen en de balkons diagonaal naar buiten, in een gekarteld patroon, zodat je in westelijke richting een beter uitzicht op de Middellandse Zee hebt. Zo kun je een deel van de zee bewonderen, maar als je naar buiten kijkt, of dat nu naar het noorden is, naar de haven van Tel Aviv, of in zuidelijke richting naar Jaffa, is het toch irritant dat je niet genoeg kunt zien – omdat het je onmogelijk wordt gemaakt de zee fatsoenlijk te zien. Er zullen maar heel weinig gasten zijn die de architecten van het hotel niet vervloeken. Hoe vaak had ik niet gefrustreerd de schuifdeur van mijn kamer geopend om mijn balkon op te stappen voor een beter uitzicht? Maar zelfs daar houd je een onvoldaan gevoel, omdat je er nog steeds niet met je gezicht naar de zee en de horizon kunt staan, terwijl toch elke atoom in je lichaam je toeschreeuwt dat te doen. Het enige wat erop zit is je met gestrekte hals over het balkonhek buigen. Op die manier kun je, intens verlangend naar een beter zicht op de golven die ceders uit Libanon hebben aangevoerd en die Jona naar Tarsis hebben gebracht, makkelijk te ver gaan – ver genoeg om eroverheen te vallen.

Effie beloofde dat hij zou proberen het knipsel te vinden, maar betwijfelde of het tevoorschijn zou komen: Naama zette altijd op zondag het vuilnis buiten, en hij had het artikel minstens een week geleden gelezen. Ik kon bij *Haaretz* of *Ynet* nergens iets vinden over een dodelijk incident, en ook niet bij een andere Engelstalige bron van Israëlisch nieuws op het net. Die middag schreef ik mijn vriend Matti Friedman, een journalist uit Jeruzalem via Toronto, met de vraag of hij in de Israëlische pers zou willen zoeken naar berichten over een sterfgeval in het Hilton. Vanwege het tijdsverschil kreeg ik pas de volgende ochtend antwoord van hem. Hij had niets kunnen vinden, schreef hij. Wist ik wel zeker dat het het Hilton was geweest?

Als ik al twijfelde aan Effies betrouwbaarheid, dan had ik daar mijn redenen voor. In mijn jeugd was hij Israëlisch consul geweest in een reeks steeds kleinere landen – eerst Costa Rica, toen Swaziland en ten slotte Liechtenstein, waarna hem niets anders restte dan met pensioen te gaan. Hij was twaalf jaar ouder dan mijn vader, en voedseltekort in de Tweede Wereldoorlog had zijn groei ernstig gefnuikt, waardoor zijn lengte op iets meer dan anderhalve meter was blijven steken. Als klein meisje had ik de indruk opgedaan dat er niet zomaar een verband bestond tussen zijn lichamelijke omvang en zijn diplomatieke aanstellingen, maar dat juist alles in deze kleine landjes van geringe afmetingen was, net als de neef van mijn vader: de auto's, de deuren, de stoelen, het minuscule fruit en de pantoffels, die in kindermaatjes werden besteld bij fabrieken in grotere landen. Met andere woorden, voor mij leek Effie in een licht bizarre wereld te leven, een indruk die me nooit helemaal heeft verlaten, net als zoveel andere die tijdens je jeugd zijn ontstaan. Eigenlijk werd deze indruk alleen maar verder bevestigd toen Effie me een paar dagen later terugbelde. Omdat hij al zijn hele leven bij zonsopgang opstaat – net als al het andere is ook de nacht te groot voor hem – zag hij er geen been in vroeg te bellen, maar op die dag zat ik toevallig al om zeven uur 's morgens aan mijn bureau.

Er klonk een geloei door de telefoon, en ik verstond niet wat er aan de andere kant van de lijn werd gezegd.

'Wat was dat?' viel ik hem in de rede. 'Dat eerste stuk verstond ik niet.'

'Gevechtsvliegtuigen. Een ogenblikje.' Er klonk een gesmoord geluid, van een hand die op de telefoon werd gelegd. Toen kwam Effie weer aan de lijn.

'Het zijn vast trainingsoefeningen. Kun je me nu wel verstaan?'

Het artikel was niet meer gevonden, zei Effie, maar iets anders wel, iets waarvan hij dacht dat het een stuk interessanter voor me zou zijn. Hij had een dag geleden een telefoontje gekregen, zei hij. 'Als wonderslag bij heldere hemel,' vervolgde hij. Hij vond het altijd extra leuk om Engels idioom te gebruiken, maar dat ging zelden goed.

'Het was Eliëzer Friedman. We hebben vroeger samen voor

Abba Eban gewerkt. Ik ben opgestapt, maar Eliëzer is gebleven toen Eban minister van Buitenlandse Zaken werd. Hij kwam terecht bij de inlichtingendienst. Later ging hij terug naar de universiteit en werd hoogleraar letterkunde aan de universiteit van Tel Aviv. Maar je weet hoe die dingen gaan – hij heeft nooit zijn banden met de Mossad verbroken.'

Terwijl Effie sprak keek ik uit het raam. Het was de hele ochtend stormweer geweest, maar het was opgehouden met regenen en de lucht was opgeklaard zodat er zacht licht naar beneden viel. Ik werkte op de bovenste verdieping, in een kamer vanwaar je uitkeek op het dak van de aangrenzende huizen. Terwijl Effie bleef doorpraten en vertelde dat zijn vriend contact met me wilde opnemen, ging opeens het luik in het dak aan de overkant open en klom mijn buurman naar buiten op de natte, zilverige huid van zijn blinkend schone dak. Hij had een donker pak aan, alsof hij gekleed was voor zijn werk in Wall Street. Zonder voorzichtig aan te doen liep deze lange, magere man uit een vlak en noordelijk stuk van Nederland op zijn gepoetste zwarte schoenen naar de rand van het dak. Met de nauwkeurigheid van een chirurg trok hij een paar blauwe rubberhandschoenen aan. Toen keerde hij me de rug toe, stak zijn hand in zijn zak alsof hij zijn telefoon hoorde rinkelen en haalde er een plastic tasje uit. Terwijl hij op het uiterste randje van een glibberig dak stond tuurde hij naar beneden. Heel even leek het alsof hij van plan was te springen. Als hij dat niet deed, zou hij vast uitglijden op zijn gladde leren nette schoenen. Maar het enige wat er uiteindelijk gebeurde was dat hij knielde om natte bladeren uit de goot te vissen. Deze verrichting, waarin een diepe en duistere betekenis leek te liggen, nam drie à vier minuten in beslag. Toen hij klaar was, legde hij een knoop in het tasje, liep kordaat terug naar het open luik, liet zich achteruit naar beneden zakken en trok het boven zich dicht.

'Nou, wat vind je ervan?' vroeg Effie.

'Waarvan?'

'Ga je met hem praten?'

'Met wie? Je vriend van de Mossad?'

'Dat zei ik toch, hij wil iets met je bespreken.'

'Met mij?' Ik lachte. 'Dat kun je niet menen.'

'Het is me diepe ernst,' zei hij plechtstatig.

'Wat moet hij dan van me?'

'Dat wil hij me niet zeggen. Hij wil alleen met je praten.'

Het kwam in me op dat Effie het misschien allemaal niet meer kon bijbenen – hij was al negenenzeventig: de geest gaat niet eeuwig mee. Maar nee, misschien overdreef hij gewoon, zoals hij wel vaker deed. Wanneer het eenmaal zover was zou ik erachter komen dat het eigenlijk niet zijn vriend was die bij de Mossad had gezeten, maar een vriend van een vriend. Of dat zijn vriend alleen maar op de postkamer van de Mossad werkte of daar optrad als ze een feestje hadden.

'Nou goed, geef hem dan mijn nummer maar.'

'Hij wou weten of je nog plannen hebt om binnenkort naar Israël te komen.'

Maar die plannen had ik niet, zei ik tegen Effie, en terwijl ik het zei besefte ik dat het me überhaupt aan plannen ontbrak en dat het me al een tijdje niet was gelukt om ze te maken. Toen ik mijn agenda op mijn computerscherm bekeek bleek dat hij grotendeels leeg was, op de activiteiten van de kinderen na. Om dingen te plannen moet je je jezelf kunnen voorstellen in een toekomst die een verlenging is van het heden, en ik had het idee dat ik me daar geen voorstelling meer van maakte, uit onvermogen of gebrek aan zin, dat zou ik niet kunnen zeggen. Maar natuurlijk wist Effie dat allemaal niet. Hij wist alleen dat ik nog steeds vaak naar Israël reisde – mijn broer woonde tegenwoordig met zijn gezin in Tel Aviv, en ook mijn zus had er een appartement, waarin ze een deel van het jaar doorbracht. Afgezien van hen had ik veel goede vrienden in Tel Aviv, en mijn kinderen waren er al regelmatig geweest, zodat ook zij Tel Aviv in het landschap van hun kindertijd hadden opgenomen.

'Misschien kom ik wel gauw,' zei ik, zonder veel betekenis aan die woorden te hechten. Effie zei dat hij met Friedman zou praten, en ook aan zijn woorden hechtte ik weinig betekenis.

Er hing een moment van stilte tussen ons en buiten klaarde het plotseling op, alsof het licht was schoongespoeld. Toen herinnerde Effie me eraan dat ik mijn vader moest vragen hem te bellen.

Een maand later nam ik afscheid van mijn man en kinderen en vloog van New York naar Tel Aviv. Het idee om te gaan was midden in de nacht bij me opgekomen, tijdens een van die lange passages buiten de tijd waarin ik klaarwakker bleef, maar steeds uitgeputter raakte. Of liever gezegd, ik had om drie uur 's nachts een koffer uit de gangkast beneden gesleept en hem volgestopt met een heel assortiment kleren, zonder het idee van weggaan met mijn man te hebben besproken en zonder een vliegmaatschappij te hebben gebeld over een vlucht. Daarna viel ik eindelijk in slaap en vergat de koffer compleet, zodat zijn vierkante, hoopvolle aanwezigheid bij de deur niet alleen mijn man, maar ook mij bij het ontwaken voor een verrassing stelde. Op deze manier leek ik de onmogelijkheid van plannen maken te hebben omzeild. Ik ging toch al, bij wijze van spreken, en had de planningsfase volledig overgeslagen, een fase waarvoor een gevoel van overtuiging en een vooruitziende blik waren vereist die ik momenteel niet paraat had.

Toen mijn zonen naar de reden voor mijn trip vroegen, zei ik dat ik research voor mijn boek moest gaan doen. Waar gaat het over? vroeg de jongste. Hij was voortdurend verhalen aan het schrijven, soms wel drie per dag, en zou een dergelijke vraag over zijn eigen werk niet vervelend hebben gevonden. Een hele tijd spelde hij de woorden zoals hij dacht dat ze gespeld moesten worden, zonder spaties ertussen, wat zijn teksten voor eindeloos veel interpretaties ontvankelijk maakte, net als het ononderbroken snoer woorden in de Thora. Hij was ons pas gaan vragen hoe dingen gespeld werden nadat hij de elektrische typemachine die hij voor zijn verjaardag had gekregen in gebruik had genomen, alsof het apparaat dat van hem had verlangd – het apparaat met zijn professionele uitstraling en het verwijt van de gigantische toetsenbalk, dat vereiste dat alles wat erop werd geschreven ook werd begrepen. Maar mijn zoon bleef toch iets dubbels houden. Wanneer hij met de hand schreef verviel hij in zijn oude gewoonten.

Ik zei dat het boek iets te maken had met het Hilton in Tel Aviv en vroeg of hij nog herinneringen aan dat hotel had, omdat we er soms met mijn ouders hadden gelogeerd. Hij schudde zijn hoofd. Anders dan mijn oudste zoon, wiens geheugen aan een stalen val deed denken, leek de jongste weinig van zijn ervaringen te onthouden. Ik beschouwde dat liever niet als een aangeboren gebrek, maar eerder als het gevolg van een al te zeer opgaan in het verzinnen van andere werelden om nog aandacht te besteden aan wat er gebeurde in die ene wereld waarin hij zo weinig zeggenschap had. Mijn oudste zoon wilde weten waarom ik research moest doen naar een hotel waar ik al zo vaak was geweest, en de jongste wilde weten wat 'research' betekende. Uiteraard zijn ze allebei kunstenaar, mijn kinderen. Per slot van rekening is de mondiale kunstenaarspopulatie geëxplodeerd, vrijwel niemand is tegenwoordig géén kunstenaar: door onze aandacht naar binnen te richten hebben we ook al onze hoop naar binnen gericht, omdat we geloven dat daar zingeving te vinden is of kan ontstaan. Nu we ons volledig hebben losgemaakt van wat onkenbaar is en wat ons werkelijk met ontzag kan vervullen, kunnen we alleen maar verwondering vinden in onze eigen scheppende vermogens. Op de progressieve school waar mijn kinderen naartoe gingen stond de eigen creativiteit centraal; ieder kind dat er was ingeschreven werd gesterkt in het geloof dat hij of zij kunstenaar was of alleen maar kon worden. Op weg naar school had mijn jongste zoon het een keer over mijn vader en opeens bleef hij staan en keek me stomverwonderd aan. 'Is het niet gewéldig?' vroeg hij. 'Stel je toch eens vóór. Opa is dokter. Dókter!'

Nadat ze waren gaan slapen, belde ik het Hilton om te horen of er een kamer vrij was. Als ik een roman over het Hilton ging schrijven, of een roman waarvoor het Hilton model stond of zelfs een die het Hilton met grond gelijk zou maken, dan lag het voor de hand, zo redeneerde ik, dat de logische plek om eindelijk met schrijven te beginnen het Hilton zelf was.

Zoals gewoonlijk was de El Al-vlucht overboekt, waardoor er zelfs voor de start een gespannen en vijandige sfeer in het vliegtuig heerste; het mengen van orthodox en seculier in dergelijke krappe omstandigheden maakte het alleen maar erger, net als de stijgende spanning in de buitenwereld. In de afgelopen weken was het neerschieten van een jonge Palestijn door het Israëlische leger gevolgd door wrede moorden op zowel Israëlische als Palestijnse jongeren, een verlenging van de lange keten van barbaars geweld. Op de Westoever werden huizen verwoest en vanuit Gaza werden raketten afgevuurd, waarvan sommige zelfs de hemel boven Tel Aviv haalden, hoewel ze daar door Israëlische projectielen werden onderschept en tot ontploffing gebracht. Ik hoorde niemand om me heen erover praten: het was een maar al te bekende situatie. Maar we zaten nog geen uur in de lucht of de prikkelbare stemming kwam tot een ontlading in een ruzie tussen een vrouw met een vale hoofddoek en een studente die haar stoelleuning naar achteren had gezet. 'Ga van mijn schoot af!' gilde de orthodoxe vrouw en ze beukte met beide handen op de rug van de stoel van het meisje. Een Amerikaanse veertiger legde zijn hand op de arm van de vrouw om haar tot kalmte te brengen, maar deze nieuwe krenking – alleen haar eigen man mag een orthodox-Joodse vrouw aanraken – bezorgde haar bijna een toeval. Uiteindelijk lukte het alleen de purser, erin getraind om met intermenselijke frictie om te gaan, zoals hij ook had geleerd hoe hij bij verlies van cabinedruk of een kaping moest optreden, de vrouw te kalmeren door iemand te vinden die bereid was met haar van stoel te ruilen. Terwijl dat allemaal gebeurde, vloog een ouder echtpaar dat schuin tegenover me aan de andere kant van het gangpad zat, elkaar in de haren, zoals ze waarschijnlijk al een halve eeuw lang deden ('Waarom moet ik dat verdomme weten? Laat me met rust. Zit niet tegen me aan te ouwehoeren,' blies de man, maar de vrouw, bestand tegen zijn beledigingen, bleef gewoon doorpraten). Sommigen van ons worden te veel aangeraakt en anderen te weinig: doordat er lastig een goed evenwicht te bereiken is en doordat het daar soms aan ontbreekt, lijden de meeste relaties uiteindelijk schipbreuk. Vóór het getrouwde stel hield een vrouw haar pruik op haar hand en borstelde kalmpjes de koperkleurige lokken uit terwijl ze als gebiologeerd naar het schermpje op de stoelleuning vóór haar staarde, waar Russell Crowe in zijn metalen gladiatorenrok rondsjokte. Toen ze klaar was met het haar, haalde de vrouw een styrofoam standaard van onder haar voeten tevoorschijn, schoof de sjeitel erop en mikte het hele geval, met een achteloosheid die al haar geborstel logenstrafte, in de bagageruimte boven haar hoofd, naast het bolstaande rolkoffertje van de praatzieke vrouw, dat door drie tienerjongens van Birthright met kracht in zijn krappe behuizing was gepropt.

Twaalf uur later werd ik bij de bagagebelt opgewacht door Meir, de taxichauffeur die mijn familie al dertig jaar bij de luchthaven Ben Goerion ophaalde. Nadat ik tijdens mijn studie een maand bij een gezin in Barcelona had gewoond, was Meir me in het Spaans gaan aanspreken omdat hij in zijn jeugd Ladino had gesproken met zijn ouders en omdat zijn Spaans beter was dan zijn Engels en mijn Hebreeuws. Door de jaren heen was ik het beetje Spaans dat ik machtig was weer vergeten, waardoor ik hem nu nauwelijks verstond terwijl ik dat vroeger enigszins had gedaan.

Zodra we wegreden begon hij opgewonden en uitvoerig te praten over de afweerraketten en het succes van de IJzeren Koepel, en ik deed net alsof ik begreep wat hij zei omdat het al veel te laat was om uit te leggen dat ik dat niet deed.

Het was winter in Tel Aviv, en als zodanig klopte er iets niet. Omdat deze mediterrane stad haar bestaansrecht in de zon en de zee vindt, blijft iedereen tot diep in de nacht op en gaat het er elk uur steeds doller aan toe. Door de straten waaiden vuile bladeren en oude krantenpagina's en soms plukten mensen ze uit de lucht en hielden ze boven hun hoofd om zich tegen een enkele regenbui te beschermen. In alle appartementen was het koud omdat ze stenen vloeren hadden en tijdens de hete maanden, die eindeloos lang leken te duren, was het bijna een absurde gedachte dat het ooit weer koud kon worden, vandaar dat niemand de moeite nam centrale verwarming te installeren. Ik deed het raampje van Meirs taxi open en in het mengsel van zeelucht en regen rook ik bijna de metalige geur van elektrische kacheltjes waarin feloranje spiraaldraden opgloeiden, binnenshuis bij de mensen, als kunstharten die eeuwig dreigden te ontploffen of op zijn minst de hele stad door kortsluiting lam konden leggen.

Terwijl we door de straten reden, zag ik weer overal het vertrouwde beeld van alles wat Israëlisch was – kaken, houding, gebouwen, bomen – alsof de vreemde omstandigheden waaronder die kleine uithoek van de Levant stand moest zien te houden iets eenvormigs opleverden: de harde, vastberaden gedaante van wat ondanks voortdurende weerstand leeft en groeit.

Waarom was ik eigenlijk naar Tel Aviv gegaan? In een verhaal heeft iemand altijd een reden nodig voor de dingen die ze doet. Zelfs wanneer er geen motivatie lijkt te bestaan, blijkt door de subtiele architectuur van intrige en nawerking achteraf steeds dat die er wel degelijk is geweest. Een verhaal is niet langdurig in staat om vormeloosheid in stand te houden, net zomin als het licht de duisternis in stand kan houden – een vertelling is de antithese van vormeloosheid en daarom kan ze die ook nooit echt communiceren. Chaos is de enige waarheid waaraan een vertelling altijd verraad moet plegen, want in de schepping van haar fijne structuren die een groot aantal waarheden over het leven onthullen moet het aandeel van de waarheid weggemoffeld worden, het aandeel dat te maken heeft met wanorde en gebrek aan samenhang. Ik had steeds meer het gevoel gekregen dat in de dingen die ik schreef de mate van kunstmatigheid groter was dan de mate van waarheid, dat de prijs van vormgeven aan wat in wezen vormeloos was, gelijkstond aan het breken van de geest van een dier dat anders te gevaarlijk is om mee te leven. Weliswaar kon je de waarheid van het dier van dichterbij observeren, zonder het risico van geweld, maar het was een waarheid waarvan de geest was veranderd. Hoe meer ik schreef, hoe meer bedenkingen ik kreeg tegen het gezonde verstand en de bestudeerde schoonheid die met behulp van vertellingsmechanismen werden bereikt. Ik wilde daar geen afstand van doen – wilde niet leven zonder het soelaas dat ze boden. Ik wilde ze gebruiken in een vorm die het vormeloze kon beteugelen, zodat het dichtbij gehouden kon worden, zoals betekenis dichtbij gehouden wordt, om de worsteling ermee aan te gaan. Dat zou een onmogelijke opgave geweest moeten zijn, maar in feite liet het zich alleen maar niet een-tweedrie pakken, zodat ik die ambitie niet kon opgeven. Het Hilton leek zich als een dergelijke vorm te hebben aangediend – het huis van de geest dat de hele wereld oproept – maar uiteindelijk was ik er niet in geslaagd er een betekenis in te leggen.

In deze gedachten verzonken, terwijl het Spaanse gesnater van Meir in rijzende en dalende lettergrepen over me heen gleed, had ik amper in de gaten dat we de oprijlaan van het echte Hilton op reden. Pas toen we tot stilstand kwamen onder de betonnen luifel boven de ingang naar de lobby en ik opkeek naar de reusachtige draaideur in zijn stalen cilinder met daarboven de woorden HILTON TEL AVIV, drong het vreemde van mijn aankomst tot me door. Geestelijk had ik al zoveel maanden geleden mijn intrek in het hotel genomen dat zijn werkelijke, fysieke zichtbaarheid ontnuchterend werkte; en tegelijkertijd was die zichtbaarheid alleen maar intens vertrouwd – en kon niet anders zijn dan dat. Freud noemde deze versmelting van gewaarwordingen *unheimlich*, een woord waarmee het geleidelijk toenemende afgrijzen dat aan het gevoel ten grondslag ligt veel beter beschreven wordt dan het Engelse *uncanny*. Als student had ik zijn verhandeling over dat onderwerp wel gelezen, maar er was me slechts vaag iets van bijgebleven, en toen ik eenmaal in mijn kamer stond was ik zo uitgeput dat ik alleen een slaapje wilde doen. En bovendien, nu ik eindelijk in het hotel was, maakte het zo'n banale indruk op me – de met tapijt beklede gangen, het steriele meubilair en de plastic keycards – dat ik me geneerde voor de absurditeit van de obsessie waarmee ik de afgelopen paar maanden had geleefd.

Desondanks ging ik de volgende ochtend, nadat ik naar huis had gebeld en met mijn kinderen had gesproken, achter Freuds verhandeling aan: dat leek me nu cruciale lectuur voor mijn Hilton-roman, het enige uitgangspunt. Languit op het hotelbed liggend las ik over de etymologie van het Duitse woord, dat afstamt van *Heim*, 'thuis', zodat *heimlich* 'vertrouwd, inheems of behorend bij het huis' betekent. Freud schreef zijn essay als reactie op werk van Ernst Jentsch, die *unheimlich* beschreef als het tegenovergestelde van *heimlich*: als het gevolg van een ontmoeting met het nieuwe en niet vertrouwde, dat een gevoel van onzekerheid veroorzaakt, van niet weten 'waar je bent'. Maar terwijl *heimlich* 'vertrouwd' en 'behorend bij het huis' kan betekenen, omvat de secundaire betekenis, zoals Freud naar voren brengt, zowel 'verborgen' als 'uit het zicht gehouden', maar ook 'ontdekken of onthullen wat geheim is', en zelfs 'onttrokken uit het bewuste' (Grimms woordenboek), zodat *heimlich*, na het doorlopen van alle betekenisnuances, uiteindelijk samenvalt met het tegenovergestelde, *unheimlich*, dat de Duitse schrijver Schelling omschreef als 'de naam voor alles wat verborgen en geheim had moeten blijven en zichtbaar geworden is'.

Als eerste omstandigheid die hoogstwaarschijnlijk in een *unheimisch* gevoel uitmondt vermeldt Freud het idee van de dubbelganger. Alsof ik mezelf voor het voorhoofd sloeg, herinnerde ik me wat er een halfjaar eerder was gebeurd, toen ik thuiskwam en het stellige gevoel had dat ik daar al aanwezig was, een ervaring die tot de gedachtegang had geleid die me híér had doen belanden, in het Hilton. Andere voorbeelden die Freud geeft zijn een onvrijwillig terugkeren in dezelfde situatie, en de herhaling van iets toevalligs dat een gevoel van noodlottigheid of onontkoombaarheid oproept. Wat ze allemaal gemeen hebben is het centraal staan van terugkerendheid, en daarna komt Freud bij de crux van zijn betoog en stelt hij het *Unheimliche* voor als een speciale categorie van psychische angst die voortkomt uit iets wat verdrongen is en terugkeert. In de annalen van de etymologie, waarin *heimlich* en *unheimlich* een en dezelfde blijken te zijn, vinden we de sleutel tot deze heel bijzondere vorm van angst, zegt Freud, die voortkomt uit de ontmoeting met iets wat op de keper beschouwd niet nieuw en vreemd is, maar eerder iets vertrouwds en ouds waarvan je geest vervreemd is geraakt door het proces van verdringing. *Iets wat verborgen had moeten blijven, maar dat niettemin aan het licht is gekomen.*

Ik klapte mijn laptop dicht en liep het balkon op. Maar toen ik naar de stenen promenade keek, twaalf verdiepingen lager, sloeg er een golf van misselijkheid door me heen, en ik dacht terug aan de man die daar misschien wel zijn ruggengraat had gebroken of er zijn schedel had verbrijzeld. De vorige dag, op weg naar buiten om een avondwandelingetje door de druilerige regen te maken, had ik de hoteldirecteur in de lobby herkend en was ik hem bijna achterna gerend om naar het ongeluk te informeren. Maar hij was blijven staan om een gast de hand te drukken en ik zag dat hij een minzaam zelfvertrouwen uitstraalde doordat hij de gedachtewereld van zijn gasten beter kende dan zijzelf, zo leek me, doordat hij hun verlangens en zelfs hun zwakten kende, terwijl hij tegelijkertijd deed alsof hij ze níét kende, want het geheim van zijn baan moest erin gelegen zijn dat hij zijn gasten liet denken dat híj het voor het zeggen had, dat híj vroeg en ontving, dat iedereen haastig zíjn bevelen gehoorzaamde. Toen ik de directeur in actie zag, bezield van een verholen intelligentie, terwijl het licht blonk op de gouden reversspeld die een duistere rang van eminentie aangaf, verloor ik alle hoop dat ik hem iets zou kunnen ontfutselen. Als een van zijn gasten het leven had gelaten na een val of een sprong, zou deze directeur beslist alles in het werk hebben gesteld om het nieuws buiten de publiciteit te houden opdat er geen onrust onder de andere gasten ontstond, net zoals hij zijn uiterste best had gedaan om hen te doen vergeten dat er af en toe vanuit Gaza met raketten werd gesmeten; per slot van rekening kon het projectiel binnen een paar seconden in de lucht worden omgezet van echt in onecht, met niets dan een supersonische knal als bewijs.

De zon had zich weer laten zien en met haar intelligentie de wereld tot daden aangezet. Nergens was een teken van verstoring te bespeuren. Het licht fonkelde op het blauwgroene wateroppervlak. Hoe vaak had ik niet naar dit uitzicht gekeken? Veel vaker dan ik me kon herinneren, dat stond wel vast. Als Freud gelijk had met zijn uitspraak dat het beklemmende voortkomt uit iets verdrongens dat aan het licht treedt, wat kon er dan *unheimlicher* zijn dan terugkeren naar een plaats waarvan je beseft dat je er misschien nooit weg bent gegaan?

Heim – thuis.

Ja, de plaats waar je altijd bent geweest, hoezeer ook verborgen voor je eigen besef, kan toch alleen maar zo genoemd worden? Maar wordt op een andere manier thuis niet alleen maar thuis als je er weggaat, omdat we alleen maar door afstand, door een terugkeer, in staat zijn het te herkennen als de plaats die ons ware ik herbergt?

Of misschien richtte ik me voor het antwoord op de verkeerde taal. In het Hebreeuws heet de wereld *olam*, en nu herinnerde ik me dat mijn vader me een keer had verteld dat het woord als wortel *alam* heeft, dat 'verschuilen' of 'verbergen' betekent. In Freuds onderzoek over waar *heimlich* en *unheimlich* in elkaar opgaan en een psychische angst belichten (iets wat verborgen had moeten blijven, maar desondanks aan het licht is gekomen) raakte hij bijna aan de wijsheid van zijn Joodse voorouders. Maar uiteindelijk zat hij vastgebakken aan het Duits en de angsten van de moderne geest en ontbrak het hem aan hun radicalisme. Voor de oude Joden was de wereld altijd zowel verscholen als zichtbaar gemaakt.

Toen ik Eliëzer Friedman eindelijk ontmoette, twee dagen later, was ik meer dan een halfuur te laat. We hadden afgesproken samen te ontbijten bij Fortuna del Mare, een paar minuten lopen van het Hilton. Maar omdat ik pas om drie uur 's nachts in slaap was gevallen sliep ik door de wekker heen en werd ik pas wakker toen Friedman naar mijn kamer belde. Het was de eerste keer dat we met elkaar spraken – alle afspraken waren via Effie gegaan – en toch klonk zijn accent, Israëlisch maar gemoduleerd door het Duits uit zijn kindertijd, me intens vertrouwd in de oren vanwege mijn grootmoeder en haar vriendinnen, vrouwen bij wie ik als kind altijd mee op bezoek mocht, vrouwen bij wie de voordeur van hun appartement openging in Tel Aviv, maar bij wie de gangen in huis uitkwamen op verloren hoekjes uit Neurenberg en Berlijn.

Ik stamelde een verontschuldiging, schoot snel wat kleren aan en holde door de achteringang van het hotel naar het strand. Ik was al eerder in het restaurant geweest, een klein Italiaans tentje met een handvol tafeltjes, waar je de zeilbootmasten in de jachthaven kon zien. Aan het uiterste tafeltje in de hoek zat een kleine man met een kroon van pluizig wit haar; alle kleur was door zijn donkere borstelige wenkbrauwen opgezogen. Vanaf vlak boven zijn neusgaten liepen twee diepe plooien naar zijn mondhoeken, die sterk naar beneden bogen. Alles bij elkaar had dat het effect van ernst, die pas werd weggenomen bij de kin, die trots en uitdagend omhoogkwam. Hij ging gekleed in een oud kaki safarivest waarvan de zakken uitpuilden, hoewel te oordelen aan de wandelstok die keurig naast zijn rechterbeen aan de tafelrand was gehaakt, elke vorm van vechten allang onmogelijk was geworden. Ik haastte me naar het tafeltje en putte me uit in verdere verontschuldigingen.

'Ga zitten,' zei Friedman. 'Ik sta niet op, als je het niet erg vindt,' ging hij verder. Ik schudde zijn uitgestoken hand met de dikke vingers en ging, nog steeds proberend op adem te komen, tegenover hem zitten. Terwijl ik met de knopen van mijn spijkerjasje hanneste, voelde ik dat hij me met een vaste blik zat te bestuderen.

'Je bent jonger dan ik dacht.'

Ik wist me nog net in te houden en zei dus maar niet dat hij min of meer even oud was als ik had gedacht en dat ik niet meer zo jong was als ik eruitzag. Friedman riep de serveerster naar zich toe en wilde per se dat ik een ontbijtje bestelde, ook al had ik geen trek. Ik nam aan dat hij al voor zichzelf had besteld en koos dus maar iets zodat hij niet alleen hoefde te eten. Maar ze kwam terug met een bord eten voor mij en alleen een kop koffie voor hem. Ondanks zijn geringe lengte – het was geen wonder dat Effie en hij elkaars gezelschap hadden opgezocht – straalde hij iets gebiedends uit. En toch dacht ik te zien, toen hij zijn lepeltje oppakte om de thee uit het zakje te drukken, dat zijn hand beefde. Maar zijn grijze ogen, vergroot achter de getinte glazen, leken niets te missen.

Hij verspilde geen tijd met praten over koetjes en kalfjes en ging meteen met zijn vragen van start. Ik had niet verwacht dat ik ondervraagd zou worden. Maar dat ik algauw iets over mezelf vertelde kwam niet alleen door zijn gezag uitstralende aanwezigheid; het had ook te maken met de aandacht waarmee hij naar mijn antwoorden luisterde. Het was een winderige dag en in de jachthaven lagen de zeilboten zachtjes te wiegen en te rammelen terwijl er golven met schuimkoppen tegen de golfbreker beukten. Ik merkte dat ik vrijuit sprak over mijn vele herinneringen aan Israël, aan verhalen die mijn vader me had verteld over zijn jeugd in Tel Aviv en aan mijn eigen relatie met de stad, die dikwijls meer aanvoelde als mijn ware thuis dan welke andere plek op aarde ook. Toen hij me vroeg wat ik bedoelde, probeerde ik uit te leggen dat ik me hier bij mensen op mijn gemak voelde, anders dan in Amerika, want hier was alles bespreekbaar, werd er heel weinig verborgen of achtergehouden, gingen de mensen gretig in op wat de ander te bieden had, hoe ranzig of heftig het ook was, en had ik bij deze openheid en directheid meer het gevoel dat ik leefde en minder alleen was; hier kreeg ik waarschijnlijk het gevoel dat er geen betere mogelijkheid bestond om authentiek te leven. Veel dingen die mogelijk waren in Amerika waren onmogelijk in Israël, maar in Israël was het ook onmogelijk om niets te voelen, om niets uit te lokken, om over straat te lopen en niet te bestaan. Maar mijn liefde voor Tel Aviv ging verder, zei ik tegen hem. De schaamteloze verwaarlozing van de gebouwen, verzacht door de fel roodpaarse bougainville die over de roest en de barsten heen groeide en bevestigde dat toevallige schoonheid meer gewicht heeft dan de schijn ophouden. De manier waarop de stad niets van benauwenis wilde weten; hoe je er overal, altijd, op surrealistisch aandoende plekjes stuitte waar de rede tot ontploffing werd gebracht als een niet-afgehaalde koffer op Ben Goerion.

Dit alles beaamde Friedman knikkend. Hij zei dat hij er niet van opkeek, want hij had in mijn werk nooit anders gemerkt dan dat deze stad me aan het hart lag. Pas toen stuurde hij het gesprek de kant op van mijn schrijven, en de reden waarom hij om een ontmoeting had gevraagd.

'Ik heb je romans gelezen. Dat hebben we allemaal,' zei hij terwijl hij naar de andere tafeltjes in het restaurant gebaarde. 'Je voegt iets toe aan het Joodse verhaal. Vandaar dat we allemaal heel trots op je zijn.'

Het was onduidelijk wie de 'we' in kwestie waren, want afgezien van een oude hond met een stoffige vacht die op haar zij in het zonnetje lag was het restaurant leeg. Desondanks roerde het compliment een tere snaar in me aan, zoals het al duizenden jaren in het Joodse nageslacht een tere snaar aanroert. Aan de ene kant voelde ik me gevleid. Ik wílde graag in de smaak vallen. Als kind al begreep ik hoe noodzakelijk goed gedrag was en deed ik mijn uiterste best om ervoor te zorgen dat mijn ouders trots op me waren. Ik weet niet of ik ooit helemaal heb uitgezocht wat er achter die noodzaak zat, buiten het feit dat er een gat mee werd gedicht waardoor anders duisternis naar binnen zou stromen, een duisternis die mijn ouders altijd naar beneden dreigde te sleuren. Maar zelfs al kwam ik beladen met loftuitingen thuis en barstten mijn ouders van trots, toch verfoeide ik de last die dat met zich meebracht en de ingewikkelde inspanningen die ervoor nodig waren en wist ik maar al te goed hoe beknellend het allemaal was. Het allereerste Joodse kind werd gebonden en bijna ten offer gebracht aan iets wat belangrijker was dan hij en al sinds het moment dat Abraham de Moria afdaalde, als een verschrikkelijke vader maar een goede Jood, hangt de vraag in de lucht hoe we moeten doorgaan met binden. Als er al een uitweg uit Abrahams geweld werd gevonden, was het deze: laat de touwen onzichtbaar zijn, laat er geen bewijs zijn dat ze bestaan, behalve dat ze steeds pijnlijker worden naarmate het kind ouder wordt, totdat hij op een dag naar beneden kijkt en ziet dat het zijn eigen handen zijn die ze strakker aantrekken. Met andere woorden, leer Joodse kinderen zichzelf te binden. En waartoe? Niet uit esthetische overwegingen, zoals de Chinezen, en zelfs niet voor God, of de droom van een wonder. We binden en worden gebonden omdat het binden ons verbindt met degenen die vóór ons werden gebonden, degenen die vóór hen werden gebonden en degenen dáárvoor, in een keten van touwen en knopen die drieduizend jaar terug reikt, want al zo lang dromen we erover om ons los te snijden, ons uit deze wereld te laten vallen, een andere wereld in, waarin we niet worden gefnuikt en gedeformeerd om de aansluiting met het verleden te behouden, maar vrij kunnen opgroeien, de toekomst tegemoet.

Maar nu was er meer. De noodzaak om je ouders trots te maken is al deformerend genoeg; de druk om je hele volk trots te maken is van een andere orde. Dat verschilde nogal van mijn eerste schreden als schrijver. Op veertien- of vijftienjarige leeftijd had ik het schrijven aangegrepen als manier om mezelf te ordenen – niet alleen om te verkennen en te ontdekken, maar ook om mezelf bewust te laten groeien. En al was het een serieuze bezigheid geweest, er had ook een hoop speelsheid en plezier in gezeten. Toch was de relatie die ik ermee had na verloop van tijd anders geworden, toen iets wat vroeger een obscuur, strikt persoonlijk proces was geweest een beroep werd. Het was niet meer genoeg dat het aan een innerlijke behoefte beantwoordde; het moest ook een groot aantal andere dingen zijn, op andere fronten inzetbaar zijn. En terwijl het zich daar inzette, werd wat vroeger als daad van vrijheid was begonnen de zoveelste vorm van binden.

Ik wilde schrijven wat ik wilde schrijven, hoezeer ik er mensen ook mee voor het hoofd stootte, verveelde, tartte of teleurstelde, en verafschuwde mijn drang om in de smaak te vallen. Ik probeerde daarvan af te komen en dat was me tot op zekere hoogte ook gelukt: mijn vorige roman had een indrukwekkend aantal lezers voor het hoofd gestoten, verveeld, getart of teleurgesteld. Maar omdat het boek net als zijn voorgangers nog steeds onmiskenbaar Joods was, vol Joodse personages en echo's van drieduizend jaar Joodse geschiedenis, had ik ervan afgezien om de trots van mijn landgenoten van me af te schudden. Ik was er zelfs in geslaagd hem te vergroten, zoals ik ergens misschien wel stiekem had gehoopt. In Zweden of Japan hadden ze weinig boodschap aan wat ik schreef, maar in Israël werd ik op straat staande gehouden. Bij mijn laatste bezoek was ik in de supermarkt klemgezet door een oudere vrouw met een zonnehoed op, een hoed die met een bandje onder haar mollige kin vastzat. Ze greep mijn pols tussen haar vlezige vingers en duwde me ruggelings naar de zuivelafdeling om me te vertellen dat het lezen van mijn boeken haar evenveel voldoening gaf als spugen op Hitlers graf (dat hij er geen heeft deed niet ter zake) en dat ze elke door mij geschreven bladzijde zou lezen tot ze zelf onder de grond lag. Vastgedrukt tegen de vitrine met koosjere yoghurt bedankte ik haar met een beleefd lachje en pas nadat ze mijn vuist omhoog had gehouden alsof het de vuist van een bokskampioen zwaargewicht was en de ongeïnteresseerde caissière mijn naam had toegeschreeuwd, hield ze eindelijk op, maar niet zonder heel even het vaalgroene op haar onderarm getatoeëerde nummer te laten zien, alsof het de penning van een undercoveragent was.

Een paar maanden daarvoor was mijn broer getrouwd in het King David Hotel. Er was behoorlijk lang gespeecht en toen eindelijk de laatste toost was uitgebracht, was ik als een speer op de damestoiletten afgegaan. Ik was net halverwege de lobby toen een vrouw met een hoofddoek me de weg versperde met een wandelwagen. Ik probeerde om haar heen te lopen, maar ze wilde me niet laten passeren en terwijl ze me recht aankeek, zei ze mijn naam. Ik was afgepeigerd en in de war en deed het bijna in mijn broek. Maar zo makkelijk kwam ik niet van haar af. Met een snelle polsbeweging trok ze de kap van de wandelwagen naar beneden waardoor een rood aangelopen zuigeling zichtbaar werd. Met schorre stem fluisterde ze de naam van een meisje uit een van mijn boeken. De baby draaide haar hoofdje, en toen haar kippige grijze oogjes over me heen streken, ziend en niet-ziend tegelijk, schoten haar handjes naar voren alsof ze een aapje was dat vergeefs probeert een tak beet te grijpen en slaakte ze een oorverdovende gil. Ik keek op naar het gezwollen gezicht van de moeder en zag dat er tranen opwelden in haar ogen. 'Vanwege jou,' fluisterde ze.

Maar het ergst van alles gebeurde het jaar daarvoor, toen ik in Jeruzalem het Internationale Schrijversfestival kwam bijwonen. We hadden een speciale rondleiding door Yad Vashem gekregen en na afloop was ik van de andere (niet-Joodse) festivalschrijvers gescheiden en naar de privékantoren van het museum gebracht. Daar, onder een somber olieverfschilderij van Wallenberg dat eruitzag alsof het uit een brandend huis was gered, zo donker was het, werden me fotokopieën van documenten aangeboden die betrekking hadden op mijn vermoorde grootouders, samen met een tas uit de museumwinkel. 'Toe maar, maak maar open,' zei de directrice aanmoedigend. 'O, dat doe ik straks,' stelde ik voor. 'Maak nú maar open,' gelastte ze met een knarsetandend lachje. Er stonden drie of vier opgewonden toekijkende personeelsleden om me heen. Ik maakte de tas open, keek er even in en deed hem weer dicht, maar de directrice griste hem weg, graaide erin en haalde er een leeg notitieboekje uit dat was uitgegeven ter gelegenheid van de vijfenzestigjarige bevrijding van Auschwitz. Zou de boodschap nog duidelijker zijn geweest als de schutbladen bedrukt waren met stapels schoenen van dode kinderen? Thuis, terug in New York, gooide ik het notitieboekje in de vuilnisbak, maar een uur later viste ik het er weer uit, overmand door schuldgevoelens. Ik ging achter mijn bureau zitten en probeerde vertwijfeld iets op de eerste bladzijde te schrijven om de ban te verbreken, maar nadat ik een kwartier had zitten zwoegen was ik er alleen maar in geslaagd een lijstje neer te krabbelen van dingen die gedaan moesten worden – (1) LOODGIETER BELLEN (2) GYNAEC. AFSPR. (3) FLUORIDEVRIJE TANDPASTA. Toen klapte ik het dicht en stopte het weg, achter in een la.

'En? Ben je een nieuwe roman aan het schrijven?' vroeg Friedman me nu.

Ik voelde een straaltje zweet over mijn borst lopen, ondanks de koele lucht.

'Dat probeer ik,' zei ik, hoewel ik nog niets had geprobeerd. Ik had de afgelopen drie dagen zelfs vermeden om iets te proberen, want ik had nog maar net ingecheckt of ik begreep al dat beginnen aan een roman over het Hilton terwijl ik ook echt in het Hilton zat nog onmogelijker zou zijn dan beginnen aan een roman over het Hilton terwijl ik thuis zat, in Brooklyn.

'En wat is het onderwerp?'

'Zover ben ik nog niet,' zei ik en richtte mijn blik op het hotel, dat hoog oprees boven de rotswand boven het strand.

'Waarom niet? Wat is het probleem?'

Toen ik geen antwoord gaf, vouwde Friedman het servet dat op zijn schoot lag voorzichtig op en legde het in een keurige rechthoek terug op tafel. 'Je vraagt je vast af waarom ik je wilde ontmoeten.'

'Zo langzamerhand wel, ja.'

'Laten we een eindje wandelen.'

Mijn blik gleed naar de wandelstok aan zijn arm.

'Verkijk je daar maar niet op.' Friedman haakte de stok los en hees zich vaardig overeind. De oude hond die languit op de grond lag kwam snel met haar kop omhoog en toen ze zag dat Friedman ook echt wilde opstappen, hees ze zich overeind op haar achterste, zette haar voorpoten uiteen om zich met haar volle gewicht tegen de grond af te zetten en verhief zich krakend vanuit haar dijen. Toen wierp ze haar lusteloosheid met een krampachtig geschud van zich af zodat er duizenden stofjes in het licht werden gelanceerd.

We liepen langs een winkeltje met een etalage vol surfplanken die in de zon waren verkleurd en gingen de boulevard op, parallel aan de zee. De hond volgde ons discreet en snuffelde af en toe halfslachtig aan een paaltje of een kei.

'Wat voor hond is het?'

'Herder,' antwoordde Friedman.

Maar de hond vertoonde geen enkele overeenkomst met een herdershond, Duits of anderszins. Ze had eerder iets van een schaap, als dat tenminste mogelijk was, alleen dan een uit de wei gehaald schaap dat lang geleden in de opslag was gedaan, waar haar wollen en kleurloze jas langzaam uit elkaar viel.

Er schoot een motor voorbij en de berijder schreeuwde iets tegen Friedman, die iets terugschreeuwde. Het was me onduidelijk of ik getuige was geweest van een korte schermutseling of van een begroeting door twee kennissen.

'Ik hoef je niet te vertellen dat dit een lastig land is,' zei hij terwijl hij ons naar de Hajarkonstraat bracht. 'We hebben eindeloos veel problemen, en elke dag komen er nieuwe bij. Ze vermenigvuldigen zich. We pakken ze slecht aan en soms helemaal niet. We raken er langzaam onder bedolven.'

Friedman bleef staan en keek achterom naar de zee, misschien wel of hij ergens raketten kon zien. Er waren er gisteren nog meer ontploft, voorafgegaan door het gierende gejank van de sirenes. De eerste keer dat het gebeurde had ik mijn tafeltje in het café verlaten en was naar de schuilkelder afgedaald. De zeven à acht personen die zich in het betonnen vertrek hadden verzameld straalden iets uit van mensen die bij de kruidenier in de rij staan; alleen hoorde je hier en daar een zacht 'wow' toen de dreun klonk, alsof iemand in de rij had geprobeerd iets buitenissigs aan te schaffen. De tweede keer dat de sirene klonk zat ik ergens met mijn vriendin Hana, die alleen maar even ophield met praten en omhoogkeek. Vrijwel alle mensen om ons heen waren ook op hun plaats blijven zitten, ofwel omdat ze geloofden in de ondoordringbare koepel die boven ons hing ofwel omdat het erkennen van gevaar vereiste dat ze dan meteen ook een groot aantal andere dingen moesten erkennen, dingen die hun leven een stuk minder mogelijk zouden maken.

Ook ik speurde de lucht af, maar er was nergens iets te zien, alleen de witte voren van de zee, omgeploegd door de wind. Toen Friedman zich omdraaide, waren zijn brillenglazen donker geworden in het zonlicht en zag ik zijn ogen niet meer.

'Vijfentwintig jaar lang heb ik literatuur gedoceerd aan de universiteit. Maar tegenwoordig heeft niemand tijd meer voor literatuur,' zei hij. 'In Israël zijn schrijvers trouwens altijd *Luftmenschen* geweest – onpraktisch en nutteloos, althans volgens de idealen die tot de stichting van onze staat hebben geleid en die nog steeds naklinken, hoe ver we er ook van zijn afgedwaald. In de sjtetl kenden ze de waarde van een Bashevis Singer. Hoe zwaar ze het ook te verduren hadden, ze wisten hem altijd wel pen en papier te bezorgen. Maar hier werd vastgesteld dat hij een deel van de ziekte vormde. Ze confisqueerden zijn pen en stuurden hem de akkers op om radijsjes uit de grond te trekken. En als het hem op de een of andere manier lukte in zijn vrije uurtjes een paar bladzijden te schrijven, wisten ze hem wel te straffen door hem een zo hoog mogelijke belastingaanslag op te leggen, een praktijk die tot op de dag van vandaag voortduurt. Het idee dat we de productie van literatuur zouden steunen door middel van programma's en subsidies zoals ze dat in Europa en Amerika doen, zou hier ondenkbaar zijn.'

'Bijna iedere jonge Israëlische kunstenaar die ik ken is op zoek naar een manier om hier weg te kunnen,' zei ik. 'Maar een schrijver ontkomt niet aan zijn moedertaal. Het is een onmogelijke situatie. Maar ja, daar heeft Israël zich kennelijk in gespecialiseerd.'

'Gelukkig hebben we niet het monopolie,' zei Friedman, terwijl hij me naar het trapje van een parkje naast het Hilton loodste. 'Hoe dan ook, daar verschillen de meningen over,' zei hij.

'Bij jullie verschillen álle meningen. Maar ik weet niet over welk meningsverschil u het nu dan hebt.'

Friedman keek me strak aan en ik dacht dat ik een vleugje scepsis op zijn gezicht zag verschijnen, hoewel dat moeilijk te zeggen viel omdat ik zijn ogen niet kon zien. Ik had een grapje willen maken, maar moet als een dilettant op hem zijn overgekomen. Voordat ik mezelf ertegen kon wapenen werd ik bestormd door de wens om bij hem in de smaak te vallen of om hem alleen maar niet teleur te stellen, en naarstig zocht ik naar woorden waarmee ik hem ervan kon overtuigen dat zijn eerste instincten over mij terecht waren geweest: dat hij alle reden had gehad om mij uit te kiezen en zijn hoop op mij te vestigen.

'We hadden het over schrijven,' zei Friedman voordat ik de kans kreeg iets goed te maken. 'Sommigen hier zijn nooit vergeten dat schrijven wel degelijk iets voorstelt. Dat de reden waarom we tegenwoordig op dit betwiste stuk grond blijven wonen is gelegen in het verhaal dat we op deze plek over onszelf zijn gaan schrijven, meer dan drie millennia geleden. In de negende eeuw voor Christus was Israël niets – een achterlijk landje, vergeleken met het aangrenzend Egyptische of Mesopotamische rijk. En dat zouden we zijn gebleven, om samen met de Filistijnen en de Zeevolkeren vergeten te worden, als we niet met schrijven waren begonnen. De eerste Hebreeuwse geschriften die we hebben gevonden dateren uit de tiende eeuw voor Christus, de tijd van koning David. Gewoon inscripties op gebouwen, hoofdzakelijk. Teboekstellingen, niet meer. Maar binnen een paar jaar gebeurde er iets buitengewoons. Vanaf de achtste eeuw bestaan er opeens bewijzen dat er in het gehele noordelijke koninkrijk Israël werd geschreven – geavanceerde, complexe teksten. De Joden waren begonnen met het schrijven van de verhalen die in de Thora zouden worden gebundeld. We zien onszelf graag als uitvinder van het monotheïsme, dat zich als een uitslaand vuur heeft verspreid en duizenden jaren van invloed op de geschiedenis is geweest. Maar het idee van één enkele God is niet van ons afkomstig; we schreven alleen maar het verhaal van onze strijd om hem trouw te blijven en door dat te doen riepen we onszelf in het leven. We gaven onszelf een verleden en verzekerden ons van een toekomst door te schrijven.'

Toen we een voetgangersbrug overstaken ging het iets harder waaien en vloog er zand door de lucht. Ik wist dat ik onder de indruk van zijn fraaie woorden behoorde te zijn, maar kreeg onwillekeurig het gevoel dat hij het hele verhaal al honderd keer in de collegezaal had afgestoken. En ik kreeg er inmiddels genoeg van om niet te weten waar ik aan toe was. Ik had nog steeds geen idee wie Friedman eigenlijk was of wat hij van me wilde, als hij tenminste al iets wilde.

Aan de andere kant van de brug kwamen we terecht in een bedompte, in schaduwen gehulde ruimte onder een betonnen uitsteeksel, deel van een gebouwencomplex rond het Atarimplein waarvan het vervaarlijke brutalisme zelfs het Hilton een uitnodigend aanzien gaf. De half overdekte winkelgalerij stond al jarenlang leeg, zodat het gebouw steeds meer had kunnen verloederen en in de hel veranderde waarmee de architect ooit alleen maar had gefröbeld; de hele omgeving ademde een postapocalyptische sfeer uit. De stank van urine was overweldigend en de gevlekte betonnen blokken verrezen om ons heen als een gevangenis die alles overtrof wat iedere Piranesi ooit bij elkaar had kunnen fantaseren. Opnieuw stond ik voor de vraag die ik nog steeds niet had gesteld sinds ik in het restaurant was gaan zitten, en ik wist dat ik de moed zou verliezen als ik nu niets zei voordat we in het zonlicht kwamen.

'Effie vertelde dat u vroeger voor de Mossad hebt gewerkt.'

'O ja?' vroeg Friedman. Het getik van zijn stok echode door de spelonkachtige ruimte, samen met het getik van hondennagels achter ons. Maar Friedmans vlakke stem verried niets en ik voelde een hete gloed langs mijn hals omhoogtrekken, deels uit gêne en deels uit ergernis.

'Ik had de indruk dat –'

Maar wat zou ik kunnen zeggen? Dat me wijs was gemaakt, dat ik me wijs had laten maken, dat ik voor iets bijzonders was uitgekozen door hem, Eliëzer Friedman, gepensioneerd hoogleraar in de letterkunde, die niet wist hoe hij zijn tijd moest vullen? Nog even en hij zou me vragen of ik een praatje wilde komen houden bij de leesclub van zijn vrouw.

'Het Hilton is de andere kant op. Ik moest maar eens teruggaan.'

'Ik neem je ergens mee naartoe dat je vast wel interessant zult vinden.'

'Waar?'

'Wacht maar af.'

We kuierden onder de bomen van het pad dat over de middenberm van de Ben Goerionstraat loopt. Voor passanten moeten we eruitgezien hebben als een grootvader en kleindochter die samen een wandelingetje aan het maken waren. Als om zijn rol aan te dikken bood Friedman aan een vers sapje voor me te kopen.

'Ze hebben van alles,' zei hij, wuivend naar het kraampje dat vol hing met zware netten overrijp fruit. 'Guave, mango, passievrucht. Maar ik kan je een combinatie van ananas, meloen en mint aanbevelen.'

'Nee, dank u, ik hoef echt niets.'

Friedman haalde zijn schouders op. 'Dan moet je het zelf weten.'

Hij vroeg me of ik het land een beetje kende, afgezien van Tel Aviv en Jeruzalem. Was ik ooit ten noorden van het Meer van Galilea geweest, had ik weleens een tijdje in de woestijn doorgebracht? Als kind, toen hij hier net aankwam, had hij versteld gestaan van het landschap. Hij stak zijn hand in een van zijn zakken en haalde er een potscherf uit, die hij me toestak. Om het decor van de Bijbelverhalen te betreden, om wat er in zijn verbeelding gegrift stond bevestigd te zien door steen, olijfboom, hemel. De terracotta scherf in mijn handen was drieduizend jaar oud, zei hij. Hij had hem kort geleden opgeraapt in Khirbet Qeiyafa, boven de vallei van Ela, waar David Goliat had gedood; de grond was ermee bezaaid. Er waren archeologen die beweerden dat het de Bijbelse stad Saäraïm was, dat daar de ruïnes van het paleis van koning David te vinden waren. Een rustige omgeving, waar de wilde bloemen tussen de stenen omhoogschoten en het regenwater in eeuwenoude badkuipen de overdrijvende, stille wolken weerspiegelde. Die discussie was voorlopig nog niet gesloten, zei Friedman. Maar de omgevallen muren en de gebroken potten, het licht en de wind in de bladeren – dat was al genoeg. De rest zou nooit meer dan een formaliteit zijn. Er was door archeologen nooit enig tastbaar bewijs van een koninkrijk gevonden. Maar als het paleis van David de droom van de schrijver van Samuel was, net zoals het briljante inzicht in politieke macht van hem was, wat deed het er dan toe, *im grossen und ganzen*? David, die misschien weinig meer was geweest dan de leider van een in de heuvels wonende stam, had zijn volk tot een hoge cultuur gebracht, die sindsdien aan bijna drieduizend jaar geschiedenis vorm heeft gegeven. Vóór hem bestond er geen Hebreeuwse literatuur. Maar door David, zei Friedman, hebben de schrijvers van Genesis en Samuel tweehonderd jaar na zijn dood de sublieme grenzen van de literatuur vastgelegd, vrijwel bij het allereerste begin. Die literatuur zit in het verhaal dat ze over hem schrijven: een man die begint als schaapherder, die soldaat en meedogenloos krijgsheer wordt en sterft als dichter.

'Schrijvers werken alleen,' zei Friedman. 'Ze gaan af op hun eigen instinct en daar kun je niet tussen komen. Maar als ze op een natuurlijke weg naar een bepaalde thematiek worden geleid – als hun instinct en ons doel bij een gezamenlijk belang uitkomen – dan kun je mogelijkheden voor ze creëren.'

'Wat bedoelt u precies? De Joodse ervaring in een bepaald licht stellen? Er een draai aan geven zodat u invloed kunt uitoefenen op hoe we gezien worden? Dat lijkt me eerder pr dan literatuur.'

'Je ziet het iets te beperkt. Waar we het over hebben is veel groter dan perceptie. Het gaat om het idee van jezelf uitvinden. Gebeurtenis, tijd, ervaring: dat zijn de dingen die ons overkomen.

Je kunt naar de geschiedenis van de mens kijken als een ontwikkeling vanuit extreme passiviteit – het dagelijks leven als directe reactie op droogte, kou, honger, lichamelijke behoeften, zonder besef van verleden of toekomst – naar een steeds sterkere uitoefening van wil en controle over ons leven en onze bestemming. Zo beschouwd was de ontwikkeling van het schrijven een enorme sprong vooruit. Toen de Joden voor het eerst de voornaamste teksten schreven waarop hun identiteit gebaseerd zou zijn, oefenden ze die wil uit door zichzelf bewust te omschrijven – zichzelf bewust úít te denken – zoals niemand dat ooit eerder had gedaan.'

'Ik geef toe, als je het zo stelt lijkt het ontzettend radicaal. Maar je kunt ook gewoon zeggen dat de vroegste Joodse schrijvers vooropliepen in een natuurlijke ontwikkeling. De mensheid was inmiddels op een hoger plan gaan denken en schrijven, waardoor mensen de manier waarop ze zichzelf beschreven konden aanscherpen en verfijnen. Wanneer je een niveau van zelfbesef suggereert waarmee het mogelijk wordt om jezelf úít te denken, zoals je zegt, dan veronderstel je nogal wat over de bedoelingen van die vroegste schrijvers.'

'Veronderstellen is nergens voor nodig. Het bewijs zit overal in de teksten, die niet gewoon het werk zijn van een of twee individuen, maar van een hele reeks schrijvers en bewerkers die zich uiterst bewust waren van elke keuze die ze deden. De eerste twee hoofdstukken van Genesis, bij elkaar genomen, gaan daar ook juist over – ze zijn een meditatie over de schepping als een reeks van keuzes, en een beschouwing over de ontstane gevolgen. Het allereerste wat ons gegeven wordt in het allereerste Joodse boek zijn twee tegenstríjdige verslagen over Gods schepping van de wereld. Waarom? Misschien omdat de bewerkers, door Gods gebaren precies te herhalen, iets gingen begrijpen over de prijs die aan de schepping kleeft – iets wat ze kenbaar aan ons wilden maken maar wat dicht bij het godslasterlijke zou komen als we het zouden bevatten en waarnaar dus alleen zijdelings kon worden verwezen: hoeveel werelden heeft God overwogen voordat Hij besloot deze wereld te scheppen? Hoeveel gradaties die geen licht of donker bevatten maar iets volkomen anders? Toen God het licht schiep, schiep Hij ook de afwezigheid van licht. Dat wordt ons in elk geval uitgelegd. Maar alleen in de ongemakkelijke stilte tussen die twee onderling onvergelijkbare "beginhoofdstukken" is het mogelijk te bevatten dat Hij op dat moment ook een derde iets heeft geschapen. Laten we het bij gebrek aan een beter woord spijt noemen.'

'Of een vroege theorie van het multiversum.'

Maar Friedman leek me niet te horen. We stonden op de hoek te wachten tot het licht op groen zou springen. Boven ons was de mediterrane lucht verbijsterend blauw, volslagen wolkeloos. Friedman stapte de stoep af en stak met stevige pas de straat over, voor een taxi met stationair draaiende motor langs.

'Als je ze aandachtig leest, valt onmogelijk te ontkennen dat degenen die de eerste teksten hebben geschreven en bewerkt goed begrepen wat er op het spel stond,' zei hij. 'Begrepen dat beginnen inhield dat je je van een oneindigheid verplaatste naar een kamer met muren. Dat je door één Abraham, één Mozes, één David te kiezen alle andere afwees die er hadden kunnen zijn.'

We sloegen een rustige woonstraat in, met aan weerszijden de vierkante betonnen lage flatgebouwen waarmee Tel Aviv vol staat en waarvan de lelijkheid wordt verzacht door de weelderige vegetatie die eromheen groeit en de felpaarse bougainville die langs de muren omhoog kruipt. Halverwege de straat bleef Friedman staan.

Volgens het straatnaambordje waren we in de Spinozastraat. Dat was de reden waarom Friedman me hier had gebracht, nam ik aan, aangezien deze Joodse filosoof als eerste beweerde dat de Pentateuch niet door God was gegeven en door Mozes was neergeschreven, maar eerder het product was van menselijk schrijverschap. Maar wat zou Friedmans bedoeling zijn? Centraal in de stellingen van de Nederlandse lenzenslijper, althans wat het judaïsme betrof, stond het denkbeeld dat de God van Israël Zelf door mensen was bedacht en dat Joden daarom niet meer gebonden hoefden te zijn aan de Wet die Hem werd toegeschreven. Als er ooit een man was geweest die zich verzette tegen het idee van de strakke Joodse banden, was het Baruch Spinoza.

Friedman zei echter niets over de naam van de straat. Hij wees naar een grijze flat van vier verdiepingen waarvan de gevel, ingelegd met rijen holle betonnen blokken in de vorm van zandlopers, het enige was waarin het pand zich onderscheidde van de andere gepleisterde gebouwen in dat deel van de straat.

'Ik weet uit je boeken dat Kafka je interesseert.'

Ik moest een lach onderdrukken. Het werd steeds moeilijker om Friedman bij te benen. De hele ochtend liep ik al een paar passen achter hem aan, maar nu was ik hem helemaal kwijt.

'In al je boeken maakt hij zijn opwachting. Je hebt zelfs een keer een overlijdensbericht over hem geschreven, als ik me goed herinner. Het verhaal over wat er na zijn dood met zijn papieren is gebeurd ken je zeker wel?'

'Hebt u het over het briefje aan Max Brod, waarin hij vroeg alle manuscripten te verbranden die Kafka had achtergelaten, wat Brod –'

'In 1939,' viel Friedman me ongeduldig in de rede, 'vijf minuten voordat de nazi's de Tsjechische grenzen overstaken, nam Brod de laatste trein uit Praag. Hij had een koffer bij zich die vol zat met Kafka's papieren. Op die manier redde hij zijn eigen leven en behoedde hij al het overgebleven ongepubliceerde werk van de grootste schrijver van de twintigste eeuw voor een vrijwel zekere vernietiging. Brod kwam naar Tel Aviv en sleet de rest van zijn leven hier, waar hij ook verder werk van Kafka publiceerde. Maar toen hij in 1968 overleed, was een gedeelte van het materiaal in de koffer nog steeds niet vrijgegeven voor publicatie.'

Ik vroeg me af hoe vaak Friedman ook dit verhaal al had opgedist. De hond zelf leek het al eerder gehoord te hebben, want nadat ze breeduit was gaan staan om te zien wat er ging gebeuren draaide ze nu een paar zielige rondjes op het gras, liet zich met een gekreun zakken en plofte haar kop zo op de grond neer dat ze Friedman met een lui, ondersteboven loerend oog in de gaten kon houden.

'Dat weet ik allemaal, ja. Ik heb me volop verdiept in de Kafkaporno.'

'En weet je dan ook dat alles wat in die koffer is achtergebleven onder de meest gruwelijke omstandigheden ligt te vergaan, nog geen drie meter van waar jij nu staat?'

'Wat bedoelt u?'

Met het puntje van zijn stok wees Friedman naar het raam van de flat op de begane grond. Het werd beschermd door een kooi van gebogen ijzeren staven. In de holte ervan hadden zich zo'n drie, vier schurftige katten neergevlijd, boven op elkaar, en op het stoepje van het gebouw lagen nog twee andere katten te luieren. Het stonk er naar kattenpis.

'Onvoltooide romans, verhalen, brieven, tekeningen, notities – God mag weten wat. Ze liggen daar onder de nalatige maar pathologisch obsessieve hoede van de nu bejaarde dochter van Brods minnares, Esther Hoffe, die ze langs diverse aanvechtbare kanalen van erflating in handen heeft gekregen. De dochter, Eva Hoffe, beweert dat ze een deel van de papieren in kluizen in Tel Aviv en Zürich heeft opgeslagen, om ze tegen mogelijke diefstal te beschermen. Maar de waarheid is dat ze in haar bezetenheid te fanatiek en paranoïde is om er ook maar iets van uit het oog te willen verliezen. Achter die tralies in Eva's appartement, met nog twintig of dertig andere katten, liggen honderden door Franz Kafka geschreven bladzijden die nog vrijwel niemand heeft gezien.'

'Maar Kafka's manuscripten kunnen toch niet voor de wereld

verborgen gehouden worden omdat ze privé-eigendom zouden zijn?'

'De Nationale Bibliotheek van Israël heeft na de dood van Esther Hoffe een geding aangespannen waarin de rechtsgeldigheid van haar testament werd betwist, met als uitgangspunt dat het Brods bedoeling was geweest de papieren aan de Bibliotheek te schenken en dat ze dus aan de staat toebehoren. Het proces sleept zich al jaren voort. Elke keer dat er een uitspraak wordt gedaan gaat Eva in beroep.'

'Hoe weet u dat het merendeel hier ligt, en niet veilig is opgeborgen bij de bank, zoals Eva beweert?'

'Ik heb de papieren gezien.'

'Ik dacht dat u zei –'

'Ik heb je alleen het begin verteld.'

Friedmans mobiel ging over en voor het eerst die dag leek hij even van zijn stuk gebracht. Hij tastte in zijn zakken en beklopte het vest van boven naar beneden, terwijl de telefoon bleef overgaan met het harde, verontrustende geluid van een ouderwets telefoongerinkel. Toen hij hem maar niet kon vinden, stak hij me de stok toe en lichtte hij het ene na het andere flapje op, tot hij de telefoon eindelijk in zijn binnenzak vond, net op het moment dat het toestel ophield met rinkelen. Hij wierp een blik op het schermpje.

'Ik had niet door dat het al zo laat is,' zei hij en draaide zich weer naar mij toe. In de stilte die volgde leek hij me op te nemen en ik vroeg me af of hij iets op mijn gezicht had gezien dat zijn vertrouwen wekte. Hij riep de hond, en het beest kwam weer bij en zette het lange proces van opstaan in gang.

'Bij de paperassen die in dat appartement liggen zit ook een toneelstuk dat Kafka vlak voor het eind van zijn leven heeft geschreven. Hij was er bijna klaar mee, maar kort voor het eind is hij ermee opgehouden. Toen ik het las, begreep ik meteen dat het uitgevoerd moest worden. Het heeft heel lang geduurd, maar eindelijk gebeurt het dan. De opnamen beginnen binnen een halfjaar.'

'Gaat u het dan verfilmen?'

'Kafka was dol op de bioscoop. Wist je dat van hem?'

'Dat betekent nog niet dat hij het zou hebben goedgekeurd!'

'Kafka keurde niets goed. Goedkeuring was Kafka volkomen vreemd. Had hij geweten hoe het zijn werk is vergaan, dan zou hij met afschuw zijn vervuld. En toch vindt niemand die hem heeft gelezen dat zijn wensen uitgevoerd hadden moeten worden.'

'Waarom zouden Kafka's bedoelingen irrelevant zijn,' vroeg ik, 'terwijl u juist de bedoelingen van schrijvers en bewerkers van de Bijbel bewierookt die zich – hoe zei u het ook al weer? – "uiterst bewust" waren van de keuzes die ze maakten?'

'Die wierook is al lang opgetrokken. We weten niet eens wie ze waren. Het merendeel van hun bedoelingen is verloren gegaan of werd terzijde geschoven door de behoeften van degenen die daarna kwamen. Onder de talloze herzieningen zit een Genesis dat is geschreven door één enkele persoon die alle genialiteit had en niets van de morele bedoelingen. Wiens grootste vondst een personage was dat Jod-Hee-Vav-Hee heette en wiens boek misschien wel *De opleiding van God* had geheten als het niet was opgegaan in een andere lotsbestemming. Maar uiteindelijk is het niet aan de schrijver om te beslissen hoe zijn of haar werk wordt gebruikt.'

'En de pathologisch obsessieve en paranoïde Hoffe-dochter heeft daarmee ingestemd? En de Nationale Bibliotheek van Israël dan? Halverwege een rechtszaak krijgt u de rechten op hoogst omstreden materiaal, een toneelstuk van Kafka, dat ook nog eens wordt verfilmd?'

Friedman keek langs me heen naar het huis. Het was duidelijk dat hij die middag geen mysteries zou oplossen; hij had het te druk met ze te zaaien.

'De tekst moet uiteraard worden aangepast. En daarnaast hou je het probleem van de afloop.'

Nu moest ik echt lachen. 'Het spijt me,' zei ik, 'het is allemaal wat veel.'

'Neem gerust de tijd,' zei Friedman.

'Waarvoor?'

'Om te beslissen.'

'Wat zou ik dan moeten beslissen?'

'Of je geïnteresseerd bent in mijn voorstel.'

'Ik heb geen idee wat u voorstelt!'

Maar voordat ik kon doorvragen gaf hij me een grootvaderlijk klopje op mijn rug.

'Ik neem snel contact met je op. Aarzel niet intussen zelf contact met me op te nemen.'

Hij ritste een opbollende zak van zijn vest open, diepte zijn portefeuille op en haalde daar zijn kaartje uit. ELIËZER FRIEDMAN, stond erop. EMERITUS HOOGLERAAR, FACULTEIT DER LETTERKUNDE, UNIVERSITEIT VAN TEL AVIV. Vanuit mijn ooghoek zag ik hoe de gordijnen van de flat op de begane grond zachtjes bewogen, als door de wind. Het zou me zijn ontgaan als de katten die op de tralies lagen niet opeens iets waakzaams hadden gekregen, omdat ze voelden wie daarbinnen rondliep. Hun oppasser.

Ik liep langzaam terug naar het Hilton en probeerde alles wat Friedman had gezegd op een rijtje te zetten. De zon had iedereen weer naar buiten gelokt en het strand lag nu vol met mensen in badkleding, hoewel het te koud was om te zwemmen. Toen ik naar ze keek kwam er iets bij me terug uit een van Kafka's brieven, geschreven in een vakantiekamp aan de Oostzee in het laatste jaar van zijn leven. Eén deur verder was een zomerkamp voor Duitse Joodse kinderen en dag en nacht kon Kafka ze vanuit zijn raam zien spelen onder de bomen en op het strand. Overal klonk hun gezang. *Als ik onder hen ben, ben ik niet gelukkig*, schreef hij, *maar sta ik voor de drempel van het geluk.*

Ze waren allemaal buiten: de bezeten *matkot*-spelers, de nauwelijks Joods te noemen Russen, de luierende stelletjes met jonge kinderen, de meisjes die, overrompeld door de zon, vonden dat hun beha wel voor een bikini kon doorgaan. Net zoals de inwoners van Tel Aviv totaal geen heil in centrale verwarming zien, zo lijken ze zich ook per se te dun te willen kleden, in T-shirts en op teenslippers, nooit bedacht op regen en altijd verrast door de kou, en bij het eerste sprankje zon vliegen ze naar buiten om hun gebruikelijke positie in te nemen. Zo lijkt de hele stad collectief te hebben afgesproken om het bestaan van de winter te ontkennen. Met andere woorden, een aspect van hun werkelijkheid te ontkennen omdat het botst met wat ze geloven over wie ze zijn – een volk van zon, zoute lucht en zwoele gebaren. Een volk dat op dat moment van zonnebaden, van gedachteloos op het strand liggen, net zomin iets te maken heeft met raketten als de mens met de vlucht van een vogel. Maar toch, gaat dat niet voor ons allemaal op? Dat er dingen zijn waarvan we voelen dat ze ten diepste bij ons horen, maar die niet worden gestaafd door de bewijzen om ons heen, en dat we daarom, hoe onbewust ook, ons delicate gevoel van integriteit wensen te beschermen door de wereld anders te zien dan ze werkelijk is? En soms leidt dat tot transcendentie en soms leidt het tot afstand doen van scrupules.

Hoe moet ik mezelf dan anders verantwoorden? Verantwoorden waarom ik met Friedman in zee ging en hardnekkig alle duidelijke signalen negeerde. Je hoort mensen vaak zeggen dat het makkelijk is om dingen verkeerd te begrijpen. Maar daar ben ik het niet mee eens. Mensen geven het niet graag toe, maar wat voor begrip doorgaat ontstaat bij onze soort juist net iets te vlot. De hele dag hebben mensen het druk met het begrijpen van van alles en nog wat – zichzelf, andere mensen, de oorzaken van kanker, de symfonieën van Mahler, rampen uit de oudheid. Maar ik sloeg nu een andere richting in. Door tegen de krachtige stroom van het begrip in te zwemmen, de andere kant op. Later zouden er andere, grotere begripsfouten volgen – zoveel dat je er alleen maar opzet in kunt zien: de koppigheid die eraan ten grondslag lag, als de granieten bodem van een meer. Hoe duidelijker en transparanter de dingen werden, hoe meer mijn tekort aan inzicht erdoorheen schemerde. Ik wilde de dingen niet zien zoals ze waren. Daar had ik inmiddels genoeg van.

Elk leven is vreemd

Hoe het bijvoorbeeld gebeurde dat Epstein, een paar maanden nadat zijn moeder was overleden, op een middag opstond om in de keuken iets te drinken te halen en dat zijn hoofd zich bij het overeind komen opeens vulde met licht. Zich vulde zoals een glas zich vult, van de bodem tot aan de rand. Het idee dat het een eeuwenoud licht was kwam pas later bij hem op, toen hij zich probeerde te herinneren hoe het was geweest – zich probeerde de sensatie van het stijgende niveau te herinneren, en de breekbaarheid van het licht, dat van ver weg kwam, oud, en dat in zijn langdurige bestaan iets geduldigs leek te hebben, iets onuitputtelijks. Het had maar een paar tellen geduurd, en toen was het licht weggevloeid. Op een ander moment zou hij het van zich hebben afgezet als een ongewone gewaarwording en had het niet zo'n indruk op hem gemaakt, net zoals het ook niet al te veel indruk maakt wanneer je je naam hoort roepen terwijl er niemand is die hem roept. Maar nu hij alleen woonde en zijn ouders dood waren en het elke dag moeilijker werd om de tanende belangstelling voor dingen die hem ooit hadden geboeid te negeren, was hij zich bewust geworden van een gevoel van afwachting. Van het versterkte bewustzijn van iemand die wacht tot er iets aankomt.

Tijdens die eerste ochtenden in het Hilton was Epstein wakker geworden met het besef dat de Middellandse Zee vlakbij was en had hij op zijn balkon verrukt naar de golven staan kijken. In een lange, veervormige condensstreep in de blauwe lucht zag hij zijn levenslijn. Lang geleden, op het feestje ter gelegenheid van Maya's bat mitswa, hadden ze een handlezeres gehad. Deze niet-koosjere aanwezigheid van het occulte moest maar even geen probleem zijn: Maya wilde het nu eenmaal. ('Waar hou je het meest van, Mayasjka?' had hij haar een keer gevraagd toen ze nog klein was. 'Van alles wat magisch en mysterieus is,' had ze zonder aarzelen gezegd.) Om haar tevreden te stellen had Epstein zijn hand uitgestoken naar de frêle waarzegster, die een tulband droeg en eruitzag alsof ze al weken niets had gegeten. 'Haal eens een stuk taart voor deze vrouw!' had hij geschreeuwd en er waren drie obers toegeschoten, tuk op een fooi, elk met een stuk van de zwaar geglazuurde taart waarin de belofte van een huwelijk was meegebakken. Maar de drie stukken waren gewoon naast de puntige elleboog van de waarzegster blijven staan: ze was slim genoeg om te weten dat ze haar uitstraling zou ondermijnen door iets te gaan eten en dat ook de illusie van helderziendheid er averij door zou oplopen. Ze streek met haar droge, koele hand over Epsteins handpalm alsof ze er het stof van afveegde en ging daarna met een felrode nagel langs de lijntjes. Epstein begon zich al te vervelen en inspecteerde de dansvloer, waar de lat van de limbo inmiddels zo laag hing dat alleen een scharminkelige brugklasser, een acrobatische puber in spe, er nog achterovergebogen onderdoor kon schuiven. Op dat moment voelde hij hoe de greep van de waarzegster verstevigde en toen hij zich weer omdraaide zag hij de geschrokken blik op haar gezicht. Het was puur theater, wist Epstein. Maar hij hield wel van drama en was benieuwd naar een demonstratie van haar vakvrouwschap. 'Wat hebt u gezien?' had hij sportief gevraagd. De waarzegster keek hem aan met zwarte, sterk met kohl aangezette ogen. Toen drukte ze snel zijn hand dicht en duwde hem weg. 'Kom me maar een andere keer opzoeken,' verzocht ze schor fluisterend. Ze had haar visitekaartje met daarop een adres in een dure wijk in zijn hand geduwd, maar Epstein had alleen maar gelachen en was ervandoor gegaan om de cateraar uit te foeteren omdat hij de Vietnamese kipspiesjes had laten opraken. Toen hij de week daarna het kaartje weer in zijn zak vond, had hij het in de prullenmand gegooid. Een halfjaar later vertelde Lianne hem dat de waarzegster aan kanker was overleden, maar zelfs toen had Epstein er geen spijt van dat hij niet bij haar op bezoek was gegaan en kwam er alleen maar een vleugje nieuwsgierigheid in hem op.

Nu was de condensstreep langzaam aan het verdampen en bezig zich tot iets onduidelijks te verbreden. Nee, hij had niet in de voorspellingen van waarzeggers geloofd, zelfs niet als de nabijheid van de dood er invloed op uitoefende. De waarheid was dat hij maar in heel weinig had geloofd dat hij niet kon zien, en nog sterker zelfs, hij had iets tegen het geloof gehad. Niet zomaar omdat het zich op een grandioze manier kon vergissen. Om het bij het verkeerde eind te hebben – het zelfs je hele leven bij het verkeerde eind te hebben! – was tot daaraan toe, maar wat Epstein niet kon dulden, wat hem werkelijk afkeer inboezemde, was het idee te worden bedot. Het geloof, met zijn passieve vertrouwen, stelde als eis dat je je aan anderen overgaf, en als zodanig stond je bloot aan doortraptheid van de ergste soort. Epstein zag het overal. Niet alleen in de gangbare gebruiken van religie – in de voortdurende stroom nieuwsberichten over kinderen die door hun priester of rabbijn waren misbruikt, over tieners die zichzelf opbliezen omdat er hun zeventig maagden waren beloofd of die in naam van Allah onthoofdingen verrichtten. Ook had je de talloze varianten van kleine geloofjes die de gelegenheid schiepen om je voor het lapje te laten houden, om de grote lap van het geloof te laten verduisteren wat voor het blote oog helder zou zijn. Elke advertentie maakte misbruik van de menselijke neiging om te geloven, een neiging die net als het overhellen van de scheve toren van Pisa onherstelbaar was gebleken, ongeacht of alles wat beloofd werd het liet afweten of tekortschoot. Fatsoenlijke mensen die werden beroofd van hun geld en hun recht op vrede, soms zelfs van hun waardigheid en vrijheid, op grond van een structurele ongerechtigheid! Althans, zo was het overgekomen op Epstein, die het vermeed om in iets te geloven wat hij niet met zijn eigen instrumentarium kon aanraken, voelen of meten.

Hij zou vaste grond bewandelen en anders wandelde hij maar niet. Hij zou zich niet op het dunne ijs van het geloof wagen. Maar de laatste tijd merkte hij dat zijn benen zich onder hem bewogen, geheel tegen zijn intuïtie in. Dat was er zo vreemd aan. Het gevoel van beweging tegen zijn eigen wil in. Tegen beter weten in! Zijn grote vastberadenheid! Tegen alles in wat hij in achtenzestig jaar van kennis vergaren staande had gehouden; je kunt het zelfs wijsheid noemen. En hij kon niet zeggen waar hij naartoe wandelde.

Op zee voer een boot over de witte schuimkoppen van het water, op weg naar Cyprus of Tripoli. Epstein voelde iets in zijn borst opengaan. Als hij nou eens ging zwemmen, dacht hij, en het leek hem zo'n goed, zo'n schitterend idee dat hij meteen naar binnen ging en naar de portier belde om te vragen of er in de hal een zwembroek kon worden gekocht. Ja hoor, ze konden er een voor hem klaarleggen. Welke maat had hij?

Het zou nog anderhalf uur duren voordat hij met de auto werd opgehaald voor een rondleiding door het Weizmann Instituut, dat een researchsubsidie had voorgesteld op naam van zijn ouders. Nog maar een maand geleden hadden de professoren Segal en Elinav ontdekt dat kunstmatige zoetstoffen het bloedsuikerniveau zowaar konden verhogen in plaats van het te doen afnemen, informatie waarmee miljoenen diabetici gebaat zouden zijn, om maar te zwijgen van de mensen die gewoon overgewicht hadden! En welk terrein zou het Edith & Sol Epstein-onderzoek bestrijken? Wat voor soort research zou er worden gedaan, als eerbetoon aan hun leven? Wat hebben jullie, wilde Epstein vragen, dat ooit omvangrijk genoeg zou kunnen zijn?

Terwijl hij op hotelslippers en in hotelbadjas over het tapijt in de gang liep, probeerde hij zich te herinneren wanneer hij voor het laatst in zee had gezwommen. Toen Maya nog jong was? Er was hem een middag in Spanje bijgebleven, toen ze met een boot de zee op waren gegaan. Hij was van de boeg af gedoken – hij begaf zich nooit ergens langzaam in – en eromheen gezwommen naar de ladder om zijn jongste dochter aan te pakken, wier kleine hoofdje met de zwarte krullen uit het volumineuze reddingvest stak. De derde keer had hij de werking van liefde en vaderschap beter begrepen, de manier waarop vrijwel onmeetbare fracties van tijd en ervaring zich bundelen in een gehechtheid, een innigheid. Maya had een gil geslaakt zodra haar benen het water raakten. Maar liever dan haar weer aan de uitgestrekte armen van Lianne af te staan, had Epstein zachtjes tegen het kind gesproken. 'Een grote badkuip,' had hij gezegd, 'de badkuip van alle leven', en uit zijn geheugen opgeduikeld wat hij wist van getijden en dolfijnen, van kleine anemoonvisjes in een wereld van koraal, totdat ze geleidelijk was gekalmeerd en Epstein had losgelaten – losgelaten uit vertrouwen, zodat haar greep op een ander niveau steviger werd. Later stootte ze haar vader niet van zich af, zoals haar broer en zus dat hadden gedaan. Ineenkrimpend herinnerde Epstein zich hoe hij een keer twintig minuten had geprobeerd Jonah de zee in te krijgen voordat hij toegaf aan zijn woede: over de onduldbare lafheid van de jongen, over zijn gebrek aan wilskracht. Omdat hij niet uit hetzelfde hout was gesneden als Epstein zelf.

In de nieuwe gele zwembroek stond Epstein op het strand. De tailleband was te wijd en hij moest het koordje stevig aantrekken om te voorkomen dat de broek naar beneden gleed. Het zonlicht blonk op zijn zilvergrijze borstharen. De zwarte vlag was gehesen, maar de strandwacht stak een luie vinger omhoog en wees naar een rode vlag, een paar meter verderop, waar je mocht zwemmen als je maar voorzichtig deed. Epstein liep met grote passen naar het water.

Achter hem lag de stad waar hij was geboren. Hoe ver hij er ook van verwijderd was geraakt, hier kwam hij vandaan, deze zon en deze bries waren zijn aangeboren omgeving. Zijn ouders kwamen nergens vandaan. Waar ze vandaan kwamen bestond niet meer, wat een terugkeer onmogelijk maakte. Maar hijzelf kwam wel ergens vandaan: op minder dan tien minuten lopen had je de hoek van de Zamenhofstraat en de Sjlomo Hamelechstraat, waar hij met zoveel haast ter wereld was gekomen dat zijn moeder het ziekenhuis niet meer had gehaald. Hij was naar buiten getrokken en in een keukendoek gewikkeld door een vrouw die op haar balkon had gezeten en naar beneden was gekomen. Ze had zelf geen kinderen, maar was opgegroeid op een boerderij in Roemenië, waar ze koeien en honden geboren had zien worden. Daarna ging zijn moeder een keer per week bij haar op bezoek om in haar keukentje koffie te drinken en te roken terwijl de vrouw, mevrouw Tsjernowitsj, Epstein op en neer liet dansen op haar knie. Ze had een magische uitwerking op hem. Op haar schoot werd de heetgebakerde Epstein meteen rustig. Nadat ze naar Amerika waren verhuisd, had zijn moeder na verloop van tijd het contact met haar verloren. Maar in 1967, toen Epstein vlak na de oorlog voor het eerst naar Tel Aviv terugkeerde, ging hij regelrecht naar het hoekje waar hij ter wereld was gekomen, stak de straat over en belde aan. Mevrouw Tsjernowitsj keek over het hek van het balkon waar ze sinds jaar en dag de hele wereld voorbij zag komen. Zodra hij in haar keukentje bij haar aan tafel zat onderging hij de vreemde gewaarwording waarvan hij veronderstelde dat andere mensen haar vredigheid noemden. 'Dan had je moeten vragen of je die tafel mocht kopen,' waren de gevleugelde woorden van de achtjarige Maya geweest toen ze het hele verhaal te horen kreeg.

De kou overviel hem, maar hij bleef gestaag doorlopen tot het water tot aan zijn middel kwam. Vanuit een onmogelijk perspectief zag je daar zijn benen, groenig en afgezet met luchtbelletjes, neergepoot op de grote helling die naar de bodem van de zee leidde. Wat lag daar nou uiteindelijk allemaal beneden, Mayasjka? De roofbuit van de Grieken en de Filistijnen, en ook Grieken en de Filistijnen zelf.

Het was wat harder gaan waaien en de golven buitelden over de golfbreker. Het badseizoen was afgelopen en de enige mensen in het water waren een paar Russen. Een van hen, met hangende borsten, uitzwellende dijen en een lang, slingerend zilveren kruis om haar hals, liet een dikke, druipende peuter op een stoel vallen: ik heb haar net in zee gevonden! Epstein wist goed hoe hij met de golfslag moest omgaan, want hij was opgegroeid aan de kust van de Atlantische Oceaan. Met ingehouden adem dook hij naar beneden en begon door de woelige branding heen te zwemmen. Het water leek te knetteren van leven, met een bijna statische lading, of misschien was híj het alleen maar, Epstein, die zijn energie door een nieuw immens vlak geleidde. Gewichtsloos maakte hij een salto.

Toen zijn hoofd weer door het oppervlak heen brak, kwam er een hoge golf op hem af. Hij verdween eronder en liet zich heen en weer gooien. Hij zwom verder van het strand af, met de lange, krachtige slagen uit zijn jeugd. In zee denken was anders dan denken op het land. Hij wilde achter de branding zien te komen, waar hij kon nadenken zoals je dat alleen maar kunt als je door de zee wordt gewiegd. Je verkeert altijd in de greep van de wereld, maar die greep voel je niet aan den lijve, je houdt geen rekening met de uitwerking. Je put geen troost uit de greep van de wereld, die alleen maar aandoet als een neutrale leegte. Maar de zee voel je. En op die manier omsloten, op die constante manier vastgehouden, zachtjes gewiegd – op die afwijkende manier geordend – komen je gedachten in een andere vorm. Bevrijd en geabstraheerd. Aangeraakt door vloeibaarheid. En zo, drijvend op zijn rug in de grote badkuip van alle leven, had de geabstraheerde Epstein de enorme bewegende muur pas in de gaten toen hij over hem heen sloeg.

Hoestend en proestend werd hij het strand op gesleurd door een van de Russen, een beer van een vent. Hij was niet lang onder gebleven, maar hij had een hoop water ingeslikt. Kokhalzend ontdeed hij zich ervan en naar adem snakkend hing hij met zijn gezicht boven het zand, met zijn haar opzij van zijn hoofd geplakt en zijn zwembroek een flink eind afgezakt. Epstein schokte over zijn hele lichaam.

Die avond, toen Epstein zat te dineren in een door zijn neef Moti uitgekozen restaurant aan de Rothschildboulevard, ging zijn mobiel. De oude was niet teruggevonden. Het Palestijnse gezelschap had 's ochtends vroeg het New Yorkse hotel verlaten; toen Epsteins assistente arriveerde, vlogen ze al boven Nova Scotia. Hoog boven het noordpoolgebied zat een vreemde diep weggedoken in Epsteins kasjmieren jas en scrolde hij misschien al langs zijn foto's. Maar vooralsnog was daar niets aan te doen en dus was de kwijtgeraakte telefoon vervangen door een nieuwe. Hij was nog steeds niet aan de beltoon gewend en toen hij eindelijk besefte dat het geluid bij hem vandaan kwam en de telefoon uit zijn zak opdiepte, bleek het een naamloze beller te zijn, want zijn adresboek was nog niet overgezet. De telefoon bleef overgaan terwijl Epstein uitstelde, zich even geen raad wist. Moest hij opnemen? Hij die altijd opnam, die een keer halverwege Händels *Messiah* had opgenomen, gedirigeerd door James Levine! De blinde vrouw met een verbroddeld kapsel, die nooit een concert oversloeg en in extase naar de muziek luisterde, had bijna haar Duitse herder op hem losgelaten. In de pauze was ze tegen hem uitgevaren. Hij zei dat ze dood kon vallen – tegen een blinde vrouw, val toch dood! Maar waarom zou je ze niet als gelijke behandelen? – en toen hij de hond de volgende keer een stuk chocola zag eten dat het dier in het gangpad had gevonden, had hij daar niets aan gedaan, hoewel hij 's nachts nat van het zweet wakker was geworden en zich had voorgesteld hoe de vrouw in de behandelkamer van de dierenarts stond te wachten, met haar ogen weggerold en alleen het blauwige wit zichtbaar, tot de maag van het dier was leeggepompt. Ja, hij had altijd opgenomen, al was het maar om te zeggen dat hij nu niet kon reageren, later zou moeten reageren. Zijn hele leven stond in het teken van zijn grote bereidheid om te reageren, zelfs al voordat hij wist wat er gevraagd werd. Uiteindelijk drukte Epstein hard op het scherm om de oproep te beantwoorden.

'Jules! Je spreekt met Menachem Klausner.'

'Rabbijn,' zei Epstein, 'wat een verrassing.' Aan de overkant van de tafel trok Moti zijn wenkbrauwen op, zonder op te houden met *pasta cacio e pepe* in zijn mond te proppen. 'Hoe heb je me gevonden?'

Ze hadden in hetzelfde vliegtuig naar Israël gezeten. Toen hij in New York door de beveiliging op JFK ging, hoorde Epstein iemand zijn naam roepen. Hij keek om zich heen, maar had niemand gezien en was doorgegaan met het strikken van zijn veters. Hij pakte zijn rolkoffer en haastte zich naar de business lounge om een paar laatste telefoontjes te plegen. Toen ze al twee uur vlogen en hij languit lag te dutten, werd hij opgeschrikt door een aanhoudend getik op zijn schouder. Nee, hij hoefde geen warme nootjes. Toen hij zijn oogmasker omhoog schoof, werd hij echter niet geconfronteerd met het zwaar opgemaakte gezicht van de stewardess, maar met een baardige man die zich over hem heen boog, zo dichtbij dat Epstein de vergrote poriën op zijn neus zag. Epstein gluurde omhoog naar Klausner door een sluier van slaap en overwoog om het masker weer te laten zakken. Maar de rabbijn nam zijn arm in een stevige greep. Zijn blauwe ogen straalden. 'Ik dácht al dat jij het was! Het is *besjert* – dat jij toch naar Israël gaat en dat we op dezelfde vlucht zitten. Mag ik?' had hij gevraagd en voordat Epstein antwoord had kunnen geven stapte de forse rabbijn al over zijn benen heen en liet hij zich in de lege stoel naast het raampje vallen.

'Wat doe je op sabbat?' vroeg Klausner nu, aan de andere kant van de lijn. 'Sabbat?' herhaalde Epstein. In Israël had de rustdag die op vrijdag aan het eind van de middag werd ingeluid en tot zaterdagavond bleef duren, Epstein altijd geïrriteerd, want dan ging alles dicht en kwam de stad tot stilstand, om een eeuwenoude, verloren rust na te jagen. Zelfs de meest seculiere inwoners van Tel Aviv hadden het graag over de speciale sfeer die op vrijdag over de stad neerdaalde, wanneer de straten leegliepen en de wereld geleidelijk iets verstilds kreeg, uit de rivier van de tijd werd gelicht, zodat ze er welbewust en ritueel weer helemaal opnieuw in gelegd kon worden. Maar wat Epstein betrof was een door de staat afgedwongen onderbreking van het productieproces louter een belasting.

'Als je nou eens meegaat naar Safed,' stelde Klausner voor. 'Dan haal ik je op en breng ik je zelf. Bezorging aan huis, makkelijker kan het niet. Ik moet vrijdagochtend toch in Tel Aviv zijn voor een vergadering. Waar logeer je?'

'Het Hilton. Maar ik heb mijn agenda niet bij de hand.'

'Ik wacht wel even.'

'Ik zit in een restaurant. Kun je me morgenochtend terugbellen?'

'Laten we zeggen dat je komt, en als er een probleem is bel je me. Als ik niets van je hoor, ben ik vrijdag om één uur in de lobby. Het is maar twee uur rijden, maar dat geeft ons ruim de tijd om in Safed te komen voordat de sabbat aanbreekt.'

Maar Epstein luisterde maar half en wilde de rabbijn eigenlijk vertellen dat hij die dag bijna was verdronken. Dat hij op het laatste nippertje van de verdrinkingsdood was gered. Zijn maag speelde nog steeds op; eten kon hij niet. Hij had geprobeerd Moti erover te vertellen, al was het alleen maar om zijn gebrek aan eetlust te verklaren, maar zijn neef had geschrokken zijn stem verheven en met zijn handen gewapperd, om algauw weer de wijnkaart te gaan bestuderen.

De volgende dag werd besteed aan telefoontjes naar Schloss, die verdere veranderingen in Epsteins testament doorvoerde nu hij minder had om na te laten, en een volgende ontmoeting over de mogelijke invulling van een beoogde schenking, dit keer met mensen van het Israëlisch Filharmonisch Orkest. Zubin Mehta ontving hem persoonlijk. De maestro, die een Italiaanse jas met een zijden sjaal droeg, slenterde met hem rond door het Charles Bronfman Auditorium. Epstein mocht dan geen echt grote vis zijn, maar met zijn twee miljoen dollar kon in elk geval een Edith en Solomon Epstein-stoel voor de eerste violist ingesteld worden. Zijn ouders waren dol op muziek geweest. Zijn vader had tot aan zijn dertiende viool gespeeld en toen was het geld voor de lessen op. Thuis draaiden ze 's avonds grammofoonplaten, vertelde Epstein aan de dirigent, en lag hij vanuit zijn bed door de open deur mee te luisteren. Op zijn zesde had zijn moeder hem meegenomen naar een concert van – maar opeens, tot zijn verlegenheid, herinnerde hij zich niet meer de naam van de grote pianist die het podium had betreden en op de piano was afgelopen zoals een begrafenisondernemer op een doodskist afloopt.

Mehta's assistent verdoezelde het moment van vergeetachtigheid en noteerde al het andere op een gelinieerd schrijfblok. Na afloop zaten ze koffie te drinken in het felle witte licht van het Habimaplein. Epstein probeerde nog steeds te bedenken hoe die pianist heette, maar herinnerde zich nu opeens dat er nog iets anders met hem was gebeurd in de periode dat hij mee mocht naar het concert. Hij had met dichte ogen op bed gelegen, na een slaapje op een heel hete middag, toen het beeld van een spin bij hem opkwam. Heel levendig zag hij de oranje zandloper op de onderbuik en de geelbruine poten met donkere groeven bij de gewrichten. En toen, heel langzaam, deed hij zijn ogen open en daar zat de spin op de muur, vlak voor hem, precies zoals hij haar voor zijn geestesoog had gezien. Pas toen zijn moeder de kamer in kwam en begon te gillen, begreep hij dat het een bruine weduwe was. Epstein had graag gewild dat de assistent ook dit zou opschrijven, want het leek hem van het allergrootste belang.

Maar de maestro zat op zijn praatstoel. Rusteloos versprong zijn aandacht van zijn zoemende telefoon naar de paarse bloemen die in gevlochten strengen langs de muur omhoog groeiden, naar de modderpoel van de Israëlische politiek (hij was geen profeet, sprak Mehta, maar het zag er allemaal niet best uit). Toen stapte hij over op een komend concert in Bombay waar hij Wagner zou dirigeren, iets wat hij niet in Tel Aviv kon doen. Hij had vijf kinderen bij vier vrouwen, had Epstein gehoord; de maestro vond het niet nodig om het ene verhaal af te ronden voordat hij aan het volgende begon.

Toen ze opstonden om met een handdruk afscheid van elkaar te nemen, raakte Epstein even zijn jas aan. Hij had er ook zo een gehad, zei hij tegen Mehta, die alleen maar vaag glimlachte en in gedachten al met andere dingen bezig was. Later kwam Epstein erachter dat het orkest geen enkele Palestijnse musicus telde, en in de wetenschap dat zijn dochters hem flink zouden uitfoeteren als hij zijn schenking aan deze instantie zou doen richtte hij zijn aandacht op het Israëlmuseum.

Bij dat alles was Klausners uitnodiging hem ontschoten, en op vrijdag dacht hij er pas weer aan toen hij om twaalf uur wilde reserveren voor het diner en van de portier te horen kreeg dat het gewenste restaurant gesloten zou zijn. Een uur later, om één uur precies, belde de receptie naar zijn kamer om te zeggen dat de rabbijn beneden stond te wachten. Epstein maakte een afweging. Hij kon nog steeds afzeggen. Had hij echt zin om de komende twee uur met Klausner opgesloten te zitten in een auto en daarna de hele avond aan hem te zijn overgeleverd? Toen Klausner het idee van een bezoek had geopperd, in het vliegtuig, had hij er tevens op aangedrongen dat Epstein in het Gilgoel-pension zou komen logeren. Het had wel geen vier sterren, zei hij, maar ze zouden hem de mooiste kamer geven. Maar Epstein was absoluut niet van plan te blijven overnachten. Hij kon wel een taxi bellen wanneer hij genoeg kreeg van de gastvrijheid van de rabbijn. Hij was dertig jaar geleden in Safed geweest, maar herinnerde zich alleen nog wat kraampjes langs de weg, waar zilveren juwelen werden verkocht, plus de talloze stenen, met korstmos aangekoekte traptreden. Het was er prachtig, zei Klausner over het stadje in de bergen van Opper-Galilea dat al vijfhonderd jaar mystici aantrok. Een omgeving met verkwikkende lucht en onvergelijkbaar licht. Misschien wilde Epstein zelfs wel bij hen in Gilgoel aan het leerproces deelnemen? 'En wat zouden jullie me dan leren?' had Epstein met een opgetrokken wenkbrauw gevraagd. Waarop Klausner een chassidisch verhaal had aangehaald over een leerling die bij zijn leraar op bezoek gaat, een vooraanstaande rabbijn, en wanneer hem bij zijn terugkomst wordt gevraagd wat hij geleerd heeft, antwoordt hij dat hij geleerd heeft hoe de vooraanstaande rabbijn zijn veters strikt. Gebarend naar Klausners zwarte, bij de hiel afgesleten instappers, citeerde Epstein de woorden van zijn vader: 'En is dát hoe je aan de kost komt?'

Hij was altijd prat gegaan op zijn vermogen om mensen te doorgronden, te zien wat er onder het oppervlak lag. Maar wat hij aan Klausner had wist hij nog niet. Als voortreffelijke gids had hij de nog zoekenden met honderden tegelijk overgebracht naar zijn toverberg, het hele eind van JFK in New York en LAX in Los Angeles; voor hem was het een koud kunstje om Epstein in Tel Aviv op te halen. En toch was er iets in de blik van de rabbijn – niet in het aandachtige dat erin lag, want de wereld had altijd aandacht voor Epstein gehad, maar eerder in de diepte en de reikwijdte die eruit sprak – waarin de belofte van begrip leek te liggen. De gebeurtenissen van de afgelopen dag – de verloren jas, de overval, de lijkwagen met de ebbenhouten doodskist achterin, alles wat

’s avonds weer als een verkillende herinnering bij Epstein was opgekomen toen hij in de donkere luxeauto stapte die hem stond op te wachten – hadden Epstein toch wat uit het lood geslagen. Misschien was het een kwestie van overgevoeligheid die voortkwam uit emotie, maar als vanzelf nam hij Klausner in vertrouwen. In grote lijnen vertelde hij over het afgelopen jaar, beginnend met het overlijden van zijn ouders, de manier waarop hij zijn lange, overwegend solide huwelijk had beëindigd, tot ontzetting van zijn familie en vrienden, en als advocaat was teruggetreden, en ten slotte vertelde hij hem over het onweerstaanbare verlangen naar lichtheid dat onder dit alles was gegroeid en hem ertoe had aangezet om zoveel weg te geven.

De rabbijn ging met zijn lange, dunne vingers door zijn baard en had ten slotte een woord uitgesproken dat Epstein niet begreep. *Tsimtsoem*, herhaalde Klausner en gaf uitleg van de term die in de Kabbala centraal stond. Hoe schept het oneindige – het *Een-Sof*, het wezen zonder einde, zoals God wordt genoemd – iets eindigs bínnen wat al oneindig is? En bovendien, hoe kunnen we de paradox van Gods gelijktijdige aanwezigheid en afwezigheid in de wereld verklaren? Het antwoord was vijfhonderd jaar geleden in Safed geformuleerd door een zestiende-eeuwse mysticus, Jitschak Loeria: toen het in Gods wil opkwam om de wereld te scheppen, trok Hij Zich eerst terug, en in de leemte die achterbleef schiep Hij de wereld. *Tsimtsoem* was het woord dat Loeria aan deze goddelijke samentrekking gaf, verklaarde Klausner, een samentrekking die de noodzakelijke aanloop tot de schepping was. Deze ontstaansgebeurtenis werd gezien als iets doorlopends, voortdurend herhaald, niet alleen in de Thora, maar ook in ons eigen leven.

‘Bijvoorbeeld?’

‘Bijvoorbeeld,’ zei Klausner, terwijl hij zich ronddraaide in zijn stoel, die hem niet de beenruimte van het spreekgestoelte bood, ‘God schiep Eva uit Adams rib. Waarom? Omdat er eerst een lege ruimte in Adam moest worden gemaakt om ruimte te maken voor de ervaring van een andere. Wist je dat de betekenis van Chawa – Eva in het Hebreeuws – "ervaring" is?' Het was een retorische vraag en Epstein, die daar zelf vaak gebruik van maakte, nam niet de moeite om antwoord te geven.

'Om de mens te scheppen moest God Zichzelf verwijderen, en dat manco, zou je kunnen zeggen, is kenmerkend voor de mensheid. Het is een manco dat ons allemaal achtervolgt omdat wij, als Gods schepping, een herinnering aan het oneindige in ons hebben die ons vervult met verlangen. Maar hetzelfde manco is ook wat de vrije wil mogelijk maakt. De overtreding van Gods gebod om niet van de Boom der Kennis te eten kun je uitleggen als weigering om gehoorzaam te zijn, ten gunste van de vrije keuze en het verwerven van autonome kennis. Maar uiteraard is het idee om van de Boom der Kennis te eten om te beginnen al van God afkomstig. God die het idee bij Eva laat opkomen. Vandaar dat het ook opgevat kan worden als Gods manier om Adam en Eva aan te zetten tot een confrontatie met de leeggemaakte ruimte in henzelf – de ruimte waar God afwezig lijkt te zijn. Op deze manier zet Eva, wier schepping een lichamelijke leemte in Adam vereiste, Adam ook aan tot de ontdekking van de metafysische leemte in hemzelf, die hij eeuwig zal betreuren, ook al vult hij haar van onder tot boven met zijn vrijheid en zijn wil.'

Het zat ook in het verhaal over Mozes, ging Klausner verder. Bij hem, die was uitverkoren om voor zijn volk te spreken, moest eerst de spraak worden verwijderd. Hij stak als kind een heet stuk houtskool in zijn mond en verbrandde zijn tong en was dus niet in staat tot spreken, en het was deze afwezigheid van spraak die mogelijk maakte dat hij gevuld werd met Gods spraak.

'Om die reden hoor je weleens van rabbijnen dat een gebroken hart voller is dan een tevreden hart: omdat een gebroken hart een leemte heeft, en die leemte heeft de potentie om met het oneindige gevuld te worden.'

'Wat beweer je nou?' vroeg Epstein met een droog lachje. 'Dat ik mezelf ontvankelijk heb gemaakt?'

Het vliegtuig begon te trillen toen het op turbulentie stuitte, en Klausner verlegde zijn aandacht door verwoed naar de lussen van zijn veiligheidsgordel te zoeken. Hij had geen geheim van zijn vliegangst gemaakt tegenover Epstein, die hem gauw twee pillen had zien slikken, weggespoeld met een glas ananassap dat hij bij de stewardess had gebietst, ook al had zij hem al opgedragen terug te gaan naar zijn stoel in de Economy Class. Nu hield hij zijn handen om zijn gezicht en tuurde weer naar de donkere hemel, alsof de oorzaak van de onstabiele lucht daar te bespeuren was.

Toen het gevaar was geweken, kwam de stewardess Klausner wegjagen met een wit servet voor het dienblad: de maaltijd werd geserveerd, en hij moest nu echt terug naar zijn zitplaats. Omdat zijn tijd bijna om was, kwam Klausner snel ter zake. Hoe graag hij zich ook volledig aan Gilgoel wilde wijden, zei hij tegen Epstein, tegenwoordig ging zijn tijd voor het grootste deel op aan de organisatie van een reünie van de nakomelingen van koning David, die de komende maand in Jeruzalem zou worden gehouden. Zoiets was nog nooit vertoond. Er werd een opkomst van duizend mensen verwacht! Hij had het onderwerp al in het Plaza ter sprake willen brengen, zei hij, maar Epstein was vertrokken voordat hij de kans had gekregen. Zou hij de reünie willen bijwonen? Het zou een eer zijn als hij ja zou zeggen. En zou hij willen overwegen om tot het adviescomité toe te treden? Dat zou alleen een naamsvermelding en een donatie inhouden. Aha, dacht Epstein, dat was het dus. Maar al waren zijn gedachten blasé, zijn hart was dat niet, want bij het vallen van de naam Jeruzalem – Jeruzalem, dat op een of andere manier nooit uitgeput leek te zijn van zijn eeuwenoude bestaan, van al zijn verzamelde pijn en huizenhoge contradicties, van zijn voorraad aan menselijke dwaling, maar daar juist eerder zijn majesteit aan leek te ontlenen – herinnerde hij zich het uitzicht op de eeuwenoude heuvels en voelde hij zijn bloedverdunde hart opzwellen.

Hij zei tegen Klausner dat hij erover zou nadenken, hoewel hij eigenlijk niet van plan was erover na te denken. Hij kreeg opeens de drang om de rabbijn foto's van zijn kinderen te laten zien, voor het geval hij een onjuiste indruk van zichzelf had gewekt met het verhaal over loslaten, over weggeven. Zijn energieke kinderen en kleinkinderen, die het bewijs waren van zijn gehechtheid aan de wereld. Je moest goed kijken om de gelijkenis te vinden. Jonah, die donkerder was dan zijn zussen, hoefde maar een paar uur aan de zon blootgesteld te worden om een diepe bronzen tint te krijgen. Om een Marokkaanse tapijtenverkoper te worden, zei Epstein altijd. Maar hun moeder beweerde dat hij het haar van een Griekse god had. Maya had hetzelfde donkere haar, maar bij haar verwekking was alle melanine inmiddels op, en haar huid was licht en verbrandde gauw. Lucie zag er Marokkaans noch Grieks uit, of zelfs Joods – ze had iets noordelijks over zich, aangeraakt door de genade van sneeuw en verfrist door de kou. En toch zat er iets gezamenlijks in de geanimeerde blik op hun gezicht.

Maar op het moment dat Epstein zijn telefoon tevoorschijn wilde halen, besefte hij dat hij de rabbijn niets kon laten zien: al die duizenden foto's waren met de Palestijn meegegaan. Opnieuw dacht Epstein aan de man die zijn jas aanhad en intussen thuis moest zijn aangekomen in Ramallah of Nablus en de jas in de gangkast had gehangen, tot verrassing van zijn vrouw.

Omdat hij niets kon laten zien, vroeg Epstein hoe het kwam dat Klausner was uitgenodigd voor de ontmoeting met Abbas in het Plaza, waarop de rabbijn antwoordde dat hij een oude vriend was van Joe Telushkin. Maar Epstein kende geen Telushkin. 'Geen nakomeling,' zei Klausner, maar met een fonkeling in zijn oog, alsof hij zich maar al te bewust was van het beeld dat hij ophing – de Jood die zich gedraagt als een stereotype, die in zijn vrome gevecht tegen uitroeiing bereid is een kopie van een kopie van een kopie te worden. Epstein had ze zijn hele leven meegemaakt, mensen van wie het donkere pak alleen maar benadrukt dat de inkt na zoveel reproducties is verbleekt en vervaagd. Maar bij Klausner was dat niet zo.

Nu zat de rabbijn op hem te wachten in de lobby van het Hilton. Door de dikke ruit van zijn hotelraam zag Epstein de heuvel van Jaffa, waaronder duizenden jaren opeengepakt lagen te dromen, teruggekeerd naar de moederschoot. Hij werd overvallen door een gevoel van matheid en omdat hij daar niet aan gewend was en zich niet prettig voelde bij wat het impliceerde, dwong hij zich overeind te komen. Hij veegde de sjekels van het nachttafeltje, stak ze in zijn zak, haalde een paar grote biljetten uit de kluis in de kast en stopte ze in zijn portemonnee. Of hij nu over de gazons van het Weizmann Instituut kuierde en door het huis werd geleid terwijl de strenge ogen van Israëls eerste president hem volgden vanuit een schilderij, of wanneer hij naar de Ben Goerion-universiteit reed, waar hij in de woestijn zag hoe enorme aasvogels zich te goed deden aan kadavers, of zelfs wanneer hij tegenover zijn neef Moti aan tafel zat – de subtekst van alle gesprekken die hij de afgelopen dagen had gevoerd was geld. Epstein was het nu beu. Hij zou Klausners kabbala-onderneming een klein bedrag schenken en daarna wilde hij er niets meer mee te maken hebben. Hij wilde het met de rabbijn over andere dingen hebben.

Toen hij om de hoek van de rij liften in de lobby kwam, herkende hij Klausner meteen van achteren. Hij droeg hetzelfde sjofele pak als daarvoor; Epstein zag dat de rabbijn de losse draad die aan de zoom van zijn jasje bungelde nog steeds niet had afgeknipt, en op de rug was iets zichtbaar dat op een stoffige voetafdruk leek. Om zijn nek had hij een donkerblauwe wollen das. Klausner sprong overeind toen hij Epstein in de gaten kreeg, greep hem bij zijn schouders en gaf er een hartelijk kneepje in. Het ontbrak hem aan de lichamelijke onhandigheid van de orthodoxen, die vaak hun best leken te doen om zo ver mogelijk bij hun lichaam vandaan te komen en zich zo sterk in hun hersenschedel samentrokken dat er nog maar een stip overbleef. Epstein vroeg zich af of Klausner als ongelovige was geboren, maar pas later godsdienstig was geworden. Of er onder het slecht zittende pak een lichaam zat dat ooit basketbal had gespeeld, had geworsteld, naakt met een meisje over het gras had gerold, een lichaam dat zwier had verworven in zijn vrijwel voortdurende jacht op vrijheid en genot. Toen Epstein zich voorstelde dat ze dit trekje met elkaar gemeen hadden, voelde hij een warm gevoel van vriendschap in zijn borst tintelen.

Hij volgde de rabbijn door de draaideur en over de oprijlaan naar een gehavende auto, die schuin langs de stoep stond en er eerder uitzag of hij volledig was afgedankt dan welbewust geparkeerd. Klausner deed het rechterportier open en maakte ruimte vrij door lege flesjes en met touw samengebonden karton weg te halen en in de achterbak te gooien. Epstein, die achter hem stond toe te kijken, vroeg of Klausner soms ook een recyclingbedrijf runde. 'Bij wijze van spreken,' antwoordde de rabbijn grijnzend en hij schoof achter het stuur. Zelfs met de stoel ver naar achteren waren zijn knieën nog steeds in een onnatuurlijke hoek gebogen.

Epstein installeerde zich op de rechterstoel. Uit het dashboard priemde losgetrokken bedrading op de plaats waar de stereo uit het dashboard was gewrongen. De motor kwam met een schok tot leven, en de rabbijn zwenkte dicht langs een geparkeerde Mercedes zodat hij de steile oprijlaan van het hotel af kon rijden. 'Sorry voor dit alles. De Bentley is momenteel in reparatie,' zei Klausner terwijl hij een klap op de richtingaanwijzer gaf. Vanuit zijn ooghoek gluurde hij naar Epstein om te zien hoe het grapje overkwam. Maar Epstein, die vroeger een Bentley had gehad, glimlachte alleen maar vriendelijk.

Twee uur later, toen ze van de kustweg af waren en al omhoog reden, begon het te miezeren. De auto had geen ruitenwissers – degene die de stereo had verwijderd had misschien ook in de wissers een handeltje gezien. Maar Klausner, van wie Epstein inmiddels begreep dat hij zich nergens door liet ontmoedigen, stak vakkundig een hand naar buiten en poetste de ruit met een vuile doek schoon zonder ook maar even vaart te minderen. Dit werd om de paar minuten herhaald zonder dat hij zijn exegese over het leven en de leerstellingen van Loeria onderbrak. Hij zou Epstein naar het huis in Safed brengen waar Loeria had gewoond, beloofde Klausner, naar de binnenplaats waar zijn leerlingen zich ooit hadden verzameld om achter hun leermeester aan de velden in te trekken, dansend en psalmen zingend om de sabbatkoningin welkom te heten.

Met een stil glimlachje keek Epstein door het raampje. Hij zou er maar in meegaan. Hij zou niet tegenstribbelen. Hij zat ergens waarvan hij een week geleden niet had kunnen voorspellen dat hij er zou zitten – in een auto met een mystieke rabbijn, op weg naar Safed. De gedachte dat hij hier was aangekomen zonder enige opdracht te hebben gegeven beviel hem wel. Hij spande zich al zijn hele leven in om te bepalen wat er ging gebeuren. Maar ook voor hem was de vooravond van de zesde dag gekomen, nietwaar? Toen hij zijn raampje naar beneden draaide, rook de lucht naar dennen. Zijn gemoed was licht. De zon stond al laag. Ze waren op de grote weg in een file beland, en de sabbatkoningin hijgde in hun nek. Maar Epstein, die naar de sluimerende heuvel keek, kreeg opeens het gevoel dat hij alle tijd van de wereld had.

Ze bereikten Safed en reden door de smalle straatjes, waar de winkelluiken al dichtzaten. Twee keer moesten ze stoppen en achteruitrijden om touringcars te laten passeren. Achter elk van de hoge busramen zag je de vermoeide maar voldane gezichten van lieden die zich net hadden gelaafd aan de authenticiteit van de wereld. Voorbij het stadscentrum nam het aantal toeristen en kunstenaars af en daarna kwamen ze op de weg alleen nog chassieden tegen, die zich plat tegen de stenen huizen aan drukten wanneer de auto zich voorbij wrong, met hun plastic tasje stevig tegen hun lichaam gehouden. Wat was dat met godsdienstige Joden en hun plastic tasjes? vroeg Epstein zich af. Waarom gaven deze mensen die al duizenden jaren ronddoolden geen geld uit aan degelijker reisartikelen? Ze geloofden zelfs niet in aktetassen en kwamen naar de rechtbank met hun juridische bescheiden in zakken van de koosjere bakker – dat had hij al honderd keer meegemaakt. Nu schudden ze geërgerd met hun vuist naar Klausner, niet omdat hij in het voorbijgaan bijna hun neus had geplet, maar omdat hij zo kort voor de komst van de sabbat nog autoreed. Vier minuten voordat het te laat was reed de rabbijn echter aan de rand van het stadje met een scherpe bocht een oprijlaan op en kwam tot stilstand voor een gebouw waarvan de gevlekte stenen de kleur van tanden hadden, maar dan misschien van iemand die te bejaard is om ze te gebruiken.

Klausner sprong uit de auto. Hij zong zomaar wat voor zich uit, met een volle tenor. Epstein ging in de frisse koele lucht staan en keek uit over de vallei waar Jezus zijn wonderen had verricht. In de verte kraaide een haan en als reactie daarop klonk het verre antwoord van een hond. Als er op het terracotta dak geen satellietschotel was neergeplant, had je kunnen denken dat de rabbijn hem had teruggebracht naar een tijd waarin de wereld nog niet een gevolg was.

'Welkom in Gilgoel,' riep Klausner, die al haastig het pad opliep. 'Kom binnen, ze zitten vast op ons te wachten.'

Epstein bleef waar hij was, uitkijkend over de vallei.

Maar nu ging zijn telefoon weer over. Het gerinkel klonk zo hard dat het misschien wel tot in Nazareth te horen was. Het bleek zijn assistente, die vanuit New York belde. Goed nieuws, zei ze: ze dacht te weten waar zijn jas te vinden was.

Inpakken voor Kanaän

De rest van de nacht na mijn ontmoeting met Friedman zat ik vast in het grensgebied tussen slapen en waken. Wanneer ik mijn ogen dichtdeed en in een ijle, onrustige slaap viel, vulde mijn geest zich met de rijen en kolommen van de hotelramen, als een flikkerende en zoemende fruitautomaat of een reusachtig telraam. Ik kon nergens uit opmaken wat deze bange en zich telkens herhalende berekeningen inhielden. Alleen dat ze iets voor me betekenden en vertelden hoe mijn leven verder zou verlopen. In mijn geest rekten en verwrongen zich de gebeurtenissen van overdag en op een gegeven moment raakte ik ervan overtuigd dat Kafka zelf op de stoel bij het raam zat, half naar het balkon toe gedraaid. Ik was zeker van zijn aanwezigheid, even zeker als ik even later was van de absurditeit van wat ik zo kort geleden had geloofd. Er was het gezicht dat ik al heel vaak had bestudeerd op de foto die in zijn laatste levensjaar was genomen: een veertigjarige, met in zijn ogen een brandende blik van ziek-zijn of van opwinding over een ontsnapping, met jukbeenderen die uit het magere gezicht staken en puntige oren die sterk omhoog en weg van de schedel waren getrokken, als door een kracht van buitenaf. Gedraaid door de spanning, niet louter menselijk meer – zijn ze niet altijd het bewijs geweest, die oren, van een niet te bevatten gedaanteverandering die al in gang was gezet?

De deur stond op een kier, en het vriendelijke, trage deinen van de zee kwam de kamer in. Af en toe tilde Kafka delicaat een van zijn voeten op en streek hij met een slanke, onbehaarde enkel langs de lange gordijnen. Zijn gepeins vulde de kamer, een alles doordringend voorteken, en ergens in mijn onderbewuste moet de zelfmoordfantasie waarover Kafka herhaaldelijk in zijn dagboek had geschreven, over uit het raam springen en te pletter vallen op het trottoir, zich hebben vervlochten met het verhaal over de man die vanaf het hotelbalkon zijn dood tegemoet was gesprongen.

Maar Kafka, mijn Kafka, maakte geen aanstalten om naar de balkondeur te lopen, en nu raakte ik ervan overtuigd dat hij erover zat te dubben of hij met een van de reeks vrouwen uit zijn leven zou trouwen. Als je zijn brieven en dagboeken leest, krijg je het gevoel dat dit het voornaamste onderwerp was waar hij zich mee bezighield, alleen ondergeschikt aan zijn schrijven. Vaag ging het door me heen dat ik hem moest zeggen dat hij veel te veel energie aan de hele kwestie had verspild. Dat zijn hysterie zinloos was, dat hij terecht geloofde dat hij niet geschikt was voor het huwelijk en dat wat hij zag als zijn falen en zwakte ook als teken van gezond verstand kon worden gezien. Gezond verstand, zou ik eraan toe kunnen voegen, waarvan ik allengs was gaan vermoeden dat ik het ook bezat, voor zover gezond verstand iets in je is dat herkent wat jou ziek maakt.

Over een jaar zou ik ook veertig zijn. Als mijn oorsprong in het Hilton lag, was het logisch dat mijn levenseinde er ook zou liggen, bedacht ik. Daar richtte mijn onderzoek zich juist op. In de nevel van half bewustzijn joeg dit me geen angst aan. Het leek niet alleen een logische gedachte, maar ook een waarin een diepe logica huisde, zodat ik heel even met vreemde hoop werd vervuld voordat ik eindelijk in slaap viel.

’s Morgens werd ik gewekt door een kordate klop op de deur. De zon viel in banen door de ramen. Wankelend kwam ik uit bed. Het was een vrouw van de huishoudelijke dienst die de orde kwam herstellen, helemaal uit Eritrea of Soedan. Haar karretje was hoog beladen met smetteloze handdoeken en geribbelde zeepjes. Ze gluurde langs me heen naar de knoedel van lakens en de rondslingerende kussens om te schatten hoeveel werk haar wachtte. Ze moest al van alles hebben meegemaakt. Over een vrouw die de hele nacht met de slaap had liggen worstelen hoefde ze zich niet druk te maken. Maar toen ze zag dat ze me gewekt had, wilde ze alweer verdergaan. Als iemand iets wist over de man die was gesprongen of gevallen, dan zou zij dat zijn, besefte ik opeens.

Ik riep haar terug; ik zou algauw weer uitchecken, verklaarde ik, ze kon eigenlijk net zo goed meteen beginnen. Aan de slag gaan om mijn aanwezigheid uit te wissen, als het ware, zodat de volgende die hier aankwam de illusie kon koesteren dat de kamer speciaal voor hem was bestemd en hij niet hoefde te denken aan de stoet mensen door wie zijn bed al was beslapen.

Ik liep achter haar aan de badkamer in, waar ze begon op te ruimen bij de wasbak. Toen ze merkte dat ik bleef staan, keek ze me in de spiegel aan.

‘Extra handdoeken?’

‘Ik heb er genoeg, dank u wel. Maar ik wilde u iets anders vragen.’

Ze ging rechtop staan en droogde haar handen aan haar schort.

‘Weet u iets over een gast die een paar maanden geleden van het balkon is gevallen?’

Haar gezicht betrok en er kwam een blik van verwarring of misschien wel argwaan op te liggen.

Ik probeerde het nog eens: ‘Een man die daarvanaf is gevallen –’ ik wees naar de ramen, de lucht, de zee. ‘Een man die is overleden?' Toen dat geen reactie uitlokte, haalde ik snel mijn vinger over mijn keel, zoals de Poolse bruut in Shoah die aan Claude Lanzmann demonstreerde hoe hij de Joden liet zien, vanaf de kant van de spoorlijn, dat ze op moord en doodslag afraasden. Waarom ik dat deed weet ik niet.

'Ik geen Engels spreken.' Ze boog zich om een gebruikte handdoek van de grond op te rapen en wrong zich langs me. Ze haalde schone handdoeken van haar wagentje, liet ze op het niet opgemaakte bed vallen en zei dat ze later wel terug zou komen. De deur viel met een klikje achter haar dicht.

Toen ik weer alleen was werd ik overvallen door een gedeprimeerd gevoel. Al maanden klampte ik me vast aan het idee dat dit lelijke hotel een soort belofte voor me inhield. Niet in staat om er iets mee te doen had ik toegestaan dat het zijn greep op me behield, en in plaats van er afstand van te nemen en aan iets anders te beginnen had ik mijn koffers gepakt en was ik er linea recta naartoe vertrokken, had ik er nota bene mijn íntrek genomen, en nu stond ik hier druk op deze arme vrouw uit te oefenen om bevestigd te krijgen dat iemand zich van het balkon had gestort en om te horen of hier inderdaad een verhaal te vinden was.

Ik pakte mijn koffer omdat ik graag uit het hotel wilde vertrekken. Het was de bedoeling dat ik naar het flatje van mijn zus in de Brennerstraat zou gaan, waar ik normaal gesproken logeerde als ik in Tel Aviv was. Ze woonde daar maar een deel van het jaar en momenteel was ze weer terug in Californië. In het verleden had ik hele dagen in haar lege flatje zitten schrijven, dus het was niet onmogelijk om te geloven dat ik, eenmaal weg uit het Hilton, maar niet heel ver ervandaan, eindelijk zou kunnen beginnen aan mijn roman over het Hilton – of op een of andere manier gemodelleerd naar de structuur van het Hilton – waarmee ik al een halfjaar rondliep, maar waarvan ik nog niet één hoofdstuk had geschreven.

Het journaal meldde dat er geen verdere raketten waren afgevuurd. De afgelopen nacht had zo weinig nieuws opgeleverd dat er naast beelden uit Gaza en een toespraak van de minister van Defensie, iemand die vrijwel niet was te onderscheiden van de minister van Cultuur, tijd overbleef voor een berichtje over een walvis die in de wateren ten noorden van Tel Aviv was waargenomen – een grijze walvis, een soort die al meer dan tweehonderdvijftig jaar niet in de Middellandse Zee was gezien omdat hij in ons halfrond door overbejaging was uitgeroeid. Maar nu was hier een eenling opgedoken die van Herzelia naar Jaffa was gezwommen voordat hij weer in de diepte verdween. Er was een interview met een man van het Israëlische zeezoogdierencentrum, die verklaarde dat de walvis uitgemergeld en vrijwel zeker verdwaald was. Men geloofde dat het dier in de war was geraakt toen het bij de noordwestelijke doorvaart was aangekomen en daar geen ijs meer had aangetroffen, dat het zonder vertrouwde oriëntatiepunten per ongeluk naar het zuiden was getrokken en uiteindelijk in Israëlische wateren was beland. Zittend op het hotelbed keek ik naar de bibberige opnamen van water dat uit zijn spuitgat opstoof en daarna, na een lange onderbreking, van de oprijzende, enorme en met littekens bedekte staart.

Ik liep het balkon op om voor het laatst het uitzicht in me op te nemen. Of om de golven af te speuren naar een levensteken van de walvis. Of alleen maar om vast te stellen hoe dichtbij Gaza echt was. In een kleine boot met een buitenboordmotor hoefde je niet zo heel lang te doen over de zesenzestig kilometer naar de plaats waar de Palestijnen op dezelfde horizon uitkeken, op dezelfde benadering van oneindige ruimte, en waar ze geen enkele kant op konden.

Beneden in de lobby stond een rij voor de receptie. Er werd ingecheckt door een groep – ooms en tantes, neefjes en nichtjes, die allemaal uit Amerika waren gekomen om te vieren dat een uit hun midden de status van man had bereikt. Het feestnummer zelf zat op een volgepropte Louis Vuitton-koffer en deed ijverig zijn best de laatste restjes uit een doosje Nerds in zijn mond te schudden. Ik wachtte tot ik aan de beurt was en zag hoe de veiligheidsbeambte bij de deur zich naar binnen groef in een enorme witte damestas die in zijn zachte lederen diepten een onbekende enclave van het universum bevatte. Ook ik zou er best eens in willen kijken. De gebruinde vrouw met gelakte nagels die geduldig wachtte tot ze haar tas weer terugkreeg, geloofde dat hij werd doorzocht op een pistool of een bom, maar de grondigheid waarmee de bewaker zijn werk deed wees erop dat hij op zoek was naar iets van veel grotere betekenis.

De hoteldirecteur kwam uit het kantoor. Toen hij me zag verscheen er een blik van blije herkenning op zijn gezicht, en hij kwam op me afgestevend. Hij nam mijn hand in de zijne en vroeg naar mijn grootvader, die hij al twintig jaar kende. Mijn grootvader was dood, vertelde ik; hij was het jaar daarvoor overleden. De directeur kon dat niet geloven en leek bijna te willen suggereren dat ik het had verzonnen, net zoals ik alle andere dingen had verzonnen waarvan ik in mijn boeken had beweerd dat ze echt waren gebeurd. Maar zover ging hij net niet en na zijn leedwezen te hebben betuigd vroeg hij of ik had genoten van de fruitmand die hij naar mijn kamer had gestuurd. Ik zei dat ik daar inderdaad van had genoten, omdat het geen zin had om tegen hem te zeggen dat ik geen enkele fruitmand had ontvangen: zoiets kon weer tot dramatische toestanden leiden. Ik verklaarde dat ik wilde uitchecken. Nog meer verrassing en bezorgdheid – was ik niet net aangekomen? Ik werd voor in de rij gezet, met veronachtzaming van het bar mitswa-gezelschap, en de directeur schoof persoonlijk achter de balie om mijn vertrek af te handelen, wat hij op een snelle en elegante manier deed. Toen mijn rekening was verwerkt, liep hij mee naar de deur en gaf de portier opdracht een taxi voor me te regelen. Het leek wel alsof hij me zo snel mogelijk uitgeleide wilde doen. Dat was vermoedelijk omdat zijn aandacht door veel andere dingen werd opgeëist, maar ook kwam het bij me op dat hij misschien wist dat ik had gehoord over de man die was omgekomen bij een val. Het zou best kunnen dat Effie, of zelfs Matti, de bevriende journalist, het hotel namens mij had gebeld en dat het nieuws dat ze informatie hadden willen inwinnen aan de directeur was overgebriefd. Of misschien had de geschrokken vrouw van de huishoudelijke dienst haar baas een uur geleden op de hoogte gebracht. Terwijl ik daarover stond na te denken, werd mijn koffer overgeheveld naar de achterbak van de wachtende taxi en voordat ik de juiste vraag kon formuleren had de directeur me al op de achterbank geïnstalleerd. Hij lachte me toe met een air van kwiek professionalisme, sloeg de deur dicht en roffelde met zijn knokkels op de zijkant van de taxi om hem op pad te sturen.

We waren pas vijf minuten onderweg toen de chauffeur plotseling naar de stoeprand uitweek en de taxi tot stilstand bracht. Er klonk getoeter van een bus en door het achterraampje zag ik het voertuig met gierende remmen op ons afkomen en op een paar centimeter van de achterbumper stilhouden. De taxichauffeur stapte uit, vloekte naar de buschauffeur en verdween achter de open motorkap van zijn auto. Ik liep achter hem aan om te vragen wat er aan de hand was, maar hij negeerde me en bleef zich in de oververhitte ingewanden van de motor verdiepen. Voetgangers bleven staan om een kijkje te nemen. Amerika is een land waar de mensen geen tijd hebben, maar in het Midden-Oosten hebben de mensen wél de tijd en dus wordt de wereld daar meer bekeken, en terwijl ernaar wordt gekeken worden er meningen gevormd over wat er te zien is, en natuurlijk lopen die meningen uiteen, zodat het teveel aan tijd gegarandeerd tot onenigheid leidt. Er brak nu een ruzie uit over de vraag of de taxichauffeur had mogen stoppen waar hij was gestopt, en zodoende de bushalte blokkeerde. Een man in een mouwloos T-shirt vol zweetvlekken ging naast de taxichauffeur onder de motorkap staan en ook zij begonnen te ruziën over wat er gebeurd was. Voor mijn man was de wereld altijd zoals ze eruitziet en voor mij was de wereld nooit zoals ze eruitziet, maar in Israël is geen mens het eens over hoe de wereld eruitziet, en ondanks het geweld waarmee het eindeloze geruzie gepaard gaat vind ik deze fundamentele erkenning van onenigheid altijd geruststellend.

Ik herhaalde mijn vraag en eindelijk kwam het bezwete gezicht van de chauffeur omhoog. Hij nam alles in zich op wat hij over me wilde weten, liep rustigjes naar de achterkant, drukte de achterbak open, kwakte mijn koffer op straat en ging verder met zijn oplapwerk. Ik sleurde de koffer achter me aan de stoep op, en het kliekje toeschouwers week maar nauwelijks uiteen om me erlangs te laten. Ik ging een paar meter verderop staan en ik zocht tussen het aankomende verkeer naar een andere taxi. Maar het was spitsuur en ze waren allemaal bezet. Eindelijk zag ik een *sjeroet* – een gemeenschappelijk taxibusje dat een vaste route volgt en stopt wanneer er mensen naar de chauffeur schreeuwen – en hield hem aan door mijn hand op te steken. Maar net toen hij vaart begon te minderen stopte er een auto waarvan het raampje naar beneden werd gedraaid.

Friedman zat achter het stuur. Hij had nog steeds zijn safarivest aan.

'*Noe?*' vroeg hij, op de oude Jiddische manier waarop je elkaar polst. 'Wat is er gebeurd?' Hij boog zich over de rechterstoel om het portier open te maken en zette toen de symfonie op de radio wat zachter.

Ben ik ingestapt? Een verhaal is niet langdurig in staat om vormeloosheid in stand houden, en ook het leven ziet daar weinig kans toe, gezien het feit dat het wordt verwerkt door de geest, waarvan de functie is om tegen elke prijs samenhang te produceren. Met andere woorden, om een geloofwaardig verhaal te produceren.

'Gaat u me nou vertellen dat dit toeval was?' vroeg ik terwijl Friedman weer invoegde. 'Mijn taxi kreeg panne, en u reed zomaar toevallig voorbij?'

De waarheid was dat ik blij was hem te zien.

'Ik wilde dit voor jou bij het Hilton gaan afgeven.'

Zonder zijn blik van de weg te halen stak hij zijn hand achter mijn stoel, viste er een grote, groezelige bruine zak vandaan en deponeerde die op mijn schoot.

'Ze zeiden dat je net had uitgecheckt, en ik herinnerde me dat je had verteld dat je van plan was te verkassen naar het flatje van je zus in de Brennerstraat. Ik was net op weg daarnaartoe toen ik je opeens langs de kant van de weg zag staan.'

Ik kon me niet herinneren dat ik het over het huis van mijn zus had gehad, maar ja, mijn geheugen was troebel door het gebrek aan slaap. Gistermiddag was ik vergeten dat ik met mijn Hebreeuwse vertaler had afgesproken om samen koffie te drinken, en na mijn bezoek aan een oude vriend, de choreograaf Ohad Naharin, had ik mijn tas in diens appartement laten liggen. En toch was ik ook bereid te geloven dat Friedman alles wist wat er over mij te weten was; dat hij mijn dossier had gelezen. Misschien wilde ik het zelfs ook wel geloven, want daarmee werd ik van alles vrijgepleit.

Ik maakte de dichtgevouwen papieren zak open en er steeg een schimmelgeur op. Onderin lag een stelletje broze pocketuitgaven van Kafka, waarvan de rug was beschadigd door het vele lezen.

'Als hulp bij het nadenken,' zei Friedman, zonder verder uit te weiden.

Ik frommelde de zak dicht. We moesten stoppen omdat het licht op rood sprong, en voor de auto stak een jong stel de straat over, met hun armen om elkaars middel geslagen. De jongen was beeldschoon, zoals dat alleen kan bij iemand die met veel zonlicht is groot geworden. Zijn overhemd stond open bij de hals, zodat je zijn keel zag. Ik keek weer naar Friedman, die aan de achteruitkijkspiegel zat te klooien. Hij leek te oud om nog te rijden. In zijn rechterhand had hij een tremor – dat leed geen twijfel. Was ook hij, net als mijn vaders neef Effie, in zijn nadagen beland, wanneer de werkelijkheid steeds minder van nut wordt en rafelrandjes krijgt?

Het licht sprong op groen en Friedman sloeg af naar links, de Allenbystraat in. Binnen een paar minuten kwamen we aan bij het stille straatje van mijn zus. Ik wees naar nummer 16. Aan de voorkant had je parkeerruimte onder het gebouw, en iets van een tuin die er tegelijkertijd kaal en woest uitzag. We stapten allebei uit, Friedman met behulp van zijn stok, die tegen de met hondenhaar bedekte achterbank had gestaan. Zijn knobbelige voeten waren vandaag in leren sandalen gestoken, je zag zijn gebarsten nagels. Ik hees mijn koffer voor de tweede keer uit de achterbak.

'Neem je altijd zoveel mee?'

Ik sputterde tegen dat ik het minst meenam van mijn hele familie; dat mijn ouders en broer en zus geen van allen ooit zonder drie koffers vertrokken, al was het maar voor één overnachting.

'En daar worden ze gelukkig van?'

'Geluk staat daar volkomen buiten. Voor hen is het een kwestie van voorbereiding.'

'Voorbereiding op ongelukkig zijn. Op geluk hoef je je niet voor te bereiden.'

Hij draaide zich om en tuurde naar de ramen van mijn zus, op de eerste verdieping, die afgeschermd waren door metalen luxaflex. Vanuit de kinderopvang aan de overkant van de straat zweefde Lady Gaga ons tegemoet.

'Kun je daar schrijven?'

Ik zweeg even en deed alsof ik over mijn antwoord nadacht, deed bij wijze van spreken alsof er een kans was dat ik daar zou kunnen schrijven, terwijl ik donders goed wist dat die kans uitgesloten was.

‘Eerlijk gezegd gaat het niet zo best met mijn werk,’ bekende ik. ‘Ik ben tegen een muur aan gelopen.’

‘Des te meer reden om een tijdje iets anders te proberen.’

‘Wat? Om een eind te breien aan wat Kafka niet kon afmaken of juist onvoltooid heeft willen laten, zoals het meeste van wat hij schreef? Werk dat toch wel zijn weg naar de wereld heeft gevonden, zonder een einde, met niet minder effect? Zelfs als ik me over mijn geïntimideerde gevoel heen wist te zetten, zou het gevoel dat ik een misstap beging onverteerbaar zijn. Mijn eigen werk bezorgt me al spanningen genoeg.’

De zon viel in spikkels op Friedmans gezicht, tussen de grote bladeren van een jungleboom door, en zijn droge lippen krulden zich tot een lachje, het inwendige lachje dat een verstandig mens zich veroorlooft wanneer hij tegenover andermans dwaasheid komt te staan.

‘Denk je soms dat wat jij schrijft aan jou toebehoort?’ vroeg hij zachtjes.

‘Aan wie anders?’

‘Aan de Joden.’

Ik barstte in lachen uit. Maar Friedman had zich al omgedraaid en begon zijn uitpuilende zakken te doorzoeken, een voor een. De handen, waarvan de rug bevlekt was met sproeten, klopten en drukten, wrikten het klittenband van de kleppen los. Het was een beproeving die de hele dag kon duren: hij was net zo bepakt en beladen als iemand die een zelfmoordaanslag gaat plegen. Al lachend schoten me de beroemde zinnetjes uit Kafka’s dagboek te binnen: *Wat heb ik met de Joden gemeen? Ik heb amper iets gemeen met mezelf.* Ze werden dikwijls geciteerd in de niet-aflatende discussie over de vraag hoe Joods Kafka’s werk eigenlijk was. Daarnaast had je nog wat hij in een brief aan Milena had geschreven over het verlangen om alle Joden (met inbegrip van hemzelf) in een la te proppen tot ze zouden stikken, en af en toe de la open te trekken om te kijken of het al opschoot.

Friedman reageerde niet en bleef zijn zakken doorzoeken. Ik stelde me nu voor dat ze vol papiertjes zaten, opdrachten die aan andere schrijvers werden verstrekt om het grote apparaat van de Joodse literatuur op te stoten in de vaart der volkeren. Maar er werd niets gevonden of ontdekt, en hij vergat wat hij aan het zoeken was of vond het niet meer nodig om ernaar te zoeken. De Joodse literatuur zou moeten wachten, zoals alle Joodse zaken wachten op een vervolmaking die we diep in ons hart eigenlijk niet willen.

'U hebt het trouwens zelf gezegd,' hielp ik hem herinneren, 'niemand geeft tegenwoordig nog om boeken. Op een dag zijn de Joden wakker geworden en beseften ze dat ze nieuwe Joodse schrijvers konden missen als kiespijn. Nu zijn we terug bij de toestand dat we aan onszelf toebehoren.'

Een afkeurende blik maakte de al diepe groeven in Friedmans voorhoofd nog dieper. 'Je werk is goed. Maar die valse naïviteit is een probleem. Zoiets wekt de indruk van onvolwassenheid. Je komt niet zo best over in interviews.'

Er sloeg een golf van vermoeidheid over me heen. Ik pakte het handvat van mijn koffer.

'Vertelt u eens, meneer Friedman, wat wilt u van me?'

Hij tilde de zak met Kafka van het lage muurtje waarop hij hem had neergezet en stak hem naar me uit. Onderin zat een scheurtje; nog even en het hele geval zou opensplijten. Instinctief stak ik mijn hand uit om te voorkomen dat de hele stoep vol boeken kwam te liggen.

'Ik ben gevleid dat u me benaderd hebt, echt waar. Maar ik ben niet de juiste schrijver voor u. Ik heb het al moeilijk genoeg met mijn eigen boeken. Mijn leven is al tamelijk ingewikkeld. Het is niet mijn intentie om iets aan de Joodse geschiedenis bij te dragen.' Ik trok de koffer naar het voorpaadje van het gebouw waar mijn zus woonde. Maar Friedman was nog niet uitgesproken.

'Geschiedenis? Wie zegt hier iets over geschiedenis? De Joden hebben nooit iets van de geschiedenis geleerd. Op een dag kijken we terug en zien we de Joodse geschiedenis als een blip, een aberratie, en wat er dan van belang is, is wat er altijd van belang is geweest: de Joodse herinnering. En daar, in het domein van de herinnering, dat altijd onverenigbaar zal zijn met de geschiedenis, kan de Joodse literatuur nog de hoop koesteren om invloed uit te oefenen.'

Hij trok het portier van de auto open, smeet de metalen stok naar binnen, liet zich achter het stuur zakken en startte de motor.

'Ik kom je morgenochtend om tien uur ophalen,' riep hij door het naar beneden gedraaide raampje. 'Hou je van de Dode Zee? Pak dan een weekendtas in. Na zonsondergang wordt het koud in de woestijn.'

Hij stak zijn hand op en toen hij wegreed knerpte er gebroken glas onder de wielen.

In de vertrouwde slaapkamer van mijn zus lukte het me eindelijk in slaap te vallen. Toen ik weer wakker werd, was het met een heimwee dat iets lichamelijks had, net zoals de bijbehorende symptomen lichamelijk waren geweest voor de zeventiende-eeuwse huurlingen die ziek waren geworden omdat ze zo ver van huis waren en bij wie heimwee voor het eerst als ziekte was vastgesteld. Hoewel het bij mij nooit zo hevig was, kende ik als kind al het nostalgische verlangen naar iets waarvan ik me gescheiden voelde, iets wat geen tijd en ook geen plaats was, maar iets vormeloos en onbenoemds. Overigens moet ik er nu bij zeggen dat de verdeeldheid die ik voelde in zekere zin ín mij zat: de verdeeldheid van het zowel hier als niet hier zijn, maar eerder dáár.

Als jonge twintiger had ik over dit schrijnende verlangen geschreven. Ik had op mijn manier geprobeerd het te behandelen in de eerste roman die ik schreef, maar uiteindelijk was de enige remedie ik ertegen had gevonden eveneens lichamelijk geweest: aanvankelijk de intieme omgang met de mannen die van me hadden gehouden, en later met mijn kinderen. Hun lichamen hadden me altijd verankerd. Wanneer ik ze omhelsde en hun gewicht tegen me aan voelde, wist ik dat ik hier was en niet daar, een herinnering die elke dag hernieuwd werd als ze 's morgens bij me in bed kropen. En weten dat ik hier was, was in zekere zin ook hetzelfde als hier wíllen zijn, omdat hun lichamen zo'n sterke reactie in het mijne teweegbrachten, want wat was er logischer of natuurlijker? 's Nachts keerde mijn man me zijn rug toe om te gaan slapen aan zijn kant van het bed, en ik keerde hem mijn rug toe om te gaan slapen aan mijn eigen kant, en omdat we geen manier konden vinden om tot elkaar te komen, omdat we de afwezigheid van de wens om tot elkaar te komen hadden verward met de angst om tot elkaar te komen, met het onvermogen om tot elkaar te komen, gingen we allebei slapen terwijl we verlangden naar een andere plek die niet hier was. En pas in de ochtend, wanneer een van onze kinderen bij ons in bed glipte, werden we teruggebracht naar de plek waar we waren en werden we herinnerd aan de sterke band die we ermee hadden.

Terwijl ik op mijn buik in het bed van mijn zus lag probeerde ik de onrust die zich geleidelijk aan me opdrong rationeel te benaderen. Die onrust kende ik niet alleen van de vele keren dat ik voor mijn werk weg geweest was van huis, maar ook van de ochtenden waarop ik mijn kinderen naar school bracht en zij moeite hadden met afscheid nemen, wanneer ik hun handen van me moest lostrekken en de tranen van hun wangen moest vegen om daarna weg te lopen en te vertrekken zoals ons door het onderwijzend personeel was geleerd. Hoe langer het afscheid werd gerekt, hoe moeilijker het kind het kreeg, zeiden ze, en op zo'n moment was het dan ook nodig om me met een snelle liefkozing van ze los te maken en ervandoor te gaan. Om ons heen waren altijd kinderen die geen moeite hadden met deze dagelijkse gang van zaken. Zij ervoeren de scheiding van hun ouders niet als een breuk of als iets wat verdrietig stemde. Toen mijn oudste zoon drie was en 's morgens een paar uurtjes naar de peuterklas ging, was hij voortdurend zo van streek door het idee van ons gescheiden te zijn dat mijn man en ik eind oktober op gesprek bij de schoolpsychologe moesten komen. Ook het onderwijzend personeel en het hoofd van de school waren aanwezig. Achter de psychologe wapperden gekleurde, op het raam geplakte papieren blaadjes in de luchtstroom die vanuit een radiator opsteeg. Wanneer hij huilt, deelde de psychologe ons mee, is dat niet het normale huilen van een kind. Wat is het dan wel? vroeg ik. Op ons – en daarbij keek ze ernstig om zich heen naar haar collega's om zich van hun steun te verzekeren – maakt het de indruk van iets existentieels.

Ik was met haar in discussie gegaan. Ik had bewijzen aangevoerd voor het geluk en welzijn van mijn zoon en tegen een wanhoop die de omstandigheden oversteeg. Je moest hem thuis eens zien, zei ik tegen haar. Hij heeft het altijd naar zijn zin! Een en al humor, een en al leven! Om mijn bewering kracht bij te zetten putte ik uit een diepe bron van anekdotes. Maar later, toen de bijeenkomst was afgelopen, bleven de opmerkingen van de psychologe me toch dwarszitten.

Het probleem met uiteengaan was gaandeweg minder geworden. Mijn zoon ging het op school fijn vinden en er waren hele perioden, dat het hem geen enkele moeite kostte om afscheid te nemen. Maar de verlatingsangst was nooit helemaal bij hem verdwenen, en zelfs nu gebeurde het nog weleens dat hij bij de ingang van de school in paniek raakte. Op het moment dat hij me smeekte of hij niet naar binnen hoefde, lukte het mij om kalm te blijven en hem al pratend tot rust te brengen. Maar na een halfuur zo bezig te zijn geweest – wanneer hij zich eenmaal had uitgeput, zich er ten slotte bij had neergelegd dat er niets anders op zat dan zijn tranen te drogen en naar binnen te gaan – werd ik overmand door verdriet. Het kostte me soms uren voordat ik me weer op mijn werk kon concentreren en wanneer het tijd werd hem op te halen ging ik veel eerder van huis dan noodzakelijk was en haastte ik me tot ik bij de school aankwam. En hoewel ik makkelijk zou kunnen zeggen dat ik alleen maar met mijn zoon meeleefde, had ik al die jaren best wat vaker de hand in eigen boezem kunnen steken, en dan zou ik hebben toegegeven dat mijn onrust en eenzaamheid er het eerst waren en dat die van mijn zonen – de oudste, en daarna de jongste – daar de weerklank van waren, omdat ze ergens wel begrepen dat ik alleen in hun aanwezigheid, als ik aan hen vastzat, echt voelde dat ik hier was, en dat het om hen was dat ik bleef.

Ik belde naar huis via Skype. Mijn man reageerde en daarna doken de gezichten van de jongens in beeld. Er was niemand doodgegaan na mijn vertrek, vertelden ze; geen van de resterende mieren op de mierenboerderij, de meelwormen, de cavia's of onze hond, die oud en blind was, hoewel ze in mijn korte afwezigheid zelf leken te zijn gegroeid of op een andere manier te zijn veranderd. En moest dat dan ook niet? Elke dag vervingen ze de atomen waarmee ze waren geboren met de atomen die ze uit hun omgeving opnamen. Je jeugd is een proces van jezelf langzaam heropbouwen uit de geleende materialen van de wereld. Op een heel gewoon moment, dat ongemerkt verstrijkt, verliest een kind het laatste atoom dat hem door zijn moeder is gegeven. Hij heeft zichzelf volkomen ingewisseld en daarna is hij louter en alleen zichzelf. Wat wil zeggen: alleen in zichzelf.

Mijn jongste zoon vertelde me over het verhaal dat hij de vorige dag had geschreven, over een vulkaan met een vierkant in zijn maag dat daar was blijven steken. Er was een probleem, legde mijn zoon uit (voor de vulkaan, niet voor het vierkant, want het vierkant was in elk geval dood). Er waren een stel soldaten bij de vulkaan gekomen die hem opdracht hadden gegeven om naar de Ochtendstorm te gaan. Had ik weleens van de Ochtendstorm gehoord? Nou, het centrum van de Ochtendstorm is een klein stipje dat de Onheilsstorm is, en dat is dan weer de heetste plek op aarde, zo deelde mijn zoon mee.

Achter hem zag ik de vertrouwde aanblik van de blauwe keukenkastjes, het oude fornuis, en ik herinnerde me het gevoel van avonden nadat de jongens in slaap waren gevallen of ochtenden dat ik terugkwam nadat ik ze naar school had gebracht, wanneer ik had geprobeerd, opnieuw, de aanwezigheid van dat andere leven te detecteren.

Ik begon ze te vertellen over de verdwaalde grijze walvis die voor de kust van Tel Aviv was terechtgekomen, maar al na één zin begonnen ze angstige geluidjes te maken en besefte ik dat ik iets verkeerd had gedaan. Maar nee! riep ik uit, zonder precies te weten hoe ik ze van deze kleine stommiteit kon redden, uit deze poel van narigheid waarin ze godbetert zouden verdrinken omdat ze nooit de kans hadden gekregen om te leren zwemmen. We hadden zo'n enorme toestand van hun geluk gemaakt, mijn man en ik, we hadden zo ons uiterste best gedaan om ze tegen verdriet in het leven te beschermen, dat ze hadden geleerd bang te zijn voor verdriet zoals hun grootouders bang waren geweest voor de nazi's en voor vrijwel niets te eten hebben. Ondanks de vaste Joodse nachtmerries die ik een paar keer per jaar had, waarin ik mijn kinderen onder de vloer moest verstoppen en ze tijdens een dodenmars in mijn armen droeg, kwam het veel vaker voor dat ik erover nadacht hoeveel persoonlijke groei ze zouden kunnen bereiken door een paar weken voor hun leven te rennen in een Pools woud.

Maar was het niet mogelijk, voerde ik nu snel aan, dat de geleerden het helemaal bij het verkeerde eind hadden? Dat de walvis zich niet had vergist en hier juist vrijwillig naartoe was gezwommen, dat hij een hoge tol had betaald door de eenzaamheid op te zoeken en met gevaar voor eigen leven vast te houden aan wat voor hem een oerdrang was? Dat de walvis aan een groot avontuur was begonnen?

Na opnieuw te zijn gered werden mijn zonen rusteloos. Eindelijk verscheen het gezicht van mijn man weer op het scherm. Twee keer verstarde zijn uit pixels opgebouwde gezicht in een uitdrukking die zich niet adequaat liet vertalen. Maar zelfs in ongeschonden vorm was er iets ongewoons aan zijn uiterlijk. In de afgelopen maanden was ook hij er anders gaan uitzien. Als je maar lang genoeg ergens naar kijkt, is er een punt waarop vertrouwdheid omslaat in vreemdheid. Misschien was het alleen maar het gevolg van mijn vermoeidheid, van hersenen die hun werkzaamheden inkrimpen door korte metten te maken met de stortvloed van associaties en opgeslagen standpunten die ze elke seconde gebruiken om lacunes aan te vullen en een kloppend geheel te maken uit wat de ogen doorseinen. Of misschien waren het de eerste verschijnselen van de alzheimer die ongetwijfeld mijn lot zou zijn, zoals dat bij mijn grootmoeder het geval was geweest. Wat er ook aan de hand was, ik merkte dat ik steeds meer naar mijn man keek met dezelfde nieuwsgierigheid waarmee ik mijn medepassagiers in de metro bekeek, maar des te intenser en verrast, omdat zijn gezicht bijna tien jaar het toppunt van het vertrouwde was geweest, totdat het op een dag dat domein verliet en het domein van het *Unheimliche* betrad.

Hij had het nieuws gevolgd en wilde weten hoe het in Tel Aviv was en welke kant het daar opging. Het was er nu rustig, zei ik. Misschien zou er geen Israëlische luchtaanval komen, maar toen ik deze woorden zei, geloofde ik ze eigenlijk niet. Wilde ik niet naar huis komen? vroeg hij. Was ik niet bang? Niet voor mezelf, zei ik, en ik herhaalde wat ik anderen had horen zeggen: dat het waarschijnlijker was dat je door een auto zou worden aangereden dan dat er een raket op je zou neerkomen. Toen vroeg hij hoe het nou met mij ging en wat ik sinds mijn vertrek allemaal had gedaan. Deze eenvoudige vraag, zo zelden gesteld, trof me nu als veelomvattend. Ik kon er net zomin op antwoorden als ik hem kon vertellen wat ik allemaal had gedaan en hoe het me was vergaan in de tien jaar dat we al getrouwd waren. Al die tijd hadden we woorden met elkaar gewisseld, maar op een gegeven moment leken die woorden te zijn ontdaan van hun kracht en hun doel, en nu, als een schip zonder zeil, leken ze ons niet verder te kunnen brengen: de woorden die we uitwisselden brachten ons niet dichterbij, niet bij elkaar, maar ook niet bij enige vorm van begrip. De woorden die we wilden gebruiken mochten we niet gebruiken – verhinderd door de verstarring die voortkomt uit angst – en de woorden die we wel konden gebruiken waren voor mij irrelevant. Toch probeerde ik het: ik vertelde hem dat het beter weer was geworden, dat ik had gezwommen in het zwembad van het Hilton en dat ik Ohad, Hana en onze vriend Matti had gesproken. Ik vertelde hem over de sfeer in de schuilkelder en het harde gedreun dat de muren soms deed schudden. Maar over Eliëzer Friedman vertelde ik hem niet.

Eén hoek van het appartement van mijn zus stond in open verbinding met het donkere, leerachtige gebladerte van een boom, waaronder de lucht schemerig en vochtig bleef, vol spinnen, en in deze kleine kamer buitenshuis had ze een ooit peperdure leren stoel neergezet die een kwarteeuw van zijn leven in het appartement van onze grootouders had doorgebracht. Als het 's winters regende, kon het metalen luik neergelaten worden, maar verder stond de stoel, waarmee mijn grootouders uiterst zorgvuldig waren omgegaan door er slechts zelden op te gaan zitten en hem met een laken tegen de zon van het Midden-Oosten te beschermen, bloot aan alle elementen. Deze rebelse of luchthartige daad van mijn zuster had voor mij iets opwindends. Ik ging vaak op de stoel zitten om de neiging er een laken overheen te gooien de kop in te drukken.

Ik sloeg de eerste bladzijde van Kafka's *Gelijkenissen* op en begon te lezen:

> Velen beklagen zich erover dat de woorden van de wijzen steeds weer slechts gelijkenissen zijn, maar onbruikbaar in het dagelijks leven, terwijl dat juist het enige leven is dat we hebben. Wanneer de wijze zegt: 'Ga naar de overkant,' dan bedoelt hij niet dat we ons naar een overkant moeten begeven, wat best uitvoerbaar is, als het tenminste de moeite waard is, maar hij bedoelt een legendarisch daarginds, iets wat we niet kennen, wat ook door hem niet nader te omschrijven is en wat ons hier ook totaal niet kan helpen.

Ik voelde een lichte frustratie opkomen. Wanneer ik over Kafka nadacht zonder hem meteen met zijn boeken in verband te brengen, kon ik dat gevoel vrijwel altijd van me afzetten. Ik dacht dan aan de iconische scènes uit zijn leven, waar ik vaak genoeg over had gelezen om ze me te herinneren alsof het scènes uit een film waren: de lichaamsoefeningen voor het open raam, het koortsachtige middernachtelijke schrijven achter zijn bureau, de dagen vol pijn die verstreken tussen de witte, gedesinfecteerde lakens van het ene sanatorium na het andere. Maar frustratie was méér dan een onderwerp voor Kafka, het was een hele bestaansdimensie, en zodra je hem begint te lezen kom je daar steeds weer bij uit. Er is nooit een bevrijding uit de aanvankelijk ergerniswekkende, daarna afmattende scenario's die in zijn schrijven ontstaan; ze leggen een immens, nimmer eindigend beslag op hem, het is een bijna tantrisch doorstaan van frustratie dat niets oplevert, alleen maar de ziel klaarstoomt voor de absurditeit. Zelfs de wijzen worden erom gemangeld: ze zeggen dat we ergens heen moeten, maar wij hebben geen enkel middel om ons daarheen te verplaatsen, en bovendien weten zij er niets meer over dan wij – er is geen bewijs dat het zelfs maar bestaat. Ongeacht het feit dat die wijzen altijd alleen maar eindig zijn en dat ze ons toch naar het oneindige trachten te dirigeren. In Kafka's opvatting, die niet echt goed te weerleggen is, zijn ze nutteloos. Ze richten onze aandacht op de fabuleuze gene zijde, maar kunnen ons er niet heen brengen.

Ik bladerde naar voren en herlas wat voor mij altijd een van de meest onvergetelijke passages is geweest die Kafka ooit heeft geschreven, een stuk uit *Het proces*, dat hij uit de roman haalde en los publiceerde. Er komt een man bij de deurwachter die de toegang tot de wet bewaakt en hij vraagt om toelating. Hij wordt geweigerd, maar niet categorisch – de deurwachter zegt dat hij misschien later wordt toegelaten. De man kan niet verder, maar ook kan hij niet weggaan, en daarom neemt hij plaats op het krukje dat de deurwachter hem aanbiedt, en blijft daar zitten wachten voor de open deur naar de wet. Hij mag echter niet doorlopen; het lijkt zelfs wel of de deur alleen open blijft om hem te tarten met het idee van toegang. Hij blijft een heel leven lang wachten, een heel leven op de drempel van de wet, en bij elke poging om binnen te komen stuit hij op tegenstand. De man wordt oud, zijn ogen worden dof, zijn gehoor zwak; ten slotte loopt zijn leven ten einde, en 'Vóór zijn dood komen alle ervaringen van de hele tijd samen in een vraag'. Met het laatste beetje kracht dat hij kan opbrengen fluistert hij tegen de deurwachter: 'Iedereen probeert toch de wet te bereiken, hoe komt het dat in al die jaren niemand buiten mij toegang heeft verzocht?' Waarop de deurwachter, schreeuwend om zich verstaanbaar te maken, tegen de stervende man brult: 'Hier kon niemand anders worden toegelaten, want deze ingang was alleen voor jou bedoeld. Ik ga hem nu sluiten.'

In de kinderopvang aan de overkant was Lady Gaga afgezet en begonnen de kinderen te zingen. Het wijsje was bekend, net als de woorden, hoewel ik ze niet allemaal begreep. Ik ben opgegroeid met Hebreeuws in mijn oren – het was bijvoorbeeld de taal waarin mijn ouders ruziemaakten – maar nooit voldoende om het echt te leren spreken. En toch had de klank iets heel vertrouwds, als van een moedertaal die ik was vergeten, en door de jaren heen was ik telkens weer opnieuw begonnen die taal te leren. In zijn laatste jaren had Kafka ook Hebreeuws gestudeerd, als voorbereiding op de verhuizing naar Palestina waarvan hij droomde. Maar uiteindelijk was zoiets niet voor hem weggelegd, *alia* – in het Hebreeuws betekent het woord letterlijk 'opgang', 'opstijging', en misschien heeft hij ergens wel geweten dat hij nooit zou 'opstijgen', net zomin als je naar de overzijde kunt 'overgaan' en alleen maar voor de open deur kunt postvatten. Nadat hij een film over Joodse pioniers in Palestina had gezien, schreef Kafka in zijn dagboek over Mozes:

> Het wezen van de woestijnweg... De geur van Kanaän hangt een leven lang in zijn neus; dat hij het land pas kort voor zijn dood zal zien valt nauwelijks te geloven... Niet omdat zijn leven te kort was komt Mozes nooit in Kanaän, maar omdat het een menselijk leven was.

Niemand heeft de drempel ooit grondiger bewoond dan Kafka. Op de drempel van het geluk, van de overzijde, van Kanaän, van de deur die alleen voor ons openstaat. Op de drempel van ontsnapping, van gedaanteverandering. Van een kolossaal en laatste begrip. Niemand heeft die drempel zozeer tot kunst verheven. En toch, als Kafka nooit duister of nihilistisch is, komt dat doordat zelfs het bereiken van de drempel vereist dat je openstaat voor hoop en een levendig verlangen. Er ís een deur. Er is een weg omhoog of naar de overkant. Het is alleen zo dat het je vrijwel zeker niet zal lukken om hem in dit leven te bereiken, te herkennen of te overschrijden.

Die avond ging ik naar een dansles die werd gegeven in een oud geel schoolgebouw met hemelsblauw geverfde raamkozijnen. Ik vind dansen heerlijk, maar toen ik eenmaal ging begrijpen dat ik had moeten proberen danseres te worden in plaats van schrijfster was het te laat. Ik krijg steeds meer het gevoel dat mijn ware geluk in het dansen ligt en dat ik eigenlijk probeer te dansen als ik schrijf, en omdat dat onmogelijk is, omdat dansen vrij van taal is, geeft het schrijven me nooit voldoening. Schrijven is in zekere zin inzicht willen verwerven, en daarom is het altijd iets wat achteraf gebeurt, is het altijd een ontleding van het verleden en zijn de resultaten ervan, als je geluk hebt, blijvende sporen op een bladzijde. Maar dansen is jezelf beschikbaar stellen (voor genot, voor een uitbarsting, voor verstilling); dansen vindt alleen maar plaats in het heden – een tel nadat hij is uitgevoerd is de dans al verdwenen. De dans verdwijnt constant, zegt Ohad vaak. De abstracte verbanden die bij het publiek worden gecreëerd, van emotie met vorm, en de opwinding die vanuit je wereld van gevoelens en verbeelding ontstaat – dat alles komt uit zijn verdwijning voort. We hebben geen idee hoe mensen hebben gedanst in de tijd dat Genesis werd geschreven; hoe het er bijvoorbeeld uitzag toen David uit volle macht voor God danste. En zelfs al wisten we het wel, de enige manier om dat weer tot leven te laten komen gaat via het lichaam van een danser die nu leeft, die de dans hier voor ons kortstondig nabij kan maken voordat hij weer verdwijnt. Maar het schrijven, dat als doel heeft een tijdloze betekenis te verwerven, moet zichzelf iets voorliegen over de tijd; in wezen moet het geloven in een vorm van onveranderlijkheid, en om die reden zien wij als grootste literaire werken de werken die de test van honderden, zelfs duizenden jaren hebben doorstaan. En deze leugen die we onszelf vertellen wanneer we schrijven gaat me toch steeds meer hinderen.

Ik vind dansen dus heerlijk, maar nergens vind ik het zo heerlijk als tijdens deze les in de gele school, in die oude lokalen. Vanuit de grote ramen zie je de rode bloemen van bomen waarvan ik eindeloos geniet, maar waarvan de naam me telkens ontschiet, en op de bovenverdieping repeteert Ohad met zijn gezelschap in een ruimte met uitzicht op de zee. De docent zei tegen ons dat we moesten proberen onder het bewegen kleine verzakkingen in onszelf te voelen, verzakkingen die vanbuiten onzichtbaar waren maar toch in ons plaatsvonden. En toen, een paar minuten later, zei ze tegen ons dat we voortdurend een verzakking moesten voelen, zacht maar aanhoudend, alsof er sneeuw in ons viel.

Toen de les was afgelopen liep ik naar het strand. Ik ging op het zand zitten en bedacht dat alles wat er achter me lag ooit woestijn was geweest. Op een dag kwam er een koppige man die lijnen in het zand trok en stonden er op een duin zesenzestig koppige gezinnen die schelpjes trokken voor zesenzestig stukjes land en vervolgens koppige huizen gingen bouwen en koppige bomen gingen planten, en uit die oorspronkelijke daad van koppigheid ontstond een hele stad, sneller en groter dan iemand zich ooit had kunnen voorstellen, en nu wonen er vierhonderdduizend mensen in Tel Aviv met hetzelfde koppige idee. Het zeewindje is al net zo koppig. Het vreet aan de gevels van de gebouwen, het brengt verwering en verroesting, er mag hier niets nieuw blijven, maar de mensen vinden dat niet erg omdat ze daardoor de kans krijgen om het koppig te vertikken iets te herstellen. En als de een of andere wijsneus uit Europa of Amerika zijn buitenlandse valuta gebruikt om het wit opnieuw wit te maken en het poreuze opnieuw dicht te smeren zegt niemand iets, want iedereen weet dat zoiets niet lang blijft duren, en als alles er binnen de kortste keren weer uitgewoond uitziet is iedereen gelukkig, kan iedereen opgelucht ademhalen wanneer ze voorbijlopen, niet uit leedvermaak, niet omdat ze hem niet het beste toewensen, de persoon die maar één keer per jaar komt, maar omdat de mensen nu eenmaal het meest verlangen naar cohesie, meer dan naar liefde of geluk. Op de allereerste plaats naar samenhang in henzelf, en daarna in het leven waarvan ze een klein onderdeel vormen.

Het opkomende getij had plastic afval aangevoerd dat door de zee tot confetti was vermalen. De gekleurde snippers lagen verstrooid over het zand en deinden mee met de golven. Een verhaal is misschien niet langdurig in staat om vormeloosheid in stand houden, en ook het leven ziet daar weinig kans toe – is dat wat ik heb geschreven? Wat ik had moeten schrijven is 'het menselijk leven'. Omdat de natuur vorm schept maar ook vernietigt; het is juist de balans tussen die twee die zoveel rust in de natuur aanbrengt. Maar als de kracht van de menselijke geest huist in zijn vermogen om vorm te scheppen uit het vormeloze en door middel van taalstructuren zingeving aan te brengen in de wereld, ligt zijn zwakte in zijn tegenzin of weigering om vorm te vernietigen. We zijn gehecht aan vorm en vrezen het vormeloze: ons wordt van vroegs af aan bijgebracht het vormeloze te vrezen.

Wanneer ik mijn kinderen 's avonds voorlas kreeg ik weleens de dwarse gedachte dat ik ze, door ze dezelfde sprookjes, Bijbelverhalen en mythen voor te schotelen die al honderden of duizenden jaren worden verteld, niet iets cadeau deed maar ze juist iets ontnam – dat ik ze heel vroeg en heel diepgaand beroofde van de oneindige mogelijkheden om de wereld te doorgronden, dat ik de oeroude kanalen van gebeurtenis en gevolg in hun hoofd vastlegde. Avond na avond instrueerde ik ze in het conventionele. Hoe mooi en ontroerend het ook kon zijn, daar kwam het altijd op neer. Dit zijn nou de uiteenlopende vormen die het leven kan aannemen, deelde ik ze mee. En toch herinnerde ik me nog de tijd dat de geest van mijn oudste zoon geen bekende vormen voortbracht of vertrouwde patronen volgde, toen zijn dwingende, vreemde vragen over de wereld haar als nieuw aan ons openbaarden. We zagen zijn perspectief als een vorm van briljantheid en bleven hem toch de conventionele vormen bijbrengen, ook al ervoeren wij ze als storend. Uit liefde. Zodat hij de weg zou vinden in de wereld waar hij geen andere keuze heeft dan erin te leven. En stukje bij beetje werden we minder door zijn gedachten verrast en gingen zijn vragen zich voornamelijk bezighouden met de betekenis van de woorden in de boeken die hij nu aan zichzelf voorlas. Op die avonden, wanneer ik mijn kinderen weer het verhaal van Noach, Jona of Odysseus voorlas, leek me dat de prachtige verhalen die hen tot rust brachten en hun ogen deden glanzen eveneens een vorm van binden waren.

Sta klaar om te knappen, had de dansdocent gezegd. *Maar geef er nog even niet aan toe.*

Om twee of drie uur 's nachts gingen de sirenes, en ik ging naar beneden en bleef met een bejaarde vrouw en haar dochter in het betonnen trappenhuis staan. Het gejank hield op en in de stilte bogen we ons hoofd. Toen er een donderende explosie klonk keek de oude vrouw glimlachend naar me op, een glimlach die zo misplaatst was dat hij alleen maar uit seniliteit had kunnen voortkomen. Voordat ik weer in bed stapte haalde ik een paar spullen uit mijn koffer en propte die in een plastic zak die ik onder de gootsteen had gevonden. Om nergens op voorbereid te zijn, zou ik kunnen zeggen. Of omdat dit het uur was waarop ik meestal ging inpakken voor de tripjes die ik niet van plan was te maken. Of omdat ik dan voorlopig niet wakker hoefde te worden om aan de roman te moeten beginnen waarvan ik inmiddels wel wist dat ik er nooit aan zou beginnen, hoewel er nog een minieme kans bestond dat ik dat wel zou doen. Ik klapte mijn computer open en keek of er nieuws was, maar er waren nog geen verslagen binnengekomen. Ik typte een mailtje aan mijn man. Ik had misschien wat tijd nodig, zei ik. Ik moest misschien langer wegblijven dan ik had gedacht. Verder gaf ik geen uitleg van wat zou uitgroeien tot mijn zwijgen.

Is en is niet

Epstein betrad het huis. Betrad het met een lied in zijn hoofd. Betrad het op de manier waarop een man zijn eigen eenzaamheid betreedt, zonder enige hoop die te kunnen vullen. Een man als Klausner had vast wel volgelingen en dus keek hij er niet van op dat hij er nu een stuk of vier tegenkwam, druk bezig met de voorbereidingen van de sabbat en Klausners komst. Ze waren gekleed in spijkerbroek en sweatshirt, en zonder het keppeltje hadden ze de slonzige bewoners van een Amerikaanse studentenflat kunnen zijn geweest. Iedereen, op één na, een jonge zwarte man wiens vlassige bakkebaarden langzaam oprukten naar de rest van zijn schamele baard. Hij had inmiddels het vrome uniform van donkere jas en wit overhemd aangetrokken en zat in een hoek. Gebogen over een gitaar nam hij Epstein op, zonder de gracieuze beweging van zijn vingers op de snaren te onderbreken. Langs welke omweg was hij hier beland, vroeg Epstein zich af terwijl hij de melodie probeerde te herkennen. Hij zag de moeder van de jongen voor zich, met grijzende slapen voor het raam van haar appartement in de Bronx, waar de kerstboom al was opgetuigd. Later, toen iedereen aan een tafel zat die gedekt was voor tien, werd er kennisgemaakt en werd de bevlogen gitarist voorgesteld als Peretz Chaim. Epstein kon zich niet inhouden: 'Maar hoe heet je echt?' vroeg hij. Waarna de jonge man, op wiens manieren niets aan te merken was, plechtig antwoordde dat Peretz Chaim zijn echte naam was, net zo echt als Jules Epstein.

Klausner, die op een ouderwetse computer achter de balie snel een mailtje had verstuurd, zijn laatste kans voor de sabbat, en nog eens had gecontroleerd of alle lichten wel aan waren gelaten, loodste Epstein haastig weer de deur uit, door de smalle straatjes naar de oude synagoge waar hij met hem heen wilde – om de sfeer op te snuiven, zei hij, terwijl hij met twee vingers over elkaar wreef, een gebaar dat voor Epstein eerder op geld wees dan op geestverrijkende lucht. Om de spiritualiteit in te ademen. Toen ze een stenen trap afdaalden kwam beneden in de vallei een grote begraafplaats in zicht. Hij was beplant met cipressen waarvan het taps toelopende silhouet leek te zijn gevormd door omstandigheden die niets te maken hadden met zon, wind en regen.

Daar beneden lagen de grote wijzen uit vervlogen eeuwen onder blauw geverfde tomben. Epstein had die verf overal in het plaatsje gezien, op plaveisel en deuren, in het voegwerk tussen de ruwe stenen van de huizen. Het was traditie, verklaarde Klausner, om het boze oog te bezweren. 'Een tikje heidens' – hij haalde zijn schouders op – 'maar ja, wat kan het voor kwaad?'

Ze kwamen bij een boogdeur in de muur en nadat ze een binnenplaats met brede tegels waren overgestoken, liepen ze een witgekalkt vertrek met een hoog plafond binnen, tjokvol mannen in donkere jassen en met slingerende peies. Er zat iets ongeordends in de rusteloze beweging in het vertrek, in het zingen hier en het wiegen daar, de baarden die naar voren priemden door de spanning van het contact met de Almachtige, terwijl andere aanwezigen, tijdelijk van hun verplichtingen ontslagen, ongevraagd commentaar leverden en zich bij een tafel bedienden van gebak en flesjes sinas. Klausner gaf hem een wit satijnen keppeltje dat op een tafel lag. Epstein inspecteerde de binnenkant. Wie wist op hoeveel hoofden het had gezeten? Hij wilde het al in zijn zak steken, maar de man achter de tafel, de sjammes van de keppeltjes, stond hem met een stekende blik aan te kijken, en dus zette Epstein het met een knipoog op zijn hoofd.

Nu, aangestuurd als door een verre elektromagnetische kracht, begon de hele groep te zingen. Epstein, die de drang kreeg om in te vallen – niet zozeer om mee te zingen als wel om het geluidsniveau te verhogen met een nietszeggende, onsamenhangende, Tourette-achtige kreet – deed zijn mond open, maar sloot hem weer toen hij opzij werd geduwd door het verkeer dat nog van achteren naar binnen kwam. Toen het gezang verstomde en uiteenviel in her en der opklinkende solo's, werd Klausner tot een gesprek gedwongen door een man die nog forser was dan hij, met een baard zo grof en rood als die van Ezau.

Epstein merkte dat hij van Klausner was gescheiden en liet zich door de menigte de andere kant op dringen, langs planken met vergulde boeken en manden vol zijden bloemen. Meegesleurd door een draaikolk van zwarte jassen zag hij een kolossale zwarte houten stoel met adelaarsklauwen onder aan de poten. De stoel zat vast aan iets wat eruitzag als een wieg – o God, was dat waarop ze besnijdenissen uitvoerden? Wat een barbaarsheid! Toen zag hij een opening in de muur, en om bij de stoel vandaan te komen daalde hij een paar treden af naar een klein vertrek dat op een kunstmatige grot leek en waar een paar vettige kaarsen brandden. Toen zijn ogen aan het duister waren gewend, zag hij dat hij niet alleen was: op een lage kruk zat een man met waterige ogen. De lucht was zwaar en bedompt, doortrokken van de lichaamsgeur van de man. Op een kleine koperen plaquette, die Epstein in het schijnsel van de kaarsen probeerde te ontcijferen, werd vermeld dat de beroemde Loeria hier vijfhonderd jaar geleden was komen bidden.

Het gekrompen mannetje greep naar zijn been, bood hem iets aan. Er sloeg een golf van claustrofobie over Epstein heen. Het leek wel of alle zuurstof was opgezogen. Een psalm, wilde hij een psalm opzeggen? Was dat wat de man aan hem vroeg? Om een zegen van de wijze af te smeken? Op de schoot van de oude man lag een pakje koekjes en toen Epstein het psalmenboek weigerde, stootte de man blindelings het pakje op hem af. Nee, nee, een koekje wilde hij ook niet en toen de man aan zijn broek bleef trekken, scheurde Epstein de artritische klauw los en nam de benen.

Een halfuur later, terug bij Gilgoel, verschenen er opnieuw zweetdruppeltjes op Klausners voorhoofd. Voor de tweede keer binnen een week zat Epstein aan een tafel met Joden die in de ban van de rabbijn waren. Maar in tegenstelling tot het vooraanstaande Joods-Amerikaanse publiek dat om vage redenen en voor veel geld bijeen was gekomen om oude standpunten te herkauwen, leken de leerlingen aan deze eenvoudige houten tafel kwiek en levendig, open voor een wonder. Gretig om zich heen kijkend wachtte Epstein tot de voorstelling begon. Op deze hoogte was Klausner nog meer in zijn element dan hij in het Plaza Hotel was geweest. En vanavond was Epstein zijn eregast, en de preek van de rabbijn was dan ook speciaal voor hem opgebouwd – als 'opbouw' al het juiste woord was, want de zinnen leken spontaan over zijn lippen te rollen. Heen en weer wiegend op de bal van zijn voeten begon hij met een plechtstatig: 'Vanavond hebben we in ons gezelschap een man die afstamt van koning David!'

Alle hoofden draaiden één kant op. Epstein, die van Sol en Edie afstamde, had geen zin hem terecht te wijzen, zoals je ook een goochelaar niet terechtwijst wanneer je hem een extra kaart uit zijn mouw hebt zien trekken.

Van de Koning van Israël sprong Klausner over naar de Messias, van wie werd gezegd dat hij uit Davids nazaten zou spruiten. En van de Messias sprong hij over naar het einde der tijden. En van het einde der tijden maakte hij een sprong naar het begin van de tijd, naar Gods onttrekking om ruimte voor de eindige wereld te maken, want de tijd kan alleen maar bestaan in de afwezigheid van het eeuwige. En van de onttrekking van Gods goddelijke licht sprong de rabbijn, in wiens blauwe ogen het plaatselijke kaarslicht vonkte, over naar de lege ruimte, waarvan het donkere gedeelte het potentieel voor de wereld bevatte. En van de lege ruimte die het potentieel voor de wereld bevatte sprong hij naar de schepping van de wereld, met zijn dagen en afmetingen.

Op dezelfde manier sprong de lange, lenige en in Cleveland geboren rabbijn, overgeplant naar het oude land van de Bijbel, als een kampioen verspringen van het oneindige naar het eindige. Epstein volgde hem losjes. Zijn gedachten waren vanavond onscherp, zijn aandacht was vluchtig. De woorden dreven door hem heen, onder de noten van een Vivaldi-aria waarvan de gestage hartslag al in zijn hoofd zat vanaf het moment dat hij die ochtend in het Hilton wakker was geworden.

'Maar het eindige herinnert zich het oneindige,' zei Klausner terwijl hij een lange vinger opstak. 'Het bevat nog steeds de wil van de oneindigheid!'

De wil van de oneindigheid, herhaalde Epstein in zichzelf en woog deze zinsnede in zijn geest zoals je een hamer weegt om te bepalen of hij stevig genoeg is om de spijker in te slaan. Maar de woorden vielen in hem uiteen en joegen alleen maar stof op.

'En daarom verlangt alles in deze wereld ernaar om daar terug te keren. Om zich tot de oneindigheid te herstéllen. Dit proces van herstellen, dit mooiste aller processen dat we *tikoen* noemen, is het bedieningssysteem van de wereld. *Tikoen olam*, de transformatie van de wereld, die niet kan geschieden zonder *tikoen nefesj*, onze eigen innerlijke transformatie. Zodra we het Joodse denken betreden, de Joodse vraagstelling, betreden we dit proces. Want wat is een vraag anders dan een leeggemaakte ruimte? Een ruimte die gevuld tracht te worden met haar portie van de oneindigheid?'

Epstein keek tersluiks naar zijn kleine, bleke buurvrouw, wier gepiercete wenkbrauw een geconcentreerde frons vormde. Ze was jong – nog jonger dan Maya – en zo ernstig als een icoon. Ze wekte de indruk dat ze een ramp had overleefd. Zou ze weten wat ze met haar portie van de oneindigheid moest doen als ze die eindelijk kreeg? Epstein bestudeerde de tatoeages op haar knokkels en had geen idee. Hij keek bedrukt op zijn horloge: nog anderhalf uur voordat de taxi hem zou komen afhalen. Hij overwoog of hij Maya zou bellen, contact met Schloss zou opnemen of zich in verbinding zou stellen met de directeur ontwikkeling van het Israëlmuseum in de welriekende tuin van haar huis in Jeruzalem, zich ervoor te verontschuldigen dat hij haar bij de vrijdagavondmaaltijd stoorde en bekend te maken dat hij besloten had haar de twee miljoen dollar te schenken waarmee ze opdracht kon geven tot het maken van een monumentale sculptuur, uit naam van zijn ouders. Iets geroests, onverplaatsbaars, iets waarbij alles in de omgeving in het niet viel, met de eenvoudige titel *Edie en Sol.*

Zijn vader eerst, en daarna, opeens, zijn moeder. Zijn vader had jarenlang op sterven gelegen, lag al op sterven zolang Epstein zich kon herinneren, maar van zijn moeder was het de bedoeling dat ze eeuwig zou leven, want hoe moest ze anders het laatste woord hebben? Epstein had zijn vader begraven, had alles geregeld – al zijn familieleden, hoe ver verwant ook, hadden een exemplaar van zijn toespraak willen hebben, zo ontroerend was die geweest. Maar hij had ze niets te geven, hij had voor de vuist weg gesproken. Jonah en zijn neven hadden de grenenhouten kist op hun schouders gedragen. 'Ga op de planken staan!' had de grafdelver geroepen. 'Op de plánken!' Hij had in de lengterichting twee smalle houten planken over het graf gelegd, waarop ze moesten plaatsnemen om de kist aan de touwen te laten zakken. Maar ze hadden moeite met het gewicht, gleden op hun nette schoenen weg in de losse aarde en konden niet zien waar ze hun voeten neerzetten. Die avond, toen het sjivve zitten was gestaakt en iedereen weer weg was, huilde Epstein in zijn eentje toen hij eraan dacht hoe zijn vader naar zijn blote gekneusde benen op het ziekenhuisbed had gekeken en had gevraagd: 'Hoe kom ik aan die blauwe plekken?'

De zware machinerie van het verdriet wist hij echter nog wel te hanteren, en hij hield zijn gedachten weg van de dingen die de grootste verwoesting zouden aanrichten. Hij had geregeld dat zijn godsdienstige verwanten uit Cleveland en Californië kwamen overvliegen, dat iemand de dagelijkse kaddisj uitsprak, hij had de steenhouwer al een jaar voor levering betaald voor de grafsteen, maar bij al dit geregel had hij nagelaten zijn moeder te regelen, die altijd haar eigen regelingen trof, die zijn hulp niet wilde, die nooit iemands hulp wilde, die al beledigd was als haar hulp werd aangeboden en die op een ochtend, nog geen drie maanden nadat zijn vader was overleden, een zware hartaanval had gekregen toen ze moederziel alleen in de lift van haar flat in Sunny Isles stond. Ze was gestorven op de brancard van de ambulance, met niemand anders dan de ambulancebroeder erbij.

Toen moest Epstein het allemaal nog een keer overdoen. Plichtmatig werkte hij alles af, als in een mist. De mensen spraken tegen hem, maar hij hoorde het amper en zwierf halverwege hun condoleances bij hen weg; het werd hem niet kwalijk genomen, hij verkeerde in shock. Twee weken later vloog hij in zijn eentje terug naar Miami. Zijn zuster Joanie wenste zich niet met het opruimen van de spullen van hun ouders te bemoeien. Ze liet het aan hem over, net als het overige, haar broer was immers van alle markten thuis. Bij het ordenen van hun bezittingen besefte hij dat hij ergens naar zocht, een bewijs voor wat hij altijd al had geweten maar wat hem nooit was verteld, omdat de wetten van hun wereld hadden verboden dat er met ook maar één woord over zijn vaders verleden werd gesproken. Zelfs nu, terwijl hij met trillende handen de laden van zijn vader doorzocht, was het hem onmogelijk met zichzelf te praten over de vrouw en het zoontje die zijn vader in de oorlog had verloren. Hij zou niet kunnen zeggen hoe hij het wist. De bron van zijn kennis – nee, het was geen kennis, het was een aangeboren besef – was niet toegankelijk voor hem. Maar al zolang hij zich kon herinneren, was hij in het bezit van dit besef geweest. Alles was ervan doordrongen. Zonder het aan te raken was zijn geestelijke bewustzijn toch rondom deze leemte van zijn vaders oorspronkelijke zoon gegroeid.

Uiteindelijk had hij niets anders opgedoken dan een schoenendoos vol nooit geziene oude foto's van zijn moeder, met haar buik bol van hem, haar haar opgewaaid door de wind, haar gezicht gebronsd door de zon van het Midden-Oosten, met diepe, sterke lijnen in haar gezicht. Ze ging toen al te werk volgens haar eigen systeem. Ze maakte er geen rommeltje van, maar deed de dingen op haar eigen manier. Haar inwendige orde was voor anderen verborgen, en daardoor ontstond de indruk dat ze ontoegankelijk was. Zelfs na een heel leven met haar, nu hij tot aan zijn knieën tussen dozen in haar inloopkast stond of haar papieren doornam, lukte het Epstein niet de code te kraken. Aan Conchita had hij ook niet veel. Hij maakte zijn eigen oploskoffie terwijl zij in de slaapkamer zat te druilen en via de vaste lijn naar Lima belde. In de kast, achter de ongeopende doosjes thee, had Epstein een blikje van Ladurée zien staan – een cadeautje van hem, gekocht op een van zijn tripjes naar Parijs. Toen hij het openmaakte, ontdekte hij onderin een paar gekartelde kralen, tenminste, daar leken ze op, maar toen hij ze in zijn hand schudde, ontdekte hij tot zijn verrassing dat het melktandjes waren. Zijn eigen tanden, zestig jaar bewaard door zijn moeder, van wie hij altijd had gedacht dat ze geen greintje sentimentaliteit bezat. Hij was diep ontroerd, de tranen sprongen in zijn ogen; hij zou ze het liefst aan iemand laten zien en stond al op het punt Conchita de kamer in te roepen. Maar op dat moment ging zijn telefoon en hij had ze zonder nadenken in zijn zak laten glijden. Hij dacht er pas weer aan toen het al te laat was, nadat hij de broek naar de stomerij had laten brengen. Ineenkrimpend dacht hij nu aan de kleine tandjes die met het afvalwater door het riool weggespoeld waren.

De rabbijn sloot zijn preek af en de zegening werd uitgesproken over de chala. Klausner scheurde stukken van de vlechtbroden, haalde ze door een schaaltje zout, propte er een in zijn mond en gooide de rest rond over tafel. Het was een vorm van ruwheid die Epstein vroeger altijd had geprezen: de ruwheid van hartstocht die zich niet door goede manieren wenst te laten afstompen. Wie had er ooit baat bij etiquette gehad? Zo begon de kleine speech waarop hij Lianne graag trakteerde tijdens de lange rit naar huis na een bezoek aan haar ouders, terwijl buiten de dichte oude begroeiing van Connecticut langsgleed. In de evolutie van de mens was er een verkeerde afslag genomen, het resultaat van de trage verdwijning van harde noodzaak uit het leven. Zodra de overleving zeker was gesteld, was er tijd ontstaan voor frivoliteit en flutterige mooimakerij, en dat had geleid tot een absurde vervorming van normaal gedrag. Al die nutteloze energie die werd besteed aan het in acht nemen van omgangsvormen, en het enige wat je er uiteindelijk mee bereikte was verkramptheid en misverstanden. Liannes familie en hun pedante formaliteiten dienden als inspiratie voor deze verhandeling, maar wanneer hij eenmaal op gang kwam, was hij niet meer te stuiten en hield hij pas op wanneer ze in Manhattan de garage in reden: de mensheid had ook de andere kant op kunnen gaan en zijn ware inwendige ik bekend kunnen maken!

Lianne, die niet in staat was het tij van de evolutie te keren, haalde dan zwijgend een nummer van *The New Yorker* uit haar tas en begon erin te bladeren. Zo deed ze dat altijd. Het lukte Epstein nooit tot haar door te dringen. Misschien was hij uit lichamelijk verlangen zo lang bij haar gebleven: ook tegen die muur had hij zich steeds opnieuw aan gegooid, om door te breken naar haar geheime binnenhof. Na een poos verloor hij alle energie voor discussie. Zijn wereld maakte hem moe. Die paar maanden waren de aanloop tot zijn verklaring aan Lianne dat hij niet meer getrouwd kon blijven. Tijdens een etentje in het Four Seasons ter gelegenheid van de zestiende verjaardag van haar nichtje had een witgejaste ober zijn op de grond gevallen servet opgeraapt en weer op zijn schoot gelegd, en terwijl de man dat deed voelde Epstein de drang om overeind te springen en iets uit te schreeuwen. Hij had zich voorgesteld hoe de gasten hem zouden aankijken, stil en verbijsterd, hoe er een strakke blik op het gezicht van het bedienend personeel zou komen te liggen, hoe de zacht wiegende gordijnen eindelijk stil zouden hangen; vandaar dat hij zich had verontschuldigd en op weg naar het toilet de ober opdracht had gegeven om zijn nichtje het dessert te brengen, een toetje met gesponnen suiker en een sterretje als kaars.

Nu, bij de gedachte aan Liannes fijn gelijnde gezicht, zoals het werd ingekleurd door een lichte verbazing, telkens wanneer ze 's morgens haar ogen opsloeg, voelde Epstein een steek van pijn door zich heen gaan. Hij had zich er altijd aan geërgerd, aan die verbijsterde gelaatsuitdrukking van haar. Bij het wakker worden was hij zich meteen bewust van de dag, van een discussie, nadat hij de hele nacht slapend zijn standpunt had verwoord, maar zij sliep en vergat en werd onthutst wakker. Waarom was ze niet meer zoals hij? Hij herinnerde zich nu weer dat Lianne op de avond dat hij had laten weten hun huwelijk te willen beëindigen had gezegd dat hij zichzelf niet was. Dat hij nog daas was van het overlijden van zijn ouders en dat dit niet het juiste moment was om iets onbezonnens te doen. Maar uit het trillen van haar ooglid had hij opgemaakt dat zij iets wist wat hij nog niet helemaal bevatte. Het was nodig geweest dat er iets kapotging, en toen voelde hij het, de tere botjes die een voor een onder zijn vingers knapten. Hij had nooit gedacht dat het zo zou gaan. Hij had het zich voorgesteld als een kolossale, vrijwel onmogelijke opgave, maar het ging bijna als vanzelf. Zo'n lichte, delicate zaak was een huwelijk. Als hij dat had geweten, zou hij dan al die jaren voorzichtiger zijn geweest? Of zou hij het allang kapot hebben gemaakt?

De dampende gerechten werden uit de Gilgoel-keuken aangedragen. In een aangebrande schaal lag een hele kip, geplukt en geel, in haar eigen borrelende vet. Epstein vroeg zich heel even af of Klausner ook de kippendijen zou losscheuren en over tafel zou gooien. Maar een van de meisjes, zo te zien een lesbienne, ging met een voorsnijmes aan de slag. Er werd een bord aan Epstein doorgegeven, beladen met vlees en aardappelen. Hij had vrijwel niets gegeten sinds hij bijna was verdronken. Zijn maag was er niet tegen bestand. Hoezo niet? Omdat hij een beetje zeewater had ingeslikt? Vanuit het graf voer zijn moeder tegen hem uit. Wat mankeerde hem? De rook van een eeuwige sigaret sliertte om haar heen. Hij had vroeger een ijzeren maag! Hij nam een slok zure wijn en begon aan de vettige kip. Met zijn verstand op nul propte hij zich vol. Het was slechts een kwestie van geestelijk druk op je lichaam uitoefenen. Lang geleden, toen Jonah en Lucie nog klein waren, was er bij hem een carcinogeen melanoom geconstateerd. Op zijn borst had hij een kleine moedervlek die was gaan verkleuren, tegelijk met de herfstbladeren. Maar nadat de dokter het melanoom met zijn scalpel had verwijderd en het in het laboratorium had laten onderzoeken, was de uitslag dat de dood op zijn borst was gegroeid en zijn kleuren had onthuld. Er was een overlevingskans van tien procent, meldde de arts grimmig. Intussen was er niets aan te doen. Toen hij na vertrek bij de dokter in het verkwikkende zonnetje van Central Park West liep, had de trillende Epstein een besluit genomen: hij zou blijven leven. Hij vertelde niemand over de diagnose, zelfs Lianne niet. En hij was nooit meer naar de dokter teruggegaan. Er gingen jaren en jaren voorbij, en het witte litteken trok weg en werd onwaarneembaar. Zijn dood werd onwaarneembaar. Toen hij een keer langs het vergeten adres liep viel zijn blik op het koperen bordje met de naam van de dokter en trok er iets van kilte door hem heen. Hij sloeg zijn sjaal om zijn nek en lachte het weg. De geest overwint de materie! Ja, hij had zichzelf genezen van geslis, zichzelf genezen van zwakten, van mislukkingen, van uitputting, van allerlei tekortkomingen, en alsof dat niet genoeg was had hij zichzelf ook van kanker genezen. Een ijzeren maag en een stalen wil. Waar een muur stond was hij erdoorheen gegaan. Zijn eten kreeg hij vast ook wel weg, ondanks de misselijkheid die hij al kauwend voelde opkomen.

En zo geschiedde, en daarom was het pas veel later – want de maaltijd bleef heel lang duren, en na afloop werd er nog gezongen onder leiding van Klausner, die het gezang tot een apotheose bracht en de borden en het bestek liet rinkelen door hard en ritmisch met zijn kolossale vlakke hand op de tafel te beuken – dat een volle Epstein zijn opspelende maag niet meer kon negeren, van zijn stoel opstond, door de donkere gang naar een toilet zocht en vervolgens op haar stuitte.

De deur was op een kier gelaten, zodat er een warm licht schuin door de gang viel. Dichterbij komend hoorde hij het zachte gekabbel van water. Het kwam niet bij hem op zich om te draaien. Omkeren lag niet in zijn aard, hij was altijd te nieuwsgierig geweest, voor hem was de wereld iets wat hij in alle aspecten mocht bekijken. Maar toen hij door de opening gluurde, trok er een heftig gevoel door hem heen bij wat hij zag. Hij greep naar zijn maag en hield zijn adem in, maar de jonge vrouw, die met haar kin op haar knieën in bad zat, moest gemerkt hebben dat hij er was, want langzaam, bijna ontspannen, zonder haar hoofd op te heffen, keek ze om. Haar zwarte, tot vlak boven de nek geknipte haar gleed weg van haar oor, en haar ogen vonden hem. Haar blik was zo direct en onthutsend dat hij hem onderging als een breuk. Langs naden die al op het punt stonden van elkaar los te komen, maar dat was nauwelijks van belang. Geschokt deed hij een stapje achteruit en verloor daarbij zijn evenwicht. Hij viel in het donker, maaiend met zijn armen. Zijn handpalmen sloegen tegen de muur aan en bij dat geluid sprong ze met veel gespetter overeind.

Pas toen besefte hij dat ze hem helemaal niet had gezien. Niet in dat donker. Maar heel even had hij haar helemaal gezien, terwijl het water in kleine stroompjes langs haar lichaam gleed. Daarna werd de deur dichtgeslagen.

Hij voelde zijn buik verkrampen en vluchtte terug door de gang. Toen hij bij de voordeur kwam duwde hij hem met geweld open en stormde naar buiten. De temperatuur was gedaald en in de ontzagwekkende hemel hadden de koude sterren zich verhard en waren ze gaan stralen. Hij rende tussen de woeste, stekelige en tot zijn knieën komende begroeiing door. Er steeg een vochtige plantengeur op, vrijgegeven door het onkruid dat hij had vertrapt. Dubbelgevouwen begon hij over te geven. Het bleef maar uit hem komen en toen hij dacht dat het voorbij was kwam er nog meer. Hijgend en kokhalzend, gezuiverd van zijn grote krachtsinspanning, zag hij de wolk van zijn eigen adem omhoog verdwijnen.

Hij veegde zijn mond af en kwam overeind, op nog slappe benen. Hij moest morgen maar een dokter bellen. Er was iets niet goed. Hij keek achterom naar het huis, dat zich aftekende tegen het maanlicht. Wat deed hij hier? Hij was vanavond zichzelf niet. Was al een tijdje zichzelf niet, leek het wel. Hij had tijdelijk verlof genomen van het zichzelf zijn. Was dat het? Verlof van het Epstein-zijn? En zou het niet kunnen dat hij, met verlof van zijn levenslange logica, van zijn epische rationaliteit, een geestverschijning had gezien?

Hij kwam er niet toe weer naar binnen te gaan. Hij drong zich door de netels, zomaar ergens heen. Naar de zijkant van het huis, waar steenblokken en dakpannen waren achtergelaten, in rommelige stapels, en waar een spade uit de steenachtige aarde stak. Er werd hier nooit iets afgemaakt: de wereld werd telkens opnieuw opgebouwd op dezelfde grond, met dezelfde kapotte materialen. Epstein struikelde, en de losse aarde liep zijn schoen in. Tegen het huis geleund trok hij de Italiaanse mocassin uit en schudde het zand eruit. Hij was er nog niet aan toe begraven te worden. De warmte van de zon zat nog in de muur. Rillend probeerde Epstein die warmte in zich op te nemen, maar toen priemde er een gedachte door hem heen: stel dat het meisje juist geen geestverschijning was, maar Klausners minnares, van vlees en bloed? Kon het zijn dat Klausner de mond vol had van spirituele sferen en de openbaring van het goddelijke licht, al zwaaiend met zijn mystieke toverstaf, terwijl hij intussen net zo stevig door de wetten van deze wereld werd beheerst als iedereen? Of was het misschien zijn vróúw? Had de rabbijn het over een echtgenote gehad? Was het mogelijk dat zij, een eigen wereldje op zich, Klausner zat aan te horen in een lange vale rok en kriebelende kousen, haar hoofd bedekt met een levenloze helm van haar?

Toen hij om de hoek van het huis kwam, zag Epstein licht uit een raam schijnen. Hoe verder? Hij kon terug naar Tel Aviv gaan, terug naar zijn hotel, waar hij in slaap kon vallen in het kingsize bed, de enige vorm van koningschap die hij verlangde, en wakker worden met zijn oude inzichten. De taxi was inmiddels naar hem op weg. Hij zou gaan zoals hij was gekomen: langs dezelfde weg door de straatjes van Safed, nu verzonken in het donker, over de nu donkere berghelling naar beneden, door de donkere vallei, langs de donkere en glanzende zee, alles het omgekeerde van wat het geweest was, want zo gaat het toch als je in een eindige wereld leeft? Een leven van contrasten? Van doen en ongedaan maken, van hier en niet hier, van is en is niet. Zijn hele leven lang had hij wat niet was veranderd in wat was, ja toch? Hij had wat niet bestond en niet kon bestaan een glorieus bestaan opgedrongen. Hoe vaak had hij dat niet gevoeld, staand op de berg van zijn leven? In de warm opgloeiende vertrekken van zijn huis, wanneer de ingehuurde bediening zich voort repte tussen de gasten die bijeen waren gekomen om het glas te heffen op zijn verjaardag. Wanneer hij naar zijn prachtige dochters keek, die in ieder gebaar zelfvertrouwen en intelligentie uitstraalden. Wanneer hij onder een wit donzen dekbed en zestiende-eeuwse plafondbalken ontwaakte in een kamer met uitzicht op besneeuwde Alpen. Wanneer hij zijn kleinzoon hoorde spelen op de kleine cello die Epstein voor hem had gekocht en waarvan de glans op het warmbruine hout de glans van een goed leven was. Een vol leven. Een leven dat met onverdroten inspanningen van een niet-bestaan in een bestaan was omgezet. Er waren momenten dat de liftdeuren opengleden alsof het gordijnen waren en hij het huis waarin Lianne en hij hun kinderen hadden grootgebracht als een toneel zag, een wereld die zo goed in elkaar zat dat hij het bijna niet geloofde. Niet geloofde wat er allemaal tot stand was gebracht door zijn geloof in zichzelf, zijn immense verlangen en zijn noeste arbeid.

Hij was uitgeput. Hij zou best zijn telefoon tevoorschijn willen halen om iemand te zoeken tegen wie hij kon schreeuwen. Maar wat moest hij schreeuwen? Wat was er, zo laat, dat nog verbetering behoefde?

Hij was bijna bij het raam toen hij iets tussen het hoge onkruid hoorde ritselen. Het licht had hem verblind. En toch voelde hij wel dat het eerder een mens was die zich in het donker bewoog dan een dier. 'Wie is daar?' riep hij. De enige reactie kwam van de verre hond die niet de gewenste respons had gekregen en nog steeds stond te blaffen. Maar Epstein voelde een aanwezigheid dichtbij en omdat hij nog niet helemaal bereid was zich volledig aan het onverklaarbare uit te leveren riep hij nog eens: 'Hé! Wie is dat daar?'

'Ik ben het.' De lage stem kwam van vlak achter hem.

Met een ruk draaide Epstein zich om.

'Wie?'

'Peretz Chaim.'

'Peretz –'

Epstein slaakte een diepe zucht en zakte bijna door zijn knieën. 'Je bezorgt me zowat een hartverlamming. Wat doe je hier?'

'Dat wilde ik net aan u vragen.'

'Niet zo bijdehand, hè. Ik kwam hier om te pissen. Het verhaal van de rabbijn was nogal heftig. Ik kon wel wat frisse lucht gebruiken.'

'En de lucht is hier frisser?'

Epstein, niet geheel zichzelf, was nog niet on-zichzelf en nam automatisch de handschoen op.

'Hoe spreekt je moeder je aan, Peretz?'

'Ze spreekt me niet aan.'

'Maar in het verleden moet ze je toch ergens mee aangesproken hebben.'

'Ze sprak me aan met Eddie.'

'Eddie. Eddie, ik kan me voorstellen dat iemand met die naam door het leven gaat. Ik heb een oom Eddie gehad. Ik had aan Eddie vastgehouden als ik jou was.'

Maar Peretz Chaim was ook snel, misschien aangemoedigd door de wijn bij het eten.

'Was aan Eddie blijven vastzítten, bedoelt u zeker.'

Epstein herinnerde zich nu dat zijn eigen grootvader, die hij nooit had gekend, blijkbaar vier keer van naam was veranderd om maar niet door het boze oog gevonden te worden. Maar de wereld was destijds groter. Het was makkelijker om niet gevonden te worden.

'En hoe ben je hier terechtgekomen, Peretz Chaim?'

Maar op dat moment kreeg de jonge man de kans om te ontkomen, want het licht in het raam ging achter hen uit en opeens stonden ze in het donker.

'Bedtijd,' fluisterde Peretz Chaim.

Er sloeg een golf van uitputting over Epstein heen. Hij had wel meteen op de grond onder haar raam willen gaan liggen om zijn ogen dicht te doen. 's Morgens zou alles er vast anders uitzien.

'De rabbijn wacht,' zei Peretz Chaim ten slotte. 'Hij zei dat ik u moest gaan zoeken.'

Epstein bespeurde de afkeuring in zijn woorden. En toch, stonden ze niet allebei aan dezelfde kant? Omdat ze allebei laatkomers waren, onverwacht, maar uit eigen beweging? En nu, heel absurd, zag hij zichzelf met een haveloze baard het zwarte jasje aantrekken, andermans slechte kopie worden, zodat hij vluchtig in contact kon komen met iets oorspronkelijks uit oude tijden.

Hij rook het zweet van de jongen. Hij legde zijn hand op zijn brede schouder. 'Vertel op, Peretz, ik moet het weten – wie is ze?'

Maar de jonge man draaide zich abrupt om, met een proestlachje, en ging op in het donker. Zijn loyaliteit lag elders. Het was duidelijk dat hij geen hoge dunk van Epstein had.

De taxi die helemaal uit Tel Aviv was gekomen werd weggestuurd – de ritprijs van zevenhonderd sjekel werd de chauffeur door het open raampje toegestopt, met een honderdje erbij. De chauffeur overwoog of hij nijdig zou worden en haalde ten slotte zijn schouders op – wat kon het hem schelen? –, telde het geld, zette de taxi in zijn achteruit en reed weg. Epstein wachtte tot het geluid van de motor was weggestorven en de nacht zich weer met haar stille, onmetelijke afstanden vulde. Het was een vergissing, besefte hij. Hij had mee terug moeten gaan in de auto, had moeten ontsnappen naar de vertrouwde dimensies van zijn eigen wereld zolang dat nog kon. Morgen had hij lekker in de zon op het terras een glaasje jus kunnen drinken. Hij had moeten weggaan, maar hij kon niet.

Toen hij weer binnen was, ging hij af op de stemmen in de keuken. Degene die het voorsnijmes had gehanteerd was nu koffie aan het zetten met heet water uit een ketel en kwebbelde trots tegen iedereen die het maar wilde horen over hoe Maimonides zich in zijn graf zou omdraaien als hij de rabbijn kon horen. Afgaand op de manier waarop ze sprak zou je bijna denken dat ze de elfdeeeuwse arts persoonlijk had gekend.

Volgens Maimonides, zei ze, is Gods bestaan absoluut. Hij

heeft geen attributen, Hij heeft er nooit een nieuw element bij gekregen. Ze ging door totdat de duistere Peretz Chaim, over wiens naam Epstein was verteld dat hij 'ontploffing van leven' betekende, opeens zijn stem liet horen en zei dat Maimonides niettemin beweerde dat er wonderen bestonden. Hij was een middeleeuwer, zei Peretz: hij accepteerde zowel rede als revelatie. Maar het meisje gaf niet op en als Peretz Chaim zijn naam eer aan had gedaan waren er wellicht klappen gevallen. Maar de zachtaardige gitaarspeler, die voorlopig niet ontploft was maar ooit misschien wel degelijk zou ontploffen, staakte de strijd en ten slotte kwam het gesprek op de kaasmaakster bij wie een groepje van hen de volgende dag op bezoek zou gaan en wier orthodoxe man marihuana achter het huis verbouwde.

Epstein vond de rabbijn in zijn studeerkamer, bedankte voor het aanbod om een glaasje brandy mee te drinken en vroeg of hij naar zijn kamer kon worden gebracht. De rabbijn was in de wolken. Hij zou Epstein morgen een rondleiding geven, zou hem laten zien hoe hij de muren en de gewelven had gerestaureerd, het pand weer na een eeuw van verwaarlozing tot leven had gewekt! Hij zou hem het leslokaal laten zien, de kleine verzameling boeken die waren geschonken door de familie Solokov – kende hij de Solokovs, uit East 79th Street? Hun zoon, die geen enkele interesse in het judaïsme had gehad, die totaal geen interesses had gehad, was hier volkomen lethargisch aangekomen en weer vertrokken om filosofie te gaan studeren, en daarna natuurgeneeskunde, en hij had momenteel, na met een rugzak heel India te hebben afgereisd, alle elementen van zijn verlichting gebundeld en in Williamsburg Nesjama Yoga geopend, waar hij, in de bijbehorende winkel, ook kruidendrankjes verkocht. Vanuit het diepst van hun dankbaarheid hadden de Solokovs drieduizend boeken geschonken. Epstein zweeg. Plus het geld voor de boekenkasten, voegde Klausner eraan toe.

De kamer was even eenvoudig als was aangekondigd, zag

Epstein toen hij om zich heen keek: bed, raam, stoel en een kleine klerenkast, leeg, op de geur van andere eeuwen na. Een lamp wierp warme schaduwen over de muur. In de hoek had je een driehoekige wasbak en ernaast hing een harde, stijve handdoek aan een haakje in de muur; wie weet hoeveel pelgrims zich er al mee hadden afgedroogd. Klausner, die achter hem stond, was overgestapt op een ander onderwerp, de reünie van de Nazaten van David. Met een kleine donatie zouden ze professor Robert Alter als hoofdspreker kunnen inzetten. Het was niet zijn eerste keuze, maar Alter viel in de smaak bij het grote publiek en zou die week toch al in de stad zijn.

En wat zou de eerste keuze van de rabbijn zijn geweest? vroeg Epstein, die ooit slapend een gesprek had kunnen voeren.

David zelf, zei Klausner terwijl hij zich met een ruk omdraaide, en in de inmiddels bekende glans in Klausners ogen dacht Epstein iets anders te bespeuren, iets wat hij misschien had aangezien voor een sprankje waanzin als hij zich niet heel erg bewust was geweest van zijn eigen warrigheid en vermoeidheid.

'Dus jij denkt dat ik helemaal van hem afstam?' vroeg Epstein zachtjes.

'Jazeker.'

Ten slotte, niet meer in staat om op zijn benen te blijven staan, hing pelgrim Epstein zijn jasje op, liet zich op het bed zakken en zwaaide zijn benen omhoog. Heel even had hij het absurde idee dat de rabbijn hem zou instoppen. Maar nu Klausner eindelijk ter zake was gekomen, wenste hij Epstein een goede nacht en beloofde hij hem vroeg wakker te maken. Vlak voordat hij de deur dichttrok riep Epstein nog iets.

'Menachem?'

Klausner stak zijn hoofd weer om de hoek van de deur, rood aangelopen van enthousiasme.

'Ja?'

'Wat heb je hiervóór gedaan?'

‘Wat? Voor Gilgoel?’

‘Er is iets wat me zegt dat je niet altijd religieus ben geweest.’

‘Ik ben nog steeds niet religieus,’ zei Klausner grijnzend, maar hij bedacht zich meteen en zijn gezicht stond weer ernstig. ‘Ja, dat is een heel verhaal.’

‘Met alle respect, ik zou daar liever iets over horen dan over die gerestaureerde gewelven.’

‘Vraag maar gerust.’

‘En nog iets anders,’ zei Epstein, nu het hem te binnen schoot. ‘Waarom noem je het hier Gilgoel? Het is nogal een keelschraper, als je het mij vraagt.’

‘*Livnot oelehibanot* – bouwen en gebouwd worden – was al ingepikt door de instelling een eind verderop in de straat, tegelijk met een donatie van de Jewish Federation of Palm Beach.’

‘En wat doen die hier?’

‘*Hitbodedoet*. Chassidische meditatie. Aan het eind van elke retraite sturen ze de leerlingen de bossen in. Om zich te bezinnen. Om te zingen en te schreeuwen. Om geestelijke verheffing te ondergaan. Af en toe komt het voor dat iemand het spoor bijster is en moet de reddingsploeg opgetrommeld worden.’ Maar Gilgoel was beter dan het klonk, zei Klausner, en hij legde uit dat het woord ‘cyclus’ of ‘wiel’ betekent, maar dat het in de kabbala op transmigratie van de ziel sloeg, zielsverhuizing. Naar een hoger geestelijk domein als je daar klaar voor bent. Maar soms ook, uiteraard, naar een hardvochtiger domein.

Bij het uitknippen van het bedlampje roerde de ziel van Jules Epstein zich onder de stijve lakens. Opnieuw bevond hij zich in het hardnekkige duister dat hem talloze nachten had aangestaard wanneer hij niet kon slapen, wanneer de discussies zich voortzetten in zijn hoofd, het grote vergaren van bewijsmateriaal voor zijn gelijk. En zag het nimmer wijkende duister er intussen anders uit, nu er de afgelopen paar maanden een staakt-het-vuren in hem was afgekondigd?

Die term kwam ongevraagd op hem af, vol betekenis. Want alleen in de arena van dit staakt-het-vuren – in de vreemde stilte, de opschorting van een voormalig richtsnoer – was hij zich volledig bewust geworden van wat hij nu als een oorlog moest beschouwen. Een epische oorlog met vele veldslagen die hij niet meer kon opnoemen of onthouden; hij wist alleen nog dat hij ze meestal had gewonnen, tegen een prijs die hij niet nader wilde inspecteren. Hij had aangevallen en verdedigd. Had met zijn pistool onder zijn kussen geslapen en was wakker geworden met een discussie. Voor hem was de dag pas officieel begonnen, zei Lucie een keer over hem, wanneer hij met iets of iemand in de clinch kwam te liggen. Maar hij had dat gezien als een vorm van gezondzijn. Van levenskracht. Van scheppingsdrang zelfs, ongeacht hoe destructief de gevolgen waren. Al die mesjokke types! Tweespalt, heibel, in permanente staat van conflict – hij had er alleen maar energie van gekregen, was er nooit door gesloopt. 'Laat me met rust!' had hij soms gebruld tijdens ruzies met zijn ouders of met Lianne, maar in feite had rust geen enkele bekoring voor hem, want rust betekende dat hij alleen werd gelaten met zichzelf. Zijn vader gaf hem vroeger een pak slaag met zijn riem. Dreef hem eerst de hoek in terwijl hij het zwarte leer uit de lussen trok om hem daarna op zijn blote huid af te rossen. En toch was het juist het spookbeeld van zijn vader die om tien uur 's morgens lusteloos in bed lag waardoor zijn eigen woede werd gewekt. De angst die hij voelde als kind wanneer hij op zijn tenen langs de deur van zijn vaders slaapkamer liep sloeg later om in razernij: waarom vermande hij zich niet en kwam hij niet in beweging? Waarom stond hij niet op en stormde hij niet overal op af? Epstein kon het niet meer aanzien en zocht zijn heil voortaan buitenshuis, waar overal een driftige energie zoemde. En wanneer zijn vader niet was uitgeschakeld door een depressie, was hij op een andere manier onmogelijk – koppig en star, lichtgeraakt. Geconfronteerd met Sol en Edie, die overal haaks op stonden en nergens mee in de pas liepen, die niets konden laten zitten en over alles iets te zeggen hadden, eindigde Epstein als een oplossing van uitersten. Of je lag futloos op bed, of je trok er bewapend en bepantserd op uit. Buiten in de frisse lucht en de zon wierp hij zich in de strijd. Verkocht de eerste opstopper. Ontdekte dat hij meedogenloos kon zijn. *Saul heeft zijn duizenden geslagen, maar David zijn tienduizenden?* Zo fors werd hij, en zo ingenomen was hij met zijn kracht, dat hij op een avond thuiskwam en het onvermijdelijke gebeurde. De vader, die in zijn vlekkerige badjas in de keuken stond, begon de zoon uit te schelden, de zoon draaide zich om en haalde met een gebalde vuist uit naar het gezicht van de vader. Gaf hem een stomp en zat daarna te snikken als een kind, terwijl hij een blok ijs tegen het grotesk opzwellende oog van de gevallen vader hield.

Epstein ging peinzend met zijn hand naar zijn eigen oog, kwam uit bed en liep op zijn blote voeten naar het raam. Wat had hij geweten van relaties waarin genade een rol speelde?

Hij had nog naar Tel Aviv terug kunnen gaan als hij had gewild. Hij kon de taxi nog terugroepen, door de nog donkere gang naar de wachtende taxi lopen en Klausner een sms'je sturen met een vergeten afspraak als excuus. Hij kon de laatste details van een schenking aan het Weizmann Instituut of het Israëlmuseum afhandelen, de schenking ter nagedachtenis aan zijn ouders, hij kon de hotelrekening afhandelen, Moti afhandelen, die vervolgens met zweetplekken onder zijn armen naar de lobby zou komen om hem uitgeleide te doen en de gebruikelijke enveloppe met contant geld in ontvangst te nemen, hij kon inpakken en naar het vliegveld gaan, weggaan uit de stad waar hij geboren was en waar hij talloze keren was teruggekeerd om iets terug te halen wat hij zelf eigenlijk niet begreep, hij kon met negenhonderd kilometer per uur van Juda Halevi's hart wegvliegen en vanuit het donker en het peilloze de oostelijke kustlijn van Amerika zien opdoemen. En wanneer de piloot het vliegtuig schuin tegen de harde wind in aan de grond wist te zetten en een applausje kreeg van mensen die verbaasd waren dat ze het er levend vanaf hadden gebracht, kon hij snel door de douane gaan, in een taxi springen naast de Grand Central Terminal, waar het om vier uur in de ochtend stil was, een blik opvangen van de skyline van Manhattan en de opwellende emotie ondergaan waarmee een terugkeer gepaard gaat nadat je lang bent weg geweest, een terugkeer naar een plek waar je aankomst bijna iets definitiefs had gehad. Hij kon naar huis gaan als hij wilde. Maar hij wilde niet. En nu zouden er andere dingen moeten gebeuren.

Hij voelde dat de ballast weg was. Alles en iedereen waarmee hij in zijn eigen sjabloon werd vastgehouden was nu weg. Hij drukte zijn voorhoofd tegen het glas en keek naar het immense domein van de lucht, onderaan afgebakend door de kartellijn van primordiale massa's. Hij voelde zich gestimuleerd, niet alleen door het uitzicht maar ook door zijn eigen ontvankelijkheid. Er was iets losgewrikt en in de ontstane holte geleidden de zenuwen onverwerkte gevoelens zonder dat er een doel werd bereikt. Hij deed een voorzichtige peiling, en ontdekte, zoals je bij alle afwezigheden ontdekt, dat de leegte veel groter was dan wat ooit haar plek had gevuld.

Kaddisj voor Kafka

’s Ochtends was alles weer rustig, onder een roerloze en onbewolkte lucht. Ik had amper een oog dichtgedaan, en zoals steeds tijdens slapeloze nachten had ik het gevoel dat de kust van de rede, met zijn vertrouwde heuvels en bakens, steeds verder van me weggleed en raakte ik bevangen door de angst dat ik mezelf op een of andere manier bij die kust vandaan wilde krijgen en daarvoor mijn slapeloosheid als methode had gekozen. Ik zat bittere koffie te drinken op het balkon van mijn zus. Het felle licht irriteerde mijn ogen, maar op het balkon kon ik naar Friedman uitkijken. In mijn uitgeputte toestand hoopte ik half en half dat hij niet zou komen opdagen. Ik zat op de stoel van mijn grootmoeder en dacht eraan hoe ze mij vroeger als klein meisje altijd had meegenomen naar de Dode Zee. Ze maakte dan een lunchpakket en we namen de bus vanaf het Centraal Station, en binnen een paar uur dreven we op onze rug in het zoute, helblauwe restant van een levenloze zee, met de oude bergen van Moab achter ons. Dreven we in een concentraat van de geschiedenis dat door de trage verdamping van de tijd was geslonken, zij met haar witte badmuts vol rubberen bloemetjes. Ik stelde me voor dat ook Friedman daar dreef, met zijn donkere bril, toezicht uitoefenend op het doorgeven van de nationale literatuur terwijl zijn witte haar als een soort zeegewas aan weerszijden van zijn hoofd in het water deinde.

Klokslag tien kwam hij in zijn witte Mazda aanratelen. Uit de raampjes stroomde alweer een symfonie naar buiten. Ik hees me uit de stoel en stopte *Gelijkenissen* in de plastic tas met het setje schone kleren. Verward graaide ik naar mijn zwempak en propte dat er ook in. Ik wierp een blik op de computer die nog openstond op tafel na mijn middernachtelijke mailtje naar huis en deed toen de deur achter me dicht. Zoals mijn zus me had opgedragen draaide ik zowel het boven- als het benedenslot dicht wanneer ik uit het appartement wegging, om het even voor hoe lang. In het trappenhuis was het koel en donker en de plotselinge overgang vanuit het helle licht maakte me duizelig, alsof het dak boven mijn gedachten opeens was opgetild en er een koude vloed van ruimte naar binnen viel. Vlak voorbij de uitputting moet er sprake van iets anders zijn, net zoals er voorbij de honger een verheven helderheid en lichtheid schijnt te zijn. Maar ik had altijd liever over bewustzijnsverandering gelezen dan dat ik haar aan den lijve onderging. Mijn geest was toch al te poreus; de paar ervaringen die ik met drugs had waren na een korte euforie uitgelopen op hevige paniek. Ik ging op de trap zitten en stak mijn hoofd tussen mijn knieën.

Onder het rijden kwam er een warme wind door de open autoraampjes naar binnen. Friedman had bij een bakkerij een zakje rogalechkoekjes met chocola gehaald en omdat ik me weer wat beter voelde at ik ze achter elkaar op, terwijl zijn hond haar kop op mijn schouder had gelegd en in mijn oor ademde. Tijdens een etentje met Matti, een paar dagen eerder, had ik hem verteld over de andere Friedman die ik had ontmoet, die misschien wel en misschien niet een voormalig lid van de Mossad was, en Matti had gelachen en gezegd dat de Mossad de grootste werkgever van het land was als alle mensen in Israël die zogenaamd voor de

Mossad werkten er inderdaad ook in dienst waren. Denk eens aan alle banale huis-, tuin- en keukengeheimen die de Mossad zonder het zelf te weten in de doofpot heeft gestopt, zei hij. In feite geloofde ik inmiddels niet echt meer dat me zou worden gevraagd een slot aan Kafka's 'stuk' te schrijven. Dat leek me nu zo'n potsierlijk idee dat het niet serieus overwogen hoefde te worden. De hond en de koekjes, de gekreukelde zak vol uit elkaar vallende pockets, de katten, de Mossad en Friedman, die misschien alleen maar een manier zocht om aangenaam bezig te blijven nu hij op non-actief stond – het deed allemaal bijna als spielerei aan. Ook ik stond tijdelijk op non-actief. Wat mijn werkzaamheden aan een roman betreft, bedoel ik, hoewel het nooit echt een roman is waarvan je droomt, maar iets wat veel meer omvat en waarvoor je het woord 'roman' gebruikt, ter maskering van grootheidswaan of duidelijkheid missende verwachtingen. Ik kon geen roman meer schrijven, net zomin als ik me ertoe kon zetten plannen te maken, omdat het probleem in mijn werk en mijn leven op hetzelfde neerkwam: ik was wantrouwig geworden tegenover alle mogelijke vormen waarin ik dingen zou kunnen gieten. Of ik had het vertrouwen verloren in mijn instinct om dingen überhaupt een vorm te geven.

Ik ging mee voor de gein, zei ik tegen mezelf, terwijl Friedman naar een hogere versnelling schakelde. Om een tijdje aan de sirenes te ontkomen en omdat ik dol was op de woestijn van Judea: op haar geur en haar licht, op die miljoenen jaren waarvan een paar duizend in mij beschreven waren, vanuit bekende en onbekende bronnen, zo diep in mij gegrift dat ze niet te onderscheiden waren van mijn geheugen. Als ik naliet precies te vragen waar we heen gingen, of waarom, was dat omdat ik het niet wilde weten. Wat ik wilde was mijn hoofd achterover leggen en mijn ogen dichtdoen, het heft in andermans handen leggen zodat ik kon uitrusten en niet hoefde na te denken.

Uitrusten, maar ook – zou ik durven stellen als ik niet zo doodmoe was geweest – om me te laten meevoeren naar een omgeving die ik zelf nooit zou hebben uitgezocht. Het was een hele tijd geleden dat ik zoiets had laten gebeuren. Ik had nu het idee dat ik al van jongs af aan plannen voor mezelf maakte. Ik blonk daar ook echt in uit, zowel in het bedenken als in de uitvoering: stap voor stap gingen mijn plannen zó exact in vervulling dat ik, als ik iets beter had gekeken, zou hebben gezien dat mijn strakke planning werd gedreven door een vorm van angst. Toen ik jong was dacht ik dat ik net zo vrij zou gaan leven als de schrijvers en kunstenaars die mijn grote voorbeeld waren. Maar uiteindelijk was ik niet dapper genoeg om weerstand te bieden aan de stroom die me naar het conventionele trok. Ik was niet ver genoeg meegegaan in de diepgaande, bittere, blinkende scholing van het ik om te weten waar ik wel en niet tegen bestand was – om te weten hoe geschikt ik was voor beperkingen, voor wanorde, voor hartstocht, voor instabiliteit, voor pijn en genot – voordat ik me toelegde op een verhaal voor mijn eigen leven en met mezelf afsprak ernaar te leven. Schrijven over het leven van anderen kan een tijdje verdoezelen dat de plannen die je voor jezelf hebt gemaakt je van het onbekende hebben afgeschermd in plaats van je er dichterbij te brengen. In mijn hart had ik dat altijd wel geweten. Maar wanneer mijn lichaam 's nachts krampachtig bewoog terwijl ik in slaap probeerde te vallen, zoals in de nacht dat ik aan de rand van een glanzend zwart meer mijn toekomstige man had beloofd met hem te trouwen, dan negeerde ik dat, net zoals je de schroef waarvan je niet weet waar hij thuishoort, negeert nadat je het bed waarin je voortaan moet slapen in elkaar hebt gezet. En niet alleen omdat het me ontbrak aan de moed om de dingen te bekennen die ik bij mezelf constateerde of bij de man aan wie ik beloofd had mijn leven te verbinden. Ik negeerde het omdat ik ook verlangde naar de schoonheid en de stevigheid van de vorm, de vorm waaraan de hele natuur (plus een paar duizend jaar Joden) de hoogste lof toedicht: de moeder en de vader en het kind. En dus keerde ik me af van het verantwoordingsproces dat me zou hebben gedwongen te voorzien wat er met ons allen zou gebeuren zodra de vorm in elkaar was gezet, zodra de atomen zich in ons aaneen hadden gesloten. In plaats daarvan, bang voor het soort heftige emotie dat ik in mijn jeugd had gekend, van mijn familie, verbond ik me aan een man die een bovennatuurlijk talent voor gematigdheid leek te bezitten, ongeacht wat er binnen of buiten gebeurde. En daarna verbond ik me aan de regelmaat en de inrichting van een sterk georganiseerd, gedisciplineerd en gezond leven alsof alles ervan afhing, alsof het welzijn en geluk van mijn kinderen vereisten dat niet alleen al mijn uren en dagen maar ook mijn gedachten waren vastgelegd, mijn hele geest. Terwijl het andere ongevormde en naamloze leven intussen steeds vager werd, steeds minder toegankelijk, totdat ik erin slaagde de deur die erheen leidde volledig dicht te trekken.

In de Koning Georgestraat kwamen we langs de ingang van een park waar ik vaak met mijn kinderen was geweest. Ze konden er met de loslopende katten spelen en een reusachtig toestel van touw beklimmen waarvan ze beweerden dat ze op het hoogste punt de zee konden zien. Maar voor we op reis konden moesten we eerst een snelle stop maken, zei Friedman tegen me. Ik dacht dat hij misschien thuis iets was vergeten en begon me af te vragen wat voor leven hij leidde. Ik stelde me een flat vol boeken voor en bedacht er een vrouw bij, praktisch en fors van boezem, met het uiterst kort geknipte grijze haar dat je vaak ziet bij een bepaald type Israëlische vrouw van boven de zestig. Kibboetsnikhaar, noemt een vriendin van me het, hoewel het mij altijd aan het concentratiekamp doet denken of zou doen denken als dat harde uiterlijk niet zo dikwijls gepaard ging met enorme oorringen en een kleinkind. Een Jehoediet of een Roet uit Haifa. Met als vader een arts uit Duitsland en als moeder een pianolerares, die allebei de Holocaust hadden overleefd en van wier duisternis deze Jehoediet of Roet zich had moeten bevrijden, hoewel ze uiteindelijk psycholoog werd en haar volwassen leven doorbracht met het doorgronden van andermans trauma's. Het soort vrouw bij wie je graag in de keuken kwam zitten als ze niet aan het werk was, die al veertig jaar elke ochtend met dezelfde twee vriendinnen een wandeling maakte. Ik hield al van haar, van deze Jehoediet of Roet; ik nam al plaats aan haar met een plastic bloemetjeskleed bedekte keukentafel om haar alles te vertellen. We reden echter niet naar Friedmans flat, maar naar de straat die de naam van de Nederlandse lenzenslijper droeg.

Friedman parkeerde de auto voor het gebouw waar hij me twee dagen eerder heen had gebracht, waar Kafka en de katten in onverkwikkelijke omstandigheden samenwoonden en een uitspraak van de rechtbank afwachtten. Ik dacht dat hij weer een hele preek zou gaan afsteken, maar dit keer stapte hij uit en zei dat ik maar even moest wachten. Hij zou slechts een paar minuutjes weg zijn, beloofde hij, en voordat ik kon protesteren smeet hij het portier dicht en stak met behulp van zijn stok de straat over.

De hond piepte en keek Friedman na tot hij was verdwenen. Daarna begon ze te janken alsof haar een verschrikkelijk onrecht was aangedaan. Ze liep heen en weer over de gebarsten leren achterbank, diep bekrast door een lange geschiedenis van dit soort geagiteerd wachten. Ik probeerde haar te sussen, maar dat hielp niet omdat ik haar naam niet kende, noch de woorden die ze zou begrijpen. Toen het erop leek dat ze ieder moment in haar eigen snelle ademhaling kon stikken, klom ik over de versnellingspook naar achteren. Ze stapte nog een paar keer over me heen voordat ze de ramp die haar was overkomen accepteerde en met wijd uitgespreide voorpoten op mijn schoot ging liggen. Zachtjes trok ik aan de losse huid onder haar nek, net zoals ik deed bij de hond waarmee ik al bijna even lang samenwoonde als met mijn man.

Er verstreken tien, daarna vijftien minuten. Ik dacht aan een verhaal dat me jaren geleden was verteld door een vriend, over een reis naar Praag die hij in zijn jeugd had gemaakt. Op een avond had hij zich volkomen lam gezopen en was hij ervan overtuigd geraakt dat hij de deur uit moest om de Altneuschul te kussen, recht aan de overkant van de straat waar hij logeerde. De volgende ochtend werd hij ongedeerd wakker, nog steeds tegen de sjoel aan gedrukt, bewaakt – zo stelde hij zich voor – door het stoffelijk overschot van de golem die daar op zolder begraven scheen te liggen. Die middag besloot hij naar de Joodse begraafplaats Straschnitz te gaan om Kafka te bezoeken. De schrijver lag begraven naast zijn vader, vertelde mijn vriend, wat zo ongeveer de ergste belediging was die hij zich kon voorstellen. Mijn vriend besloot om kaddisj voor Kafka te zeggen. Toen hij klaar was wilde hij weer weggaan. Hij draaide zich om, en achter zich zag hij precies dezelfde grafsteen. Verbijsterd bleef hij staan. Na een paar minuten kwamen er een paar jongeren aanslenteren die verklaarden dat ze net een replica van Kafka's grafsteen hadden gemaakt voor de opnamen van een film en dat ze die replica daar hadden laten staan toen ze even gingen lunchen. Ik had kaddisj gezegd tegen de replica, vertelde mijn vriend. Hij hielp mee hem op hun vrachtwagen te laden. Daar lag ook de wrijfafdruk die ze van de reliëfversiering van de echte grafsteen hadden gemaakt en hij vroeg of hij die mocht hebben.

Ik vroeg me af wat Friedman daarbinnen deed. De hete adem van de hond werd rustig en ritmisch. Ik stelde me de overvolle kamer achter de getraliede ramen voor, vochtig door planten die langzaam hun gele bladeren lieten vallen op het rommeltje van de verblekende manuscripten van Kafka, waarvan de bladzijden vast naar kattenferomonen stonken. Gefrustreerd omdat ik dat alles niet zelf mocht zien schoof ik de hond van mijn schoot en stapte uit de auto. De katten waren vandaag afwezig – hadden zich misschien binnen verzameld om zich over Praagse inkt te rollen – maar hun geur hing nog in de lucht, en de smerige schoteltjes die op de grond stonden, wezen erop dat ze snel terug zouden komen. Ik zag de naam van Eva Hoffe bij de hoogste bel, maar na een vluchtige blik op haar voordeur in de hal bedacht ik me. Ik stelde me voor hoe het vergrote oog van de oude vrijster met het vlassige haar me door het kijkgat zou toe knipperen en dook weg onder de brede vijgenbladeren terwijl ik een kleverig spinnenweb uit mijn gezicht wegmaaide.

De avond na mijn eerste ontmoeting met Friedman had ik op internet gelezen over het proces over Kafka's archieven. Alles wat hij me had verteld werd daar bevestigd: in de rechtszaak, die nog steeds gaande was, draaide het om de vraag of Kafka's manuscripten – in zekere zin Kafka zelf – nationaal bezit of privé-eigendom waren. Tot dusver was er geen uitspraak gedaan, maar de rechtbank was intussen wel ingegaan op het verzoek van de Nationale Bibliotheek om de paperassen die Eva Hoffe in haar bezit had te laten inventariseren. Eva, die dikwijls over het archief sprak alsof het een verlengstuk van haar eigen lijf en leden was, had dat vergeleken met verkrachting. Nadat twee keer een beroep was afgewezen werden haar eindelijk twee sleutels van kluizen in Tel Aviv ontfutseld, maar die pasten niet in het slot. Op de dag dat de kluizen eindelijk door de raadslieden zouden worden geopend was Eva achter hen aan de bank in gehold, schreeuwend dat de papieren haar toebehoorden. Maar hoe krankzinnig ze soms ook leek te zijn, hoe bizar de verhalen over haar gedrag ook waren, hoe lastig de staat Israël het ook vond om te accepteren dat een Joodse schrijver die zoveel betekende voor zovelen ook iets anders kon zijn dan nationaal bezit, haar eis was niet zonder rechtsgrond. De resultaten van de inventarisering waren niet openbaar gemaakt, maar het dagblad *Haaretz* had bevestigd dat ze een aanzienlijke hoeveelheid origineel werk van Kafka in haar bezit had. En dat was ofwel van iedereen en van niemand, ofwel van Israël, ofwel alleen van haar.

Toen ik op de rij ramen op de begane grond af liep, zag ik dat er achter het rooster van zware witte tralies waardoor ze werden omsloten een tweede laag van draadgaas zat, van het soort dat voor kooien van kleine dieren wordt gebruikt. Het was binnen te donker om iets te kunnen onderscheiden. Om de hoek van het gebouw was de situatie nog extremer: de rij ramen die was bedoeld om een soort open serre te kunnen vormen werd op een potsierlijke manier afgesloten door de verroeste tralies en de smerige kooiconstructie, in de hoeken opgelapt of verstevigd met het energieke oog voor detail dat uit achtervolgingswaanzin voortkomt. Of weerspiegelde dat juist niet een zieke geest die alle contact met de realiteit had verloren, vroeg ik me af, maar de absurde realiteit van wat zich daar bevond, tegen alle verwachtingen in: iets wat zo zeldzaam en waardevol was dat er mensen waren die nergens voor zouden terugdeinzen om het in handen te krijgen? Er scheen een paar jaar geleden ingebroken te zijn in het appartement, hoewel Israëlische kranten suggereerden dat de inbraak door ingewijden was gepleegd.

Ik hoorde iets bewegen. Ik stelde mijn blik bij, zodat het metalen raster naar de achtergrond verdween, en zag een magere zwarte kat. Hij had zich platgemaakt tussen de tralies en het gaas en sloop door de smalle tussenruimte. Als ik in dat soort dingen had geloofd – en in dat soort dingen zal ik best hebben geloofd – zou ik het als voorteken hebben opgevat. Even later hoorde ik dat er iets over de trap naar beneden werd gesleurd, even zwaar als een lichaam, en toen ik haastig om de hoek naar de voorkant liep was Friedman alweer tevoorschijn gekomen. Hij sleepte een zwarte koffer achter zich aan. Langs de naden was stiksel losgekomen en de handgreep was omwonden met tape. Het was een koffer die meer paste bij een huis-aan-huisverkoper van kidoesjkelken dan bij een lid van de Mossad, of zelfs een voormalig lid van de Mossad, of zelfs een voormalig lid van de Mossad uit de bezemwagen van de Joodse literatuur. Al bleef ik desondanks geloven, met opzwellend hart, dat er iets van de verloren Kafka in zat.

Wat het was wilde Friedman niet zeggen. Nog niet, zei hij, terwijl hij bij het wegrijden even in de achteruitkijkspiegel keek. Eerst waren er dingen die hij me moest vertellen. We konden op weg naar de woestijn in Jeruzalem stoppen en daar lunchen bij een vegetarisch restaurantje in het Confederation House in de wijk Jemien Mosjee, vanwaar je uitkeek op de muren van de oude stad. We konden er ongestoord praten.

Alsof dat alles al niet vreemd genoeg was werd het allemaal nog vreemder vanaf het moment dat de koffer in ons bezit was. Voordat we de koffer hadden verkeerde ik in een wereld van vertrouwde wetten maar ongebruikelijke omstandigheden, zo lijkt het me nu, maar daarna begonnen de vertrouwde wetten te slingeren en te buigen. En daarnaast heb ik het idee dat ik al een hele tijd naar die ombuiging toeleefde zonder het zelf te weten, dat wil zeggen, naar die koffer, een koffer waarvan ik me in zekere zin al bewust was sinds mijn zevende, omdat hij me ooit was aangereikt in een verhaal. Maar al die jaren had ik moeten wachten tot hij in mijn eigen leven openging.

Het verhaal was me verteld door Anna, de vrouw die voor mijn broer en mij zorgde toen we nog klein waren. Ze heeft bijna een decennium bij ons in huis gewoond en begon daar toen ze tweeentwintig was, maar het woord 'nanny' was niet op haar van toepassing, en ook 'oppas' niet: daar was ze te wild voor, te vrij en te onconventioneel. Ze deed ook aan mystiek, en hoewel ze roomskatholiek was opgevoed putte ze in haar opvattingen uit vele bronnen, zonder daarbij een vaste leidraad te hanteren. Haar kamer bij ons thuis stond vol met kristallen en ook had ze er haar airbrushschilderijen van godinnen, tovenaars en Disneyfiguren; om haar hals droeg ze een portretje van Jezus met een doornenkroon waaruit straaltjes bloed liepen, wat zowel onze fascinatie als onze afkeer wekte. Maar wij zagen bij Anna geen blijken van vroomheid of plichtsgetrouwheid; de verhalen die ze vertelde over haar jeugd gingen altijd over ondermijning, niet alleen van het gezag in haar leven, maar ook van alles wat zich aan de voorschriften van het normale hield en wat de magie die ze overal in het randgebied van de dingen zag ontkende. Dit specifieke verhaal ging over een klus waarvoor ze op haar negentiende was aangenomen, een paar jaar voordat ze bij ons kwam wonen. Een 'verrichting' zou er een betere beschrijving van zijn, want het enige wat ze hoefde te doen was ergens midden in de nacht een zwarte koffer ophalen en drie uur rijden om hem ergens af te leveren. Ik kan me niet herinneren met welke woorden Anna omschreef wat er in de koffer zat, maar we begrepen dat het om iets verbodens ging en dat de rit die ze maakte niet zonder risico's was. Het verhaal dat ze ons vertelde ging hoofdzakelijk over de bloedstollende tocht over een donkere, bochtige weg. Halverwege werd ze opeens gevolgd door een auto die een exacte kopie was van de auto die zij bestuurde. Met veel soebatten probeerden we erachter te komen wat er in de koffer zat, maar dat wilde ze niet vertellen.

Volgens mijn broer zat hij propvol geld en volgens mij zat er een toverketting in. Maar Anna, die ons in bepaalde opzichten beter kende dan onze ouders, zei dat we op het antwoord moesten wachten tot mijn broer bar mitswa deed, wat nog vier jaar zou duren.

De jaren gingen voorbij en soms brachten mijn broer en ik de koffer ter sprake om te kijken of Anna eindelijk zou onthullen wat de geheime inhoud was. Maar het enige wat ze deed was ons eraan herinneren dat we tot het afgesproken tijdstip moesten wachten. En toen kwam eindelijk de bar mitswa van mijn broer – kwam en ging, zonder dat we ergens naar vroegen. Waarschijnlijk dachten we er niet aan of waren we oud genoeg om het antwoord te raden zonder het te horen te krijgen en vonden we het stom om ernaar te vragen. Maar het gevolg was dat het mysterie iets blijvends werd, en wat Anna ons had gegeven, in de vorm van een verhaal en een koffer, ging langer mee dan de talloze andere dingen die we in die jaren hadden gekregen en later kwijtraakten of vergaten.

Met Kafka in de achterbak reed Friedman de snelweg op. We kwamen langs palmen en cipressen, langs velden waarboven donkere zwermen spreeuwen opeens gelijktijdig van koers veranderden en opnieuw scherp van koers veranderden. Langs de nieuwe stad Modi'ein, waarna het landschap ouder werd en de witte schedel van de wereld zichtbaar was onder het gras. We reden langs hellingen met de lijnen van kapotte terrasmuren die lang geleden aan het verval waren overgelaten, maar waar de rijen oude olijfbomen bleven groeien, langs Arabische dorpjes en een schaapherder die in het kielzog van zijn kudde lichtvoetig een heuvel afdaalde. Aan weerszijden van de weg verscheen een metalen schutting, van boven afgezet met vlijmscherp prikkeldraad, en we passeerden een controlepost waar de bewakers een ME-helm droegen, en een donker uniform met een kogelwerend vest als extra laag. Na een paar kilometer maakte het hek plaats voor hoge betonnen muren die doorliepen tot aan de buitenwijken van Jeruzalem, en daarna kwamen er dennenbossen. In de stad aangekomen reden we langs het Onafhankelijkheidspark en door de straten van Rechafja, en langs de gerenoveerde windmolen van Montefiori en het gerenoveerde King David Hotel, ooit het toneel van een bomaanslag, ooit niemandsland, ooit, niet lang geleden, de trouwlocatie van mijn broer.

Friedman parkeerde de auto op een klein terrein naast een park, joeg de hond van de achterbank en nam me mee over een lange heuvel waar het wemelde van de kraaien. Het stenen Confederation House was het enige gebouw in de omgeving. Er lag een parkje met olijfbomen en palmen omheen, waar het geurde naar lavendel. Het restaurant was leeg, en de eenzame ober bracht ons naar een tafeltje aan het raam vanwaar je over de smalle vallei uitkeek op de muren die door Soleiman de Grote waren gebouwd. De hond liet zich kreunend op een van Friedmans in sandalen gestoken voeten zakken. Terwijl de ober een bak water voor haar ging halen, hield Friedman zich bezig met het uitsorteren van de gekreukelde fotokopieën. Ze kwamen uit een propvolle schrijfmap die hij uit de auto had meegenomen. Pas nadat onze bestelling was opgenomen en de ober, die ook de kok bleek te zijn, in de keuken was verdwenen, boog Friedman zich naar voren, dempte zijn stem, wierp een laatste nodeloze blik door het lege restaurant en ging van start.

De volgende twee uur luisterde ik terwijl hij me alles uit de doeken deed. Het was zo'n vergezocht verhaal dat ik er eerst van overtuigd was dat Effie de fantast mij had uitgeleverd aan iemand van hetzelfde slag, die bovendien potentieel aan zinsbegoocheling leed. Ik besloot te wachten tot hij was uitverteld – het was allemaal te sensationeel om de afloop missen – maar als de maaltijd voorbij was, zou ik me verontschuldigen en Effie bellen. Ik was hier door hem in verzeild geraakt en nu mocht hij me er ook weer uit halen. Op zijn allerminst kon hij me een lift naar Tel Aviv geven.

En toch, hoe meer Friedman sprak, hoe minder ik wist wat ik ervan moest geloven. Ik besefte dat het erg onwaarschijnlijk was wat hij me vertelde. Als het allemaal echt gebeurd was, had het met geen mogelijkheid al die tijd geheim kunnen blijven: er was bijna negentig jaar verstreken sinds Kafka's overlijden in het sanatorium in de omgeving van Wenen. Maar geconfronteerd met Friedmans eloquente overredingskracht en zijn schijnbaar allesomvattende kennis van Kafka begon ik toch te denken dat het misschien wel waar was wat hij vertelde. En zoals met alle ongeloofwaardige dingen waarvoor we ons openstellen, zal ik ook wel hebben wíllen geloven dat het mogelijk was: dat Kafka misschien echt eindelijk de drempel had overschreden, door een kier in de dichtvallende deur was geglipt en in de toekomst was verdwenen. Dat hij vijfendertig jaar na zijn begrafenis in Praag en zijn geheime transport naar Palestina vredig zou zijn gestorven in zijn slaap op een oktobernacht in 1956, alleen bekendstaand, indien men hem al kende, als de tuinman Ansjl Peleg. Dat er in Tel Aviv, niet ver van het appartement van mijn zus, een huis kon staan, met achter het huis een tuin en met in die tuin, nu wild en overwoekerd, een eigenhandig door Kafka geplante sinaasappelboom. De laatste keer dat Friedman er was geweest, vertelde hij me, was er zomaar een kraai uit de lucht gevallen en dood voor zijn voeten neergeploft, zonder dat daar een verklaring voor was.

II

Gilgoel

Zijn Hebreeuwse naam, Ansjl, was alles wat hij van zijn oude leven had behouden. Het is een Jiddisch verkleinwoord van Asjer, verwisselbaar met Amschel, dat eveneens afstamt van *amsel*, het Duitse woord voor merel. Deze naam had makkelijk afgedankt kunnen worden voor een naam die wel vaker werd gekozen door mensen die naar Palestina emigreerden, voor Chaim, Mosje of Jaäkov, ware het niet dat hij een echo was van de achternaam die hij moest opgeven en die op een dag beroemder zou worden dan hij zich ooit had kunnen voorstellen. In het Tsjechisch is *Kavka* een kauw, een woord dat zo gangbaar was dat Hermann Kafka deze kraaiachtige had gekozen als logo voor zijn groothandel in galanterieën. Dat zijn zoon Franz, de schrijver, zich aangetrokken voelde tot metamorfosen tussen mens en dier en zich soms meer identificeerde met de dierlijke kant, komt aan het licht in werken die op een dag in de hele wereld gelezen zouden worden. Dat de schrijver met zijn glanzende helm van zwart haar, als een pet laag over zijn voorhoofd getrokken, met zijn doordringende, wijd uit elkaar staande ogen en snavelachtige neus het allermeest op de kauw leek, is wellicht een van de toevalligheden van het lot, zo beweerde Friedman, die Kafka in zijn vele verhalen op een meesterlijke manier heeft onthuld als de projectie van een conflictueus innerlijk verlangen. Dat de achternaam die hij aannam, Peleg, heel gewoon was onder mensen die tijdens de Derde Alia arriveerden wijst erop dat hij was gekozen vanwege het anonieme karakter, waarschijnlijk door de een of andere autoriteit die zich niet geroepen voelde om bezwaar te maken tegen de naam Ansjl of geen oog had voor de merel die Kafka erin had meegesmokkeld.

Hij had de reis maar net overleefd. Toen het schip in Haifa afmeerde, moesten de dekknechten, die genegenheid voor de bleke, vriendelijke, onmogelijk magere man hadden opgevat, hem aan land tillen. Hij lag op zijn rug, zodat zijn eerste blik op het Beloofde Land er een was van de stralende blauwe, volslagen onbewolkte hemel die zich eroverheen welfde. Een kind dat op de kade een verre verwant stond op te wachten begon te huilen, in de waan dat er een lijk werd uitgeladen. De eerste zin die Kafka in Palestina hoorde uitspreken was dan ook: 'Hoe is hij gestorven, vader?' En de onmogelijk magere man, die voor zichzelf altijd al postuum was geweest, glimlachte voor het eerst in een week, met zijn gezicht naar de hemel gericht.

Hij ensceneerde zijn eigen dood immers al jaren? *Alleen maar weg van hier, alleen maar weg van hier!* Herinner je je die regel? vroeg Friedman. Zijn brillenglazen wierpen doffe schaduwen over zijn ogen. Dat schreeuwt de ruiter in een van zijn gelijkenissen als antwoord op de vraag waar hij naartoe gaat, maar het zou ook best het opschrift kunnen zijn geweest dat in Kafka's grafsteen op de Joodse begraafplaats in Praag gebeiteld is. Zijn hele leven droomde hij over ontsnappen en toch lukte het hem niet eens om bij zijn ouders weg te gaan. Verstrikt en opgesloten in een verwarrende omgeving die vijandig staat tegenover je innerlijke geaardheid en die je alleen maar onbegrip en een botte behandeling te bieden heeft omdat je niet ziet hoe je er weg moet komen – dat Kafka daar grootse literatuur uit schiep, hoef ik je niet te vertellen, vertelde Friedman. Niemand – niet Joseph K., Gregor

Samsa, de Hongerkunstenaar of de muis die in een steeds versmallende wereld naar zijn eigen val vlucht zonder te beseffen dat hij alleen maar van richting hoeft te veranderen – niet een van hen slaagt erin aan zijn absurde bestaansomstandigheden te ontsnappen: het enige wat ze kunnen doen is eraan doodgaan. Is het toeval dat Kafka geloofde dat zijn beste passages over een enscenering van zijn eigen dood handelden? Hij heeft Brod een keer verteld dat het geheim eruit bestond dat het idee van de dood hem verheugde, terwijl zijn fictieve plaatsvervangers juist leden en vonden dat de dood hard en onrechtvaardig was. Niet omdat hij een eind aan zijn leven wilde maken, zei Friedman, die zich met gedempte stem over tafel naar me toe boog, maar omdat hij het gevoel had dat hij nooit echt had geleefd. Het licht was diffuus in Friedmans zachte witte haar en heel even leek het alsof hij een aureool had. Hij ging verder: in een brief aan Brod maakte Kafka zich een voorstelling van zijn eigen begrafenis en beschreef hij zijn leven als een lichaam dat altijd een lijk was geweest en nu eindelijk aan het graf werd toevertrouwd.

Het duurde een tijdje, maar de tuberculose waaraan hij in Praag zou zijn overleden trok in Palestina langzaam weg. En je zou geneigd zijn dit toe te schrijven aan de zorg van zijn voortreffelijke artsen of aan zijn veelvuldige verblijf in de woestijn, waar de droge lucht een weldadige uitwerking op zijn longen had, zei Friedman, maar dan zou je de werkelijkheid krachten toeschrijven die in wezen aan Kafka toebehoorden. Hij had altijd beweerd dat zijn longziekte, net als zijn slapeloosheid en zijn migraine, niets anders was dan een uitvloeisel van zijn geestelijke kwalen. Een ziekte die voortkwam uit een gevoel van opsluiting en verstikking, zonder de lucht die hij nodig had om te ademen of zonder het toevluchtsoord waar hij kon schrijven. Bij de allereerste bloeding, toen het bloed maar bleef stromen, had hij een zekere opwinding gevoeld. Nooit had hij zich beter gevoeld, schreef hij later, en die nacht sliep hij voor het eerst in jaren goed. Voor hem was deze vreselijke ziekte gekomen als de vervulling van een diepe wens. En hoewel hij er vrijwel zeker aan zou doodgaan, zei Friedman, werd hem er ook respijt door verleend: respijt van het huwelijk, van zijn werk, van Praag en van zijn familie. Meteen, zonder uitstel, verbrak hij zijn verloving met Felice. En zodra hij dat gedaan had deed hij een aanvraag voor vervroegde pensionering bij de Verzekeringsmaatschappij voor Arbeidersongevallen waar hij werkte. Er werd hem slechts tijdelijk verlof toegestaan, maar de volgende acht maanden, zei Kafka dikwijls, waren de gelukkigste van zijn leven. Hij bracht ze door op de boerderij van zijn zuster Ottla in Zürau, in schier euforische toestand; hij werkte er in de moestuin en op de akkers, gaf de beesten te eten en schreef. Hij had altijd al gedacht dat de zenuwstoornissen van zijn generatiegenoten werden veroorzaakt door de ontworteling uit het platteland van hun vaders en grootvaders, vervreemd als ze van zichzelf waren binnen de claustrofobie veroorzakende beperkingen van de stedelijke samenleving. Maar tijdens zijn ziekteverlof in Zürau, vertelde Friedman, ondervond Kafka aan den lijve welke positieve effecten er van contact met de aarde uitgingen. Hij sprak enthousiast over de zionistische landbouwscholen die overal in Europa werden opgericht en probeerde Ottla en een stel van zijn vrienden zover te krijgen dat ze zich er inschreven. Datzelfde jaar was hij begonnen zichzelf Hebreeuws te leren, en in Zürau worstelde hij zich door vijfenzestig lessen in zijn leerboek heen en boekte voldoende vorderingen om Brod in het Hebreeuws te kunnen schrijven. Het verlangen naar een verloren relatie met het land en het verlangen naar een oude taal vlochten zich aanvankelijk ineen, maar versmolten later tot iets tastbaarders, zei Friedman, en in dezelfde periode ontstond bij Kafka de serieuze fantasie om naar Palestina te migreren.

Hij is misschien nooit zo'n vurige of betrokken zionist geweest als zijn beste vrienden, zei Friedman. Max Brod, Felix Weltsch en Hugo Bergmann, zijn oudste schoolvrienden, speelden allemaal een actieve rol in de beweging, eerst door mee te draaien in de Bar Kochba-studentengroep in Praag, daarna door stukken te publiceren, lezingen te geven en zich tot alia te verplichten. Maar Kafka's beroemdste regel over het zionisme – 'ik bewonder het zionisme en het wekt mijn weerzin' – zegt meer over zijn instelling dan al het andere, als iemand die er niets van moest hebben zich naar een ideologie te richten. Hij las dwangmatig zionistische kranten en bladen en publiceerde er zijn verhalen in. Hij woonde de zionistische conferentie in Wenen bij en beloofde zelfs zich in te zetten voor de verkoop van aandelen in Hapoalim, de bank van de arbeiders. Door zijn kennismaking met denkers als Buber en Berdyczewski, van wie hij lezingen in Praag bijwoonde, raakte Kafka bekend met chassidische volksverhalen, midrasjverhalen en de kabbalistische mystiek die zo'n diepe invloed op zijn schrijven had. En hoe meer hij door deze teksten gegrepen en geboeid werd, zei Friedman, hoe meer hij in de ban raakte van die verre, verloren geboortegrond waar ze vandaan kwamen en waarnaar ze terug verwezen.

En toch, zei Friedman, terwijl hij een dikke vinger omhooghield – om werkelijk te begrijpen waarom Kafka moest sterven zodat hij hier kon komen, waarom hij bereid was daar alles voor op te offeren, moet je een essentieel punt goed begrijpen. En dat is dit: het was nooit de potentiële *werkelijkheid* van Israël waardoor zijn fantasieën werden bezield. Het was zijn *onwerkelijkheid*.

Daarna zweeg Friedman even, terwijl zijn waterige grijze ogen op me bleven rusten. Opnieuw voelde ik dat hij iets zat te overwegen, dat er nog geen eindoordeel over me was geveld, hoewel het daar nu te laat voor leek te zijn, nu we hier tegenover elkaar zaten, met Kafka's koffer in de achterbak en Kafka's geheim boven tafel gehaald.

Friedman vroeg me of ik me nog de eerste brief herinnerde die Kafka ooit aan Felice had geschreven. Maar hij had wel zo'n achthonderd brieven aan Felice geschreven: Nee, zei ik, de eerste is me niet meer bijgebleven. Nou, ze hadden elkaar een paar weken eerder ontmoet, vervolgde Friedman, en bij wijze van hernieuwde kennismaking herinnerde Kafka haar eraan dat ze had beloofd hem naar Palestina te vergezellen. In zekere zin begon hun gehele relatie in het teken van deze fantasie, en je zou kunnen zeggen, zei Friedman, dat de relatie vijf jaar in deze sfeer werd voortgezet, want Kafka moet altijd wel geweten hebben dat hij niet met haar wilde of kon trouwen. Toen hun briefwisseling eenmaal op gang was gekomen en Felice zich verontschuldigde dat ze niet snel genoeg terugschreef, zei Kafka dat haar niets te verwijten viel, dat het probleem voortkwam uit het feit dat ze niet wist waarnaar of zelfs naar wie ze moest schrijven, omdat hij zelf nergens te vinden was. Hij die nooit echt had geleefd, die vond dat hij alleen maar bestond in de onwerkelijkheid van de literatuur, die geen adres op deze aarde had. Begrijp je dat? wilde Friedman van me weten. In zekere zin was Palestina de enige plaats die even onwerkelijk was als de literatuur, omdat het ooit eens was bedacht door literatuur en omdat het *nog steeds bedacht moest worden.* En als hij ooit een spiritueel thuis zou krijgen, een plaats waar hij misschien echt zou kunnen leven, kon dat alleen maar hier zijn.

De fantasie over een relatie met Felice mag dan zijn begonnen met de fantasie over een leven in Palestina, ging Friedman verder, maar alleen van die fantasie over een leven in Palestina heeft Kafka nooit afstand gedaan. Door de jaren heen gaf hij er alleen maar een andere invulling aan. Hij stelde zich voor dat hij handenarbeid zou verrichten op een kibboets en zich met brood, water en dadels in leven zou houden. Hij schreef zelfs een manifest voor een dergelijke omgeving, 'Arbeider zonder bezit', waarin hij een werkdag schetste van niet langer dan zes uur, eigendommen die werden beperkt tot wat boeken en kleren, en een volkomen afwezigheid van advocaten en rechtbanken omdat de persoonlijke verhoudingen waren gebaseerd op onderling vertrouwen. Later, toen Hugo Bergmann eenmaal op alia ging en directeur van de

Joodse Nationale Bibliotheek in Jeruzalem werd, stelde Kafka zich daar de kleine werkbank van een boekbinder voor, ergens in een hoekje, waar hij rustig zijn gang kon gaan tussen de oude boeken, met de geur van lijm om zich heen.

Maar wat Friedman het diepst ontroerde was Kafka's laatste fantasie, misschien wel, zei hij, omdat het de meest kafkaëske fantasie was, een die hij in het laatste jaar voor zijn dood steeds weer nieuw leven inblies. In dat laatste jaar ontmoette hij Dora Diamant, de dochter van een chassidische rabbijn, en werd verliefd op haar. Net als hij droomde zij ervan om naar Palestina te emigreren. Ze besloten samen een restaurant in Tel Aviv te openen, waar Dora zou koken en Kafka zou bedienen. Hij sprak steeds vaker over deze droom, vooral tegen zijn jonge lerares Hebreeuws Poea Ben-Toviem, die er jaren later op wees dat Dora niet kon koken en dat Kafka een vreselijke ober zou zijn, maar ook dat het in Tel Aviv in die jaren wemelde van de restaurants die door dergelijke echtparen werden gedreven en dat Kafka's surreële fantasie in die zin reëler was dan je aanvankelijk geneigd was te denken. Kun je het je voorstellen, vroeg Friedman me met een geamuseerde glimlach. De houten tafels en de ironie van het verschoten affiche van de Praagse burcht aan de muur, de *Kuchen* onder een glazen stolp op het buffet? En de ober met de v-vormige haargrens, die gestoken in een donker, kort jasje met een zuinig lachje naar een vlieg mept?

Met gedempte stem, om maar niet afgeluisterd te worden door Kafka's nageslacht dat glazen stond af te drogen bij het espressoapparaat, vertelde Friedman dat een van Kafka's biografen zo'n dertig jaar geleden Poea Ben-Toviem in Jeruzalem had opgeduikeld en daarna een interview met haar in *The New York Times* had gepubliceerd. Ze was inmiddels dr. Poea Menczel en bijna tachtig, en als je tussen de regels van het artikel door las, zag je de 'Kafkamistgenerator' aan het werk, een machine die draaiend werd gehouden door Brod maar die zonder Bergmann en Poea onmogelijk kon bestaan: om Kafka in het geheim naar Palestina te brengen was hun hulp onontbeerlijk geweest. Poea had een betrekking gehad in Bergmanns bibliotheek en toen hij merkte dat ze zwaar overgekwalificeerd was voor het werk, zond hij haar naar Praag om daar wiskunde te studeren en ging zelfs zover dat hij regelde dat ze bij zijn eigen ouders kon wonen. Bij dat laatste gegeven krijg je wel de neiging om je wenkbrauwen op te trekken, zei Friedman. Tenminste, als je met een schuin oog naar de officiële bibliografie kijkt, waarin staat dat Bergmann Poea naar Praag stuurde, niet als afgezante, niet om daar een reeds vorm krijgend, geheim plan nog verder uit te werken, maar louter omdat hij zo'n goedhartig man was, en dat hij pas bij nader inzien besloot haar op Kafka af te sturen, die ze vervolgens twee keer per week privéles Hebreeuws ging geven.

Toen Poea aankwam, in 1921, was Kafka al erg ziek. In het interview dat ze gaf aan de tamelijk onnozele biograaf die haar zestig jaar later had opgespoord, beschreef ze de pijnlijke hoestbuiten waardoor hun lessen werden onderbroken en vertelde ze hoe Kafka's grote donkere ogen haar smeekten om nog één woord verder te gaan, en daarna nog een. Uiteindelijk was Kafka voldoende gevorderd om samen met haar een stuk van een roman van Josef Chaim Brenner te lezen. Maar in het artikel in *The New York Times* attendeert Kafka's biograaf er ook op dat Poea Ben-Toviem abrupt uit beeld raakte nadat ze met haar wiskundestudie was gestopt en naar Duitsland was verhuisd en dat Kafka haar daar was gevolgd en zijn intrek had genomen in een pension naast het Joodse kinderkamp waar ze werkte. In de vele herinneringen die later werden opgewoeld door Kafka's postume roem, waarvan de meeste onnauwkeurig of van twijfelachtige autoriteit, zit niet één woord van Poea Ben-Toviem, tekent de biograaf aan. En wanneer hij haar eindelijk opspoort in Jeruzalem en ze hem hoffelijk ontvangt in haar appartement met wanden vol boekenplanken, heeft ze een heel eenvoudige verklaring voor de breuk: Kafka maaide als een drenkeling om zich heen en klampte zich vast aan iedereen die maar dicht genoeg bij hem in de buurt kwam. Zij had haar eigen leven en ze bezat niet de wil of de kracht om een twintig jaar oudere, doodzieke man te verzorgen, zelfs niet als ze over hem had geweten wat ze nu over hem wist. Met andere woorden, op haar houding was niets aan te merken, zei Friedman, en zo maakte ze voorgoed korte metten met de nieuwsgierigheid van de biograaf. En nu is Poea Ben-Toviem dood en kunnen we haar niets meer vragen.

Maar toch, als zij er niet was geweest, en bovenal, als Hugo Bergmann er niet was geweest, dan zou het eind precies zo zijn gekomen als Kafka het zich had voorgesteld. Precies zoals Kafka het zich had voorgesteld, en zoals Brod het later bekendmaakte: het uitgemergelde lijk dat ter aarde werd besteld, de veelvuldig geanticipeerde sterfscène die eindelijk en onherroepelijk werd uitgevoerd, de schrijver die een van de meest beklemmende en beklijvende verhalen over gedaanteverandering schreef en die nu uit deze wereld was verdwenen zonder ooit zelf een gedaanteverandering te hebben ondergaan. Dat het anders liep is niet alleen maar te danken aan de kleine coterie die werd aangevoerd door Bergmann. Behalve Poea en Max Brod was ook Salman Schocken daar lid van; zonder hem zouden het vervoer naar Palestina en ook de tientallen jaren dat Kafka nog hier in Israël zou leven financieel onhaalbaar zijn geweest. Je kent Schockens naam vast wel van de uitgeverij die later al Kafka's werk in Duitsland heeft gepubliceerd, en daarna in Amerika. Toen Bergmann Schocken in de zomer van 1923 benaderde, was hij alleen nog maar de vermogende eigenaar van een Duitse warenhuisketen. Maar samen met Buber was hij ook oprichter van het cultureel-zionistische maandblad *Der Jude*, dat twee van Kafka's verhalen had gepubliceerd. Hij stond al bekend als voorvechter van de Joodse literatuur – hij gaf inmiddels meer dan tien jaar als enige zijn steun aan de schrijver Sjmoeël Joseef Agnon. Dus Bergmann schreef hem een brief, vertelde Friedman, en in het najaar van 1922 reisde Brod naar Berlijn om persoonlijk met Schocken over Kafka's situatie te spreken.

Later zou Brod alle eer krijgen als Kafka's redder. Wanneer mensen zich Hugo Bergmann nog herinneren is het in zijn functie als eerste rector magnificus van de Hebreeuwse universiteit en als hoogleraar filosofie die over transcendentie schreef. Anders dan Brod is Bergmann nooit uit geweest op erkenning van zijn rol bij het redden van Kafka. Integendeel, zei Friedman, hij wilde best de rol van de schurk op zich nemen terwijl Brod de onbaatzuchtige held speelde. Volgens het verhaal zoals Brod het vertelde werd Kafka door Bergmann gesterkt in zijn voornemens om in oktober 1923 naar Palestina te emigreren; hij moest er maar samen met Bergmanns vrouw naartoe reizen en bij hun familie in Jeruzalem blijven logeren tot hij zich weer goed genoeg voelde om op eigen benen te staan. Maar toen het eenmaal zover was bedacht Bergmann zich zogenaamd. Uit angst dat Kafka zijn kinderen met tuberculose zou besmetten en dat het zijn vrouw te veel zou belasten om ook nog eens naar zo'n zieke man te moeten omzien trok hij zijn uitnodiging in. Dat niemand ooit vraagtekens heeft gezet bij de waarschijnlijkheid van zo'n plotselinge en harteloze ommezwaai bij iemand die al meer dan twintig jaar een van Kafka's beste vrienden was, zo suggereerde Friedman, kan misschien worden toegeschreven aan het feit dat de Holocaust de wereld inmiddels had gehard tegen verhalen over de talloze mensen die een veilig heenkomen hadden ontzegd aan zelfs degenen die hun het meest dierbaar waren, louter uit angst om zelf gevaar te lopen. Maar de waarheid is dat Kafka zonder Hugo Bergmann nooit in Palestina zou zijn gekomen, dat hij zich zou hebben neergelegd bij zijn levenslange kwelling en nooit aan de tirannie van zijn vader zou zijn ontsnapt, nooit zou zijn weggekomen uit Europa, waar hij later, als hij zijn tuberculose had overleefd, door de nazi's zou zijn vermoord, samen met zijn drie zusters. In 1974 werd aan Bergmann de Israëlprijs toegekend voor zijn 'bijzondere bijdragen aan de Israëlische samenleving en de staat Israël', vertelde Friedman. Maar slechts een klein groepje mensen heeft ooit precies geweten wat die bijzondere bijdragen inhielden.

In 1924 bleef Max Brod als enige achter in Praag. Vandaar dat hij ook de enige aannemelijke kandidaat was om na Kafka's dood diens manuscripten te erven en te bepalen wat ermee moest gebeuren, iets waarmee hij vermoedelijk begon door Kafka's laatste verzoek om alles te verbranden te negeren. En omdat Brod schrijver was en omdat het noodzakelijk was om alle anderen uit beeld te weren, werd hij ook de hoeder van Kafka's legende. En omdat de legende nog niet bestond en omdat Kafka nog steeds vrijwel volledig onbekend was, werd Brod haar enige schepper. Later zou Brod beschrijven hoe hij in de periode direct na het overlijden van zijn vriend te zeer overstelpt werd door smart om aan een biografie te beginnen. Bovendien zag hij erg op tegen de energieverslindende praktische werkzaamheden, zoals het sorteren van al Kafka's papieren, het samenstellen van een bibliografie en het persklaarmaken van de manuscripten. In plaats daarvan schreef Brod *eine lebendige Dichtung*, zoals hij het noemde, een sleutelroman waarin hij het eerste portret van de lijdende, ziekelijke heilige presenteerde, waarop elk portret van Kafka sindsdien is gebaseerd.

Zauberreich der Liebe is een prul, zei Friedman, als je dat tenminste al niet uit de titel – *Toverrijk der liefde* – had opgemaakt. Zonder het personage Richard Garta zou het op de dag van verschijning meteen naar de literaire vuilnisbelt zijn afgevoerd. Aan het begin van de roman is de schrijver Garta inmiddels in Praag overleden. We kunnen hem dus nooit zelf ontmoeten, we kunnen hem alleen leren kennen aan de hand van de herinneringen van de hoofdpersoon van de roman, Christoph Nowy, Garta's goede vriend en nu de beheerder van zijn literaire nalatenschap. Nowy denkt voortdurend aan Garta terug, bijna obsessief. In gedachten raadpleegt hij zijn vriend en gaat daarbij zover dat hij zijn dode vriend laat antwoorden. In dat opzicht biedt de roman niet alleen het allereerste portret van Kafka, maar ook Brods verantwoording van de manier waarop hij vanuit zijn eigen gedistilleerde herinneringen een beeld van Kafka opbouwt. Net zoals de lezers van *Zauberreich der Liebe* de bejubelde Garta nooit anders kunnen kennen dan door tussenkomst van Nowy, zo heeft de wereld, zelfs nu nog, Kafka nooit anders gekend dan door het prisma van Brods Garta.

Friedman begon te rommelen in de leren map die hij uit de auto had meegenomen en diepte een gekreukelde fotokopie op. 'Garta,' zo begon hij te lezen, die 'van alle wijzen en profeten die over de aarde hebben geschreden de stilste was', die 'een gids voor de mensheid zou zijn geworden als het hem niet aan één schrede had ontbroken, het zelfvertrouwen'. Friedman zweeg even en keek me aan met opgetrokken wenkbrauwen. 'Complete rotzooi, hè?' zei hij terwijl zijn mond zich tot een lachje plooide. En toch zit er iets geniaals in, louter op strategisch niveau, vervolgde hij; dezelfde genialiteit als in het verhaal dat hij de laatste wens van de stervende Kafka, om alles wat hij had nagelaten ongelezen te verbranden, had genegeerd. Toen de wereld zich langzaam bewust werd van Brods Kafka, bleek hij onweerstaanbaar. En hoewel de legende misschien van Brod zelf afkomstig is, werd ze in de volgende tientallen jaren uitgebreid en aangedikt door de horden Kafkalogen die doorgingen waar Brod was opgehouden en vrolijk een nieuwe Kafka-mythologie fabriceerden zonder ooit de bron in twijfel te trekken. Vrijwel alles – álles – wat over Kafka bekend is valt terug te voeren op Brod! Met inbegrip van alles wat uit zijn brieven en dagboeken was opgediept, aangezien Brod die natuurlijk had geverifieerd en geredigeerd. Hij liet de wereld met Kafka kennismaken en hield daarna toezicht op elk detail van zijn imago en reputatie tot hij zelf in 1968 overleed en Kafka's nalatenschap bij zijn minnares achterliet, Esther Hoffe, in net genoeg wanorde en verwarring om ervoor te zorgen dat zijn gezag tot op de dag van vandaag niet wordt aangetast of gedeeld en dat de Kafka-golem die hij eigenhandig had gemaakt over de aarde zou blijven rondzwerven.

Maar hij liet ons één enorme aanwijzing na. 'Hij kon het niet laten, denk ik,' zei Friedman. De verleiding om alles te onthullen en te bewijzen hoe briljant hij te werk was gegaan bleek te groot en dus verborg hij de waarheid waar iedereen haar kon zien. In *Zauberreich der Liebe* begeeft Nowy zich naar Palestina; hij zal daar Garta's jongere broer ontmoeten, die al op alia is gegaan en in een kibboets woont. Van hem komt Nowy te weten dat Garta zionist was – niet alleen sympathiseerde hij met deze beweging, maar ook waren zijn zionistische overtuigingen en handelingen van cruciaal belang voor zijn leven en zijn zelfbesef. Dat is allemaal volkomen nieuw voor Nowy, die geen flauw benul had van de verborgen passie van zijn beste vriend. Bovendien vertelt Garta's broer aan Nowy dat Garta heimelijk in het Hebreeuws schreef en dat het de 'spectaculaire inhoud' van deze Hebreeuwse cahiers was die hem ertoe had aangezet om op alia te gaan en pionier te worden. Heus? vroeg Friedman, terwijl hij zijn zware wenkbrauwen weer optrok. Hebreeuwse cahiers? Als je *Zauberreich der Liebe* zou lezen om nieuwe informatie over Kafka te krijgen, zou je je op een bepaald moment kunnen afvragen: wélke Hebreeuwse cahiers?

Toen Brod er eindelijk aan toekwam een echte biografie van Kafka te schrijven, beschreef hij ook Kafka's 'eenzame geheimzinnigheid'. Ze waren bijvoorbeeld al jaren met elkaar bevriend voordat Kafka hem vertelde dat hij schreef. En toch gaat er in zekere zin achter Brods hoogdravende roman en de hele latere mythologie waarvoor hij als basis dient een wat subtieler spel schuil, waarmee de ware Kafka zowel wordt onthuld als weggemoffeld. Niet één criticus heeft ooit de verwijzing naar die Hebreeuwse cahiers opgepikt, noch de suggestie dat Kafka misschien wel in het

Hebreeuws heeft geschreven. De enige bekende 'Hebreeuwse' cahiers van Kafka zijn vier kleine octavo's die werden gebruikt voor zijn lessen bij Poea. Een daarvan, met een blauw omslag dat bijna uit elkaar valt, bevindt zich in de archieven van de Nationale Bibliotheek, waar Brod het in bewaring heeft gegeven. Daarin staat de lijst van in het Hebreeuws vertaalde Duitse woorden in Kafka's vertrouwde handschrift, woorden die onmogelijk beter bij de legende hadden kunnen passen. Friedman groef in de map, diepte een volgende verfomfaaide fotokopie op en wees al vertalend ieder woord aan:

Onschuldig
Lijden
Pijnlijk
Afkeer
Angstaanjagend
Breekbaar
Genie

Als je niet beter wist, zou je het kunnen opvatten als parodie op Brods moeizame omgang met Kafka, degene die blijkbaar op veertigjarige leeftijd in een sanatorium was gestorven! 'Maar er valt nog een ander verhaal te vertellen,' zei Friedman. 'Begrijp je wel?' vroeg hij nog eens, maar omdat ik het nog niet helemaal bevatte, omdat ik wat begrip betreft zo vreemd uit de koers was geraakt, kon ik hem alleen maar blijven aankijken met een hopelijk begripvolle blik. Een verhaal over Kafka's leven na de dood in het Hebreeuws, zei Friedman. Een verhaal waarin hij naar die eeuwenoude en nieuwe taal ontkwam, net zoals hij lichamelijk naar een eeuwenoud en nieuw land was ontkomen. Waarin hij 'verhuisde naar de andere wereld' van het Hebreeuws, wat de letterlijke vertaling is van 'Ivriet', ontleend aan Abraham, de eerste Hebreeër, of 'Ivrie', die de Jordaan overstak naar Israël. In het

Hebreeuws heet de vertaling van *De gedaanteverwisseling Ha gilgoel*. Je weet toch wat *gilgoel* betekent, hè? De Jiddische titel – *Der gilgoel* – is vrijwel hetzelfde. En dat wil zeggen, zei Friedman, dat *De gedaanteverwisseling* voor de Joden altijd een verhaal is geweest dat niet handelt over de verandering van de ene vorm naar de andere, maar over het voortgezette bestaan van de ziel in verschillende materiële werkelijkheden.

Eindelijk deed Friedman er het zwijgen toe. Hij keek naar buiten. Ik volgde zijn blik naar de kerktorens en de Jaffa-poort en probeerde te verwerken wat ik net had gehoord. Het was lastig om Friedman zomaar af te schrijven als een opgewonden, uit de bocht vliegend academisch standje, en dat kwam niet alleen door de gezaghebbende en methodische manier waarop hij het bewijs presenteerde. Als ik in Friedmans ban was geraakt, bereid te geloven wat aanvankelijk volkomen ongeloofwaardig leek, kwam dat doordat ik Kafka's claustrofobie en zijn verlangen naar een andere wereld ook in mijn eigen lichaam voelde, omdat ik aanvoelde dat er voor hem maar één ontsnapping mogelijk was geweest, definitief en niet meer ongedaan te maken. En omdat van beide verhalen over Kafka's leven en dood het verhaal dat Friedman had geschetst in mijn ogen fraaier van vorm was – complexer, maar ook subtieler en daarom dichter bij de waarheid. In het licht daarvan leek het bekende verhaal nu onhandig, hoogdravend en doordrenkt met clichés.

Als er iets niet klopte, was het alleen Kafka's passiviteit ten aanzien van het lot van zijn werk. Brod was berucht om zijn indringende manier van redigeren. Hij had naar eigen goeddunken weggehaald, herschreven, geschoven en interpunctie aangebracht. Hij had boeken gepubliceerd die Kafka zelf als onvoltooid beschouwde. Het was natuurlijk mooi om heilig verklaard te worden, maar hoe moest je geloven dat Kafka zwijgend had toegekeken terwijl Brod zijn slagerswerk verrichtte?

'Hoe weet je zo zeker dat die herschrijvingen niet van Kafka waren?' vroeg Friedman. 'Of dat er geen andere dan literaire redenen waren voor Brods besluit om redactie te plegen? Heb je je weleens afgevraagd waarom de roman *Amerika* niet werd uitgegeven onder de titel die Kafka er zelf aan had gegeven, *Der Verschollene*? Weet je wat *Der Verschollene* betekent? *De spoorloos verdwenene.* Of zelfs *De vermiste.* Nog geen drie jaar na Kafka's dood in Praag had zo'n titel beslist niet gekund.

Wat het publiceren van zogenaamd onvoltooid werk betreft,' vervolgde Friedman, 'zie je niet hoe briljant dat is? Ga maar na: zou niet iedere schrijver willen dat zijn verhalen en boeken werden gepubliceerd als onvoltooid gebleven werk? Dat hij was gestorven of op een andere manier in de wielen was gereden voordat hij ze de toestand van volmaaktheid kon geven die hij ooit had beoogd, die in hem leefde en die hij zou hebben bereikt als hij maar meer tijd zou hebben gehad?'

De ober kwam naar de tafel om onze borden weg te halen, maar hoewel er al meer dan een uur was verstreken, hadden we geen van beiden een hap genomen en daarom ging hij weer terug naar de keuken nadat hij onze waterglazen nog een keer had volgeschonken.

Ik vroeg waar Kafka had gewoond en Friedman vertelde dat hij na zijn aankomst was ondergebracht in een huis dat vlak bij dat van de Bergmanns stond. Met zijn gezondheid ging het die zomer geleidelijk de goede kant op. Geheimhouding was van het hoogste belang en buiten de kleine, direct betrokken coterie was alleen Kafka's zuster Ottla op de hoogte. Zodra hij in Haifa van de boot stapte was hij niet meer de schrijver Kafka. Hij was simpelweg een magere, ziekelijke Jood uit Praag, die kwam aansterken in het warme klimaat van zijn nieuwe land. Dat najaar keerde Agnon terug naar Palestina, na twaalf jaar in Duitsland – er was daar in zijn huis een brand uitgebroken waarbij al zijn manuscripten en boeken verloren waren gegaan – maar uit niets blijkt dat beide schrijvers elkaar ooit hebben ontmoet. Schocken bracht Agnon onder in een huis in Talpiot, en een paar maanden later verkaste Kafka naar een huis in de splinternieuwe Duits-Joodse buitenwijk Rechafja, waar hij vanuit zijn kamers uitzicht had op het land achter het huis. 's Middags, na de *Schlafstunde*, wanneer er rust diende te heersen in alle straten en in alle trappenhuizen van Rechafja, ging hij vaak buiten zitten, onder een boom op een stuk land dat al eeuwen had mogen verwilderen. Hij begon wat te tuinieren – hier een beetje wieden en daar een beetje snoeien – en hoewel hij in Europa niet meer dan een middelmatige of zelfs matige tuinier was geweest, merkte hij in Palestina dat alles wat hij aanraakte volop leek te gedijen.

Else Bergmann deed hem een paar catalogi van zaadhandels cadeau en hij begon bollen te bestellen, krokussen en winteririssen. Bezoek dat 's middags een kijkje in de tuin nam had daar de magere man met het kuchje kunnen zien, gebogen over rozen waarvan hij de wortels met een oplossing van magnesiumsulfaat behandelde of over stenen die hij uit de aarde verwijderde. In een ommezien stond het stukje land achter het huis in Rechafja in bloei.

Nog niet zo lang geleden, vertelde Friedman, was hij in Kafka's *Dagboeken* de volgende regels tegengekomen: 'Je hebt, voor zover die mogelijkheid bestaat, de mogelijkheid om een begin te maken. Verspil haar niet.' En een paar bladzijden verderop: 'O heerlijk uur, o meesterlijke omlijsting, verwilderde tuin. Je loopt om de hoek van het huis, en over het tuinpad zweeft je de godin van het geluk tegemoet.' Deze aantekeningen hadden als datum zijn eerste paar dagen in Zürau, en toch, zei Friedman, kan ik me niet aan de gedachte onttrekken dat ze pas zijn geschreven nadat hij naar zijn woonruimte in Rechafja was verhuisd.

Toen ik liet merken dat ik het niet snapte, zocht hij nog één keer in de map en haalde er een laatste fotokopie uit die hij over tafel naar me toe schoof. De betreffende passage was onderstreept met een bibberige pen. 'Waarom wilde ik weg uit deze wereld?' stond er.

> Omdat 'hij' me niet in de wereld liet leven, in zijn wereld. Eigenlijk mag ik daar nu niet zo'n scherp oordeel over vellen, want ik ben nu al een burger van deze andere wereld, die zich tot de gewone wereld verhoudt als de woestenij tot ontgonnen land (ik heb veertig jaar buiten Kanaän rondgedwaald), kijk als buitenlander terug, ben echter ook – dat heb ik als vaderlijk erfdeel meegebracht – in die andere wereld de kleinste en bangste en ben daar slechts levensvatbaar krachtens de bijzondere organisatie aldaar.

Ik las deze buitengewone passage drie keer. Rechtsboven op elke bladzijde stond de titel van het boek waaruit het citaat was gehaald, *Brieven aan Felice*. Toen ik weer opkeek zat Friedman me aan te kijken. 'Moet ik je er nog aan herinneren,' fluisterde hij, 'dat Schocken deze brieven pas in 1963 heeft gepubliceerd?' Ik had moeite om hem te volgen en vroeg of hij soms wou suggereren dat Brod de bladzijden die hij uit Kafka's dagboeken en brieven publiceerde had aangevuld met dingen die Kafka ná 1924 had geschreven. Een van Friedmans mondhoeken krulde zich tot een lachje. 'Zeg eens, beste meid,' vroeg hij, 'geloof je nou echt dat Kafka achthonderd brieven aan één vrouw heeft geschreven?'

Langzaam begon tot me door te dringen wat Friedman me misschien wilde vragen: niet om een eind te schrijven aan een echt toneelstuk van Kafka, maar om zijn echte levenseinde te beschrijven. Max Brod en zijn mist en tinnef waren al lang verdwenen. Binnenkort gold hetzelfde voor Eva Hoffe. Intussen zou het hooggerechtshof eindelijk met een uitspraak komen en als Eva Hoffe verloor, wat vrijwel zeker was, zouden Kafka's verborgen archieven overgedragen worden en zouden zijn valse dood en geheime transport naar Palestina aan de wereld onthuld worden. Wilde Friedman dat verhaal soms naar zich toe trekken zodat hij kon bepalen hoe het zou worden geschreven? Zodat hij door middel van een roman vorm kon geven aan Kafka's leven na de dood in Israël, zoals Brod vorm had gegeven aan het canonieke verhaal over zijn leven en dood in Europa?

Alsof hij begreep wat er tot me doordrong ging Friedman nu snel door naar het eind van het verhaal. De nieuwbouwwijk Rechafja, vertelde hij, raakte snel bevolkt met intellectuelen uit Berlijn en Wenen, die gingen tennissen op het Tennisplatz, met elkaar afspraken in de pas geopende koffiehuizen en die woningen bouwden waarvan de art-decostijl overeenkwam met de huizen die ze in het Rijnland hadden achtergelaten. Kafka was daarheen verhuisd in 1925, hetzelfde jaar dat Brod *Der Prozess* in Duitsland publiceerde. Terwijl hij in Rechafja al voortdurend het risico liep iemand tegen te komen die hem nog van thuis kende, werd de situatie onhoudbaar toen *Das Schloss* het jaar daarop in Duitsland uitkwam. Op eigen verzoek werd Kafka overgebracht naar een kibboets in het noorden, dicht bij het Meer van Galilea. Daar kreeg hij een eenvoudig huisje aan de rand van de citroenplantage en ging aan de slag, ook op eigen verzoek, als hulp van de hoofdtuinman. Het kibboetsleven was geknipt voor hem. Hoewel zijn zwijgzaamheid en hang naar eenzaamheid aanvankelijk niet werden gewaardeerd, kreeg hij na verloop van tijd de reputatie van een vakbekwame tuinman die lange uren tussen de planten maakte, en nadat hij een manier had gevonden om de aangetaste plataan te behandelen die met zijn immense schaduw vaak als verzamelplaats van de kibboetsniks diende, had hij ook nog eens zijn waarde bewezen en werd hij voortaan met rust gelaten. Bij de kinderen was hij geliefd omdat hij kleine poppetjes en balsahouten vliegtuigjes voor ze maakte, en ook om zijn speelse vorm van humor. Omdat Kafka heel graag zwom, ging hij minstens eens per week naar het Meer van Galilea, waar hij zo ver wegzwom dat de mensen op de oever alleen nog maar een zwart stipje zagen.

De volgende vijftien jaar leidde hij een obscuur bestaan in de kibboets. Terwijl de schrijver Kafka in de rest van de wereld roem verwierf, zei Friedman, bleef hij in Israël onbekend. De eerste

Hebreeuwse vertaling van een roman van Kafka – dat was *Amerika* – werd pas in 1945 door Schocken geregeld. *Het proces* werd pas in 1951 in het Hebreeuws vertaald en *Het slot* pas in 1967. Schocken had goede redenen om zo lang geen actie te ondernemen, maar zelfs toen Kafka in het Hebreeuws verkrijgbaar was werd hij in Israël niet echt gewaardeerd. Hij was een galoetschrijver – iemand die de plaatsloosheid van de ballingschap belichaamde en het vonnis van zijn dominante vader had geslikt – en dat stond haaks op de gespierde cultuur van het zionisme, die een volledige breuk met het verleden vereiste, het ten val brengen van de vader. Pas in 1983, tijdens het eeuwfeest van zijn geboortedag, werd in Israël eindelijk een conferentie over Kafka georganiseerd, maar tot op de dag van vandaag bestaat er geen Hebreeuwse uitgave van zijn verzamelde werk. Toch was het juist aan deze veronachtzaming te danken dat Kafka zijn anonimiteit en zijn vrijheid kon bewaren.

Hermann Kafka, die bijna was ingestort op Franz' begrafenis, heeft het verlies van zijn zoon nooit kunnen verwerken: met zijn gezondheid ging het achteruit, hij kon algauw niet meer zonder rolstoel en in 1931 stierf de wrede en dominante vader, aan wiens tirannie en botte onbegrip Kafka het merendeel van zijn ellende toeschreef, als een gebroken mens. Je kunt je onmogelijk voorstellen dat Kafka niet op een geheel andere manier heeft geleden toen hij hoorde dat zijn vaders dood was versneld door het overlijden dat hij zo zorgvuldig had geënsceneerd en door de rouw waarover hij zo kinderlijk had gefantaseerd. Hij moet zich hebben afgevraagd of zijn vader inderdaad de kolos was die hij zo had gevreesd. In maart 1939 trokken Hitlers troepen Praag binnen, en in 1941 werden Kafka's beide oudere zusters en hun gezinnen naar het getto van Lodz gestuurd. Ottla bleef in Praag tot augustus 1942, toen ze op transport naar Theresienstadt werd gesteld. Broer en zus hebben vrijwel zeker brieven met elkaar uitgewisseld, maar als er nog iets van die correspondentie resteert moet dat verborgen zijn in de schat van de Spinozastraat. In oktober van het jaar daarop, vertelde Friedman, meldde Ottla zich vrijwillig aan als begeleidster van een groep kinderen uit Theresienstadt; ze zouden in veiligheid worden gebracht, geloofde ze, in het buitenland. In plaats daarvan werden ze naar Auschwitz overgebracht en in de gaskamer vermoord. De laatste bekende brief van Ottla werd geschreven aan haar man, die geen Jood was en daarom met hun beide dochters in Praag had kunnen blijven. Ze schreef hem dat alles goed met haar ging. Vermoedelijk heeft ze ook iets dergelijks aan haar broer geschreven. Bijna een halfjaar verstreek voordat Kafka het nieuws van haar dood vernam.

'Volgens mij is hij daarna nooit meer dezelfde geweest,' zei Friedman. Spoedig daarna vertrok hij uit de kibboets en vanaf 1944 verhuisde hij rusteloos van het ene appartement in Tel Aviv naar het andere, opgejaagd door de gedachte dat hij zou worden gevonden en ontmaskerd. Eind 1953 verhuisde de tuinman Ansjl Peleg voor het laatst. Hij was van de woestijn gaan houden tijdens zijn eerdere verblijf daar, toen de artsen hem de droge lucht hadden voorgeschreven voor zijn longen. Na vijftien jaar in de kibboets en zijn eindeloze omzwervingen door de stad had hij niet echt veel bezittingen. Max Brod, die inmiddels ook in Tel Aviv woonde, bewaarde al zijn papieren. Vandaar dat hij met weinig meer dan een kleine koffer en een rugzak vol boeken op weg ging naar de woestijn, in de jeep waar Schocken voor had gezorgd.

Bossen van Israël

Epstein droomde dat hij door een eeuwenoud woud liep. Het was koud, zo koud dat zijn adem bevroren in de lucht hing. Er lag een fijn laagje sneeuw op de zwarte dennennaalden en de lucht geurde naar hars. Alles was donker – de vochtige grond, de grote hoge takken die baadden in gedempt wolkenlicht, de schors, de dennenappels die hoog in de bomen hingen – alles behalve de witte sneeuw en de rode sloffen aan zijn voeten. Met de hoge bomen om zich heen voelde hij zich beschermd, beschut tegen alles wat hem kwaad zou willen doen. Er stond geen wind. De wereld was stil, een stilte die heel dicht bij vreugde kwam. Hij liep een hele tijd. Onder zijn voeten knerpte de sneeuw en pas toen hij struikelde over een wortel die dwars over het pad liep, keek hij naar beneden en herkende hij de sloffen. Van rood vilt, door de nicht van zijn moeder meegenomen uit Europa, eerder mooi dan praktisch, met zolen zo dun dat ze amper bescherming boden tegen de kou die van onderen kwam. Het gevoel van iets zien wat allang was vergeten maar immens vertrouwd bleef, was overweldigend en op dat moment besefte hij dat hij nog geen volwassene was. Op een of andere manier, zonder dat iemand het wist, en hij zelf al helemaal niet, was hij al die tijd een kind gebleven.

Ten slotte kwam hij bij een open plek en daar middenin zag hij een stenen sokkel. Zich vooroverbuigend veegde hij de sneeuw weg en onder zijn door de kou verstijfde vingers verschenen de gouden letters:

TER HERINNERING AAN SOL EN EDIE

DE ZON EN DE AARDE

Toen hij wakker werd, ontdekte een rillende Epstein dat hij de lakens nat had gezweet. Wankelend liep hij door de hotelkamer naar de airconditioning om de ijskoude luchtstroom af te zetten. Bij het opentrekken van de zware gordijnen zag hij dat het al ochtend was. Hij schoof de glazen balkondeur open en er kwam een warme lucht naar binnen waaien, samen met het geluid van brekende golven. Hij voelde de zon op zijn huid en inhaleerde de zilte lucht. In een vochtige pyjama leunde hij over de balustrade en kneep zijn ogen halfdicht tegen het olieachtige licht dat loom op het wateroppervlak lag. Hij dacht erover om nog eens te gaan zwemmen. Dat zou best lekker zijn na de vreemde intensiteit van de afgelopen dagen. Hij dacht weer aan de Rus die hem onder de golven uit had getrokken, die alleen maar had gelachen en hem vrolijk een klap op zijn rug had gegeven toen hij een beloning aanbood en die tegen hem had gezegd dat het al beloning genoeg was als hij voortaan uit het water zou blijven. Maar waarom zou hij er niet nog een keer in gaan? Nee, juist omdát hij bijna was verdronken moest hij nu meteen weer in zee gaan voordat zijn angst hem de baas werd en er een impasse ontstond. Hij kon goed zwemmen, had altijd goed kunnen zwemmen. Dit keer zou hij beter opletten. Het water was trouwens vandaag rustiger, de zwarte vlaggen waren verdwenen.

Maar toen hij in de koele kamer naar zijn zwembroek wilde gaan zoeken, kwam de droom over het woud weer bij hem op. De duisternis en de witte sneeuw stonden hem nog helder voor de geest. Opeens herkende hij iets van de essentie en opgewonden bleef hij voor het onopgemaakte bed staan. Hij liet zich op het dekbed zakken, om een paar tellen later weer op te springen en rusteloos heen en weer te gaan lopen. Maar waarom was hij daar niet eerder op gekomen? Buiten op het balkon hing hij met zijn bovenlichaam over de balustrade om het hele uitzicht te kunnen zien. Natuurlijk – ja toch – wat een prachtige logica!

Hij graaide tussen het vochtige beddengoed naar zijn telefoon en heel even vloog de gedachte aan zijn kwijtgeraakte telefoon door hem heen. Waar zou die nu zijn? Ergens in Ramallah, bellend naar Damascus. Het rommelige bed was leeg. Hij zocht op het bureau en kwam toen weer terug om het boek te pakken dat hij geopend en omgekeerd op het nachtkastje had gelegd voordat hij ging slapen, en zag nu dat de nieuwe telefoon eronder lag. Hij belde naar zijn assistent Sharon, maar nadat het toestel twee keer was overgegaan herinnerde hij zich dat het midden in de nacht was in New York. Na de zesde keer rinkelen gaf hij het op en belde in plaats daarvan naar zijn neef.

'Moti, ik ben het, Jules.'

'Wacht even – חתיכת חרא! חרא! – Ongelofelijk! Die klootzak heeft me net gesneden. Wat zei je? Toe maar, ik luister.'

'Met wie moet ik spreken over de aanplant –'

'נבלה!'

'Wat?'

'Toe maar, spreken over wat?'

'Bomen. De aanplant van bomen.'

'Bómen? Om, hoe heet dat ook weer –'

'Bomen! Zoals ze dat al doen voordat er zelfs maar een Staat was. Mijn moeder stuurde me altijd met een blauw-witte collectebus de deur uit.' Epstein kon zich nog herinneren hoe de munten in de metalen bus rammelden terwijl hij haastje-repje van het ene huis naar het andere liep, maar de naam van de stichting herinnerde hij zich niet meer. 'Bomen voor de hellingen van Jeruzalem, geloof ik. Ik weet het niet, voor de heuvels van Hebron. Later, op Hebreeuwse les, lieten ze ons foto's zien van jongeren met een *kova tembel* op, die de jonge boompjes plantten waar wij in Amerika geld voor hadden ingezameld.'

'Wat, Keren Kajemet Lejisraël?'

'Ja, wacht – het Joodse Nationale Fonds, toch? Kun je me daar met iemand in contact brengen?'

'Wil je nou bómen planten, Joeda?' vroeg Moti. Hij gebruikte de Hebreeuwse roepnaam die Epstein als kind had gehad.

'Geen bomen,' zei Epstein zachtjes, 'een heel bos.' Hij kreeg kippenvel op zijn armen toen hij weer dacht aan de stilte die opeengehoopt lag onder de zachte, donkere takken.

'We hebben al bomen zat. Waar we nou een probleem mee hebben is water. Het laatste wat ik hoorde was dat ze bezig zijn zout water in fruit om te zetten. Het zou me niet verbazen als ze je probeerden om te praten om maar liever een gat in de grond te graven. Het Gedenkreservoir Edith en Solomon Epstein.'

Epstein stelde zich dat gat van zijn ouders voor, en de neergutsende winterregen.

'Natuurlijk planten ze nog bomen,' snauwde hij. 'Kun je me nou aan een nummer helpen, of niet? Zo nee, dan vraag ik het beneden wel bij de balie.'

Maar Moti peinsde er niet over om Epstein naar een ander te sturen voor een dienst die hij zelf ook kon verlenen en die hem later misschien wel zou worden vergoed. 'Geef me een halfuur,' zei hij tegen Epstein terwijl hij een sigaret opstak en rook uitblies in de telefoon. Als hij eenmaal in Petach Tikwa was, zou hij wel een paar telefoontjes plegen. Hij dacht dat hij wel iemand kende die daar een connectie had. En daar twijfelde Epstein ook niet aan: er was niets wat Moti – die in drie oorlogen had meegevochten, twee keer was getrouwd en gescheiden en meer beroepen had gehad dan Epstein zich kon herinneren – niet voor elkaar kon ritselen.

'Zeg maar dat ik een bos wil aanleggen. Dennen, zo ver als het oog reikt.'

'Ja hoor, een bos van twee miljoen dollar, ik geef het aan ze door. Maar god nog aan toe, het doet wel pijn. Mocht je je bedenken, dan kan ik je een huis laten zien, een en al glas en Italiaans marmer, plus een jacuzzi met uitzicht tot aan Sicilië.'

Maar toen Moti later 's middags terugbelde, zei hij tegen Epstein dat alles geregeld was. 'We hebben morgen een afspraak met ze,' zei hij. 'Om één uur in het Cantina.'

'Dank je. Maar jij hoeft niet te komen. Het is eigenlijk niets voor jou. Er zijn geen naakte vrouwen bij.'

'Daar zit ik juist over in. Wat jij met je leven doet moet je zelf weten, maar je bent achtenzestig, Joeda, je hebt niet het eeuwige leven, en nou ben je eindelijk gescheiden, vrij, en denk je alleen maar aan bossen en rabbijnen, zonder erbij stil te staan dat er altijd en overal naakte vrouwen zijn. Ik zit nu naar eentje te kijken, ze heeft een gele jurk aan. En dat is een vorm van vreugde, zeg ik je, die je nooit zult tegenkomen in een bos ter nagedachtenis aan je ouders, die trouwens, als ik me goed herinner, niet eens in bossen geïnteresseerd waren. Denk maar na over wat ik zeg. Heb ik het mis, Joeda? Maar een vrouw, dat is iets waar je vader, moge zijn herinnering tot zegen zijn, best begrip voor zou hebben gehad. Ik zie je morgen om één uur,' zei hij en ging weer terug naar zijn sjivve-bijeenkomst, maar niet voordat hij de eigenaar van het Cantina had gebeld om te zeggen dat hij zijn duurste fles chardonnay opzij moest zetten.

Een paar dagen later stond Epstein boven op een berg, geflankeerd door het hoofd communicatie van het JNF, een van hun bosbouwexperts en Moti, die per se met zijn neef mee wilde en daarom vrij had genomen bij het makelaarskantoor waar hij werkte. De directeur Nieuwe Projecten zat in het buitenland, maar Epstein had niet willen wachten en dus was het hoofd communicatie gestuurd, een kleine publiciteitsmedewerkster die een goedkope zonnebril droeg en de verkeerde schoenen aanhad. Ze had de hele dag gereden en nadat ze hem naar drie verschillende locaties had gebracht, was ze vrijwel uitgecommuniceerd en had ze niet veel geduld meer over. De laatste locatie waar ze hem naartoe bracht was verwoest door een reeks bosbranden en moest hoognodig worden opgeknapt. Zijn schenking zou genoeg zijn om het hele gebied opnieuw te beplanten, verklaarde ze. Op een dag zouden zijn kinderen er komen wandelen in de koele schaduw van het bos van hun grootouders, net als de kinderen van zijn kinderen, en zo God het wilde, hun kinderen daarna.

Maar toen hij het landschap van verkoolde stompen bekeek schudde Epstein zijn hoofd. 'Is het niet,' mompelde hij en liep naar de auto terug.

Waar was hij dan precies naar op zoek, wilde het hoofd communicatie weten terwijl ze hem probeerde in te halen.

'Je hoort wat hij zegt,' deed Moti achter haar een duit in het zakje en schoof opnieuw op de achterbank naast de bosbouwkundige, een jonge vrouw in een kaki korte broek die veel te vertellen had over bomen en die wat Moti betreft het enige was waardoor de dag draaglijk werd. 'Hij zegt dat het niet deugt, dus deugt het niet. *Yallah.*'

Het hoofd communicatie duwde het bandje van haar sandaal naar beneden en wreef over de blaren op haar hiel terwijl Epstein alleen maar herhaalde dat hij de juiste plek zou herkennen als hij hem zag. En dus verbeet ze haar frustratie en startte de motor. Ze zette de airconditioning op de hoogste stand en veegde het zweet van haar voorhoofd met een tissue, die vol kwam te zitten met haar oranje make-up. Achter haar wilde Moti al een sigaret uit zijn gekreukelde pakje schudden, maar toen hij de afkeurende blik van Galiet bespeurde, de bosbouwdeskundige, stopte hij het pakje weer in zijn zak en keek met een kuchje weer op zijn telefoon om te zien of er bereik was. Zich naar voren buigend vertelde Galiet Epstein over de herbebossingswerkzaamheden die de stichting in de wadi's uitvoerde om erosie tegen te gaan. Maar

Epstein voelde niet veel voor aanplant in de wadi's en na een tijdje leunde ze weer naar achteren en hield ook zij haar mond, nadat ze Epstein bijna alles had verteld wat ze wist over de mediterrane regio, de Irano-Turanische en de Sahara-Sindi regio, over aride en semi-aride, gemiddelde jaarlijkse neerslag, zaailingen per dunam, bodemkwaliteit, hellingen en vlakten, de Jordaanvallei, de petrografie van het Hebrongebergte, de voordelen van steeneik, pistache, johannesbroodboom, tamarisk, aleppoden en christusdoorn, namen waarmee ze diep in hem iets dacht los te maken zonder dat ze ook maar enigszins in de buurt kwam van wat hij eigenlijk wilde weten.

Twintig minuten later reden ze weer een zone binnen waar bereik was en klonk er gezoem uit de telefoon van het hoofd communicatie. Het was een sms'je van het kantoor waarin een laatste locatie werd voorgesteld. Moti zakte kreunend onderuit en legde zijn hoofd op de leuning, ofwel omdat er een stroom sms'jes op zijn eigen telefoon was binnengekomen, ofwel omdat hij net had geconstateerd dat Epsteins geld geen gevaar meer liep en zijn werk er voor deze dag op zat. Terwijl hij langzaam zijn hoofd omdraaide, deed hij zijn ogen open en keek Galiet aan.

'Schatje,' zei hij zachtjes in het Hebreeuws, 'is er iets anders wat je leuk vindt afgezien van bomen? Want als jij kunt regelen dat dat bos niet doorgaat, kan ik jou en je vriendje een weekje vakantie bezorgen in Eilat. Een kennis van mij heeft een hotel aan de Rode Zee. Dan kun je lekker scubaduiken en op het strand liggen en zul je eens zien hoe snel je al dat erosiegedoe vergeet.' En toen Galiet alleen maar met haar ogen rolde, draaide Moti zijn gezicht de andere kant op om naar de woestijn te kijken.

En zo waren ze hier ten slotte aangekomen, nadat ze door de Jordaanvallei waren teruggereden tot de heuvels van Hebron, om bijna vijf uur in de middag, op de helling van een berg in het noordelijke deel van de Negev. En hier, waar niets anders was dan de hemel en de stenige aarde die bij zonsondergang in een roodgouden gloed kwam te staan, werd Epstein gevraagd zich een bos voor te stellen.

Zijn hoofd raakte vervuld van het licht. Boordevol, tot overlopens toe. Toen dit gevoel voorbij was getrokken en het licht was weggestroomd, bleef het ontzag als een bezinksel achter, een fijn zand zo oud als de wereld. Duizelig liep hij bij de anderen weg. In zijn eentje stond hij op een naar voren stekend stuk rots boven de glooiende heuvel en zag hoe eindeloze rijen zaailingen zich ontvouwden in de beukende zon.

Er was een tijd, had Galiet hem verteld, dat het gehele zuidelijke en oostelijke Middellandse Zeegebied, van Libanon tot Noord-Afrika en Griekenland, bedekt was met bossen. Maar bij elke oorlog waren die streken beroofd van hout, dat werd verwerkt in vloten die uiteindelijk met man en muis naar de bodem van de zee waren gezonken. En doordat de bomen werden gekapt en het land werd ontgonnen voor akkerbouw, droogde de aarde gaandeweg meer uit en werd de vruchtbare aarde weggeblazen door hete winden of weggespoeld door regen en rivieren, en waar in de kuststreken van Noord-Afrika ooit welvarende steden hadden gestaan, kromp de bevolking steeds meer in en waaide het zand door de ruïnes van lege steden die langzaam onder de duinen verdwenen. Al in de vierde eeuw voor Christus schreef Plato over de verwoesting van de bossen waarmee ooit heel Attica bedekt was geweest, zodat alleen nog het skelet van het land resteerde. En zo was het ook hier geweest, vertelde Galiet. Het Libanongebergte was leeggeroofd voor de tempels van Tyrus en Sidon, en daarna de Eerste en de Tweede Tempel van Jeruzalem; de verwoesting van de bossen van Sjerin, Carmel en Basjan was het thema van de profeet Jesaja in 590 voor Christus, en Flavius Josephus schreef over de grootschalige verwoesting van enorme bosgebieden tijdens de Joodse opstanden, zo'n vijfhonderd jaar later. Ook Jeruzalem was ooit omgeven door dennen-, amandel- en olijvenbossen, net als de gehele streek vanaf de heuvels van Judea tot aan de kust: allemaal ooit welig begroeid met donker bos, een woord waarvan Epstein nu begreep, na het een heel leven onwetend te hebben gebruikt, dat het oorspronkelijk 'bundel' betekende.

Moti kwam achter hem omhoog, stak een sigaret op en blies vol smaak de rook uit. Zelfs hij werd tot zwijgen gebracht door deze onbegrensde uitgestrektheid. Zonder iets te zeggen bleven ze naast elkaar staan, als oude vrienden die in de loop van hun leven een groot aantal persoonlijke dingen met elkaar hadden besproken, terwijl ze in werkelijkheid, ondanks alle jaren dat ze elkaar al kenden, vrijwel nooit iets met elkaar hadden besproken.

'Wat is dat toch met Joden en heuvels?' vroeg Epstein ten slotte, meer aan zichzelf dan aan Moti. 'Ze sjouwen voortdurend omhoog om er hun belangrijke dingen te ervaren.'

'Alleen maar om gauw weer naar beneden te rennen.' Moti drukte zijn sigarettenpeuk uit tegen een rots. 'Tenzij ze in een lijkenzak naar beneden moeten worden gebracht, zoals van Masada of van Beaufort, net als de zoon van Itsje. Persoonlijk blijf ik liever beneden.' Maar Epstein stond met zijn rug naar hem toe en daarom ontging Moti zijn reactie, als die er überhaupt al was.

'Joeda,' zei hij weer, na een hele tijd, 'wat doen we hier? Ik vraag het je in alle ernst. Ik ken je al mijn hele leven. Het lijkt wel alsof je niet meer jezelf bent tegenwoordig – laatst wist je niet meer dat Chaja Chaja heet, al noem je haar al vijftig jaar zo, en daarna liet je je portemonnee op tafel liggen nadat je had betaald. En je bent afgevallen. Ben je al bij een dokter geweest?'

Maar Epstein hoorde het niet, wilde het niet horen of had geen zin om antwoord te geven. Er gingen een paar minuten voorbij waarin ze zwijgend over de verre opgloeiende heuvels uitkeken, totdat Epstein eindelijk sprak.

'Ik herinner het me nog van mijn zevende of achtste, kort nadat we naar Amerika waren verhuisd. Er was een joch, twee of drie jaar ouder, dat na school steeds weer mot met me zocht. Op een dag kwam ik met een bloedneus thuis, en mijn vader zag me in de gang en trok het hele verhaal uit me. Hij was laaiend. "Je gaat meteen terug met een stok en slaat hem zijn hersens in!" Mijn moeder hoorde dat en vloog de kamer binnen. "Wat zeg je nou?" schreeuwt ze tegen hem. "Dit is Amerika. Zo doen ze die dingen hier niet." "Hoe doen ze die dingen dan wel?" brult mijn vader terug. "Ze gaan naar de autoriteiten," zegt mijn moeder. "De autoritéíten?" zegt mijn vader treiterig. "De autoriteiten? En wat denk je dat die autoriteiten dan gaan doen? Bovendien is dat klikken, en onze Joeda is geen verklikker." Mijn moeder schreeuwde dat ik nooit zo'n bruut zou worden als hij. Daarna kijkt mijn vader mij weer aan en ik zie dat hij even staat na te denken. "Hoor eens," zegt hij ten slotte tegen me, met half dichtgeknepen ogen. "Laat die stok maar zitten. Je gaat recht op hem af en je grijpt hem beet, op deze manier," zegt hij, en met een kolossale hand pakt hij me bij mijn nekvel en trekt mijn gezicht naar het zijne, "en je zegt tegen hem: doe dat nog een keer en ik maak je af." '

Moti lachte, opgelucht weer iets van de oude, vertrouwde causeur terug te zien.

'Denk je dat ze dit gewild had, je moeder?' vroeg Moti, terwijl hij zijn kin uitstak in de richting van de kale helling. 'Doe je het soms daarom?'

Doe maar wat je wilt, we leven in een vrij land, gilde zijn moeder vroeger tegen hem, wat haar manier was om te zeggen: *doe maar wat je wilt als je me dood wilt hebben.* Ze had haar geboden in de zoom van zijn onafhankelijkheid genaaid, zodat hij op zijn grootste vrijheidsmomenten voelde hoe ze aan hem trok, als zwaartekracht. Zelfs wanneer hij van haar wegging, ging hij naar haar toe. Alles wat loyaal in hem was en alles wat opstandig in hem was, ontstond uit de worsteling met die wassende en afnemende greep, ook al richtte die zich later op andere entiteiten. Nee, ze was geen rustgevende kracht geweest, zijn moeder. Haar lievelingsjuweel was een dubbel parelsnoer geweest, en de enkele keer dat die parels om haar hals hingen kreeg Epstein onwillekeurig het idee dat haar voorliefde iets te maken had met het inwendige, irriterende korreltje dat een dergelijke glans had opgeleverd. Ze had hem door provocatie tot een sterke dadendrang gebracht.

'Ze wilde een bank in een lullig parkje in Sunny Isles. Als het dan zo nodig moest.'

'Waarom dan? Ik begrijp het niet, Joeda, echt niet. Ik wil me er niet mee bemoeien, maar het waren zuinige mensen, je ouders. Ze hielden niet van verspilling. Een boom, twee bomen. Maar vierhonderdduizend? Waarvoor? Weet je nog dat ik op mijn eenentwintigste voor het eerst naar Amerika kwam? Je moeder wilde niet eens dat ik mijn eigen afgeknipte teennagels weggooide.'

Epstein herinnerde zich die logeerpartij niet. Hij was toen vast al getrouwd, vader van Jonah en Lucie. Hij werd toen vast al helemaal in beslag genomen door zijn werk op kantoor, door wel honderd vormen van geworstel.

'Ik mocht mee op bezoek bij jou en Lianne. Ik kwam in je appartement aan Park Avenue en er ging een wereld voor me open. Ik had nog nooit mensen meegemaakt die zo woonden. Je nam me mee uit lunchen in een duur restaurant en wilde met alle geweld kreeft bestellen. Omdat je me wilde trakteren of imponeren of omdat je een beetje met me zat te dollen, dat werd me niet duidelijk. De ober komt met een enorm schepsel aanzetten, gloeiend-rood, een angstaanjagend insect, en het enige waar ik aan kan denken zijn de zwermen rode reuzensprinkhanen die om de zeven jaar op het strand aanspoelen. Jij stond op en ging naar het toilet, zodat ik alleen met dat beest achterbleef. En na een tijdje werd het me te veel, de zwarte kraaloogjes die me aanstaarden, en ik legde mijn servet over zijn kop.'

Epstein glimlachte. Hij herinnerde zich er niets van, maar hij was het ten voeten uit.

'Die avond ging ik terug naar het huis in Long Beach. Je moeder had me je oude slaapkamer gegeven. En terwijl ik daar in jouw bed lag, luisterend naar je ouders, die in de keuken tegen elkaar tekeergingen, moest ik steeds aan die kreeft denken. Voor het eerst sinds mijn aankomst had ik heimwee. Ik wilde alleen maar terug naar Israël, waar we misschien sprinkhaanplagen hadden gehad, maar dat waren míjn sprinkhanen, en ik begreep in elk geval wat ze betekenden. Ik lag daar te luisteren naar je ouders die elkaar naar de keel vlogen, en dacht aan hoe dat voor jou moest zijn geweest. En opeens hoorde ik iets hard tegen de muur gesmeten worden, met een doffe dreun. En daarna een stilte. Ik was toen al een man, net uit het leger, met de reflexen van een soldaat, en ik sprong uit bed en rende naar de keuken. Ik zag je moeder tegen de muur geleund staan, met haar handen voor haar gezicht, en ik begreep dat sommige dingen overal hetzelfde zijn, en het was alsof ik terug was in de keuken van mijn jeugd, bij mijn eigen moeder.'

Epstein keek omhoog naar de lucht, die in het westen bloedrood was. Als hij beter bekend was geweest met deze kant van Moti, die schuilging achter grofheid en kwinkslagen, of als de gedachte zelf niet zo abstract was geweest, zou hij iets gezegd kunnen hebben over de manier waarop er soms vanuit de chaos een paar losse beelden worden opgeworpen die in hun nooit afnemende levendigheid gaandeweg de som van je leven lijken te worden, alles wat je eruit meeneemt als je gaat. En bij hem waren dat vrijwel allemaal beelden van geweld: van zijn vader of van hemzelf.

In plaats daarvan zei hij: 'Ik denk tegenwoordig veel aan mijn ouders, en dan denk ik, god nog aan toe, al dat geruzie. Al die aanvaringen. Al die destructiviteit. Het is vreemd, maar als ik erbij stilsta besef ik dat mijn ouders me nooit hebben gestimuleerd om iets te maken. Iets op te bouwen. Alleen maar om iets af te breken. Het kwam onlangs bij me op dat ik me alleen bij ruzie echt creatief heb gevoeld. Omdat ik me daarin altijd heb afgezet – eerst tegen hen en daarna tegen alles en iedereen.'

'En wat wil je nou zeggen? Dat het je daarom te doen is? De verlate wens om niet meer te bekvechten en iets te maken? Joeda, laten we dan alsjeblieft maar op pottenbakles gaan. Dat zal je een hoop geld besparen. Nu je het zegt, ik ken een schilder met een atelier in Jaffa. Voor een klein bedrag gaat hij een maandje naar Rio en kun jij bij hem thuis je gang gaan.'

Maar Epstein lachte niet.

'Oké, het is gewoon dat ik het niet snap. Je hebt drie kinderen. Je bent een fantastische advocaat geweest. Je hebt een geweldig leven opgebouwd. Is dat niet creatief genoeg? Als we het nou over mij hadden, in vrijwel alles volslagen mislukt, dan zou het een heel ander verhaal zijn.'

'In alles?' vroeg Epstein, oprecht geïnteresseerd.

'Dat hoort bij mij, houdt sterk verband met het Joods-zijn, met het feit dat ik lid ben van een vervloekte stam.'

Epstein draaide zich om en keek Moti aan, maar op dat moment ging zijn neef staan. Hij hees zijn wijde spijkerbroek op en maakte met zijn telefoon een foto van het uitzicht, en aan de futloze uitdrukking op zijn gezicht zag Epstein dat hij geen kans had begrepen te worden. Hij draaide zich weer om naar de woestijn, die door de ondergaande zon in lichterlaaie werd gezet.

'Hier is het,' zei hij zachtjes. 'Ga maar tegen haar zeggen dat het hier moet gebeuren.'

Tijdens de terugrit was het stil in de auto. Er zakte een scherm van duisternis over de heuvels neer en de temperatuur daalde. Epstein deed het raampje open en de koude lucht drong zijn longen binnen. Hij begon zachtjes het stukje Vivaldi te neuriën. Hoe ging het ook weer? *Cum dederit* en nog iets, en nog iets, en nog iets *somnum*. Hij hoorde de countertenor en zag de Duitse herder van de blinde vrouw. Het dier had zijn ogen dicht en luisterde naar iets wat buiten het menselijke gehoor lag.

Zijn telefoon begon te trillen in zijn zak, maar hij besteedde er geen aandacht aan. Toen het geluid nog eens opklonk, met hernieuwde drang, zag hij dat Klausner hem wilde spreken en dat hij al drie oproepen van hem had gemist. Bij het zien van de datum besefte hij dat Klausner hem over de reünie belde. Hij keek naar het donker wordende landschap achter zich en tegen zijn aard in voelde hij een lichte huivering bij de gedachte dat de echte David daar ergens moest hebben gelopen, gevochten en bemind en er was gestorven.

Toen zijn telefoon nog een keer overging gaf hij toe en nam op om er maar vanaf te zijn.

'Jules! Waar ben je? Zit je al in Jeruzalem?'

'Nee.'

'Waar dan?'

'In de woestijn.'

'De woestijn? Wat moet je in de woestijn? We beginnen over een uur!'

'Het is vanavond, hè? Ik heb het druk gehad.'

'Dan is het maar goed dat ik je te pakken heb gekregen. Ik begon me al zorgen te maken. Er is nog tijd. Ik ben nu in de zaal om te controleren hoe het met de voorbereidingen gaat – ogenblikje – de musici zijn net aangekomen.'

'Moet je horen, ik ben nu op weg terug naar Tel Aviv. Het is een lange dag geweest.'

'Kom dan voor een halfuur. Alleen maar om de sfeer op te snuiven. Een hapje te eten. Jeruzalem is niet zo heel erg om. Ik wil niet dat je dit mist, Jules.'

Epstein voelde hoe de knokige hand van het mannetje in de Safed-schrijn opnieuw naar zijn broekspijp werd uitgestoken. Maar dit keer was hij niet van plan toe te geven.

'Te bedenken dat de Messias misschien wel op de gastenlijst staat. Maar nee, echt, ik kan echt niet.'

Klausner stoorde zich niet aan het grapje, maar wilde geen nee horen en zei daarom dat hij het over een halfuur nog eens zou proberen. Epstein nam afscheid en zette zijn telefoon uit.

'Waar ging dat allemaal over?' vroeg Moti.

'Mijn rabbijn.'

'Godskolere, wat heb ik je gezegd?'

Maar Epstein was nu echt uitgeput. De rit, de zon en de lange dag met mensen om hem heen hadden veel van zijn krachten gevergd. Wat hij wilde was het stof van zich afspoelen met een douche en ongestoord onder de airconditioner liggen nadenken over het bos waarmee de berghelling op een dag begroeid zou zijn, ruisend en vol leven in de maneschijn. Moti begreep het niet. Schloss zou er evenmin begrip voor hebben. Net als Lianne, die hem nooit had begrepen, die uiteindelijk niet echt had willen kijken, hoewel hij telkens weer had geprobeerd zich aan haar bloot te geven. Hij hoefde niet meer begrepen te worden. Buiten werd het steeds donkerder. Hij liet het raampje helemaal naar beneden zakken zodat de wind de stem van zijn neef wegdrukte, en snoof diep de geurige reuk van de woestijn op.

Hij woonde de reünie niet bij, maar het lukte hem die nacht niet in slaap te komen, hoe uitgeput hij ook was. Hij bleef lezen in het boek met het verkleurde omslag dat hij op zijn nachtkastje had. Toen hij op een middag door de Allenbystraat liep had hij het zien liggen in een vitrine vol Engelstalige, door de zon aangetaste boeken waarvan alle kleuren naar blauw neigden. Hij liep een eindje het smalle straatje in om bij de overvolle, stoffige boekhandel te gaan informeren. De eigenaar draaide jazz op de stereo-installatie en hield intussen zijn boekhouding bij achter een rommelig bureau. Al tijden was niemand verleid door de inhoud van de vitrine en het duurde dan ook een hele poos voordat de sleutel was gevonden. Maar eindelijk kwam de klep omhoog. Er steeg een muffe geur uit op van in ontbinding rakend papier en hitte en kou die opgesloten hadden gezeten. De eigenaar diepte *Psalmen* uit de vitrine op. Epstein stak het onder zijn arm, liep weer de drukke straat in, richting zee.

Was er een complexer personage in de Bijbel dan David? David die manipulatief omsprong met de liefde van Saul, van Jonathan, van Michal, van Batseba, van iedereen die dicht bij hem in de buurt kwam. Krijgsman, moordenaar, machtsbelust, overal toe bereid om maar koning te kunnen worden. Misleiding kostte hem geen enkele moeite. Moorden kostte hem geen enkele moeite. Tussen hem en zijn wensen bleef niets overeind. Hij nam wat hij wilde. En daarna, om hem te laten uitrusten van wat hij was geweest, dichtten de auteurs van David hem de meest klaaglijke poëzie toe die ooit was geschreven. Lieten ze hem in zijn nadagen als bij toeval stuiten op zijn meest extreme eigenschap. Op genade.

's Ochtends sliep Epstein uit. Hij werd wakker van het gerinkel van de hoteltelefoon. Het was de receptie. Er stond beneden iemand op hem te wachten.

'Wie?' vroeg hij, nog slaapdronken. Hij verwachtte niemand: hij had geen geld meer om weg te geven.

'Jaël,' meldde de receptionist.

Epstein schoot overeind en tuurde naar de klok. Het was net acht uur geweest. 'Jaël wie?' vroeg hij. Hij kende geen Jaël, afgezien van de nicht van zijn moeder, nu begraven in Haifa. Er volgde een kort gesmoord gemompel en daarna klonk een vrouwenstem.

'Hallo?'

'Ja?'

'Ik ben het, Jaël.' Ze zweeg even, alsof ze wachtte tot zijn geheugen in werking zou treden. Was het inmiddels zo erg geworden, vroeg Epstein zich af, terwijl hij met een droge knokkel over zijn ogen wreef.

'Ik heb iets voor u. Mijn vader vroeg of ik het aan u wilde bezorgen.'

Nog steeds versuft herinnerde Epstein zich dat hij het zondag vroeg geen minuut langer in het smalle Gilgoel-bed had kunnen uithouden en een plens koud water over zijn gezicht had gegooid en daarna op zoek was gegaan naar een kop thee om zijn nog steeds onrustige maag te kalmeren. Op weg naar de keuken was bij bijna tegen Peretz Chaim opgebotst, die net uit zijn kamer kwam. Peretz had zijn mouw opgerold en trok de gebedsriemen om zijn biceps aan zoals een verslaafde een tourniquet aanlegt. Maar het was Epstein die het verlangen had gevoeld: de honger naar de ader die recht naar het hart loopt. Hij hield zijn vingers tegen zijn borst, boven de kloppende spier die zijn dikke bloed niet kon verwerken.

'Wilt u dat ik het hier gewoon bij de balie achterlaat?' vroeg ze. 'Ik heb nogal haast.'

'Nee! Niet doen,' zei Epstein haastig. Hij stond al en reikte naar zijn broek. 'Wacht. Ik kom meteen naar beneden.'

Met trillende vingers duwde hij de knoopjes door de knoopsgaten van zijn overhemd, poetste zijn tanden, gooide een plens water over zijn gezicht en bleef even voor zijn druipende beeld in de spiegel staan, verrast toen hij merkte dat zijn haar al zo lang was geworden.

Hij zag haar in de lobby voordat ze hem zag, gebogen over haar telefoon, met een frons op haar bleke, hoge voorhoofd. Ze droeg een spijkerbroek en een leren jasje, en nu ze geheel gekleed was zag hij dat zijn Batseba een klein diamantje als neuspiercing had. Maar toen hij dichterbij kwam werd hij getroffen door iets bekends in haar profiel, een gelijkenis die hem die nacht, twee weken geleden, niet was opgevallen. Toen hij haar naam zei keek ze op en ontmoetten hun ogen elkaar voor de tweede keer. Maar als ze zich dat herinnerde liet ze daar niets van merken.

Ze was bezig aan een script over het leven van David en had samen met de regisseur van de film de reünie van haar vader in Jeruzalem bijgewoond. Aan het eind van de avond, net toen ze naar Tel Aviv terug wilde rijden, had de rabbijn haar gevraagd om dit naar hem te brengen – en uit haar tas haalde ze een goudkleurige map. Hij was bedrukt met de woorden DAVIDISCHE DYNASTIE, waarboven een schild met de leeuw van het koninkrijk Judea en de Mageen Davied prijkte. Ze stak hem de map toe, maar Epstein verroerde zich niet.

'Maken jullie een film?' vroeg hij verwonderd. 'Over David?'

'Waarom zo verrast? Als ik dat aan mensen vertel, krijg ik altijd dezelfde reactie. Maar er is nog nooit een goede film over David gemaakt, in tegenstelling tot Mozes, ook al is hij de meest complexe, volledig uitgewerkte en fascinerende figuur uit de Bijbel.'

'Daar komt het niet door. Het is alleen dat ik toevallig –'

Maar hij hield zich in. Het leek hem niet nodig haar te vertellen dat hij nu al heel wat nachten de Psalmen zat te lezen. Dat er iets in hem was, krachtig en onvolkomen, wat misschien wel terugging op een eeuwenoud verhaal. 'David interesseert me.'

'Dan had u er gisteravond bij moeten zijn.'

'O ja?'

Met een geamuseerde glimlach beschreef ze hoe de gasten naar binnen waren gekomen onder een namaakboog, bewaakt door twee herauten in vol ornaat die iedereen aankondigden, gevolgd door een stoot op hun bazuin. Een harpiste in een fluwelen sleepjurk had in de hal op gouden snaren getokkeld. Iedereen was perfect gecast voor zijn rol, zei ze.

Ze wierp weer een blik op haar telefoon en zei dat ze echt weg moest; ze was al te laat voor haar afspraak.

'Waar moet je zijn?' vroeg Epstein.

'Jaffa.'

'Ik ga ook die kant op. Kan ik je een lift geven in de taxi? Ik wil wel wat meer horen over die film.' Hij zei maar niet dat hij weleens wilde weten waarom de dochter van de rabbijn, die haar vaders lievelingsproject met een zekere ironie bekeek en die zo ver van religie leek te zijn afgedwaald als maar mogelijk was, nu juist een film over David zou willen maken.

Ze zette haar zonnebril op en lachte vaagjes ergens naar achter zijn schouder terwijl ze haar zware tas van de grond tilde.

'Maar we kennen elkaar toch al?'

Iets om mee te nemen

We reden pas tien minuten nadat we bij het restaurant in het Confederation House waren vertrokken toen we een rij groene legervoertuigen zagen die de weg blokkeerde. Het verkeer in noordwestelijke richting was tot stilstand gebracht en elke auto werd aangehouden en door soldaten gecontroleerd. Friedman zette de radio op het nieuws, zodat er opeens een dwingend gekwek in de wagen opklonk. Toen ik vroeg wat er aan de hand was, zei hij dat het van alles kon zijn: een gat dat in de muur was geslagen, dreiging van bommen, een terroristische aanval in de stad.

De sfeer werd elke minuut dreigender, terwijl we in slakkengang verder reden en wachtten tot we vooraan in de rij kwamen te staan. Toen het eindelijk zover was, liepen er twee soldaten rond ons voertuig om door alle raampjes naar binnen te kijken, met een automatisch wapen schuin over hun borst gehangen. Ook keken ze onder de auto met een spiegeltje dat aan een lange steel was bevestigd. Ik begreep hun vragen niet, net zomin als Friedmans antwoorden, die me veel langer dan noodzakelijk leken om deze tieners in gevechtspak tevreden te stellen. Ze volgden bevelen die vast weinig voor hen betekenden. Het meisje was lang en had naar binnen gedraaide voeten, maar ondanks haar acne was ze een schoonheid in wording, en de jongen was vierkant, harig en arrogant, veel te geïnteresseerd in de macht die de situatie hem verleende. Friedman, die al gespannen was, ergerde zich al snel aan de ondervraging en dat wakkerde de arrogantie van de jongen alleen maar aan – je kon hem niet echt een man noemen en misschien was dat het probleem of een van de problemen. Ik wachtte tot Friedman met een van zijn geheime connecties ging schermen, wat meteen tot onze bevrijding en een stortvloed van onthutste verontschuldigingen zou leiden. Maar toen hij eindelijk zijn portefeuille had opgediept uit een van de volumineuze zakken van zijn vest, was de kaart die hij eruit haalde en met trillende rechterhand aanreikte niets meer dan een standaard identiteitsbewijs. De soldaat griste het weg, bestudeerde het, draaide zich toen om en sprak me aan in het Hebreeuws.

'Ik ben Amerikaanse.'

'Wat is uw bemoeienis met hem?' Hij knikte met zijn kin in Friedmans richting. Er zat een kuiltje in, als een duimafdruk, waar zijn verder donkere, stugge haar niet wilde groeien.

'Bemoeienis?'

'Hoe kent u hem?'

'We hebben elkaar een paar dagen geleden ontmoet.'

'Waarom?'

Friedman probeerde in het Hebreeuws tussenbeide te komen, maar de soldaat legde hem met opgeheven hand en een paar scherpe woorden het zwijgen op. 'Waarom hebt u hem ontmoet?' wilde hij weer weten.

Er schoten verschillende antwoorden door mijn hoofd. Ik overwoog tegen hem te zeggen dat Friedman verre familie was die ik van mijn vader had moeten opzoeken, een leugen die in elk geval zijdelings verband hield met de waarheid.

'We hebben niet de hele dag.'

'Hij heeft een project waarvan hij denkt dat ik er misschien in geïnteresseerd ben,' zei ik ten slotte, een antwoord dat vrij onschuldig leek totdat de woorden uit mijn mond kwamen.

De soldaat fronste zijn zware wenkbrauwen zodat ze één harige strook op zijn voorhoofd vormden en liep toen naar de achterkant van de auto, waar hij de kofferbak opendeed.

'U laat me niet uitspreken,' riep ik naar hem. Ik wilde mijn vergissing rechtzetten en tegelijkertijd de illusie in stand houden dat het me geen zier kon schelen wat hij dacht, dat zijn kleine beetje macht bij mij geen zoden aan de dijk zette. 'Ik ben schrijver, als u dat tenminste wilt weten. Ik schrijf romans.' Maar deze zin en de inhoud ervan klonken me nogal sneu in de oren.

'Hebt u deze zelf ingepakt?' Hij wees naar de koffer uit de Spinozastraat.

'Zelf?' herhaalde ik om tijd te rekken. Om ons heen werden de andere auto's met een handgebaar gesommeerd door te rijden. De inzittenden namen ons met een schuinse blik op. Ik dacht dat het wel fijn zou zijn als een ervan me nu herkende en uit de auto stapte om te vertellen dat ze een stumperig kind naar een van mijn hoofdpersonen had vernoemd. Maar terwijl de auto's op korte afstand voorbijreden, was het duidelijk dat mijn fantasietje weinig kans had om werkelijkheid te worden, wat in kosmisch opzicht maar het beste was, want als lezers van nut worden voor schrijvers is er eigenlijk iets verdachts aan de hand.

'Is hij al die tijd in uw bezit geweest? Heeft iemand u iets gegeven wat u moest meenemen?'

Ik wist dat ik meteen had moeten liegen, maar toch zei ik: 'Nee, ik heb hem niet ingepakt. We hebben hem een uur geleden opgehaald in Tel Aviv. Maar er zitten alleen maar papieren in. Kijk zelf maar.' Ik dacht erover hem te vragen of hij Kafka had gelezen. Op zijn middelbare school in Raänana of Givatajim. 'Dit is allemaal een doodgewoon misverstand,' ging ik verder. 'Alles wordt vast duidelijk als u nou gewoon die koffer open –'

Ik voelde de druk van Friedmans hand op mijn arm, maar het was al te laat. De soldaat had de walkietalkie losgehaakt van zijn riem en riep zijn meerdere op. Als van verre kwam er een vervormd klinkend antwoord, kelig en vol geruis. De soldaat luisterde met zijn blik strak op de koffer en toen het zijn beurt was om te reageren leek hij een hele uiteenzetting te geven, niet alleen over het aftandse stuk bagage uit het appartement van de bejaarde dochter van Max Brods minnares, maar ook over andere dingen – de wetmatigheden van de geschiedenis, de gebrekkige aard van menselijke betrekkingen, de ironie van het onvergelijkbare, het genie van Kafka. Twee keer hoorde ik het hem zeggen, terwijl hij ons zijn rug toekeerde en breeduit gebaarde naar de lage heuvels, waar hier en daar wit gesteente uit de rode aarde stak, alsof het gebeente was: *Kafka*, en toen weer, *Franz Kafka*, hoewel ik me later afvroeg of ik niet misschien het woord *davke* had gehoord, dat geen andere vertaling heeft dan zijn letterlijke betekenis, 'nu juist' of 'toch', maar dat een compacte weergave is van de Joodse houding om lekker dwars te liggen.

'Kunt u niets doen?' siste ik tegen Friedman, want ik was nu wel klaar met alles wat er van me was gevraagd of waarin ik uit mezelf was meegegaan. 'Praat dan met iemand die hoger in rang is!'

De soldaat, die nog steeds druk gebarend stond te telefoneren, greep de koffer uit de achterbak en kieperde hem eruit, zodat hij met een doffe, misselijkmakende plof op de grond viel. Hij trok de inklapbare handgreep omhoog en rolde hem naar de vrouwelijke soldaat toe, die met een sceptische blik het gewicht uitprobeerde, alsof ze vermoedde dat de dode Kafka er zelf in lag, opeengevouwen. Langzaam begon ze hem naar de rij legervoertuigen te slepen.

'Dacht je dat ik dat niet geprobeerd heb?' zei Friedman. Hij klonk berustend, zelfs weemoedig. Als het me gelukt was om hem tot dusver een zeker gezag toe te dichten, dan verdween dat nu zienderogen. Hij leek niet alleen oud maar ook hulpeloos, en van het onwankelbare meervoud – het trotse 'we' waarover hij het had wanneer mijn werk ter sprake kwam – was nu een excentriek enkelvoud overgebleven. 'Hij wilde het ons lastig maken, dus heeft hij het ons lastig gemaakt. Dat zou toch iets hoopgevends moeten zijn, hè? Dat ze niet alleen de Arabieren pesten.'

De soldaat liep om de auto heen naar mijn kant.

'Hebt u uw paspoort bij u?'

Ik zocht in mijn handtas tot ik het vond, onderin.

Hij kneep zijn ogen halfdicht en keek van de foto naar mij en weer terug. Het was inderdaad al wat jaartjes geleden dat de foto was genomen.

'Zet uw bril af.'

Alles werd vaag.

'Op de foto ziet u er beter uit,' snauwde hij en liet het paspoort in zijn borstzak glijden.

Hij beval ons uit te stappen. De hond, die zich tot dan toe koest had gehouden, begon verwoed te blaffen zodra Friedman naar de deurkruk greep, met als gevolg dat de handen van de geschrokken soldaat automatisch naar zijn geweer vlogen. Ik zette me schrap en stelde me al voor hoe er een kogel in de schedel van het dier zou dringen. Maar een ogenblik later ontspande de soldaat zijn vingers en stak hij behoedzaam een open hand door het raampje om de hond een klopje op zijn kop te geven. Om zijn lippen trilde een afwezig lachje.

'Hier wachten,' beval hij me, met zijn handen nog steeds om het geweer. 'Er komt zo iemand aan.'

Pas toen ik Friedman zag weglopen, met zijn versleten leren map tegen zijn borst gedrukt, en hem achter in een legertruck zag verdwijnen nadat hij me over zijn schouder een blik had toegeworpen, bedacht ik met stijgende paniek dat hij misschien helemaal niet het recht had om iets uit het appartement van Eva Hoffe mee te nemen. Ik liet nog eens de revue passeren hoe hij met veel haast uit de hal aan de Spinozastraat was gekomen en het zweet van zijn voorhoofd had gewist toen hij de auto startte.

Waar had ik me mee ingelaten? Waarom had ik hem niet nader uitgehoord toen hij uit het fanatiek beveiligde fort van Eva's appartement kwam en een grote koffer achter zich aan sleepte? Wie kon het iets schelen wie hij was? Hij had David Ben Goerion zelf kunnen zijn, en wat had dat uitgemaakt voor een vrouw die de papieren na de dood van haar moeder obsessief bewaakte, die beweerde dat ze zich biologisch met ze verbonden voelde, die zich met hand en tand had verzet tegen gedwongen afstand, die naar eigen zeggen zich de papieren alleen 'over haar lijk' zou laten afpakken? Hoe kwam ik erbij dat uitgerekend Friedman, met zijn safarivest en getinte bril, speciale voorrechten had gekregen, dat er aan hém toestemming was verleend om zelfs maar een bladzijde weg te halen, laat staan een hele koffer?

Maar voor vragen was het nu te laat. De soldate met de naar binnen gedraaide voeten was weer terug en zonder een woord te zeggen gebaarde ze dat ik met haar mee moest komen. Ze liep met een kromme rug en was zo'n meisje dat jarenlang onder het lage plafond van de smalle grot van haar eigen leven blijft lopen, totdat ze met een beetje geluk uiteindelijk onder een open hemel terechtkomt. Ze bracht me naar een dichte jeep met banken aan weerszijden, vermoedelijk in gebruik voor transport van soldaten.

'Instappen.'

'Hierin? Ik dacht het niet. Ik doe pas iets als iemand me uitlegt wat er aan de hand is. Ik heb het recht om met iemand te spreken,' zei ik. 'Ik wil contact met de Amerikaanse ambassade opnemen.'

'U krijgt heus wel iemand te spreken. Rustig maar. U hoeft nergens over in te zitten. U mag bellen wie u wilt. U hebt toch een telefoon?'

'Ik ben een international bekend schrijfster,' zei ik dommig. 'Jullie kunnen me niet zomaar afvoeren, zonder redelijke aanleiding.'

'Ik weet wie u bent,' zei ze terwijl ze een sliert haar uit haar gezicht veegde. 'Mijn ex-vriendje heeft me ooit een van uw boeken gegeven. Het was niet aan me besteed, als u het wilt weten. Ik bedoel het niet vervelend. Maar chill, oké? Doe rustig aan. Hoe eerder u in deze jeep stapt, hoe eerder u weer verder kunt rijden. Schectman hier zal wel voor u zorgen.'

Ze maakte een grapje in het Hebreeuws met de lange soldaat die achter in de jeep zat te wachten en net zo'n gezicht had als de helft van alle jongens die bij mij op de middelbare school hadden gezeten. Hij stak zijn hand uit om me te helpen en dat gebaar wekte een verward vertrouwen, of misschien was ik gewoon te moe om nog verder tegen te spreken. Onder het canvas dak rook het naar rubber, schimmel en zweet.

Toen de chauffeur de motor startte, sloeg het meisje tegen haar voorhoofd. Ze droeg Schectman op nog even te wachten en hij riep iets naar de chauffeur. Terwijl ze terug holde om te gaan halen wat ze was vergeten, legde Schectman zijn handen in elkaar gevouwen op zijn knie en lachte me toe.

'Zo,' zei hij, 'vindt u het leuk in Israël?'

Toen de soldate terugkwam had ze Friedmans hond bij zich. Ze hield haar aan haar halsband vast. Ik protesteerde en probeerde duidelijk te maken dat het dier niet van mij was, dat het aan Friedman toebehoorde, maar de soldate leek geen idee te hebben wie Friedman was; ze was al vergeten dat hij bestond. Wat een schat van een hond, zei ze en krauwde het dier achter zijn verflenste oren. Ze wilde zelf ooit ook zo'n hond, als ze eindelijk uit het leger was.

'Ga je gang,' zei ik optimistisch, 'neem deze dan maar.'

Maar Schectman stapte uit en hees de oude hond in de jeep, en heel even, terwijl het dier in zijn armen lag, vond ik dat wij er met ons drieën uitzagen als een gestoord kerststalletje. Toen worstelde de hond zich los en alsof ze iets wist wat ik niet wist – alsof ook zij Friedmans bestaan was vergeten – likte ze mijn knieën, draaide twee keer om haar as en ging ineengerold aan mijn voeten liggen. De soldate hield mijn plastic tas omhoog, de tas met het extra setje kleren en mijn badpak die ik uit het appartement van mijn zus had meegenomen, en Schectman stopte hem zorgvuldig weg onder zijn stoel, naast Friedmans koffer.

De motor van de jeep begon te brullen en hobbelend reden we over de kiezelberm totdat de enorme wielen greep op de asfaltweg kregen. Maar in plaats van om te keren en terug naar Jeruzalem te rijden reden we in dezelfde richting als Friedman had gekozen, regelrecht naar een gebied waar elke vorm van planmatige aanleg eindigde en waar alles opeens en onherroepelijk een woestijn was. Intussen kwam de ongerijmde gedachte aan Kafka's tuinen bij me op, tuinen die hij overal waar hij woonde had bewerkt, volgens Friedman, in de kibboets in het noorden en achter de diverse huizen die hij in Tel Aviv had bewoond, totdat hij uiteindelijk beroemd genoeg werd en – omdat hij nooit echt ouder werd, omdat hij altijd bleef lijken op de Kafka op wie je onvermijdelijk een beetje verliefd wordt als je hem voor het eerst op een ansicht ziet – hij voorgoed uit de stad moest vertrekken. Ik stelde me zijn tuinen vol rozen en kamperfoelie voor, vol cactussen en enorme, geurige seringen. Terwijl ons legervoertuig zich een weg baande door de gele heuvels, zag ik Kafka schrikbarend helder voor me: voorzichtig zette hij zijn plantenschepje tegen een stenen muurtje en keek naar de lucht alsof hij naar tekenen van een naderende regenbui zocht. En plotseling – ze komen altijd plotseling, deze felle vonken uit mijn kindertijd – herinnerde ik me iets wat er was gebeurd toen we bij onze grootouders waren, een jaar nadat mijn broer de oorbel in het zwembad van het Hilton had gevonden. We logeerden bij hen thuis in Londen terwijl onze ouders in Rusland waren, en op een middag kregen mijn broer en ik ontzettend veel zin in de chocola die in een nabijgelegen winkel werd verkocht. Ik weet niet waarom we mijn grootmoeder niet om geld vroegen: we moeten hebben gedacht dat ze zou weigeren of misschien vonden we het een opwindend idee om die chocola op clandestiene wijze te bemachtigen. In de tuin voor hun half vrijstaande huis kweekte mijn grootvader rozen die voor mij het archetype van een roos zijn gebleven; ik kan het woord niet denken of zeggen zonder het beeld van die tere, geurige Engelse bloemen op te roepen. We haalde de zware metalen snoeischaar van mijn grootmoeder uit de keuken en knepen in de stengels tussen de bladen, vlak bij de kelken, totdat de grote bloemen knakten. Onbekommerd wikkelden we de steeltjes in aluminiumfolie en besloten dat er een leugentje voor nodig was om mensen tot aankoop te verleiden. We gingen op straat staan en begonnen te zingen: 'Rozen te koop, rozen te koop, rozen voor het kinderfonds!' Er bleef een vrouw staan. Ik herinner me haar als een lief mens, met keurig donkerblond haar onder haar wollen muts. Ze zette de tassen die ze bij zich had neer. 'Weten jullie zeker dat het voor een goed doel is?' vroeg ze ons. Later was het haar vraag die ons de das omdeed. Ze had ons de kans gegeven schoon schip te maken, maar in plaats van daar gebruik van te maken werkten we ons nog verder in de nesten. We knikten: ja hoor. Ze haalde haar portemonnee tevoorschijn en bevrijdde ons van onze handenvol rozen – zes of acht. Mijn broer nam de muntstukken aan en zonder iets te zeggen liepen we snel weg. Maar op weg naar de winkel daalde er een verpletterend zwart schuldgevoel op ons neer. We hadden iets gedaan wat we niet ongedaan konden maken: we hadden de rozen van mijn grootvader onthoofd, hadden ze verkocht, hadden tegen een vreemde gelogen. Alles om onze snoepzucht te bevredigen. Het besef dat onze wandaad onherroepelijk was, dat het onmogelijk was hem ooit nog goed te maken, was immens zwaar. Ik herinner me niet of ik mijn broer aankeek en eindelijk iets zei of dat hij me aankeek, maar de woorden herinner ik me nog duidelijk: denk jij hetzelfde als ik? Er viel niets meer te zeggen. We gingen op onze hurken zitten op de aarde naast de stoep, maakten een gat en begroeven de muntstukken. Dat we nooit met één woord zouden spreken over wat we gedaan hadden was zonneklaar. Op een dag vertelde ik het verhaal aan mijn kinderen. Ze vonden het geweldig en wilden het telkens weer horen.

Dagenlang brachten ze het weer ter sprake. Maar waarom hebben jullie dat geld begraven? bleef mijn jongste zoon maar vragen. Om ervan af te zijn, zei ik. Maar het ligt er toch nog, zei hij hoofdschuddend. Als je vandaag daar op dat plekje gaat graven, liggen die munten er nog steeds.

Af en toe, wanneer de wind door de achterkant van de jeep naar binnen waaide en de canvas zijwanden optilde waardoor ze begonnen te fladderden als een gevangen vogel, wierp Schectman me een blik toe en durfde hij me toe te lachen, een vriendelijke en wetende glimlach, misschien wel met iets van verdriet erin, en dan liet de hond, waarvan ik nooit had gevraagd hoe ze heette, een gekreun horen alsof ze al duizend jaar leefde en van elk verhaal wist hoe het afliep.

De laatste koning

Epstein, die weer nieuw tegenover alles stond – tegenover het felle licht dat van de golven kaatste, tegenover het roepen van de muezzin bij het ochtendgloren, tegenover het verlies van eetlust, tegenover zijn lichter wordende lichaam, tegenover de bevrijding van orde, tegenover de wijkende kust van het rationele, nieuw tegenover wonderen, tegenover poëzie – koos een appartement waar hij in geen duizend jaar had willen wonen als hij duizend jaar had geleefd, iets wat misschien ook wel het geval was nu hij vooral nieuw tegenover zichzelf stond. Hij werd niet wakker van de zon, want hij was al wakker. Alle ramen stonden wijd open, waardoor de golven klonken alsof ze dreunend omsloegen in zijn kamer. Terwijl hij geagiteerd op blote voeten heen en weer liep ontdekte hij dat de vloer afliep naar de doucheafvoer, alsof het huis erop was gebouwd dat de zee uiteindelijk zou proberen het onder water te zetten. De makelaar had nauwelijks de deur van het slot gedaan of Epstein liet al weten dat hij het zou nemen. Hij bood ter plekke drie maanden huur als voorschot aan. Met zijn gepoetste schoenen moet hij er misplaatst hebben uitgezien in het uitgewoonde appartement, en dat wil zeggen, volmaakt geknipt voor zijn rol. Hoe vaak had de makelaar hem wel niet gezien? De welgestelde Amerikaan die naar Israël is gekomen om zich te laven aan de diepe, authentieke Joodse bron waaraan al talloze dollars zijn besteed om haar in stand te houden, zodat hij weet dat die bron hier nog rijkelijk vloeit en hij niet al te veel hoeft te betreuren; die is gekomen om een doorstart te maken in de prikkelende, hartstochtelijke sfeer van het Midden-Oosten. De makelaar was al slim genoeg geweest om de huur te verhogen, hoewel hij intussen had beweerd dat hij voor Epstein als vriend van Jaël een speciale prijs rekende. Maar na één blik op de verrukking waarmee Epstein zich aan de horizon overgaf had hij er spijt van dat hij niet hoger was gegaan. Toch wist hij best dat hij geen vertrouwen moest hebben in de eerste opwelling van Amerikaanse geestdrift. Hij wist dat ze kwamen en dan een weeklang verliefd waren op de drang en de discussies en de warmte, op de manier waarop iedereen in de cafés en op de terrasjes zit te praten en zich met elkaars leven bemoeit; op de manier waarop Israël vanbuiten geobsedeerd is door grenzen, terwijl het vanbinnen zonder grenzen leeft. Op het idee dat de ziekte der eenzaamheid hier niet bestaat, dat iedere taxichauffeur een profeet is en dat iedere verkoper in de soek je vertelt hoe het is afgelopen met zijn broer en zijn vrouw, en voordat je het weet spreekt ook de klant die achter je staat te wachten een woordje mee en algauw maakt de belabberde kwaliteit van de handdoeken niets meer uit, omdat de verhalen en de puinhoop en de gekte – al dat leven! – zoveel essentiëler zijn. Ze komen naar Tel Aviv en vinden het er heel sexy, de zee en de kracht, de nabijheid van geweld en levensdrang, het idee dat de Israëliërs, ook al leven ze voortdurend in een existentiele crisis en voorvoelen ze dat hun land verloren is, in elk geval leven in een wereld waar alles er nog toe doet en de moeite waard is om voor te vechten. Waar die Amerikanen vooral verliefd op worden is hoe ze zich hier voelen. Hier komen we vandaan, denken ze, terwijl ze gebukt door de tunnels onder de Westmuur lopen, door de tunnels schuifelen die Bar Kochba heeft gegraven, de Masada beklimmen, in het Levantijnse zonlicht staan, in de

Negev kamperen, naar kibboets Kinneret komen, waar kinderen die van hen hadden kunnen zijn in alle vrijheid opgroeien, blootsvoets, en hoofdzakelijk verbonden met het verleden door daden van discontinuïteit: dit is wat we gemist hebben, zonder het zelf te beseffen.

Maar de makelaar wist heel goed dat ze er na een week of twee anders over denken, die Amerikanen. De kracht krijgt iets van agressie en de directheid wordt opdringerig, het begint te irriteren dat Israëliërs er geen manieren op nahouden, dat ze geen respect voor persoonlijke ruimte hebben, dat ze nergens respect voor hebben, en heeft niemand in Tel Aviv iets anders te doen dan voortdurend te zitten kletsen of naar het strand te gaan? De stad is echt een gribus, of niet soms, alles wat niet nieuw is valt uit elkaar, overal stinkt het naar katten, er is iets mis met de riolering onder het raam en het kan een hele week duren voor er iemand komt, en eigenlijk zijn Israëliërs onmogelijk in de omgang, zo koppig en eigenzinnig, zo frustrerend ongevoelig voor logica, zo verdomd onbeschoft, en de meesten blijken maar weinig op te hebben met alles wat Joods is, hun grootouders en ouders zijn ervoor weggevlucht, zo ver als ze maar konden, en degenen die zich er wel druk om maken slaan naar het andere uiterste door, de kolonisten, totaal van de pot gerukt, en eerlijk gezegd is het hele land één zooitje van Arabieren hatende racisten. En vandaar dat ze op het laatste nippertje, voordat ze een aanbetaling doen op een driekamerflat in de nieuwe torenflat die in Neve Tzedek verrijst, gauw in een taxi stappen en terugrijden naar het vliegveld, met naar *za'atar* geurende koffers die volgepakt zitten met zilveren judaïca van Hazorfim en met de sleuteltjes van hun Lexus vers aan een *hamsa* gehangen.

En dus stak de makelaar peinzend een sigaret op. Terwijl hij de rook uit zijn mond liet kringelen en hem door zijn neusgaten weer inhaleerde, keek hij zijn gefortuneerde klant met half dichtgeknepen ogen aan en zei dat de huur een feit was als hij bereid was meteen mee te rijden naar de geldautomaat. Zijn brommer stond buiten geparkeerd, zei hij erbij, en hij zette een raam open zodat de geur van de zee Epstein kon helpen bij het nadenken. Maar Epstein hoefde niet na te denken en vijf minuten later had hij zijn armen stevig om het middel van de makelaar geslagen. Zo vlogen ze over de gaten in het wegdek, zonder dat het hem een zier kon schelen of iemand hem per abuis voor een cliché aanzag.

Toen de hemel die avond van oranje naar violet kleurde, stond Epstein zonder shirt voor de zee, in een jubelstemming, met het gevoel dat hij zo vrij was als een vogel. Hij geloofde dat hij eindelijk begreep waartoe al dat afstand doen en afstand nemen had gediend: tot deze zee. Deze lichtheid. Deze honger. Deze oudheid. Deze flexibiliteit om iemand te worden die dronken wordt van de kleuren van Jaffa, die wacht tot zijn smartphone oplicht met een bericht van gene zijde over een groter bestaan, een bericht van Mozes op de berg Sinai die alles had gezien en zich nu naar beneden haastte om het aan hem te vertellen, een bericht van een vrouw aan wie hij niets anders had te geven dan zichzelf, van de mensen die hij dringend had verzocht vierhonderdduizend bomen af te leveren op een kale berghelling in de woestijn.

De dagen begonnen voor hem door elkaar te lopen. De grens tussen water en lucht was verloren geraakt; de grens tussen hem en de wereld. Hij keek naar de golven en voelde dat hijzelf ook eindeloos was, zichzelf herhalend, vervuld van ongezien leven. De regels uit de boeken op zijn tafel kwamen onder zijn ogen dansend omhoog van de bladzijden. Bij het invallen van de schemer ging hij de deur uit en liep hij geagiteerd, wachtend, verdwaald door de smalle straten, totdat hij na het omslaan van een hoek weer helemaal opnieuw bij de zee uitkwam en van zijn huid werd ontdaan.

De uitnodiging was afkomstig van de locatiemanager, die nu druk zat te praten bij een tweede espresso terwijl ze op een terrasje in Ajami op Jaëls komst zaten te wachten. Epstein was al wakker sinds vier uur 's ochtends en het was dagen geleden dat hij voor het laatst met iemand had gesproken. Maar de locatiemanager, die een korte hanenkam droeg om zijn wijkende haarlijn te negeren en die mager genoeg was om er een verslaving op na te houden maar te innemend om er een nodig te hebben, vulde Epsteins zwijgen zo uitgebreid op dat er niets van hem werd verlangd. Het Israëlische filmbedrijf, maakte hij bekend, had een creatief hoogtepunt bereikt. Tot 2000 maakten de grote Israëlische talenten geen films. Toen Epstein vroeg wat de grote Israëlische talenten dan wél voor 2000 hadden gedaan, zat de locatiemanager met zijn mond vol tanden.

Er ging een halfuur voorbij en nog steeds was Jaël niet gearriveerd, en daarom bestelde de locatiemanager een derde espresso bij de jonge serveerster, haalde zijn telefoon tevoorschijn en begon zijn geboeide publiek video's en stills van zijn werk te laten zien. Epstein bestudeerde een foto van een oud huis in Jeruzalem, met een donkere, verzonken woonkamer propvol boeken en schilderijen en een kleine ommuurde tuin die door het raam te zien was. Er was niets ongewoons aan het vertrek, dacht hij, en toch hadden alle elementen tezamen iets onbetwistbaar gezelligs, intelligents en uitnodigends. De locatiemanager had vijftig huizen bekeken voordat hij toevallig op dit huis stuitte, zei hij. Zodra hij naar binnen liep wist hij dat zijn zoektocht voorbij was. Voor de opnamen hoefde niets verplaatst te worden, geen enkel meubelstuk. Zelfs het kleine hondje dat in elkaar gerold op de stoel lag was perfect. Maar wat een klus om de eigenaars zover te krijgen! Hij had minstens vier keer terug moeten komen, de laatste keer met een uit de handel genomen onderdeel dat het echtpaar nodig had voor een al eeuwen lekkende kraan, iets wat hij had opgeduikeld in een loodgieterswerkplaats waar hij ooit een scène had opgenomen. En daarmee was de zaak beklonken; een klein koperen ringetje dat ze al jaren niet hadden kunnen vinden. Maar nauwelijks had hij hen over de streep getrokken of de buurvrouw gooide roet in het eten. Het oude wijf deed alles om de opnamen onmogelijk te maken. De hele dag zat ze voor haar raam tegen hen te schreeuwen en ze verdomde het haar kat binnen te houden. Ze zette de kat zelfs expres buiten zodra de camera's begonnen de draaien. De opnamen moesten stilgezet worden voor deze oude ruziezoekster, die de al veelgeplaagde regisseur gek dreigde te maken. Maar hij, Eran, had een uitweg gevonden. Had geluisterd en geluisterd en langzaam begrepen dat de oude vrouw jaloers was, dat ze het gevoel had geen aandacht te krijgen, werd overgeslagen als een kind. Het enige wat hij hoefde te doen om onmiddellijk haar medewerking te krijgen was haar een piepklein figurantenrolletje aanbieden. Wel tien keer hadden ze de opname over moeten doen; ze werd over de stoep voortgeduwd in een rolstoel die hij van de afdeling rekwisieten had gekregen, maar elke keer zat ze breed naar de camera te glimlachen of probeerde ze er een geïmproviseerd tekstje tussen te wurmen. Uiteindelijk was het alle moeite meer dan waard: vanaf dat moment hield de oude vrouw zich koest en bewaakte ze haar kat alsof het een python was die – God verhoede dat hij zou ontsnappen – haar film in zijn geheel zou verslinden. De ware essentie van zijn werk lag in het beheren van de grenzen tussen deze wereld en de wereld die de regisseur probeerde te creëren. Het doel van de regisseur was om uit de bestaande werkelijkheid van huizen en straten, meubilair en weersomstandigheden een andere werkelijkheid te scheppen, en hoeveel tijd een opname ook in beslag nam, het was aan hem, Eran, om de tussenliggende grenzen te bewaken. Om ervoor te zorgen dat er niets ongewensts uit de echte wereld doordrong tot in die andere wereld of op wat voor manier dan ook inbreuk op haar tere bestaansvoorwaarden maakte of ze bedreigde. En daarvoor moest je over zeer veel talenten beschikken. Nadat de wekenlange opnamen waren afgelopen, zei de locatiemanager, was deze vaardigheid zo overmatig gebruikt dat hij nog maar één ding wilde, en dat was leven als kluizenaar of mensenhater. En wat doe je dan? vroeg Epstein.

Maar op dat moment arriveerde Jaël, vol verontschuldigingen maar in alle rust, alsof ze net uit een schilderij was gestapt. Terwijl Epstein eerder op de ochtend geen dringende behoefte had om te praten, merkte hij nu opnieuw dat hij in haar aanwezigheid bijna sprakeloos was. Ze had Dan meegenomen, de regisseur, een man van in de veertig met de kleine oogjes en de scherpe vooruitstekende neus van een dier dat het grootste deel van zijn tijd onder de grond doorbrengt, voortdurend in de greep van een waanzinnig verlangen om een weg naar het licht te graven. Epstein had hem al eerder ontmoet en meteen een hekel aan hem gekregen. Hij had duidelijk een oogje op Jaël. Bij de gedachte dat ze in zijn tribaal getatoeëerde armen zou liggen sprongen de tranen Epstein bijna in de ogen. De locatiemanager stak opgewonden van wal met een beschrijving van de plek die hij had ontdekt: een aantal grotten dicht bij de plaats waar de Dode Zeerollen waren gevonden, maar ver genoeg van archeologische vindplaatsen om er zonder toestemming te kunnen filmen, en met een zo ongerept uitzicht dat het puur Bijbels was. De grotten waren ongelofelijk door de manier waarop ze werden verlicht, door een gat van boven waardoor bundels zonlicht naar binnen vielen. Het was beslist niet ondenkbaar dat David zelf zich er had verscholen. Op zijn minst hadden de Essenen ze waarschijnlijk bewoond toen ze zich tweeduizend jaar geleden voorbereidden op de oorlog van de Zonen van het Licht tegen de Zonen van de Duisternis. Maar de regisseur en Jaël, zoon van de duisternis en dochter van het licht, waren in een neerslachtige bui, en geen enkele grot, hoe authentiek dan ook, kon hen daarvan af helpen. Die ochtend hadden ze slecht nieuws gekregen: de kabelmaatschappijen Hot en Yes waren geen van tweeën over de brug gekomen. Op basis van de synopsis en een voorlopig draaiboek dat ze had geschreven had zowel het Jeruzalem Filmfonds als de Rubinsteinstichting subsidie toegezegd, legde Jaël aan Epstein uit. Aanvankelijk leek dat toereikend te zijn, maar zodra ze begrepen wat voor budget er nodig was om er echt een goede film van te maken, beseften ze dat ze geld tekortkwamen. Ze hadden gehoopt dat een van de grote kabelbedrijven het project zou steunen, maar geen van beide had dat dus gedaan. De opnamen moesten over twee weken beginnen en als niemand snel over de brug kwam zou alles uitgesteld moeten worden.

Hoeveel hadden ze nodig? vroeg Epstein peinzend.

Zijn bomen groeiden op een kibboets in de Kinneret. Een maand nadat hij zijn handtekening onder de schenking van twee miljoen dollar had gezet, mocht Epstein ze gaan bekijken. Het hoofd van het JNF was teruggekeerd van haar reis door Zuid-Amerika en bracht hem er in eigen persoon naartoe. Ze dineerden onder een druivenprieel dat de kibboets verhuurde voor bruiloftsfeesten en dronken de wijn die door de zusterkibboets aan de overkant van de vallei was geproduceerd. Epsteins glas werd steeds bijgevuld en na afloop werd hij, lichtelijk aangeschoten, in een tractor naar de landerijen gereden. Er hing een zware lucht van mest, maar het uitzicht was weids en vruchtbaar, met groene akkers en bruine heuvels. Epsteins mocassins zakten weg in de grond. Hij zag talloze rijen trillende jonge boompjes. Is dat alles? vroeg hij. Alle vierhonderdduizend? Hij had het idee dat zelfs zo'n groot aantal niet genoeg was. Het hoofd van het JNF ging het nog eens na bij haar assistent, die bevestigde dat er uit een andere kibboets nog eens honderdvijftigduizend jonge boompjes, loofbomen in plaats van dennen, zouden worden aangevoerd, maar waar hij nu naar keek, recht voor hem, vormde de kern van het Sol en Edith Epstein Bos.

Zijn boeken lagen open op tafel. Hij las Jesaja en Kohelet. Hij las de *agadot* in Bialiks *Book of Legends.* De man achter het overvolle bureau in de tweedehands boekwinkel aan de Allenbystraat begreep wat voor ader hij had aangeboord en had altijd wel iets nieuws voor hem klaarliggen. Maar nu, rond middernacht in het appartement in Jaffa, liet Epstein die bladzijden ongelezen en begon weer te ijsberen. De boompjes hadden nog anderhalve maand nodig voordat ze konden worden overgeplant. In maart zou de lente aanbreken en daarna zou de vallei volop in bloei komen te staan, de heuvels zouden bezaaid zijn met ranonkel en cyclaam, en de boompjes zouden klaar zijn. Ze zouden worden uitgegraven, in jute gewikkeld naar de berg in de noordelijke Negev worden vervoerd en door een leger van arbeiders in de grond worden gezet. In Israël, waar de zon vrijwel altijd scheen, groeiden bomen twee keer zo snel als in Amerika. In de zomer zouden ze al tot aan Epsteins borst reiken en in de herfst zouden ze hem boven het hoofd zijn gegroeid. Het toezicht op het project berustte bij Galiet; daar had Epstein op gestaan. Ongeduldig als hij was belde hij haar elke dag op. Zijn geestdrift voor het onderwerp bossen en bomen was onuitputtelijk, en alleen zij kon hem bijbenen. Bij het woord 'humus' – dat ze gebruikte wanneer ze verwees naar de vruchtbare aarde die de bomen vasthielden en die ze bij hun dood aanvulden door haar te bedekken met diep uit de bodem gedolven mineralen – liep er een huivering over Epsteins ruggengraat. Hij raakte steeds meer geïnteresseerd in het onderwerp erosie, niet alleen in de wadi's, waar de regenval na een wolkbreuk langs de kale hellingen stroomde en wegkolkte op zoek naar de kortste weg naar de zee, maar ook in de rest van de wereld en door de hele geschiedenis heen. Toen de eigenaar van de boekhandel in de Allenbystraat hem geen boeken over bosbouw kon leveren, regelde Galiet dat er enkele titels bij Epsteins appartement in Jaffa werden bezorgd, en daarin las hij over de manier waarop de grote rijken Assyrië, Babylon, Carthago en

Perzië allemaal ten onder waren gegaan door de overstromingen en woestijnvorming die werden veroorzaakt door grootscheepse ontbossing. Hij las hoe de kap van bossen in het oude Griekenland al snel werd gevolgd door het verdwijnen van zijn cultuur en hoe dezelfde verwoestende kap van de maagdelijke wouden in Italië later tot de val van Rome leidde. En intussen, terwijl hij las en de zee met haar grote donkere golven tegen zijn ramen sloeg, groeiden zijn eigen jonge boompjes, ontvouwden hun bladeren zich en reikten hun topscheuten omhoog naar de hemel.

Epstein nam zijn boek weer op: *Red me, Heer, want de wateren reiken tot aan mijn kin.*

Zijn telefoon ging.

En er is geen plaats om te staan
Ik ben in diepe wateren verzeild,
waar de vloed over me heen slaat.

Het was Sharon, helemaal ademloos dat ze hem aan de lijn kreeg omdat hij nog maar zelden opnam. Ze had de zoektocht naar de verloren jas en telefoon nog niet opgegeven. Nu hij hier op de koude vloer in Jaffa stond leek het Epstein allemaal lang geleden: Abbas in het Plaza, de hinkende vestiairedame, de overvaller die het glimmende mes over zijn borst liet glijden. Maar Sharon had het niet vergeten en was er – in Epsteins afwezigheid, zonder nadere instructies – vasthoudend achteraan blijven gaan. Opgewonden liet ze weten dat het spoor van de telefoon naar Gaza bleek te lopen.

Gaza? herhaalde Epstein, terwijl hij zich naar het zuiden omdraaide en door de donkere ramen naar buiten keek.

Door Find My iPhone te gebruiken, legde ze uit, had ze hem via gps kunnen opsporen. En na vele uren aan de telefoon met een techneut in Mumbai had ze Lost Mode uitgeschakeld en een app geactiveerd die was geïnstalleerd toen Epsteins telefoon net nieuw was en waarmee je op afstand opdracht kon geven om foto's te maken. Binnen een paar uur, verklaarde Sharon trots, uiterlijk morgen, zouden de foto's die Epsteins rondzwervende telefoon had gemaakt naar haar computer worden doorgestuurd.

Epstein stelde zich gebombardeerde gebouwen voor, opgeslagen in het archief van de verloren telefoon naast de stroom foto's die Lucie hem van zijn kleinkinderen had gestuurd.

In Sharons toon klonk nu opeens bezorgdheid door. Hoe ging het eigenlijk met hem? Ze had al twee weken niets van hem gehoord; op ingesproken berichten had ze geen reactie gekregen. Wilde hij dat ze zijn terugvlucht zou boeken?

Hij verzekerde haar dat het goed met hem ging en dat ze op dit moment niets voor hem hoefde te doen. Omdat hij daar niet verder op wilde ingaan maakte hij snel een eind aan het gesprek, zonder haar nog te vragen wat ze van plan was te doen als de foto's uit Gaza ten slotte doorkwamen.

Hij trok een jasje aan en liep door het donkere trappenhuis naar beneden, zonder het licht aan te doen. Toen hij op de overloop van de verdieping onder hem kwam, schoot door een open deur een kat naar buiten die hem kopjes begon te geven. Zijn benedenbuurvrouw kwam naar buiten, verontschuldigde zich, pakte de kat op en nodigde hem uit een kopje thee te komen drinken. Epstein sloeg het aanbod beleefd af. Hij had behoefte aan frisse lucht, verklaarde hij. Misschien een volgende keer.

Op de van rotsen en betonblokken gebouwde pier stonden in het donker een paar Arabische mannen te vissen. Wat proberen jullie te vangen, vroeg Epstein in zijn eenvoudige Hebreeuws. Communisten, zeiden ze. En toen hij het niet begreep, gaven ze met hun duim en wijsvinger aan hoe klein de visjes waren die ze wilden hebben. Hij bleef een tijdje staan kijken hoe ze hun lijn uitwierpen. Toen tikte hij de jongste op zijn elleboog en gebaarde naar het zuiden, naar het open water. Hoe ver naar Gaza? vroeg hij. De jongen grinnikte en haalde zijn lijn in. Hoezo, vroeg hij.

Wilt u soms op bezoek? Maar Epstein had alleen maar geprobeerd de afstand te schatten, een vaardigheid die hem net als andere vaardigheden langzaam leek te ontvallen.

Hij was bekend bij Sotheby's. Bekend bij de afdelingshoofden van oude meesters, schilderijen of tekeningen, van moderne kunst, van tapijten. Bekend bij de curator primitieve sculpturen en Romeins glaswerk. Wanneer Epstein op de negende verdieping een cappuccino bestelde, werd hij weleens aangeklampt door de tapijtdeskundige, die een stuk uit het Brusselse atelier had dat hij beslist moest zien. Bij voorbezichtigingen hoefde hij zich niets aan te trekken van het bordje NIET AANRAKEN en mocht hij aan alles voelen wat hij maar wilde; als hij op een veiling kwam lag zijn biedbordje altijd voor hem klaar. Maar hoe bekend hij er ook was en hoe happig ze er ook op waren om zijn uitzonderlijke *Annunciatie* – die ze trouwens goed kenden, omdat ze hem het vijftiende-eeuwse altaarstuk tien jaar geleden hadden verkocht – ter veiling aan te bieden, ze konden het schilderij niet zelf ophalen, uit aansprakelijkheidsoverwegingen. Ook was er geen tijd om het transport door een derde partij te laten regelen, als hij tenminste wilde dat het stuk op de aankomende veiling werd aangeboden: de catalogus ging binnen twee dagen naar de drukker.

Van Schloss kon geen sprake zijn. Hetzelfde gold voor Epsteins drie kinderen, aangezien elk van hen op een andere manier alarm zou hebben geslagen. En Sharons bezorgdheid om hem was van dien aard dat hij niet het risico wilde lopen dat ze Lianne of Maya zou bellen wanneer ze erachter kwam dat hij had besloten de *Annunciatie* te verkopen om een film over de Bijbelse figuur David te financieren. Epstein besloot de lobby van 5th Avenue te bellen. De eerste keer dat hij belde had Haroen geen dienst, alleen de kleine Sri Lankaan wiens naam hij alweer was vergeten zodra hij eraan werd herinnerd. Als Jimmy had opgenomen, de slanke, afstandelijke Japanner die uiterst discreet de lift bediende en nooit één woord zei, zou Epstein misschien hebben doorgezet en hebben uitgelegd wat hij wilde. Maar de Sri Lankaan was altijd zo nieuwsgierig geweest dat hij niet echt te vertrouwen was. Toen hij een paar uur later terugbelde, was Haroen gearriveerd en nam hij op nadat de telefoon pas één keer was overgegaan. Hij vroeg Epstein even te wachten terwijl hij de blocnote en de pen pakte die hij in de la van de balie in de lobby bewaarde.

'Ja, meneer,' zei hij. Hij hield de blocnote op zijn arm terwijl hij de telefoon tussen oor en schouder klemde, en noteerde Epsteins instructies. Nee hoor, het zou geen enkele moeite zijn, hij kon het vanavond wel inpakken – ja, hij zou ontzettend voorzichtig doen – bijna zeshonderd jaar oud – heel bijzonder, jazeker, meneer – morgenochtend direct naar Sotheby's, op de hoek van 72nd Street en York Avenue – o, hij zou ermee omgaan alsof het een pasgeboren baby was – ja, de Maagd, meneer, haha, heel geestig – o echt waar, een Madonna! – beslist, meneer Epstein, geen enkele moeite.

Het was vijf uur in de ochtend toen Haroens dienst erop zat en hij zijn uniform in het kantoor in het souterrain ophing. Hij pakte de reservesleutel van Epsteins appartement, nam de lift naar boven en bevoelde het gebedskleed uit Isfahan dat voor de deur lag en eerder was geweven om erop te knielen en te buigen dan om er je vuile voeten aan af te vegen. Hij trok zijn schoenen uit en zette ze naast elkaar onder de bank met de koperen klauwpoten. Hij liet zich met de sleutel binnen en tastte in het donker naar het lichtknopje, maar hield daarmee op toen zijn blik op het glinsterende uitzicht viel. Weer helemaal overweldigd liep hij door de lege zitkamer, die zo groot was dat de huizen van zijn twee broers in de Punjab erin zouden passen. Hij keek uit over het park. De buizerd zou nog wel in zijn nest liggen slapen. Zijn nieuwe wijfje zou wel klaar zijn om haar eieren te leggen, en binnenkort zou

Haroen de hemel moeten afspeuren om groepen vraatzuchtige kraaien te traceren. Vorige jaar was er een jong vogeltje uit een boom gevallen, vlak voor het gebouw, en hij was toegeschoten om het te redden en had het verkeer tegengehouden, maar na een paar verdwaasde ogenblikken was de vogel overeind gekrabbeld en weer weggevlogen. De trouwe portier drukte zijn neus tegen het koude glas, maar hij kon niets zien in de nog zwarte lucht.

Hij vond het schilderij in de grote slaapkamer, precies zoals Epstein het had beschreven. Het was kleiner dan hij had verwacht, maar toch straalde het zo'n luister uit dat hij het niet meteen durfde aan te raken. Nu hij er zo dicht bovenop stond had hij het gevoel dat hij zich aan iets intens persoonlijks opdrong. En toch lukte het hem niet zijn ogen van het meisje Maria en de engel af te houden. Pas na een tijdje viel hem op dat er in de hoek, half buiten de rand, een derde figuur was, een eveneens toekijkende man, met zijn lange vingers in aanbidding tegen elkaar gedrukt. De half verscholen aanwezigheid van de man hinderde hem. Wie moest hij voorstellen? Jozef? Waardeloze Jozef, die het nodig vond erbij te komen staan? Maar nee, hij zag er helemaal niet uit als Jozef; een man met zo'n gezicht kon toch niets te maken hebben met het fraai verlichte meisje dat voor de engel neerknielde?

De hemel werd al licht toen Haroen met het pakje onder zijn arm door de dienstingang uit het gebouw kwam. De lente zou niet lang meer op zich laten wachten, maar het was nog koud genoeg om zijn adem te zien opwolken in het schijnsel van de straatlantaarns. Het duurde nog drie uur voordat Sotheby's openging en daarom liep hij het park in, omhoogkijkend naar de kale boomtoppen. De bank waarop hij graag zijn lunchpauze doorbracht was bezet door een dakloze man met smerige laarzen aan. Hij lag onder een morsige deken met de kleur en de structuur van leem. Oefent vast voor zijn begrafenis, dacht Haroen, en hij ging twee banken verderop zitten. Hij legde het kostbare pakje op zijn schoot. Vanaf deze bank ging de grote lap lucht gedeeltelijk schuil achter de takken van een gigantische boom, maar hij zag nog genoeg om alles in de gaten te kunnen houden. Zijn ogen bleven een poosje de rondstuivende mussen volgen. Toen hij naar beneden keek, zag hij verwonderd hoe het licht dat uit de straatlantaarn door de doorzichtige verpakking viel, nog steeds opblonk van het aureool van de Maagd. Dat hij, die als boerenzoon was geboren in de provincie Punjab, hier in de stad New York op een bank zat met op zijn schoot een meesterwerk dat in het vijftiende-eeuwse Italië was geschilderd – hij kreeg opeens de neiging om het kleine schilderij in tweeën te breken en huiverde. Voor zijn broers zou zoiets geen enkele waarde hebben en er ging een golf van verdriet door hem heen om een afstand die hij nooit meer zou kunnen overbruggen.

Als om hem opzettelijk te storen kwam er een kraai naar beneden vliegen die over het gras op hem af stapte en tegen hem begon te krijsen. Wat een agressieve en konkelende vogels, met zo'n boosaardige intelligentie – ze kenden hem zeker nog van die keer dat hij een paar van hun soortgenoten met eikels had bekogeld om een van de jonge buizerdjes te beschermen, en nu begonnen ze nijdig te krassen wanneer ze hem tegenkwamen. Haroen nam het pakket in zijn ene hand en ging staan. Zwaaiend met zijn vrije arm schreeuwde hij naar de kraai terug: *Ga terug naar waar je vandaan komt!* De vogel vloog weg en op zijn zwarte, flapperende vleugels weerkaatste het blauw van de hemel. Onder het bruine oppervlak bewoog de dakloze man zich. Een ogenblik later kwam er een verklitte haardos tevoorschijn, gevolgd door een verweerd gezicht.

'Klootzak!'

'Sorry,' mompelde Haroen en ging met een nors gezicht weer zitten. De dakloze gluurde hem vanuit liggende positie aan.

'Waar kijk je naar, drones?'

'Niet echt.'

'Gisteren heb ik er een vlak langs dat raam zien scheren' – de dakloze wees met vaste vinger naar een hoge verdieping van een gebouw aan de overkant van de straat – 'en daarna bleef hij twee minuten hangen om naar binnen te kijken.'

'Echt waar?'

'Spionageopdracht,' zei hij, terwijl hij zich op zijn elleboog overeind hees.

Het park liep inmiddels vol met de eerste ochtendhardlopers, en de dakloze lag te kijken terwijl ze over het pad voorbij renden.

'Als je niet naar drones zit te kijken, waar dan wel naar?'

'Een buizerd.'

'Dan heb je die gemist. Rotbeest. Heeft vanochtend al een duif gevangen. Rukte zijn kop er in één keer af.'

'Je meent het!'

Maar de dakloze had zijn deken alweer tot aan zijn neus opgetrokken. Haroen ritste zijn kraag dicht en keek naar de wind die rap de wolken voortjoeg. Hij wist dat de buizerd het liefst wachtte tot de hemel helemaal licht was voordat hij zich op de jacht stortte. Toen hij merkte dat hij begon te knikkebollen, knipperde de portier met zijn ogen en zette zijn nagels in de muis van zijn hand. Normaal gesproken ging hij na zijn nachtdienst regelrecht naar huis en naar bed en langzaam liet zijn vermoeidheid zich gelden. Zijn ogen vielen als vanzelf dicht en zijn kin zakte naar voren op zijn borst.

Hij kon niet lang hebben geslapen voordat hij met een schok wakker werd en boven zich de witte onderzijde van de buizerd zag zweven. Met bonzend hart en achterover geheven hoofd sprong hij overeind en slaakte een kreet. O, wat een prachtig gezicht! Hemel, wat een schoonheid! De portier kon zijn geluk niet op. Meedrijvend op een luchtstroom hing de buizerd vrijwel stil in de lucht, met gespreide vleugels; hoog cirkelde hij boven de boomtoppen en maakte zijn zwenkende bewegingen louter door de stand van zijn lichaam te veranderen. Toen stond hij in gespannen bidstand, roerloos, en stortte zich in duikvlucht naar beneden.

Haroen rende in de richting waar hij naar beneden was gedoken en duwde de zwiepende takken opzij tot hij bij het grasveldje aan de andere kant van de bomen was. En daar, in een lapje zonlicht, stond de schitterende vogel met opgetrokken schouders en gebogen nek bijna teder over de in zijn klauwen worstelende prooi. In een oogwenk was het voorbij. De muis hing slap in de snavel van de buizerd, en de vogel klapwiekte en voerde zijn prooi met zware vleugelslagen af.

Pas nadat hij de buizerd uit het zicht had verloren keek Haroen naar beneden en besefte hij dat zijn eigen handen leeg waren. Hij slaakte een tweede kreet. Met bonzend hart rende hij tussen de bomen door terug, in de richting van de bank. Maar hij zag al dat die leeg was. Weigerend dat te geloven streek hij met zijn vingers over de houten zitting, alsof de Madonna er nog steeds onzichtbaar zou liggen te stralen.

Toen hij zich omdraaide, zag hij dat de bank waarop de dakloze had gelegen nu ook leeg was, afgezien van de bruine deken die vormeloos over de zitting hing. De portier kreunde, bracht zijn handen naar zijn hoofd en trok aan zijn dunne haar. In een cirkel van wanhoop speurde hij de paden en bomen af. Maar alles was stil, op de mussen na.

Naar de woestijn

Ik had geen idee hoeveel tijd er was verstreken nadat Schectman me had afgezet. In de stilte van de woestijn, overgeleverd aan koorts, raakte ik het spoor volledig bijster. Het had wel een week of tien dagen of veel langer kunnen zijn. Mijn familie was intussen misschien al radeloos naar me op zoek. Mijn vader zou van iedereen het meest volhardend en onvermoeibaar hebben gezocht. Hij is buitengewoon goed in staat om onder dwang te organiseren en te presteren, mijn vader, hij is een indrukwekkende verschijning, zoals mensen dat noemen, en hij heeft een ijzeren wil. Al meteen zou hij hebben gebeld met Sjimon Peres, die een halve eeuw geleden een kennis van mijn grootvader was geweest; hij had de bruiloft van mijn ouders in het Hilton bijgewoond en me ooit tijdens een peperduur diner meegedeeld dat hij mijn boeken had gelezen, en met plezier, hoewel ik hem niet een-tweedrie geloofde. Maar ondanks deze sleetse connecties was het nog maar de vraag wat Sjimon Peres voor mijn vader had kunnen doen, aangezien Peres inmiddels alleen nog maar fungeerde als boegbeeld van iets waarvan hij zelf wist dat het niet meer bestond. Ja, concludeerde ik, mijn vader zou de meest logische en krachtige leider van een opsporingspatrouille zijn geweest, terwijl mijn moeder in haar angst compleet ontregeld en grotendeels nutteloos was. Aan mijn kinderen was vast nog niets verteld. Wat mijn man betreft, ik had geen enkel idee hoe hij zou hebben gereageerd op het nieuws dat ik was verdwenen; het kon heel goed dat hij daar een dubbel gevoel over had en misschien wel opgelucht was bij het vooruitzicht de rest van zijn leven door te brengen zonder de sceptische blik waarmee ik hem aankeek.

Schectman had gezegd dat er iemand voor me zou komen. Hij had bevel gekregen om me bij die woestijnhut af te zetten met de koffer en de hond, en na verloop van tijd, vermoedelijk nadat ik mijn opdracht had uitgevoerd, zou iemand me weer komen ophalen. Over de opdracht zelf werd met geen woord gesproken. Hij moet hebben aangenomen dat ik wel wist wat ik daar te doen had. Voorzichtig, met de bedeesde, tedere trots van een bruidegom die zijn bruid voorgaat in hun nieuwe verblijf, nam hij me mee naar binnen om alles te laten zien: de keuken met het zwarte fornuis, het smalle bed met een geruite deken en ten slotte de werktafel voor het raam met een vensterbank waarop een stuk of drie vliegen de geest hadden gegeven. Het huis was piepklein, bijna komisch klein in verhouding tot de onmetelijke ruimte die zich van alle kanten opdrong. Op het bureau stond een glas met een paar pennen erin, er lag een stapel papier die op zijn plaats werd gehouden door een gladde ovale steen en er stond een oude typemachine. Maar die is in het Hebreeuws, zei ik, terwijl ik mijn boodschappentas met schone kleren onhandig tegen me aan hield. Ik had nog nooit iets op een typemachine geschreven en kon er ook niet mee uit de voeten en daarom kan ik alleen maar vermoeden dat ik met mijn opmerking Schectmans aandacht op de problematische aard van de situatie wilde vestigen. Maar hij handhaafde zijn onbekommerde houding en bekeek de typemachine alleen maar taxerend, met op z'n hoogst de interesse van iemand die ervan houdt mechanieken in piepkleine stukjes uit elkaar te halen.

Hij bood aan koffie voor me te maken, en met mijn armen over elkaar stond ik tegen de muur toe te kijken hoe hij in het keukentje te werk ging. Hij kon niet ouder zijn geweest dan twintig, maar de manier waarop hij met de ketel en het fornuis omsprong wees erop dat hij al van jongs af aan gewend was dingen voor zichzelf te doen. Het raam had als vitrage het witte kant dat je associeert met chalets in de Alpen, alsof degenen die het hadden opgehangen hadden gehoopt dat ze tussen de gordijntjes door naar weiden vol glinsterende sneeuw zouden kunnen kijken. Maar er viel weinig meer te zien dan het uitgebleekte, dorre landschap dat zich in alle richtingen uitstrekte en de chauffeur die geleund tegen de jeep een sigaret stond te roken.

Ik had kunnen weigeren of kunnen schreeuwen of op een andere manier verzet kunnen bieden, zodat ze me daar niet zouden achterlaten. Ik kon niemand bellen omdat mijn telefoon geen bereik had. Maar ik had de indruk dat ik een beroep op hen had kunnen doen, of tenminste op Schectman, die me af en toe met zijn vriendelijke, treurige glimlach bleef aankijken alsof het hem speet dat hij me hier in mijn eentje moest achterlaten. Maar ik liet geen bezwaren of zelfs maar een klacht horen; hooguit maakte ik duidelijk dat ik niets met de typemachine kon beginnen. Misschien wilde ik indruk op hem maken met mijn onafhankelijkheid en professionalisme. Of wilde ik hem in de waan laten dat ik over onnoemelijk veel talenten beschikte, die voor de Joodse zaak zouden worden ingezet zodra hij wegreed. Of misschien vermoedde ik dat ik inmiddels al zover was gegaan dat er geen terugkeer mogelijk was. Hoe je het ook bekijkt, vanaf het moment dat Schectman zijn hand uitstak om me in de achterbak van de jeep te helpen was ik overal in meegegaan. Voor zover ik me herinner ging de enige vraag die ik stelde over Friedman.

Ik maakte me zorgen over hem, verklaarde ik tegen Schectman terwijl we onze koffie opdronken. Ik wilde weten waar ze hem naartoe hadden gebracht en of alles wel goed met hem was. Maar Schectman leek Friedmans naam niet te herkennen en toen ik aandrong gaf hij toe dat hij niets wist van iemand die Friedman heette. Hij was er halverwege bij gekomen, scheen het, zonder iets te weten over wat er was gebeurd voordat hij verantwoordelijk voor me werd of over wat er daarna zou gebeuren. Het enige waar hij iets over wist was zijn eigen aandeel, dat eruit bestond dat hij me van een wegversperring aan de rand van Jeruzalem naar deze keet in de woestijn moest brengen, met de koffer en de hond. Maar zo zullen ze dat wel aanpakken in het leger, door geen van alle betrokkenen het hele verhaal te vertellen. Onder militairen moet het idee van een verhaallijn totaal anders zijn, dacht ik. Je leert genoegen te nemen met je eigen kleine stukje, zonder er enig idee van te hebben waar het past, en toch hoef je nooit over het geheel in te zitten, want ergens is iemand die alles weet, die alles heeft uitgedacht, tot in de details. Het verhaal bestaat, wie weet waar het vandaan komt en waar het heen gaat, het enige wat jij te doen hebt is je richten op jouw aandeel, dat je kunt polijsten tot het glanst in wat verder duisternis alom is. Gezien dit model had het eigenlijk iets van pure ijdelheid om je ooit voor te stellen dat je overal van op de hoogte zou kunnen zijn, en zodra ik daarbij stilstond zette ik Friedman tijdelijk uit mijn hoofd. Maar toen ik Schectman erop betrapte dat hij me over de rand van zijn koffiekopje aankeek, kwam al mijn bezorgdheid weer naar boven met een kracht waardoor ik verrast werd. Ik zou er een lief ding voor over hebben gehad om te horen dat alles in orde was met Friedman. Ik kende hem nog maar heel kort, maar op dat moment miste ik hem net zo als ik mijn grootvader had gemist op de laatste dag dat ik hem levend en wel in het ziekenhuis zag, toen ik afscheid nam en hij me nariep: *Kom nog eens terug, als je kunt.* En daarna: *Toe maar, ik wacht wel. Als je niets van me hoort, doe de deur dan maar open.* Volgens mij had Friedman geprobeerd me dingen te vertellen die me waren ontgaan omdat ik te traag van begrip was geweest.

Ik moest weten wat er met hem was gebeurd, zei ik weer tegen

Schectman. Mijn ongerustheid moet zichtbaar zijn geweest omdat hij even zijn hand op mijn schouder legde en zei dat ik me geen zorgen hoefde te maken. Ik was intens dankbaar en wilde hem geloven. Zo begint het vast ook met gevangenen die een band krijgen met degenen die hen gevangen houden, dacht ik: uit één klein, onverwacht gebaar komt iets voort wat alleen maar liefde genoemd kan worden. Ik zag ons al samen naar voetbalwedstrijden kijken op de kleine tv die Schectman voor mijn verjaardag zou meebrengen, wedstrijden die we alleen in het Arabisch zouden kunnen ontvangen.

Wist je dat ik kinderen heb? vroeg ik hem zachtjes, omdat ik dit moment van intimiteit wilde verlengen. Hij schudde zijn hoofd. Twee jongens, vertelde ik. De oudste moet bijna half zo oud zijn als jij. En de jongste? vroeg hij beleefd. Om een of andere reden, ik weet niet waarom, zei ik: De jongste staat waarschijnlijk voor het raam op me te wachten.

Ik zag hoe er een druppel duisternis onder Schectmans ogen sijpelde. Misschien was ik hem aan het uitproberen, om te zien waar zijn echte gevoel lag. Maar toen ik naar beneden keek zag ik mijn eigen vingers trillen.

Zwijgend dronken we de rest van onze koffie op en toen was het tijd dat hij vertrok. Hij bood me een paar sigaretten aan, die ik accepteerde omdat ik alles had geaccepteerd wat hij me had aangeboden. Vanuit de deuropening keek ik toe terwijl hij instapte en naast de chauffeur ging zitten. Ik kon de jeep nog heel lang zien. Hij werd almaar kleiner totdat er alleen een stofwolk overbleef en toen zelfs die wolk verdween ging ik weer het huis in.

Ik waste de kopjes af, zette ze te drogen op de rand van de gootsteen en gaf de hond nog wat water. Toen ging ik naar de enige andere kamer van het huis en keek naar de koffer, die nog steeds naast de deur stond. Maar daar was de tijd nog niet rijp voor, besloot ik. In plaats daarvan richtte ik mijn aandacht op de paar oude boeken die op de planken stonden. Ze waren allemaal in het Hebreeuws, en ik probeerde de titels te ontcijferen. Een ervan sprong eruit. Het heette יערות ישראל – *Bossen van Israël* – en er stonden zwart-witfoto's in van plaatsen die eruitzagen alsof ze absoluut niet in Israël konden liggen: woeste bossen waar je nog de kans had grootgebracht te worden door wolven, dichte en donkere bossen vol besneeuwde plekken. Ik bekeek de afbeeldingen heel lang en omdat ik de onderschriften niet begreep kon ik me alleen maar voorstellen wat er precies stond, maar omdat ik me niet heel goed kon voorstellen wat er gezegd werd in de onderschriften bij foto's van bossen die met geen mogelijkheid in Israël konden groeien en die toch waren verzameld onder de noemer *Bossen van Israël*, kon ik vrijuit van die magische ongerijmdheid genieten. Op één foto vond ik een kleine witte haas die bijna volledig werd gecamoufleerd door sneeuw.

In de kast vond ik wat roestig gereedschap, een paar spaden, iets wat eruitzag als een metalen melkemmer, een doos met EHBO-spullen, een paar rollen paktouw, een wollen sjaal, een canvas rugzak en een paar leren slippers, afgesleten bij de hakken. Ik deed mijn schoenen uit, stak mijn voeten in de slippers en liep naar de badkamer. Uit de kraan stroomde iets bruins, alsof de woestijn zelf door de leidingen naar binnen kwam, terwijl de keukenkraan water produceerde dat alleen maar troebel was en bitter smaakte. Ik dronk ervan.

Toen ik alles had gezien wat er binnen te zien viel, ging ik buiten op onderzoek uit. Opzij van het huis stond een kleine picknicktafel waar met messen in was gekrast, en achterom had je een afgedekte stenen waterput. Er moest een ondergrondse bron of waterhoudende grondlaag zijn, omdat er behoorlijk wat lage struikjes rond het huis groeiden, plus een stuk of vier kleine doornbomen. Tamarisk misschien, of acacia. Binnenkort zou het ook hier gaan regenen en kwam er een tapijt van groen over de woestijn te liggen, maar hier was het nog droog en kaal, afgezien van een paar eenzame plekjes waar sprake was van leven. Ik zag flink wat dieren; hun drinkplaats moest vlakbij zijn. Er zaten steenbokken in de heuvels, een familie van kleine antilopen die van de struikjes kwam vreten, en één keer kwam er haastig een woestijnvos langs het huis lopen, met een amberkleurige vacht, enorme gepunte oren en een smalle snoet. Hij bleef even staan om door de open deur naar binnen te kijken, alsof hij half verwachtte een bekende te kunnen begroeten, maar toen hij mij zag draafde hij weer weg. Hij had geen zin in om ergens bij betrokken te raken. Er zaten ook flink wat muizen, die naar eigen believen kwamen en gingen.

Pas nadat ik het huis grondig had bekeken, vanbinnen en vanbuiten, ging ik op de werktafel af. Ging ik er achteloos op af, moet ik eigenlijk zeggen, zonder de bedoeling om iets te gaan doen, en al helemaal niet om te schrijven. En pas toen, op het moment dat ik op de stoel ging zitten en zomaar mijn vingers op de letters van de typemachine legde, drong het tot me door dat dit Kafka's huis was waar ik naartoe was gebracht. Het huis waar hij aan het eind van zijn leven in zijn eentje had gewoond – voor de tweede keer had geleefd en was gestorven, onder de uiterst sobere omstandigheden waar hij naar had verlangd, eindelijk ingeperkt tot wat onbetwistbaar in hemzelf zat. Dat dit was waar Friedman me van meet af aan naartoe had willen brengen.

Heel snel daarna, misschien al wel de volgende dag, werd ik ziek. Het kwam als een golf van zwakte en een zwaar gevoel in mijn ledematen, en eerst dacht ik dat het alleen maar uitputting was, veroorzaakt door slaaptekort. De hele middag lag ik lusteloos op bed en keek uit het raam naar de woestijn, die voortdurend veranderde in het licht. Zonder me te bewegen lag ik daar, alsof ik al uitgeput was door alles wat me te wachten stond. Toen ik begon te rillen en er vanuit mijn schedel een lichte pijn door mijn ledematen trok, dacht ik dat het iets psychosomatisch moest zijn, een manier om maar niet met schrijven te hoeven beginnen of onder ogen te zien wat ik daar echt deed of uitgebreid na te denken over wat er zou gaan komen, iets waarvan ik in mijn hart al wist wat het was. Voor lichamelijke pijn was ik niet bang meer, maar wat ik wél vreesde was emotionele pijn – die van mezelf, maar nog meer de pijn die ik mijn kinderen zou kunnen aandoen, iets waartegen ik ze met al mijn instincten zo lang mogelijk wilde beschermen. Voor altijd, als ik daartoe in staat was. Maar inmiddels was ik gaan beseffen dat ik hun pijn alleen maar kon uitstellen, en dat hoe meer ik alles uitstelde en hoe meer hun vader en ik een vorm bleven handhaven waarin we niet meer geloofden, des te gekwetster zouden ze uiteindelijk zijn. Ik moet daaraan toevoegen dat ik ook bang was voor de pijn die mijn man zou voelen, en hoe groot mijn angst ook was, ik vind het moeilijk om die zin nu op te schrijven. In de daaropvolgende jaren was zijn gedrag zodanig dat het me telkens weer schokte, ondanks het feit dat zijn gedrag vrijwel altijd constant was. We namen zij aan zij afstand van ons huwelijk, en hoewel we er later sterk onder hebben geleden, geloof ik echt dat ik mijn hele leven nog heel veel voor hem had kunnen blijven voelen, deze man met wie ik onze kinderen op de wereld had gezet en die ze had overstelpt met zijn liefde, ware het niet dat hij iemand was geworden die ik niet meer herkende. Niet alleen zijn gezicht, dat ik nog lang nadien onthutst bleef bestuderen, maar ook zijn gehele wezen. Als je eenmaal van iemand bent weggegaan met wie je heel lang samen bent geweest, kan het volgens mij vaak alleen maar zo zijn dat er veel dingen loskomen die door de aanwezigheid van de ander werden onderdrukt of ingeperkt. In de maanden nadat de relatie eindigt kan iemand in een razend tempo lijken te groeien, zoals in een natuurdocumentaire waarin gedurende weken gemaakte opnamen op hoge snelheid worden afgespeeld, om binnen een paar seconden te laten zien hoe een plant zich ontvouwt, maar in werkelijkheid is die persoon altijd al aan het groeien, onder het oppervlak, en alleen in die nieuwe vrijheid, in die huiveringwekkende eenzaamheid, kan zo iemand deze ondergrondse dingen tevoorschijn laten komen zodat ze zich in het licht kunnen ontvouwen. Maar bij mijn man en mij was er zoveel ingeperkt en verzwegen gebleven dat het onmogelijk was, toen we eenmaal uiteengingen en uiteindelijk in ons afzonderlijke licht en onze afzonderlijke omvang tevoorschijn kwamen, om degene die in het zicht kwam te blijven omarmen. Misschien wilde hij niet worden omarmd of was hij er niet toe in staat, wat ik hem niet verwijt. En nu, ver genoeg aan gene zijde van het verdriet, merk ik dat ik alleen maar met verbazing aan hem denk. Verbazing dat we ooit een tijdlang hebben geloofd dat we überhaupt dezelfde richting waren ingeslagen.

Op welk moment vertrek je uit een huwelijk? Anders dan liefde en zorg laat de belofte van tijd zich wel uitmeten, en daarom is met iemand trouwen jezelf voor een heel leven aan hem binden. En nu denk ik dat ik mijn eigen huwelijk heb verlaten door uit de tijd te vertrekken, wat voor mij de enige manier was, net zoals mijn koffer pakken in het waas van slapeloosheid de enige manier was. Wakker liggend op Kafka's bed vertrok ik uit de oude orde van de tijd naar een andere. Buiten, achter het raam, was er alleen maar tijd, en binnen ook: het licht dat over de vloer gleed was tijd, net als het gezoem van elektriciteit uit de generator, het getik van de gloeilamp waarmee de kamer vaag verlicht werd, de wind die om de hoek van het huis gierde, allemaal alleen maar tijd die ergens was opgeveegd en hier gedeponeerd, die afstand had gedaan van iedere vorm van volgorde.

Heel lang geleden, voordat ik getrouwd was, las ik een boek over het Oudgrieks. Dat was in een periode waarin ik bijzonder in Griekenland was geïnteresseerd en naar de Peloponnesus ging met een vriendje, met wie ik een tijdje heb samengewoond op de lange, brutaal in de zee stekende vinger van het schiereiland Mani; daar probeerden we allebei te schrijven, maar in feite hebben we er alleen maar geneukt en ontzettend geruzied in een klein huisje waar het vergeven was van de ratten. Het boek stond vol fascinerende zaken, en ik herinner me dat het tamelijk diep inging op de oude Griekse woorden voor tijd, waarvoor er twee waren: 'chronos', dat verwees naar de chronologische tijd, en 'kairos', dat werd gebruikt ter aanduiding van een onbepaalde periode waarin iets van grote betekenis gebeurt, een tijd die niet kwantitatief maar eerder blijvend van aard is en die 'het moment suprême' bevat, zoals dat heet. En terwijl ik daar op Kafka's bed lag, leek dát soort tijd zich nu overal om me heen op te hopen: wanneer ik me weer goed genoeg voelde zou ik proberen alles nauwkeurig te doorzoeken zodat ik het moment suprême kon lokaliseren waaromheen mijn leven zich tot dan toe in het geheim had samengevoegd. Het vinden van deze speld in de hooiberg leek me van levensbelang, want dat moment was vermoedelijk gekomen en gegaan zonder dat ik ook maar enigszins begreep wat het te bieden had. Ik raakte ervan overtuigd dat het zich in mijn kindertijd moest hebben aangediend, als een mot die op het licht afkomt, met als enige gevolg een knallende botsing tegen een stompzinnig scherm dat daar onlangs was geplaatst door een groeiend verantwoordelijkheidsgevoel ten opzichte van wat er van me verwacht werd nu ik acht of tien was, terwijl ik vroeger juist al mijn ramen en deuren wijd open had staan om de nacht binnen te laten. Dat herinnerde ik me uit het boek dat ik in de voortuin van het Griekse optrekje had gelezen, terwijl in de keuken de ratten omhoogklauterden over de katrollen waarmee de legplanken omhoog werden gehouden, en in de schaduw van de achtertuin het vriendje bij wijze van onschuldig tijdverdrijf de ene na de andere bladzijde volschreef terwijl hij wachtte tot ik weer een reden had gevonden om hem met mijn woede te bestoken – uit dat boek had ik ook geleerd dat in de oude kunst van de retoriek het woord 'kairos' verwees naar het voorbijgaande ogenblik waarop zich een opening voordoet waar je met veel kracht doorheen moet, met alle kracht die je kunt opbrengen als je de laatste resten tegenstand wilt overmeesteren. En nu besefte ik dat ik in mijn onwetendheid dat moment niet had aangegrepen of herkend, terwijl het – had ik de noodzakelijke kracht bezeten – me juist zou hebben geholpen om naar de andere wereld door te breken waarvan ik altijd al aanvoelde dat hij ergens bestond, onder het oppervlak. In mijn onwetendheid had ik mijn kans gemist en sindsdien had ik mijn toevlucht moeten nemen tot wroeten en klauwen om de weg erheen te vinden.

Af en toe geloofde ik dat het Kafka's bed was, maar af en toe ook weer niet. Soms vergat ik in mijn euforie zelfs bijna wie Kafka was, geloof ik. Zijn koffer stond bij de deur, maar op bepaalde momenten herinnerde ik me niet meer van wie hij was of wat erin zat, hoewel ik steeds ben blijven beseffen dat hij van groot belang was en dat ik hem niet mocht kwijtraken, ongeacht wat er met mij ging gebeuren. Dat iemands leven ervan afhing, waar dan ook, misschien wel mijn eigen leven. Soms noemde ik de hond Kafka, omdat die naam voor het grijpen lag en omdat het een heldere ingeving leek om hem voor de hond te gebruiken. Ze kwam ook nog, hoewel ze toen al zo'n honger had, het arme beest, dat ze waarschijnlijk overal op gereageerd zou hebben. Misschien was het de honger waardoor ze zo intelligent uit haar ogen keek. Ik gaf de hond alles wat ik maar in de kast kon vinden. Ik denk dat ze dat opvatte als een grotere opoffering dan het was, en het wekte haar loyaliteit. Maar toen ik eenmaal ziek werd was er weinig eetbaars meer in huis over, afgezien van een grote voorraad Bamba, een zoutje met pindasmaak. Wanneer ze het vertrouwde geritsel van de zakjes hoorde kwam ze onmiddellijk. Als ze in beweging kwam stegen er grote wolken stof op, of misschien waren het wel huidschilfers, en ik haalde het in mijn hoofd dat ook dit een vorm van tijd was, van wat haar nog aan tijd resteerde.

Soms sprak ik de hond toe. Lange monologen, die ze met gespitste oren aanhoorde terwijl ze zoutjes uit mijn jaszak opschrokte. Toen ik een keer geen Bamba meer bij me had, keek ik haar aan en zei: 'Neem dan maar een boterham met cornedbeef,' wat mijn grootvader vanaf zijn ziekenhuisbed tegen me had gezegd, vlak voordat hij me vroeg of hij al dood was. Maar ik wist dat ik niet dood was; integendeel, er waren momenten dat ik me, zo ziek als ik was, springlevend voelde. Springlevend, zoals ik me sinds mijn kindertijd niet meer had gevoeld, denk ik. Gespitst op het geluid van vele soorten wind, het uitdijen en inkrimpen van het huis, de vleugels van een vlieg die vastzat in een web maar de strijd nog niet had opgegeven, en de zachte, gestage toon van zonlicht dat over de vloer speelde. Ik heb het nooit zo nauw met de hygiëne genomen, ondanks alle huishoudelijke heisa waarmee ik het tegendeel wilde bewijzen, maar nu, alleen achtergelaten en door koorts bevangen, liet ik voortaan na om mijn kleren te wassen in de gootsteen. Ik sliep vaak overdag, werd 's nachts wakker en nam niet de moeite om mijn haar te borstelen of de vloer aan te vegen, die dan ook langzaam onder fijn woestijngruis kwam te liggen. In de kast vond ik een oude wollen jas die ik aantrok en zelfs in bed bleef dragen. Wanneer de pijn ondraaglijk werd, focuste ik me op een kleine verkleuring op de muur of het plafond, of op een vuile veeg op het raam, en drong mezelf dan met een enorme intensiteit aan die minuscule tekortkoming op, attaqueerde haar met elk laatste flintertje concentratie. Als gevolg daarvan, of van het geduld dat langs natuurlijke weg ontstaat wanneer je alleen bent en het bed moet houden, werd ik me langzaam bewust van een verscherping van mijn zicht, en na daarmee te hebben geëxperimenteerd door het bestuderen van de dekenvezels, die overeind stonden als de haren op de poot van een insect, ontdekte ik dat ik die heldere blik ook kon toepassen wanneer ik naar binnen keek. Een poosje had ik het idee dat ik maar met de scalpel van mijn scherpe inzicht boven een gegeven onderwerp hoefde te zwaaien en meteen bood het zich aan om te worden gefileerd. Maar toen wierp een onheilspellende gedachte een schaduw over de rest, cru en onopgesmukt, en dat was simpelweg dit: dat ik het grootste deel van mijn leven de gedachten en handelingen van andere mensen had nagebootst. Dat heel veel van wat ik had gedaan en gezegd een spiegel was geweest van wat er om me heen werd gedaan en gezegd. En dat alles wat er nog aan sprankjes van briljant leven in me brandde spoedig zou uitdoven als ik zo doorging. Toen ik heel jong was, was het anders geweest, maar die tijd kon ik me bijna niet meer herinneren, die tijd lag ver in de diepte begraven. Ik was er alleen zeker van dat er een periode had bestaan waarin ik naar de dingen van de wereld keek zonder dat ik het nodig vond ze aan een ordening te onderwerpen. Ik zag simpelweg, met de oorspronkelijkheid waarmee ik was geboren, het geheel der dingen, zonder dat ik het nodig vond er een menselijke vertaling aan te geven. Ik zou nooit meer in staat zijn op die manier te zien, dat wist ik, en toch, toen ik daar lag, vond ik dat het me niet was gelukt de belofte in te lossen van het inzicht dat ik ooit had gehad, voordat ik langzaam leerde naar alles te kijken zoals anderen dat deden en de dingen te kopiëren die zij zeiden en deden, en mijn leven te vormen naar dat van hen, alsof er nooit een andere wijze van zijn bij me was opgekomen.

Het is niet onmogelijk dat ik bezig was mezelf te fileren, want de pijn was soms tamelijk spectaculair. Ze ging door heel mijn lichaam, naar de diepste kern; ik heb maar één keer eerder zoiets gevoeld. Maar zoals ik al heb gezegd, ik ben niet meer bang voor lichamelijke pijn. Die jaagt me sinds de geboorte van mijn oudste zoon geen angst meer aan. De nacht voordat ik barensweeën kreeg kwam er een vrouw bij me thuis om me babykleertjes te geven die ze niet meer nodig had. Terwijl ze op mijn bank zat, vertelde ze me dat ze op het moment dat de weeën op hun ergst waren juist helemaal niet op haar rug had willen liggen, verdoofd vanaf haar middel. Integendeel, de enige denkbare aanpak was opstaan en recht op de pijn afgaan, de pijn tegemoet treden met elk greintje kracht dat ze bezat. Dit leek me zo'n kwestie van gezond verstand dat ik de volgende avond, toen mijn vliezen braken en ik in het ziekenhuis lag, dubbelgevouwen van de pijn, alles weigerde, zelfs het infuus dat ze bij mijn aankomst per se wilden aanleggen, in de rug van mijn hand, en de volgende zeventien uur accepteerde ik de pijn waarmee je een baby van bijna negen pond transporteert door wat ik altijd als een tamelijk smalle doorgang had beschouwd. Toen ik eindelijk weer kon praten, nadat ik was bijgekomen van alle bloedverlies door inscheuringen, uitgevloerd op bed lag en mijn best deed de aan flarden gereten spinsels van mijn gedachten bijeen te vegen, vertelde ik aan iemand die belde om te vragen hoe het allemaal was geweest dat ik me voelde alsof ik mezelf in een donkere vallei was tegengekomen. Dat ik was afgedaald en mezelf was tegengekomen in de vallei van de hel. En daarom zou deze pijn, deze filering van mijn ik of wat het ook mocht zijn wat me nu overkwam, me er niet onder krijgen. Deze pijn, alsof mijn hele wezen van het bot werd losgesneden. Of misschien was ik niet bang voor de pijn omdat ik geloofde dat mijn ziekte, wat voor ziekte het ook mocht zijn, eveneens een vorm van gezond-zijn was, de voortzetting van een transformatie die al aan de gang was.

In het oog van de storm van mijn ziekte moet ik me op zo'n zevenhonderd meter van het huis hebben bevonden, zonder enig idee hoe ik er was gekomen. Ik stond naar een vlekje in de lucht te kijken waarvan ik aannam dat het een rondcirkelende adelaar was. Het dier slaakte een kreet, en alsof die kreet van mij afkomstig was voelde ik opeens dat het vreugde was wat er achter mijn longen drukte. Een tomeloos gejubel van het soort waardoor ik als kind soms werd overvallen. Een zo krachtige vreugde dat ik dacht dat ze mijn borst zou openwringen. En toen deed ze dat ook, ze moet er recht doorheen zijn gebroken, omdat ik heel even niet meer in een lichaam zat. De vreugde steeg regelrecht op naar de lucht. Is dat niet de betekenis van extase, zoals we die van de Grieken hebben gekregen? In die tuin op het schiereiland Mani, in liefde en woede, had ik het gelezen: *Ex stasis: uit jezelf treden.* Maar hoezeer ik de Grieken destijds ook mag hebben bewonderd, uiteindelijk kon hun wereld nooit die van mij zijn, en als je een Jood bent in de woestijn en je volkomen buiten jezelf treedt, uit de oude ordening wegvalt, zal het altijd wel iets anders worden, hè? *Lech lecha*, zei God tegen Avram, die nog geen Abraham was geworden: *Ga jij – ga weg vanwaar je woont, het land van je vaderen, je geboorteland, naar de plaats die ik je zal aanwijzen.* Maar *Lech lecha* ging eigenlijk nooit om wegtrekken uit zijn geboorteland naar het onbekende land Kanaän, aan de overkant van de rivier. Als je het zo leest mis je het punt, denk ik, want wat God eiste was zoveel moeilijker, was bijna volslagen onmogelijk: dat Avram uit zijn lichaam trad om ruimte te maken voor wat God met hem voorhad.

In het oog van de storm – ik weet niet hoe ik het anders moet noemen. Tijdens de energieflits die het ophouden van pijn met zich meebrengt moet ik ook hebben besloten het bed naar buiten te slepen. Het viel niet mee om het door de deur te krijgen. Ik moest het een kwartslag draaien om het hoofdeinde erdoorheen te krijgen, en uiteraard bleef het steken en moest ik uit het raam klimmen en naar de voorkant omlopen zodat ik eraan kon trekken. Terwijl ik er als een idioot aan stond te rukken, liep de hond te janken, heen en weer dribbelend en aan het voeteneinde snuffelend. Ze zal wel hebben gedacht dat ik haar wilde opsluiten en haar in de steek zou laten. Toen het hoofdeinde plotseling losschoot, viel ik achterover en stoof de hond het huis uit.

Ik sleepte het bed zo'n zes meter naar buiten. Voldaan trok ik de lakens en de geruite deken recht en ging onder de ontzagwekkende hemel liggen. De hond kwam eindelijk tot bedaren en plofte neer op de stenige grond naast het bed. Ze legde haar kop op de rand van het matras en wachtte af om te kijken of ik nog iets anders had bedacht. Ze moest in het verleden een nest jongen hebben gehad, want haar tepels hingen treurig aan haar buik. Ik vroeg me af waar ze nu waren, haar kinderen. Ik vroeg me af of ze weleens aan ze terugdacht. Misschien heb ik op die manier met haar gesproken: als het ene wezen dat de lichamelijke eisen van leven ter wereld brengen had doorstaan tegen een ander, bij wie het verhaal van leven schenken vanaf de conceptie in haar lichaam geschreven stond, waardoor ze schijnbaar geen andere keuze had dan het ten uitvoer te brengen. Die de pure kracht van die wet door zich heen voelde gaan en zich afvroeg of er eigenlijk verschil bestond tussen dat verhaal en de liefde. Verder is me niets van onze gespreksonderwerpen bijgebleven.

Het was ver in de namiddag en de woestijn neigde naar oker en de temperatuur was perfect, terwijl ik naar een paar roze, voorbij drijvende wolken lag te kijken. Ik was best ingenomen met de resultaten van mijn werk. Zozeer dat ik na een tijdje besloot ook de rest van het meubilair naar buiten te slepen. De leesfauteuil, overtrokken met een stuk oud canvas om de gescheurde zitting aan het oog te onttrekken, de werktafel, en zelfs de typemachine, de stapel papier en de stenen presse-papier, die nu aan zijn doel zou beantwoorden omdat de vellen papier anders zouden wegwaaien. Eerst zag het eruit als een soort rommelmarkt in de woestijn, wat totaal niet mijn bedoeling was geweest, en daarom was ik een hele tijd bezig alles keurig neer te zetten voor het huis, door de ruimte tussen elk paar meubels aan te passen en bij de inrichting naar een niet weer te geven perfectie te streven. Toen het bijna perfect was, maar nog niet helemaal, wipte ik weer het huis binnen en kwam terug met de slippers, die ik naast het bed zette, en *Bossen van Israël*, dat ik op het nachtkastje legde.

Er sloeg een golf van uitputting over me heen. Ik kon bijna geen voet meer verzetten en liet me op het matras vallen. Ik kon me niet voorstellen waar ik de kracht vandaan had gehaald. En toch, toen ik daar buiten in de openlucht lag, voelde ik me dicht bij de volheid die je soms onder het oppervlak van alles bespeurt, onzichtbaar, zoals Kafka ooit schreef, ver weg, maar niet vijandig, niet weifelend, niet doof, en die misschien wel zou komen als we haar met de juiste naam aanspreken.

Ik moet in slaap zijn gevallen. Toen ik mijn ogen weer opendeed was het nacht en lag ik te rillen van de kou. Boven me zag ik de sterren woeden. Ik trok de oude wollen jas nog steviger om me heen. Zoekend naar de sterrenbeelden dacht ik aan de dag waarop het vriendje en ik met de auto de kromme vinger van het schiereiland Mani waren afgezakt, naar de veronderstelde toegang tot de Onderwereld. Oude levens keren altijd terug, maar in de tien jaar van mijn huwelijk is die specifieke dag vaker bij me teruggekomen dan andere, en nu kwam hij opnieuw bij me terug. Om in de kleine grotopening te kunnen kijken was ik op handen en knieën gaan zitten en terwijl ik dat deed had het vriendje mijn jurk omhooggesjord en me van achteren bestegen. De hoge grasprieten ritselden zachtjes in de wind en om het niet uit te schreeuwen zette ik mijn tanden in zijn arm. Toen we thuiskwamen zagen we dat een rat zich had geëlektrocuteerd in het elektriciteitskastje. Die nacht restte ons geen andere keuze dan ons in het donker over elkaar te ontfermen. En nu, op mijn rug onder de sterren, zag ik opeens in wat er achter al mijn Griekse furie had gelegen: het abrupte moment waarop verzet wijkt voor bijna schokkende liefde. Ik geloof niet dat ik ooit echte liefde heb gekend die niet gepaard ging met geweld, en op dat moment, liggend onder de woestijnhemel, wist ik dat ik nooit meer op liefde zou vertrouwen die daar niet mee gepaard ging.

Ik was te zwak om iets anders dan het bed terug naar binnen te slepen. Ik liet het gewoon midden in de kamer staan en ontdekte dat ik vandaaruit door alle drie de ramen naar buiten kon kijken. Het enige boek dat ik in het Engels had was *Parables and Paradoxes*, en nadat ik een paar keer het gedeelte over het paradijs had herlezen keek ik door de ramen naar buiten en kwam het opeens bij me op dat ik iets bij Kafka verkeerd had begrepen, omdat ik geen rekening had gehouden met de oorspronkelijke drempel die ten grondslag ligt aan elke andere drempel in zijn werk, de drempel tussen het paradijs en deze wereld. Kafka heeft ooit gezegd dat hij de zondeval beter begreep dan wie dan ook. Zijn besef kwam voort uit de overtuiging dat de meeste mensen de verdrijving uit de hof van Eden ten onrechte opvatten als straf voor het eten van de Boom der Kennis. Maar zoals Kafka het zag, was de verbanning uit het paradijs het gevolg van het níét eten van de boom des levens. Hadden we van die andere boom gegeten, die ook midden in de hof stond, dan zouden we ons bewust zijn geworden van de aanwezigheid van het eeuwige in ons, van 'het onverwoestbare', zoals Kafka het noemde. Nu zijn alle mensen in wezen gelijk in hun vermogen om goed en kwaad te herkennen, schreef hij; de verschillen ontstaan ná die kennis, wanneer mensen zich moeten inspannen om ermee in overeenstemming te leven. Maar omdat het ons ontbreekt aan het vermogen om in overeenstemming met onze morele kennis te leven, lopen al onze inspanningen op niets uit en kunnen we onszelf daarbij uiteindelijk alleen maar vernietigen. We zouden de kennis die we kregen toen we in de hof van Eden aten het liefst tenietdoen, maar omdat we dat niet kunnen creëren we rationalisaties, waar de wereld tegenwoordig vol mee zit. 'Ja, de hele zichtbare wereld,' zegt Kafka peinzend, 'is wellicht niets anders dan de rationalisatie van een man die een ogenblik rust wil.' Wat voor rust? Door te doen alsof kennis een doel op zich kan zijn. Intussen zien we het eeuwige, onverwoestbare in ons over het hoofd, net zoals Adam en Eva de boom des levens op noodlottige wijze over het hoofd hebben gezien. En blijven we het over het hoofd zien, terwijl we juist niet kunnen leven zonder de overtuiging dat het eeuwige, onverwoestbare er is, altijd binnen in ons, met takken die omhoog reiken en bladeren die zich ontvouwen in het licht. In die zin is de drempel tussen het paradijs en deze wereld misschien een illusie en hebben we het paradijs wellicht nooit verlaten, suggereerde Kafka. In die zin kunnen we daar misschien zijn zonder dat zelfs nu te weten.

Het werd duidelijk dat niemand me kwam ophalen. Misschien waren ze het vergeten. Of misschien was degene die het hele verhaal in zijn bezit had weggeroepen of in de oorlog gesneuveld. Kaddisj voor het hele verhaal. Ik had niet eens geprobeerd mijn eigen aandeel uit te voeren: de koffer stond onaangeroerd waar Schectman hem had achtergelaten. Maar nee, dat is niet de volledige waarheid. Voordat ik ziek werd, en soms ook toen ik koorts had, had ik vaak nagedacht over Kafka's leven na de dood. Wat ik me daar het meest bij had voorgesteld waren zijn tuinen. Misschien maakte de kaalheid van de woestijn dat ik naar weelderige groei smachtte, naar de zware, bijna weerzinwekkend sterke reuk van opeengepakt gebladerte, maar als vanzelf haalde ik me regelmatig de geurige paadjes voor de geest, met een bedrijvig insectenleven, met hun priëlen, fruitbomen en wijnranken. En daartussen was altijd Kafka aan het werk, bezig turf of kalk te mengen, aan harde knopjes te voelen, wortelkluiten los te schudden, het werk van de bijen te bekijken, nog steeds gekleed in het donkere pak van een begrafenisondernemer. Ik stelde me hem nooit voor in kleren die geschikt waren voor werk buitenshuis of voor de hitte. Zelfs nadat ik mijn beeld van zijn tuinen had aangepast aan wat er kon groeien, nadat ik ze had volgeplant met kamperfoelie en granaatappelbomen, zag ik hem alleen maar voor me in dat stijve pak. Het pak, en soms de vreemde bolhoed die altijd te klein voor zijn hoofd leek te zijn, alsof een enkel zuchtje wind hem eraf zou blazen. Dat ik me nog steeds niet helemaal kon neerleggen bij het idee dat hij zich van zijn oude kleren zou ontdoen, hoe ongeschikt ze ook waren voor zijn nieuwe leven, komt vast doordat ik me niet helemaal kon neerleggen bij het idee dat hij liever een boom zou planten, liever zou bewateren en bemesten en besnoeien dan de lichtval door de bladeren reguleren, de boom binnen één of twee zinnen driehonderd jaar laten beleven en hem ten slotte te vellen in een orkaan die te veel zout naar de wortels aanvoert en hem als voer voor de bijl achterlaat. Me niet kon neerleggen, uiteindelijk, bij het idee dat hij zich zou willen uitsloven onder de harde en beperkende omstandigheden van de natuur, terwijl hij daar met zijn vermogens best bovenuit zou kunnen stijgen voor iets wat, in zijn proza, altijd aan het eeuwige vastgesmeed was geweest.

Er lag een Hebreeuws woordenboek op de plank. Ik bladerde erin en probeerde me voor te stellen dat Kafka na zijn overlijden in Praag echt op het Hebreeuws was overgestapt en ook in die eeuwenoude letters was blijven schrijven. Dat de resultaten van de verbintenis tussen Kafka en het Hebreeuws echt al die tijd verscholen hadden gelegen in de vesting van Eva Hoffes appartement in de Spinozastraat, beschermd door een dubbele kooi en haar paranoia. Was er zoiets als late Kafka? Was het mogelijk dat de lopende rechtszaak tussen de Nationale Bibliotheek van Israël en Eva Hoffe, die optrad als zaakwaarnemer van Max Brod, in feite een onuitgesproken subtekst had: de strijd om de mythe in stand te houden versus de strijd om Kafka op te eisen door de staat die zichzelf beschouwt als vertegenwoordiger en culminatie van de Joodse cultuur en die afhankelijk is van een overwinning op de diaspora, van het messiaanse idee dat alleen in Israël een Jood op authentieke wijze een Jood kan zijn? Ik dacht terug aan de wetende glimlach die om Friedmans lippen speelde op de dag dat hij me bij het appartement van mijn zus had afgezet: *denk je soms dat wat jij schrijft aan jou toebehoort?* Pas nu hij er niet meer was kwam ik eraan toe met hem in discussie te gaan, tegen hem te zeggen dat de literatuur nooit door het zionisme kon worden gebruikt, aangezien het zionisme uitgaat van een einde – aan de diaspora, aan het verleden, aan het Joodse probleem – terwijl de literatuur huist in het domein van het eindeloze, terwijl degenen die schrijven juist geen verwachtingen over een einde koesteren. Een journalist die Eva Hoffe interviewde vroeg haar wat Kafka er zelf volgens haar allemaal van zou hebben gevonden. 'Kafka zou het in dit land geen twee minuten hebben uitgehouden,' had ze snibbig gereageerd.

De hond keek me aan vanaf haar plekje in de hoek toen ik opstond om het Hebreeuwse woordenboek terug op de plank te zetten. Ze was daar tijdens mijn gehele koortsaanval blijven zitten en had alleen zachtjes gejankt wanneer ze naar buiten wilde om haar behoefte te doen. Verder was ze niet van mijn zijde geweken. Ik zal de blik in haar donkere vochtige ogen niet gauw vergeten: alsof ze begreep wat ik zelf niet begreep. Maar nu leek ze te weten dat de koorts was geweken en begon ze zich uit te rekken en zelfs met haar staart tegen de grond te slaan, alsof ze besefte dat de tijd weer naar ons terug aan het keren was. Toen ik in de keuken wat water voor haar ging halen, sprong ze overeind en draafde ze met nieuwe veerkracht achter me aan, alsof ze tijdens mijn koortsaanval vele jaren van zich had afgeworpen. Er was niets eetbaars meer over, de keuken was kaal. Ik voelde er weinig voor om erachter te komen hoe het was om te verhongeren of om de hond te zien verhongeren. De hele nacht had ik haar maag horen rommelen.

De koffer stond nog steeds bij de deur te wachten. Zodra ik mijn vingers op de deurknop legde begon de hond opgewonden te hijgen. Ik trok de koffer door de lege kamer terwijl ze toekeek. Hij was een stuk lichter dan ik had verwacht. Zo licht dat ik me heel even afvroeg of het leger de verkeerde koffer had achtergelaten en of Friedman überhaupt wel iets uit de Spinozastraat had meegenomen.

Ik vulde een paar glazen potjes met water en stopte ze in de canvas rugzak die ik in de kast had gevonden. Ik droeg nog steeds de jas, die misschien wel Kafka's jas was geweest, maar in plaats van hem weer aan de kapstok te hangen, knoopte ik hem dicht tot aan mijn kin. Daarna keek ik nog een keer de kamer rond, die net zomin herinneringen bevatte aan Kafka's tijd hier als aan die van mij. Ik trok de dunne gordijnen dicht, hoewel het licht nog volop naar binnen viel. Kaddisj voor Kafka. Moge zijn leven worden gebundeld in de bundel des levens. Hij mocht hier dan misschien gewoond hebben, maar ik zou dat nooit kunnen. Ik had kinderen die me nodig hadden en die ik nodig had, en de tijd dat ik misschien had kunnen leven binnen de perken van wat er onomstotelijk in mezelf lag was verstreken toen zij werden geboren.

Ik deed de deur open en de hond aarzelde geen moment. Ze rende naar buiten, dertig tot veertig passen voor me uit, draaide zich toen om en bleef op me staan wachten. Ze leek me te willen laten zien dat ze de weg kende en een betrouwbare gids was. Het meubilair stond nog onder de blote hemel uitgestald. De slippers stonden op de stoffige grond naast elkaar te wachten op wie er maar zou komen. Binnenkort zou het gaan regenen en zou alles onderplenzen. Ik keek terug naar het huis, dat vanbuiten een nog kleinere indruk maakte.

De hond haastte zich voor me uit. Nu eens liep ze de grond te besnuffelen, dan weer draaide ze zich om en keek of ik haar wel volgde. De koffer hobbelde achter me aan over de rotsige grond. Wat aanvankelijk licht leek werd algauw zwaar, zoals dat altijd gaat. Als ik te ver achterop bleef kwam de hond in een cirkel terug om dicht op mijn hielen te draven, en wanneer ik stilstond en op de grond ging zitten jankte ze en likte mijn gezicht.

We liepen urenlang. De zon begon al naar het westen te zakken, zodat onze schaduw voor ons uit viel. De huid van mijn handpalmen werd rauw en kwam vol blaren te zitten, ik had geen gevoel meer in mijn armen en intussen was mijn geloof in het bovennatuurlijke vermogen van de hond om me de weg te wijzen uitgehold door uitputting en mijn angst dat ik hier zou doodgaan en dat ik mijn kinderen nooit meer zou zien omdat ik me zo had aangesteld. Met flink wat zelfverachting besloot ik een koffer waarvan ik bang was dat hij leeg zou blijken te zijn niet verder voort te trekken over de grond van een woestijn die ooit de bodem van een zee was geweest. De hond bleef er even naar staan kijken, medelijdend, stak toen haar snuit omhoog en besnuffelde de lucht, als om aan te tonen dat ze alweer andere zaken op het spoor was.

Het was al laat toen we bij de weg aankwamen. Ik wilde wel op mijn knieën gaan zitten om tranen te vergieten op het asfalt dat iemand hier ooit zo voorkomend had neergelegd. Ik deelde het laatste beetje water met de hond en we kropen tegen elkaar aan om geen warmte te verliezen. Ik sliep met onderbrekingen. Het moet bijna zes uur in de ochtend zijn geweest toen we het steeds harder wordende geronk van een automotor hoorden naderen van de andere kant van de heuvel. Ik sprong overeind. Het was een taxi die om de bocht kwam scheuren, en ik zwaaide verwoed naar de chauffeur, die op de rem trapte, langzaam naar ons toe reed en zijn raampje liet zakken. We waren verdwaald, zei ik, en er niet zo best aan toe. Hij zetten de Mizrachi-muziek die uit zijn stereo kwam wat zachter en glimlachte, waardoor er een gouden tand zichtbaar werd. Hij was op weg terug naar Tel Aviv, zei hij. Ik zei dat wij daar ook naartoe gingen. Hij keek sceptisch naar de hond, die nu over haar hele lijf stijf en gespannen was. Ze leek klaar te staan om naar voren te springen en desnoods haar tanden in zijn keel te zetten. Ze zag er totaal niet uit als een herdershond, Duits of van een andere soort, maar uiteindelijk had Friedman gelijk, dat was ze nu eenmaal. Het was een heel bijzondere hond; en dan te bedenken dat ik haar bijna aan de soldaat had afgestaan. Nadat ik uit het ziekenhuis was gekomen, probeerde ik haar te vinden. Ik had half verwacht dat ze zou zitten wachten waar ik haar had achtergelaten, bij de ingang van de spoedeisende hulp. Maar toen ik werd ontslagen was ze vast allang verdwenen. Ze had haar aandeel verricht en was ervandoor gegaan, op zoek naar haar baasje. Later probeerde ik ook hem te vinden. Maar van Friedman ontbrak ieder spoor. Op de administratie van de universiteit van Tel Aviv kreeg ik te horen dat er nergens een Eliëzer Friedman stond vermeld – er was nooit iemand met die naam bij de vakgroep letterkunde in dienst geweest, en evenmin bij een andere vakgroep. Het kaartje dat ik van hem had gekregen was ik kwijtgeraakt. Ik keek ook in de telefoongids, maar hoewel er honderden Friedmans in Tel Aviv woonden, zat ook daar geen Eliëzer bij.

Lech Lecha

Toen de foto's doorkwamen, stonden er geen puinhopen of vlammen op. De eerste was van een voet, naast een paar veelkleurige plastic tassen, zo te zien. De tweede was van dezelfde voet, wazig. De derde was niets meer dan een veeg van kleuren. Enzovoort, totdat de zesde foto eindelijk was gedownload en op zijn scherm verscheen. Opeens zat Epstein in de ogen van een kind te kijken. Een jongen die niet veel ouder dan acht of negen was – elf, als je in aanmerking neemt dat een kind klein kan blijven door ondervoeding. Zijn ondeugende gezicht was besmeurd met vuil en onder de boogjes van zijn wenkbrauwen glommen zijn ogen. Hij had zijn mond dicht en toch leek hij te lachen. Het duurde een minuut voordat de gebiologeerde Epstein besefte dat de donkerblauwe kraag waar het fijne nekje uit stak zijn eigen kraag was, dat de jas zijn eigen jas was. Hij stelde zich voor hoe de jongen een weg zocht door de puinhopen en over banden sprong en door steegjes rende terwijl de gerafelde zoom als een cape achter hem aan sleepte. Toen werd het gezicht op zijn scherm abrupt vervangen door een inkomend gesprek van Schloss. Hij drukte op de rode knop en stuurde zijn advocaat door naar zijn voicemail, die al vol zat.

Het was vier uur in de ochtend. Epstein zat op de wc en verdreef de kilte in zijn botten met het hete water van de douche. De rol closetpapier moest buiten de deur gehouden worden, maar nadat hij die lichte aanpassing had doorgevoerd kreeg hij waardering voor de handige plaatsing van de douchekop, met de kant-en-klare zitplaats eronder. Hij waste zich en zeepte zich tussen zijn tenen in zoals zijn moeder hem dat had geleerd. De spiegel boven de wasbak was beslagen. Hij ging staan en wreef over het glas, en onder zijn vingers verschenen zijn ogen. Toen hij weer in de wasem verdween, herhaalde hij het foefje nog eens. Toen ging hij op zoek naar zijn kleren, huiverend in de kou en een spoor van natte voetafdrukken achter zich latend. Naakt voor de spiegel van de klerenkast zag hij zijn dunne, geaderde benen en de losse huidplooien rond zijn buik. Hij stapte opzij en schoot snel in zijn kleren.

Hij legde zijn exemplaar van de Psalmen in zijn aktetas, klopte op de zak van zijn jasje naar zijn portemonnee, sloeg een sjaal om zijn hals en bleef nog even in het donker staan nadenken of hij soms iets had vergeten. Toen deed hij de deur van het appartement op het nachtslot. De taxi die hij had gebeld stond al beneden te wachten. Er rende een krollende kat in de straal van de koplampen. Epstein ging voorin zitten, naast de chauffeur, die hem begroette en na een minuutje zwijgen de Mizrachi-muziek op de radio wat harder zette.

Op de afgesproken plaats, langs de kant van de weg in de woestijn, niet ver van Een Gedi, wachtte de locatiemanager hem op met een auto. Het was een groot drama, meldde hij, terwijl hij met zijn vrije hand door zijn dun wordende haar ging. Had Epstein bezwaar als hij rookte? Epstein draaide het raampje naar beneden, zodat de zwavelgeur van de Dode Zee naar binnen drong. Omdat het budget nogal krap was zolang ze zijn financiële bijdrage nog niet binnen hadden, moesten er compromissen worden gesloten. Met als gevolg dat de toch al humeurige en opvliegende regisseur in een tiran was veranderd. Zelfs hij was hem gaan minachten, zei de locatiemanager tegen Epstein. Het was altijd zijn enige motivatie geweest om het de regisseurs voor wie hij werkte naar de zin te maken. Met al zijn harde werk en de eindeloze uren die hij erin stak wilde hij alleen maar bereiken dat de regisseur een tevreden man was. Maar Dan was onmogelijk. Het was nooit goed genoeg. Als hij niet zoveel talent had, zou niemand het nog pikken. Al bij de minste fout barstte hij in woede uit en zette hij de verantwoordelijke in het openbaar te kakken. Toen de assistent-regisseur Batseba naar huis liet gaan omdat hij dacht dat ze voor de rest van die dag klaar was, dreigde Dan zijn lul eraf te snijden. Toen de beenplaten van Goliat nergens te vinden waren, ging hij ook over de rooie. 'Goliat heeft vier regels tekst,' gilde hij, 'en een daarvan is "Haal mijn bronzen beenplaten!" Dus waar is verdomme die beenbescherming?' In nog geen uur had de rekwisiteur een paar scheenbeschermers gevonden en ze goudkleurig gespoten, maar hoewel ze er best overtuigend uitzagen, wierp Dan er één blik op en smeet daarna een stoel omver. De volgende dag, toen de jongens van de techniek geen dolly hadden voor een totaalshot van de veldslag, stormde Dan de set af en liet zich alleen maar overhalen terug te komen nadat Jaël zich een heel uur met hem had opgesloten in de truck. Maar in plaats van in goede harmonie weer aan de slag te gaan eiste hij bij zijn terugkeer een grote massa Filistijnen. Aangezien hij net de castingdirector had ontslagen en het budget maar een paar betaalde figuranten toestond, had Eran – die Dan intussen wel kon vermoorden – een oproep voor vrijwilligers op Facebook geplaatst en liet hij zijn neefje de rockster die oproep delen met zijn driehonderdduizend volgers, er vaag op zinspelend dat hij zelf ook zou opdagen.

En hoeveel zijn er gekomen? vroeg Epstein.

De locatiemanager haalde zijn schouders op, gooide zijn sigaret weg en zei dat ze dat morgen wel zouden zien. De veldslag was uitgesteld tot ze ergens een kraan konden vinden.

Toen ze op de set arriveerden, was de zon net aan het opkomen. Dan en Jaël waren nog op weg vanuit het hotel in een nabijgelegen kibboets, maar de cameraman had haast om de boel op te stellen en wilde zo snel mogelijk beginnen, nu het licht nog zo magisch was. De planning was dat ze drie scènes zouden opnemen met David, die door de wildernis op de vlucht was voor Saul. Eerst een van David en zijn bende van randfiguren en bandieten, wanneer ze bij het huis van de rijke Kalebiet Nabal verschijnen om leeftocht te eisen als vergoeding voor hun waakzaamheid, waaraan te danken is dat Nabals schaapherders en drieduizend schapen niets ergs overkwam. Daarna de scène waarin Nabal sterft en zijn vrouw, Abigaïl, wordt gedwongen om met David te trouwen. 's Middags, wanneer de zon te fel scheen voor iets anders, wilde de cameraman opnamen maken in de grot, waar David tersluiks een hoekje van Sauls mantel afsnijdt wanneer de koning zich ontlast. Vlak voor zonsondergang zouden ze een laatste shot doen voor het slot van de film.

David zat in de truck, bij de grime. Er waren dertig schapen onderweg, geleid door hun herder, een bedoeïen. Saul, die op Epstein veel te gretig overkwam, liep doelloos rond in kostuum en maakte geintjes met de jongens van de techniek. Naast Epstein zat Ahinoam, Sauls voormalige vrouw, een haarlok om haar vinger te draaien terwijl ze zachtjes haar tekst repeteerde. Ze had er problemen mee, zei ze tegen hem. Epstein vroeg waarom en ze legde uit dat haar rol een van de meer controversiële aspecten van het script omvatte, aangezien ze in de hele Bijbel maar twee keer wordt genoemd: één keer als de vrouw van Saul, moeder van Jonathan, en een keer als de vrouw van David, met wie ze kennelijk al gehuwd is wanneer hij ook met Abigaïl trouwt. Maar nergens staat er iets over de manier waarop David Sauls vrouw moet hebben geroofd – wat neerkomt op een machtsgreep – en dat is juist de reden waarom hij naar de wildernis moest vluchten en waarom Saul wil dat hij wordt achtervolgd en gedood. Maar aangezien het er in het boek Samuel om gaat vast te stellen dat Davids koningschap een daad van goddelijke wil was, kon de Bijbelse auteur uiteraard niet erg diep op het hele Ahinoam-debacle ingaan, legde Ahinoam uit, want dan zou David zijn ontmaskerd als de ambitieuze en doortrapte klootzak die hij in werkelijkheid was. Maar ze konden ook niet totaal negeren wat iedereen destijds wist. Dus moesten ze Ahinoams naam er stiekem in frommelen – o ja, David had trouwens ook nog een andere vrouw, foutje! – om dat daarna met de mantel der liefde te bedekken, net zoals ze dat hadden moeten doen met het feit dat David zich bij de Filistijnen aansloot en waarschijnlijk inderdaad de steden van zijn eigen volk in Juda plunderde, precies zoals hij aan Achis had verteld. Jaël had echter een afwijkende visie, vertelde Ahinoam. Haar David stond iets dichter bij de echte David, en in haar script werd wat meer nadruk gelegd op het aandeel van de vrouwelijke personages, wat goed was voor Ahinoam, want anders had ze niet eens een rol gehad. Toch had ze maar drie regels tekst in de trouwscènes, dus daar moest ze heel wat in zien te proppen. Ze stak Epstein het script toe en vroeg of hij haar wilde souffleren.

Na een lange ochtend werd er gestopt voor een lunchpauze en hoefde alleen nog de slotscène opgenomen te worden, in de vooravond. Maar om halfvier was de acteur die de bejaarde David speelde, Zamir, er nog steeds niet. Er kwam een telefoontje binnen via de satelliettelefoon: Zamir was ziek. Hij had gedacht dat het niets was en had niet willen afzeggen, maar nu was het wél iets. Vanuit het Ichilovziekenhuis, waar hij momenteel wat onderzoekjes onderging, verontschuldigde hij zich. De regisseur, te uitgeput om nog te schreeuwen, goot langzaam het restje van zijn koffie op de woestijngrond en liep in zichzelf mompelend weg. Het was nu bijna helemaal leeg op de set. De andere acteurs waren al naar de kibboets teruggekeerd; er was sowieso al een klein groepje acteurs in jeeps naar deze afgelegen plek gereden. Jaël ging in conclaaf met de productieleider en de producent. Omdat ze een kop groter was dan allebei, moest ze gebogen staan om hun stemmen binnen hun kringetje te houden. Onder druk gezet, in de chaos van de set, bleef zij als enige onverstoorbaar. Zonder haar zou Dan verloren zijn geweest en omdat Epstein dat begreep misgunde hij hem haar aandacht wat minder.

De regisseur stond kiezels naar een van de banden van de truck te gooien toen het kringetje uiteenging. Epstein, die net een slokje thee nam, zag Jaël op de man aflopen. Ze was echt beeldschoon om te zien. Ze legde niet haar hand op zijn schouder, ze betuttelde hem niet, ze pakte hem niet met fluwelen handschoenen aan, zoals de anderen dat deden. Ze bleef gewoon in alle rust staan, als een vorstin, wachtend tot de regisseur weer zichzelf was. Pas toen begon ze te praten. Na een poosje draaiden ze zich allebei om en keken Epsteins kant op. Hij hief zijn hoofd op om naar de lucht te kijken en nam nog een slokje thee.

Ze waren begonnen bij het eind en hadden twee weken eerder de scène opgenomen waarin Salomo zich over David buigt om de laatste woorden van de stervende koning te horen. De oude David had geen tekst meer: er was alleen een longshot waarin hij de woestijn in loopt. Wat dat betrof hoefde het verlies van de acteur Zamir geen volslagen ramp te betekenen. Het laatste shot was gepland voor wanneer de schemering viel, en als belichting brandden er fakkels, waarbij alles in schaduwen werd gehuld. Epstein had vrijwel dezelfde lengte en bouw als Zamir. Ze hoefden alleen maar de zoom van de mantel een centimeter in te nemen, op z'n hoogst twee. De kleedster knielde aan zijn voeten neer, met de naald tussen haar samengeknepen lippen, en legde een knoop in de draad. Maar toen iedereen een stap achteruit deed om haar werk te bewonderen, werd geconcludeerd dat er iets niet klopte. Epstein trok de zware gesp van zijn riem recht terwijl Jaël zich naar Dan overboog. Hij zag er niet koninklijk genoeg uit, en ook niet nederig genoeg, fluisterde de kleedster hem toe, en ze veranderde snel een klein, onbeduidend detail aan zijn mouw. Er werd een kroon gevonden door de rekwisiteur. Maar het goud werd te fel geacht en met zwarte schoensmeer dof gemaakt.

De fakkels werden aangestoken. Het enige wat hij hoefde te doen was tussen de twee rijen fakkels door lopen, weg van de camera, en blijven lopen tot de regisseur cut riep. Maar net toen ze begonnen te draaien stak de wind op en waaide de helft van de fakkels uit. Ze werden opnieuw aangestoken, maar waaiden even later opnieuw uit. Het zou die nacht noodweer worden, zei iemand. Regen in de woestijn, als er al ooit regen viel, was altijd hevig: de productieleider keek op zijn Android-telefoon en meldde dat er een stortvloedwaarschuwing voor deze omgeving gold. Gelul, zei Dan, die op zijn iPhone keek, er stond nergens iets over zware regenval. Epstein keek omhoog naar de lucht, maar zag geen wolken. De eerste ster stond al aan de hemel. Het waaide stevig, en ongeacht wat de man van het licht ook uithaalde, de fakkels wilden niet blijven branden. De lucht raakte bezwangerd van de kerosinestank. Ze moesten het maar zonder fakkels stellen, betoogde de productieleider. Maar Dan wist niet van wijken. Zonder het licht van fakkels was de scène niet te gebruiken.

De regisseur en de productieleider bleven met luide stem staan discussiëren. Algauw deed ook de producent mee, en zelfs de cameraman, wiens licht nu snel verdween. De wind waaide. Epstein hoorde het stuk Vivaldi in zijn hoofd. Hij dacht aan zijn bomen, die zelfs op dit moment groeiden. De berghelling kon niet ver hiervandaan zijn. Zouden ze al met het transport van de jonge boompjes zijn begonnen? De datum was hem ontschoten. Dan zou iemand hem toch wel hebben ingelicht? Hij dacht erover Galiet te bellen, maar zijn telefoon zat in de zak van zijn jasje, dat iemand van de kleding van hem had aangenomen, samen met zijn broek.

De wollen mantel was gaan kriebelen. Omdat iedereen hevig

stond te discussiëren had niemand in de gaten dat hij wegliep van de dubbele rij fakkels en zijn aktetas van onder een stoel oppakte. Hij trok de mantel uit en liep de helling op. Boven op de heuvel zou hij het vast wel kunnen zien. Een tijdje hoorde hij hen nog discussiëren. De wind waaide door zijn haar, en toen hij het naar achteren wilde strijken besefte hij dat hij de dof gemaakte kroon nog op zijn hoofd had. Hij zette hem af en legde hem op een rotsblok, keerde de andere kant op en stapte een wadi in die was uitgehouwen door duizenden jaren water, duizenden jaren wind. Als het ging regenen wanneer er geen bossen waren, zou het water zich langs de hellingen naar beneden storten, zijn oude pad onder water zetten en alles naar zee afvoeren. De temperatuur daalde. Hij had nu graag zijn jas bij zich gehad. Ach, de jongen had er vast meer aan. Toen hij helemaal bovenaan was, stond hij zwaar te ademen. In de diepte hoorde hij dat ze zijn naam riepen. Maar hun stemmen die tegen het oude rotsgesteente kaatsten klonken zonder hem terug: Joden! Joden! Joden! Hij kon nu heel ver zien, helemaal tot aan Jordanië. Toen hij omhoogkeek was de ster weg en hadden de wolken de maan uitgewist. Hij rook de bui die vanuit Jeruzalem kwam.

En nu verschenen de Filistijnen over de heuvelrand, een trillende massa die het licht en de lucht in beweging bracht. Sommigen van hen wisten dat ze Filistijnen waren, en anderen wisten alleen dat ze deel uitmaakten van iets enorms dat aanzwol vanuit de elementen, zoals de oceaan aanzwelt om zich stuk te slaan op het strand.

De Filistijnen stonden te wachten. Met ingehouden adem. Er kletterde een helm op de grond. Er wapperde een rode vlag in de wind, gescheurde zijde. Er weerklonk een grote stilte over de vallei. Maar van David geen spoor.

En nu stak een Filistijn zijn hand omhoog om een foto met zijn iPhone te maken. *Waar ben je?* typte hij, en terwijl hij zijn strijduitrusting rechttrok, drukte de Filistijn op send en liet zijn bericht los op de cloud.

Al aanwezig

De nacht die ik op de spoedeisende hulp heb doorgebracht leek wel drie nachten te duren. Na de injectie met hydromorfon die de verpleegster me ten slotte gaf kwam de pijn tot rust en begon ik me wat wazig te voelen. In de uren daarvoor had ik mezelf vastgesnoerd aan het brede en beeldschone gezicht van een Ethiopische vrouw die stil en geduldig aan de andere kant van het open gordijn zat, met haar handen om haar zwangere buik gevouwen. Maar nadat de naald erin was gegaan en het getintel zich langs mijn ruggengraat en later naar mijn tenen verspreidde, had ik haar minder nodig, en zij moet ook geen behoefte meer aan mij hebben gehad, aan de uitwerking van mijn gezicht op haar pijn, want na een tijdje stond ze op en liep weg en daarna heb ik haar niet meer gezien. Inmiddels moet ze een kind hebben gekregen, en het kind een naam, terwijl ik niets meer merk van mijn virus, waarvan de naam nooit is ontdekt en nu ook niet meer wordt gezocht.

Uiteindelijk dienden zich achter het bovenraam de eerste tekenen aan dat de nacht op z'n eind liep. Ook veranderde er iets in het ziekenhuis, of tenminste, dat dacht ik, terwijl ik daar op mijn rug op de brancard lag. Er was een soort luwte ingetreden. De nachtdienst zat erop en de artsen en verpleegkundigen die zoveel noodgevallen hadden behandeld zouden nu hun handen wassen en naar huis gaan, maar pas nadat de overdracht had plaatsgevonden en ze de patiëntenstatussen in een wervelend, medisch steno hadden doorgenomen, wie wat wanneer moest krijgen en waarvoor, tot ze ten slotte al hun taken hadden verricht, hun gewone kleding mochten aantrekken en door de automatische deuren naar buiten konden, de ochtend tegemoet. Wie wilde er nou niet uit dat ziekenhuis wegkomen? Ik had er heel vaak over gedacht het eindeloze wachten op te geven en zelf door die deuren te ontsnappen. Eén keer had ik het geprobeerd. Ik liet me van de brancard glijden, met de poortkatheter nog in de ader van mijn arm gestoken, maar ik kwam maar een klein eindje de gang op voordat de norse triageverpleegkundige me de pas afsneed.

Op een bepaald moment schoot mijn koorts weer omhoog en dat trok eindelijk de aandacht van de artsen. Eigenlijk was het de Arabier met de vloerwisser en de stethoscoop die merkte wat er met me aan de hand was. Vanwaar ik lag, half verborgen achter een gordijn, keek ik uit op het hokje dat door de Ethiopische werd bezet en op het gangpad tussen haar tijdelijke verblijf en het mijne. Op dat gangpad was het een komen en gaan van ziekenhuispersoneel, maar ook van patiënten – inmiddels steeds meer vaste bewoners – van de spoedeisende hulp, in een rolstoel, op een brancard of zo nu en dan op hun eigen twee benen. Ik herinner me dat de Arabische man langsliep en dat ik keek naar de manier waarop hij de lange rechthoekige vloerwisser voortduwde en een nat, glanzend spoor achterliet, als van een slak. Een paar minuten later verscheen hij opnieuw, maar nu duwde hij de vloerwisser in tegenovergestelde richting, en toen hij bij mijn hokje kwam bleef hij staan om even naar binnen te kijken. Hij had vriendelijke ogen, diepliggend en bruin, en leek te oud te zijn voor dit soort werk. Een paar tellen later zette hij zijn vloerwisser neer en kwam op me af. Ik dacht dat hij de stethoscoop van zijn nek zou halen om hem op mij te gebruiken, of misschien hoopte ik dat, want ik was intussen wel toe aan een vriendelijk gebaar. Maar in plaats daarvan hield hij de rug van zijn hand tegen mijn voorhoofd en daarna tegen mijn wang, zei zachtjes iets in zijn eigen taal en verdween. De vloerwisser liet hij staan en daardoor begreep ik dat hij terug zou komen. Toen hij dat deed had hij een verpleegster bij zich die ik nog niet had gezien, slank, met grijze uitgroei in haar blonde haar. Ik dacht dat ik bij haar meer kans zou maken en dus probeerde ik nog maar eens te beschrijven wat er met me was gebeurd.

De verpleegster legde een hand op mijn arm en keek naar de monitor op een karretje om duidelijk te maken dat alles wat zij moest weten niet van mij zou komen, maar van die andere, meer betrouwbare bron. Zodra ze daarvan op de hoogte was, draaide ze zich om en stelde de zaalhulp in het Hebreeuws een vraag, waarop hij bevestigend antwoordde. Hij maakte van deze gelegenheid gebruik om het hokje in te duiken en zijn vloerwisser met de vieze, klittende onderkant weer mee te nemen voordat hij zich weer naar het gangpad terugtrok. Daar bleef hij afwezig de stok ronddraaien, met de handen waarmee hij mijn temperatuur had gemeten en waarvan de nauwkeurigheid nu werd vergeleken met die van de thermometer in zijn plastic weggooihulsje, nu door de verpleegster onder mijn tong gestoken. Het ding begon driftig te piepen, en de verpleegster griste het uit mijn mond met een onthutste blik die snel omsloeg in verbazing.

Ze ging weg en kwam terug met een bitter siroopje in een kartonnen bekertje, en daarna verdween ze weer, vermoedelijk om de dokter te zoeken. Het volgende dat ik me herinner is dat de zaalhulp, die nog in het gangpad stond, nu tersluiks om zich heen keek, eerst naar links en dan naar rechts, totdat hij de kust veilig achtte en weer op me af kwam, de wisser tegen de muur zette en opnieuw zijn hand op mijn voorhoofd legde, dit keer met de palm naar beneden, zodat ik de verfrissende koelheid van zijn huid voelde. Ik keek op naar zijn gezicht en had de indruk dat hij ingespannen luisterde. Alsof hij zijn best deed toch iets te horen, niet met de stethoscoop, die nog steeds om zijn nek hing, maar met de hand zelf. Alsof de gevoelige instrumenten van zijn koele vingers mijn gedachten konden lezen. En hoewel ik weet dat het onmogelijk is – dat de herinnering die ik onder zijn hand opriep nog niet met me was gebeurd – is die herinnering er toch, niet vatbaar voor rede.

Met de koele hand van de zaalhulp op mijn voorhoofd dacht ik terug aan een middag in de winter daarna, toen mijn minnaar thuiskwam en de slaapkamer binnenliep met zijn tas bij zich. Kleed je maar uit, zei hij tegen me. Het was een heldere dag, zo koud dat zijn vingers buiten waren bevroren in zijn handschoenen. Vanaf de plaats waar ik lag kon ik de kale takken van de plataan zien, herinner ik me; de stekelige vruchten hingen er nog aan, ver voorbij het seizoen. Ik trok mijn T-shirt over mijn hoofd. Laat de gordijnen open, zei ik. Heel even leek hij daarover na te denken. Toen trok hij ze alsnog dicht en haalde vier zwarte touwen uit zijn tas. Het waren heel mooie dingen, zwart en zijdeachtig, maar zo dik dat je een scherp mes nodig had om ze door te snijden. De vaardigheid waarmee hij mijn polsen aan de spijlen van het hoofdeinde vastknoopte verraste me. Wat heb je gezegd waar ze voor dienden toen je ze kocht? vroeg ik. Om iemand vast te binden, antwoordde hij. En weet je wat ze toen vroegen? Ik schudde mijn hoofd. Een vrouw of een kind, zei hij terwijl hij zijn ijskoude handen over mijn borsten en langs mijn ribben liet glijden en voorzichtig mijn halsketting omdraaide zodat hij bij de sluiting kon komen. Wat heb je toen gezegd? vroeg ik rillend. Allebei, fluisterde hij, en de zachtheid waarmee hij me aanraakte en dat eenvoudige gegeven begreep gaf me diepe rust en maakte dat ik wel kon huilen.

De korte winteroorlog was toen al voorbij. De IJzeren Koepel had maar één raket doorgelaten, waarbij een man was omgekomen op de hoek van de Arlozorovstraat en de Ben Ezrastraat. De barrière was doorbroken, een scheur in de hemel, maar de realiteit van de andere wereld kwam niet naar binnen stromen. Er was slechts één andere onvergelijkbare geweldsuitbarsting in Gaza, en daarna, eindelijk, een wankel staakt-het-vuren. Nadat ik uit het ziekenhuis was ontslagen bleef ik nog een week in Tel Aviv, onder controle van dokter Geula Bartov, de tengere en voortvarende huisarts aan wier zorg ik tijdens mijn herstel was toevertrouwd. Aangezien de koorts met tussenpozen was teruggekomen, was dokter Bartov heel stellig in haar opvatting dat ik pas naar New York terug mocht vliegen als ik achtenveertig uur koortsvrij was en zij de uitslag kende van de hele reeks testjes die ik had ondergaan. Ze vond het maar raar dat ik zo weinig moeite deed om tot de bodem uit te zoeken waarmee ik geïnfecteerd was geweest; ze zag dat als een symptoom en bestempelde het als apathie.

De pijn was verdwenen, maar ik was nog wel verzwakt en uitgeput en had nog steeds heel weinig eetlust. Mijn vader had niet Peres gebeld, maar hij had zijn neef Effie gebeld. En die had de politie naar het appartement van mijn zus gestuurd, waar ze zo hard op de deur hadden gebonkt – dit was immers Israël – dat hij half uit zijn scharnieren kwam te hangen. Iemand had dit opgevat als uitnodiging om naar binnen te gaan en de televisie van de muur te halen en af te voeren, maar pas na gebruik te hebben gemaakt van het bed en ook nog eens de perziken die ik in de koelkast had laten liggen te hebben opgegeten.

Ik had mijn familie verteld dat ik voor research in de woestijn was gaan kamperen, geen telefoonbereik had gehad en ziek was geworden. Ze leken er voorlopig genoegen mee te nemen dat alles goed met me ging en er werd niet doorgevraagd, hoewel mijn vader het niet kon laten Effie op me af te sturen, ter controle. Met als gevolg dat ik twee uur vastzat aan een discussie met de tweede indringer die de kapotte deur omzeilde, een indringer van anderhalve meter met wie geen land te bezeilen was. Uiteindelijk werd duidelijk dat Effie me niet met geweld naar zijn huis in Jeruzalem kon afvoeren om daar in Naama's zorg aan te sterken als ik dat niet wilde, en daarom ging hij ermee akkoord dat hij me terug naar het Hilton mocht rijden. Op weg daarheen vroeg ik hem om me alles te vertellen wat hij over Friedman wist, maar bij elk woord dat hij zei werden de finesses van hun vriendschap vager, totdat hij ten slotte geheel en al van het onderwerp afdwaalde, waardoor ik me ging afvragen hoe goed hij Friedman eigenlijk had gekend.

Dit keer kreeg ik een kamer aan de noordkant van het hotel, met uitzicht op het zwembad beneden en de zee in het westen, die ik prompt vanaf het balkon ging begroeten, met mijn bovenlichaam een kwartslag gedraaid. De directeur belde naar mijn kamer om me opnieuw te verwelkomen, en dit keer kwam de fruitmand die hij stuurde ook echt opdagen, gevuld met de zoete Jaffa-sinaasappelen die shamouti heten, naar het Arabisch voor 'lamp'. Hij was zijn vroegere afstandelijkheid vergeten of ik had me die alleen maar ingebeeld. Toen ik de volgende ochtend op weg was naar het ontbijt en hem zag, met een glinsterende gouden speld in zijn revers, begroette hij me met een glimlach en toen mijn paspoort bij de receptie werd terugbezorgd door twee legerofficieren, liet hij het naar boven brengen in een enveloppe van het Hilton, met een doosje chocolaatjes.

Die laatste dagen in Israël lag ik op een stoel bij het zwembad, nog steeds verzwakt. Mijn hoofd leek te zijn leeggelopen en zelfs voor lezen kon ik geen aandacht opbrengen, dus keek ik naar de branding of volgde ik de paar mensen die moedig genoeg waren om in dit jaargetij te zwemmen, voornamelijk bejaarden die hun trage, eindeloos herhaalde baantjes in het zwembad trokken. Ik vroeg de jonge man die over de parasols en de handdoeken ging of Itzhak Perlman ooit nog kwam. Maar de schat had nooit van Itzhak Perlman gehoord. Ik hield mijn telefoon bij me, in de hoop dat Friedman nog zou bellen – 'als wonderslag bij heldere hemel', zoals Effie die eerste keer had gezegd – maar dat deed hij niet. Hoewel de koorts was geweken, bleven mijn dromen levendig en wanneer ik wegdutte, kwam Friedman er heel vaak in voor, vermengd met wat daar het meest dichtbij stond. Die dromen matten me af en ik zou het liefst zonder dromen hebben geslapen, gebarricadeerd tegen de werking van mijn geest, maar in dat stadium was ik nog steeds dankbaar voor slaap, in welke vorm dan ook. Ik bleef tot laat buiten, nadat de bediende de stoelen al van hun matrassen had ontdaan. Vijf uur in het Middellandse Zeegebied, wat een prachtig licht, je kon je makkelijk voorstellen hoe de wereldrijken opkwamen en ten onder gingen, het Griekse, Assyrische, Foenicische, het Romeinse, Byzantijnse, Ottomaanse.

Terwijl ik daar lag, naast het zwembad, keek ik heel even omhoog naar de immense monstruositeit die het Hilton was, en toen ik mijn ogen tegen de zon afschermde zag ik hem daar, op een balkon op de vijftiende of zestiende verdieping. Hij was de enige aan de hele noordkant van het gebouw die buiten stond, en heel even had ik het gevoel dat hij van plan was een kunstje te vertonen. Twintig jaar geleden kwam ik na een voorstelling het Lincoln Center uit en zag ik een kluitje mensen omhoogkijken naar een gebouw waarin elk raam van de bovenverdiepingen donker was, op één na. En daar, in die verlichte rechthoek, was een langzaam met elkaar dansend koppel te zien. Het kon een kwestie van toeval zijn geweest dat alle andere ramen donker waren, en het tweetal had er misschien geen idee van dat er beneden een klein publiek stond samengedromd. Maar hun bewegingen hadden iets weloverwogens, waardoor we beseften dat ze het wel degelijk wisten. Volgens mij was dat de reden dat mijn aandacht werd getrokken door de man die op het balkon van zijn kamer op de vijftiende verdieping stond: een samengebald besef van intentie en drama waarmee zijn lichaam was bezield terwijl hij zich over de balustrade boog. Het lukte me niet mijn blik van hem af te houden. Ik had het gevoel dat ik de jongen van het zwembad moest waarschuwen, maar wat zou ik dan zeggen?

Het gebeurde heel snel. Hij verplaatste zijn gewicht naar zijn handen en zwaaide zijn ene been over de dubbele metalen balkonbalk. Er klonk geschreeuw van een vrouw die net uit het zwembad kwam, en een paar tellen later had de man er al zijn andere been overheen gezwaaid en zat hij op de balustrade. Heel opeens leek hij vervuld te zijn van een enorm potentieel, alsof de hele rest van zijn leven in hem naar voren was gesmeten. En toen sprong hij met gespreide armen, als een vogel.

Anderhalf etmaal later draaide de taxi eindelijk mijn straat in, na een rit vanaf JFK door de bijtend oranje schemering die neerstreek over fastfoodrestaurants en begrafenisondernemingen, over de doopsgezinde kerken en de chassidische Joden die zich in Crown Heights door de oude sneeuw haastten. De chauffeur bleef wachten terwijl ik met mijn koffer het stoepje op ging. In ons huis waren de lampen aan. Door het voorraam kon ik mijn kinderen op de grond zien spelen, met hun hoofd over een spel gebogen. Ze zagen me niet. En een poosje zag ik mezelf evenmin, zittend op een stoel in de hoek, al aanwezig.

Noot van de auteur

De titel van dit boek is ontleend aan de volgende dichtregels van Dante, in het Engels vertaald door Longfellow en een paar jaar geleden voor me geciteerd tijdens een lange rit naar Jeruzalem:

Midway upon the journey of our life
I found myself within a forest dark,
For the straightforward pathway had been lost.*

Ik onthef hierbij iedereen die in dit boek wordt genoemd, met inbegrip van Eliëzer, van alle aansprakelijkheid. Mocht hij ooit contact met me willen opnemen, dan weet hij waar hij me kan vinden.

* De Nederlandse vertaling, van Ike Cialona en Peter Verstegen, luidt als volgt:

Op 't midden van ons levenspad gekomen,
Kwam ik bij zinnen in een donker woud,
Want ik had niet de rechte weg genomen.

Verklarende woordenlijst

Abraham Heschel – invloedrijke en beroemde Amerikaanse rabbijn
agadot – het verhalende gedeelte van de mondelinge Thora
aleppoden – dennensoort uit de warme en droge streken van het Middellandse Zeegebied
alia – emigratie naar Israël
Altneuschul – synagoge in de Joodse wijk Kosefov in Praag
Bar Kochba – Sjimon bar Kochba, Joods verzetsleider uit de tweede eeuw na Chr., die tegen de Romeinen vocht
besjert – voorbestemd
bruine weduwe – spin uit de familie van de kogelspinnen
chala – gevlochten sabbatbrood
chassidisch – verwijzend naar een ultra-orthodoxe vorm van het joodse geloof
Confederation House – het Kalman Sultanik Confederation House, centrum voor etnische muziek en poëzie
dunam – oppervlaktemaat uit het Ottomaanse Rijk, in vele landen nog gangbaar, in Israël duizend vierkante meter
galoet – ballingschap, diaspora
gilgoel – cirkel, cyclus, zielsverhuizing
golem – kunstmatig gemaakt schepsel, meestal een menselijk wezen
groenhart – Zuid-Amerikaanse loofboom
Hadassa – universitair ziekenhuis in Israël
hamsa – amulet in de vorm van een hand
Jod-Hee-Vav-Hee – Jhwh (Jahweh), Hebreeuwse naam van God, die niet mag worden uitgesproken

kidoesj – ceremonie ter inwijding van sabbat of feestdag
kipa – keppeltje
Ladino – sterk met het Spaans verwante taal die wordt gesproken door Sefardische Joden in de diaspora
Ladurée – Parijse banketwinkel
Kinneret – in 1913 gestichte, op één na oudste kibboets van Israël
Kohelet – Prediker
kova tembel – narrenmuts, hoofddeksel, conisch van vorm, geënt op strijdhoed van Hittieten
Kuchen – taart, gebak
Mageen Davied – letterlijk 'schild van David', davidsster
matkot – strandtennis, dektennis
menoecha – rust
midrasj – verwijst naar bepaalde methode van exegese van Bijbelteksten, dikwijls metaforisch van aard
Mizrachi – oriëntaals, betrekking hebbend op Joden uit het Midden-Oosten, Noord-Afrika, Centraal-Azië en de Kaukasus
Nerds – klein snoepje met harde buitenkant
nesjama – ziel, adem
peies – haarlokken vóór de oren van een joodse man
rogalech – koekje van opgerold deeg
Schlafstunde – slaapuurtje
sjeitel – pruik van gehuwde orthodoxe vrouw
sjammes – koster van joodse gemeente, letterlijk 'dienaar'
Sjien Beet – afkorting van Sjeroet Bitachon (Klali), binnenlandse veiligheidsdienst van Israël
sjivve – rouwperiode van zeven dagen na de begrafenis van een familielid
sjtetl – kleine joodse gemeente, met name in Oost-Europa
tsadiek – rechtvaardige, rechtvaardig man
IJzeren Koepel – raketafweersysteem
wrijfafdruk – rubbing, door wrijven verkregen afdruk van een reliëfversiering
yallah – kom op, schiet op
za'atar – mengsel van groene kruiden